U0903409

情倾天下

阅越

明珠 著

陕西师范大学出版社

第一章 龙子凤孙 009
第二章 初吻 019
第三章 佳人 027
第四章 中元节 037
第五章 欺负 049
第六章 歌伎小云 059
第七章 流光飞舞 071
第八章 玉碎 081
第九章 秀女年玉莹 093
第十章 大清第一女御医 111

情倾天下

第十一章　你是我的女人　117
第十二章　梨花落　133
第十三章　鹿血　147
第十四章　一枪双弹　161
第十五章　十八阿哥的生日　177
第十六章　熊战　201
第十七章　宾天　219
第十八章　萤光　237
第十九章　此时还恨薄情无　253
第二十章　大事件　263

穿越

热。

好热。

全身都像在洗桑拿，每个毛孔都被打开了，唯独心口一块冰凉空洞。

我要抬手去摸心口，却怎么也摸不到地方，挣扎了半日，意识突然“哗”的一下惊醒。

上眼皮似乎在跟下眼皮谈恋爱，好容易分开来，我的眼前顿时一花：我家床上只有白色天花板，几时多出这些绫罗帐幔?

我慢慢坐起，揉一揉眼睛，手腕边铃琅声不绝，我骇一跳，下意识地抖手一看，好家伙，手镯子一下戴了三个。我头一转，更觉不对：头怎么重得很?

我定定神，又对着靠墙的一条长几上点着的蜡烛发呆。

我怎么不记得家里有点又红又亮的蜡烛呢?这是怎么回事?停电了?

耳边只听一阵脚步急响，有人来了!

我心里一慌，伸手往床头柜上猛捞手机，不料摸了个空，上半身落地，脚还挂在床上，妈哟，着实闪到腰。

“玉莹!又发脾气了?怎么只管紧着这么闹，不成话!”一人出手把我打横抱起，放回床上。

匆忙间我抬头看时，却是一名近三十岁的青年男子，要说脸相，还算得五官端正，然诡异的是他头上前半部分精光发亮，后半部分反而梳了条乌黑的辫子，随着动作，一荡一荡。

我仔细咀嚼一下他刚才说的话，结结巴巴地道：“你叫我什么?”

男子低头看我，慢慢皱眉。不语。他这一看，空气亦无形地凝重起来。

我想一想，又问：“你是谁?”没想到男子一下变了脸色，正要说话，后面忽又传来一个男人的声音，“亮工。”

男子速度极快地放开我，退开两步。

那“亮工”二字京腔极重，我听懂了，但还是觉得有点像“老公”的变音。

叫人家“老公”没什么稀奇的，却难得听到一个男的叫另一个男的“老公”，何况被叫的这个长得还不赖。

我忍不住咧了嘴笑，后到的那男子已绕过屏风进来，正和我的目光撞上，我连忙垂下眼，却怎么也合不拢嘴。

天降小“兽”，天降小“兽”哇!

这男的比先一个还好看十倍，正是绝品女王“兽”的好材料，怪不得叫“老公”叫得比女人还销魂!

“奴才给十三阿哥请安，十三阿哥吉安。”我这头绮念未完，床前的男子早已抢上去给后来的男子恭恭敬敬地打了个千。

后来的男子双手虚扶一把，“起。”

接着两人一起抬眼看我。我无端发了慌，下床站住，还险些给床前的脚踏崴了脚。

“妹子，还不快给十三阿哥请安?”这声音带着些严厉，甚至隐然夹杂着些怒气。

我左右看着这两个辫子男，心中惊骇此刻方一起涌上：这辫子，不像是头套；这房间里的东西，也不像是道具……难道说，真的不是我大半夜在发春梦?

我哪里知道请什么安、行什么礼？慌乱之下，只求夺门而出罢咧。踉跄行了几步，手臂一紧，早给人拖住，我拼命

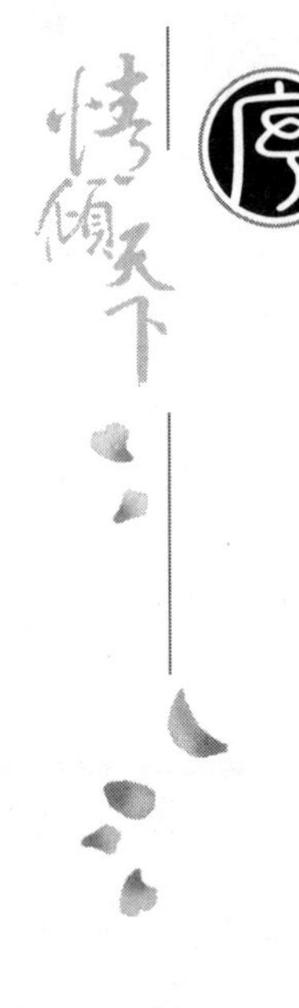

回手推开，跌跌撞撞地冲上前一脚踹开虚掩的房门，眼前豁然一亮。

没有摄像机，没有导演，没有灯光，没有场记，只有一个精致静谧院落，外加当头明月——这是什么月亮？简直跟太阳差不多！分外的近，分外的大，分外的亮，简直不能逼视！

我方瞠目结舌，头忽地一晕，却是被人大力拉转回身，本能地闭了眼一缩肩，却转错方向，被牢牢地箍在门框边，半步也逃不得。几乎同时，我颊边有掌风一擦而过，热了一热，可是并未真的掴到脸上，放胆偷眼一看，两个男人，一个拦了另一个的巴掌，笑道："亮工，你的性子几时也急成这样？"

就算他不急，我也真要急了！敢情我是赶上了不用任何道具就可以穿越时空的新浪潮？

我这个人平时生活中除了对两个美型男发歪歪念外——那还都是对着电影或书歪歪——可以说就是个百分百的好人，怎么今晚看了李安大人导的《断臂山》哭了稀里哗啦一阵后倒头睡醒就时光倒流在清朝了？要送也该把我送到美国西部去看牛仔吧？

太欺负人了，我千辛万苦上完幼儿园上小学上完小学上初中上完初中上高中上完高中上大学上完大学找工作了……读书读傻了、考试考焦了、面试面疯了，老天爷却一声不吭地把我送回古代当小脚女人？

我抽筋一百遍啊一百遍，抽完又是一百遍啊一百遍，也顾不得两个男人在说什么，只在最后很有礼节地问了一句："请问今夕是何年？"

两个男人面面相觑，愣了一下，最后是"十三阿哥"回答的我，"康熙四十六年。"

得，不用说了，刚刚看过央视黄金时段收视率最高的大型清装剧《雍正王朝》的我马上反应过来，这个十三阿哥就是康熙帝第十三子，第一代怡亲王——胤祥。

那个亮工——是了，我想起来了，电视里面的确有个清朝名将年羹尧，字亮工，号双峰——想当初，我还和朋友笑话过怎么一个大男人居然字“老公”，号“双峰”。

且慢，之前亮工同志依稀还叫我“妹子”来着？这么推算，我就是年羹尧的妹子了。姓年？难道是将来雍正帝的侧福晋年妃？

要是我没记错剧情的话，年妃可是给雍正生了一女三子来着，好死不死，居然被我穿越成这名高产王？拜托，我不要！身为生在新中国、长在红旗下的新女性，怎么可以生这么多孩子破坏计划生育的国策，真是耻辱啊耻辱！

我主意拿定，夺头便往硬木门框上狠狠撞去！叫我生活在这没电视没电脑没冰箱没空调没手机没意淫的世界真正生不如死！

拜托这一撞把我给撞回去吧，我一定好好爱家爱国爱人民！

“我是十三阿哥，你不认得我?”

天光大亮，我坐在门前阶上，一手抚额，满心烦恼地看着眼前的这名少年郎。

先前我以头撞门就是被他拦腰抱住，空自把额头撞鼓了包，却清醒起来：自杀有用的话，那些穿越时空的编剧都得去沿街讨饭了。

年羹尧已经走了，留下一个十三阿哥同我面面相觑，半晌才冒出来一句，“你真是糊涂了，连我都不记得?”

我将错就错，只推说脑袋疼，捧着头就地坐下，他也不计较，一伸腿，陪我在地下坐到天明，还叽里咕噜地说了一大通话。

原来我是湖北总督年遐龄的养女年玉莹，上头有两个大哥，老大年希尧现任工部侍郎，老二年羹尧放出外差几年，已是参将。年家另有个小女儿，却是亲生，名唤年宝珠，如今才九岁，也跟着父亲住在湖北，我则是长住在京城年希尧家。

今次年羹尧随侍奉旨出皇差的四贝勒胤禛和十三贝子胤祥来江南办差，因我顽皮，怕年希尧拘不住我，在京惹出事来，就一并带了离京。不料一路好好的，单为了日前大伙儿给我做十五岁生日时，我兴头上不合冲撞了四阿哥，虽说有十三阿哥护着混过去，但也累着年羹尧没脸，等四阿哥走后，他又当众教训了我一番。我一时气恼，私自纵马出城，结果意外坠马，却被十三阿哥救下。

因为昨晚我出城时四阿哥不在，我

坠马的事暂时只有十三阿哥和年羹尧知道，他们瞒着人把昏迷中的我悄悄抱回房，正商量着到哪找医生及怎么跟四阿哥说这事，我就自己醒了。

我模糊地听下来，看来这年玉莹不像个任人欺负的主，家境也还不错，不至挨饿受穷的，才略定下心来。不过，说到她意外坠马，与我何干？

想我家祖上当年也是赤红的贫下中农，正气凛然，邪气不侵，这莫名其妙的怎么就陷了进来。

可事到如今，急也无法，只能慢慢儿想法子一探究竟，我还不得不先顶着这身份，否则就算我使铁头功把门窗房子统统撞塌了，也不见得能找到知音人。古代又没什么精神病院，弄巧被这帮大辫子当我妖人，捆起来一把火将我给焚了，那就死得难看了。

我思前想后，心里躁得不行，也不敢露。因见十三阿哥问我这话，他脸上似笑非笑的，当着这晨日初挂木、庭户有爽气的景儿，更映得其面如冠玉，挺鼻薄唇，分明一副翩翩王孙贵公子的模样。我心中一动，答道："我高兴逗你们玩儿呢，我不是忘了怎么请安，我是……哎哟，我头疼……"

"怎么了？"十三阿哥凑过来，双手捧住我的脸，紧张端详。

我本是胡扯不下去故意装的头疼，被他这么一看，不由屏了呼吸，只觉身上脸上都渐渐燥热起来。

十三阿哥穿着件葛袍，领口挺松，里面却连个小背心也没有，我视线自然落下去，抬头接触到他眼光，又吓得再垂下去，几番折腾，他也不松开手。最后我没法，只好眼珠子左右转三圈，权当为革命保护视力做眼保健操。耳边听得他近在咫尺的呼吸渐渐粗重起来，我不由得偷瞟了他一眼，他嘴角微微一扬，露出一个暧昧的笑容，这样的笑容放在他脸上，饶我好色一代女也被电得一阵头晕目眩。

侥幸他很快就退回原处，只留一手贴在我额前痛处抚了抚，叹道："四哥就是厉害，一顿责罚把人见人头疼的年小鬼变成了个二五眼，唔，二五眼嘛，总比原来那个三五眼好些，竟然还学会脸红了，咂咂，今儿等四哥回来，要带你去见见。"

我估摸着"二五眼"跟二百五是亲戚，于是强忍着翻白眼的冲动，只在心里将这无端人身攻击我的十三点阿哥好好"人参公鸡"了一番。

因他说我脸红，我才记起到现在还没照过镜子看看年玉莹的模样，一般而言，这可是穿越时空后要做的头等大事啊！

我起身进屋，没费什么事，一眼在靠墙几上找到了目标，走近一看，是面手掌大小的圆镜，背面朝上斜搁着，我拿起翻转过来对着正面照了一照。

虽说我有心理准备，却还是吃了一惊，这生意不赖啊：镜中的年玉莹尽管脂粉不施，却是天然蛾眉桃腮，樱唇榴齿，尤其一双眼睛生得好，虽然比不上赵薇那么牛，但不用瞪也跟黎姿差不离了（而且还没眼袋），不过十四五岁年纪，已有一番鲜艳妩媚的姿韵。

一时间，我是又悲又喜，喜的是，果然美人；悲的是，美人非我，再美也不是我亲爹妈给的脸。想到我变成了年玉莹，而谁又变成了我？真正是一声叹息，一地鸡毛。

十三阿哥进来，走到我身后一把抽了镜子，我扭身瞧他，他却已将长辫盘顶，正举着小镜子对住自己左顾右盼。我看着他的发型骇笑不已，他若无其事地把镜子顺手一放，冲我挤挤眼道："你还不知道我四哥是最要齐整的一个人？我这一身葛袍芒鞋短打扮，再不把辫子盘好，回头他非得说我。"

我还没顾得上说话，他忽地掉头看向门外，喝道："什么事？"

门外不知几时垂手立了一名亲兵，恭敬地答道："四爷刚回，在后衙书房看条陈片子，请十三爷过去说话。"

十三阿哥一拍后脑勺，"糟，我得先到签押房去布置点事，就你一人来的？年羹尧呢？"

"年大人也在四爷身旁服侍。"

"唔，你先带小莹子去书房，从后院悄悄儿过去，别惊动了四哥。我办事快，一会儿再过去请安，记住了吗？"

"嗻！"

一时十三阿哥洒脱步子去了，亲兵耐心地等我绞巾子洗完脸，才引路带我接连出了两道月洞门。虽是拂花分柳地走着，我仍觉得一阵阵犯热。

古代的污染少、空气清，昨晚连月亮光线都那么亮，大日头下就真有些受不了，才片刻，我后背就全湿了。

亲兵见我走得慢，回首瞧了我一眼，正好被我看到，他忙别开视线，口中陪笑道："六月天，孩子脸，想多灿烂就多灿烂。酷暑时节，江南比不得京里爽快，二小姐嫌热，尽管慢些走，不妨事。"

话是这么说，他脚下步子并未减缓多少，我怕迷了路，也不敢落太远，只得咬牙跟上。走了一阵，忽一拐弯，进了另一层后院，眼前豁然一变，

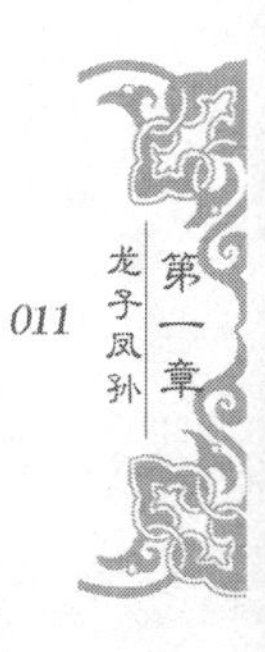

院里站了多名亲兵，却都在探头探脑地往书房里张望——里边正此起彼伏地嚎啕声不断。

我来时就隐隐听到了，这声音不像大人的声气，可哪来的孩子竟跑到书房里大哭？

引我来的亲兵显也没料到会碰上这么一出，一时也慌了神。里头突然撒丫子跑出一名十二三岁的女孩子，她跑得极快，眼花缭乱地一冲一偏一绕，几个亲兵也没拦住，最后竟一头撞进我怀里来。

没想到她个条矮瘦，气力却是不小，我给她带得一歪，好不容易才稳住了身子。低头细看，她五官颇为秀丽，但一张小脸上沾着些似泥似灰的东西，给泪水冲得一道一道的，我便抬手给她擦了擦。

她见状，更加抱紧我不撒手，拼命扬脸猛吸着气，却说不出话来。

我怔了一下，才明白她这是不想让眼泪掉下来。虽不晓得她哭什么，但其情可感，我想到自身莫名其妙这一场，也是心悸，鼻端一阵酸热，忙借眼里吹进了沙子要揉一揉掩过去，抬头看处，周围亲兵早各自归位，咳痰不闻，再不斜视。

我心里咯噔一记，头再抬高一些，便见官帽靴袍齐楚的年羹尧走出来站在书房滴水檐下，紧接着侧身持礼恭立，迎出里间一人来。

亲兵们立马齐刷刷地调头下跪，马蹄袖打得山响，“四阿哥吉祥！”

四阿哥穿件暗青绸袍，月白夹裤，一条乌亮的发辫直垂腰间，称得上纤尘不染，可他的干净不仅在打扮上，更在脸上：他的眼睛是棱角分明的内双鹰眼，因眉骨较高，就显得眼窝很深，眼神也格外锐利，鼻子英挺但鼻端圆润，削弱了浓浓的眉毛和冷峻的嘴角给人的压迫感，再配合上跟十三阿哥有几分相似的脸型，竟是另一种说不出的俊朗澄明。可惜的是，那一份不怒而威的阴冷在其脸上仍盖不过去。

我不会打千，也不愿跪。

皇阿哥又怎么了？我还笑话过皇帝专业户铁林·张呢！

四阿哥缓步走下来，我只当未见他身后的年羹尧在那杀鸡抹脖子地连使眼色。

尽管我挺直腰子一动不动，但四阿哥走到我跟前时，我已经清楚地觉察到额角一滴汗顺条儿淌了下来，却又不敢用手去擦——这四阿哥的气场大得吓煞人，他尚没开口说话，我的腿肚子就已直抽筋，全仗一口气憋着。

他是清朝的龙子凤孙，我是中华人民共和国的好姑娘，lady first，光凭这一条，咱就不能给他跪！

四阿哥站定，目光若有若无地在我面上逡了一逡，冷冰冰地道："伊立。"

所有亲兵起身、碰脚、站定，统共只发出两声响，齐整得很。

我这才反应过来，"伊立"大概是起立的意思，满人的话就是怪，害我刚才差点脱口对上对子："蒙牛！"

四阿哥注目盯着我，我越来越紧张，清一清嗓子，正想找法子尿遁，四阿哥忽道："年亮工，你妹子身上的这套女装是你找人给她换的，还是她自己要换的？"

年羹尧恭恭敬敬地上来答道："她自己要换的，头天四爷教训的话她都听进去了。"

四阿哥上下打量着我，我丈二和尚摸不着头，笑也不是，说也不是，走也不是，实在又热得慌，心里不禁渐渐恼上来，干脆低了头看四阿哥脚蹬的那双黑冲呢千层底步鞋，装哑巴装到底。

只听四阿哥又道："佛说，惭耻之服，于诸庄严，最为第一。心里明了事理就可，这还罢了。只是有一件，明儿还叫她换回原来的男装，她这装扮，'小两把头'不像'小两把头'，发辫不像发辫，非满非汉的，看着别扭。你是我门下的奴才，不要学着你父亲年遐龄尽把她惯坏了。"

年羹尧一本正经地听着，四阿哥说一句，他"嗻"一声。

四阿哥的足尖往前一动，我唬一跳，抬了脸看他，他眼中却有惊诧之色一闪而过，嘴一张，刚要说话，我身后忽地一阵脚步急响，人未到声先至："四哥，大热的天在这外头站着干吗？"

我心里一松，掉头看时，正是十三阿哥来了。

十三阿哥在我身边停了脚，低头看看还扑在我怀里的小女孩，"秀儿？"又扬声道，"戴铎？"

一个团团一张圆脸儿的胖子从十三阿哥身后冒出来，逼手站住，瞟了一眼四阿哥的脸色，不敢应声。

十三阿哥咧嘴笑道："看什么？四爷是爷，十三爷我就不是爷？四哥不收留她，我收留！"

四阿哥冷眼瞧着，也不说话，一背手回了书房，年羹尧自然紧紧地跟上。

戴铎把秀儿领了去，十三阿哥自管带我进屋，一踏进去，立觉清凉。原来屋里四角都放着冰盆，尽管如此，侍立在四阿哥身边的年羹尧依旧满头满脑门的汗，脸红得跟个龙虾似的。

四阿哥坐在那里，气定神闲地呷口茶，方道："老十三，你收留你的人，叫戴铎领她去做什么？"

十三阿哥嬉皮笑脸地道："四哥，戴铎是你调教出的好总管，会教规矩，先让她上你那练练，将来我用得着再还我！"

"你倒会打好主意。"四阿哥不置可否地放下茶盅，眼皮一抬，扫了我们一眼，竟是极亮的。

我心头一跳，斜瞥十三阿哥一眼，他仍是三分懒散两分漫不经心的模样，但他越是如此，我越是安定：初来乍到古代，处处形势不明，年羹尧有暴力倾向，四阿哥是人体电冰箱，只有十三阿哥瞧上去挺护着我，总之抱稳沉默是金的宗旨，十三阿哥不说话，我不说话，十三阿哥说话，我也不说话，跟着他，有肉吃！

一时戴铎回来了，取出两套皇子冠服，张罗着两位阿哥更衣出门。

我从没见过这般华丽的活古董，只管睁大眼睛瞧，四阿哥正张了手等戴铎给他解扣子，见我不走，偏首瞧了我一下。

年羹尧跺脚过来拉我出去，十三阿哥忽地一笑，朝我点点手，"来。"

年羹尧笑着趋上去，"十三爷叫我伺候？"

十三阿哥眼一瞪，"我是叫你妹子呢，谁叫你对上眼来了！愣什么，他娘的还不赶紧退下改戎装佩剑去，叫主子等你吗？"

一席话说得四阿哥也一笑。年羹尧不敢多留，一溜烟地去了。

十三阿哥大摇大摆地走到我面前，一手作势要掀去自己上身的葛衫，又停住，想一想，命令我道："不用脱衣，直接拿袍子来给我穿。"

我强忍住本来要喷但没机会喷的鼻血，拖着沉重的心情和步伐去戴铎那儿拿了十三阿哥的一套袍服，本打算依样画葫芦地给他一件一件穿上，但中间还是出了岔子，不得已又脱下，再重穿。等石青团龙通绣蟒袍和红宝石东珠二层金龙冠全部穿戴好，四阿哥已在旁边看了我们多时。

我不知道，我的手抖得这么厉害，是因为十三阿哥，还是他？

两个阿哥一齐出马办完了事回来，隔天便命各人准备收拾行李启程回京。四阿哥、十三阿哥带了戴铎和我换便装走小道，其余仪仗随从官兵走大道，明分夜合、晓行晚宿，两头联络的事由戴铎负责。

本来我被分派到随大路人马返京，但左右思量，决计不可离开十三阿哥这棵大树，于是提早一晚就绕着他打转，连打洗脚水这种事也抢过来干了。

十三阿哥自打被我盯上后，是吃饭牙疼、走路绊跤、洗脚烫脚，就算想去小解也不得空儿，实在禁受不住，冲到书房将四阿哥拉过一边指天划地叽叽咕咕地说了一通，四阿哥终也肯松口准我同行，我那叫一个心花怒放。

然而真到上了路，我才知大事不妙。弱智武侠片当真毁人不倦，看电视上女扮男装貌似潇洒，而我扮成读书人模样也蛮像个小帅哥，十三阿哥还帮我起了个花名叫“年英俊”，但一出发半天不到，便知辛苦。

不知出于什么考虑，四阿哥和十三阿哥骑的都是骡子，我跟戴铎倒好，骑驴！

第一天下来，我做梦都是驴叫。

第二天，我是浑身酸疼，累得不会做梦了。

第三天，我复又做梦，梦到磨刀杀驴，吃驴肉。

最可气的是，古代没有公共厕所。野外赶路，他们为着我在的缘故，一旦要方便，都会多跑几步路，找个隐蔽的地方。

可即便如此，他们好歹每次“行动”少则两人，多则三人，还有个伴儿，我就触霉头了，不仅得比他们跑得更远，还必须眼观四路耳听八方，万一冒出个农夫给偷看了去，岂不是晴天霹雳。

如此这般每日三更起，摸黑住，避热赶路，不管怎样口渴，我还是得基本不进水，以免为我的膀胱默哀，正是问苍茫大地谁主小白，是俺，是俺，还是俺！

好容易这日行至一个镇子，四阿哥和十三阿哥商量片刻，不知为何决定今晚咱们几个不跟大队人马汇合，而是投宿这镇子里头。几人也不找客栈，由戴铎出面牵头，找了一家临官道的中等大小的宅子，宅子主人姓金，是个半老头儿，戴铎付了银钱给他，说好借宿一晚。

我这几日累得七荤八素的，除了倒床上睡觉，是什么也不想了，不知不觉走路也垂着头半打瞌睡，跟着众人牵骡拉驴进了西院。老金拿钥匙给我们开了一间房，我醒过神儿来，站在门口惊诧道："就一间房？"

老金还没答话，我一眼瞧准旁边还有一间平房，因见窗口是黑的，便走过去，指指门口，"这里——"

刚说两个字，门"咣"的一声巨响，紧接着"哗啦"一盆水迎面浇了过来，我被淋了个晶晶亮、透心凉。一个女孩子跟着跳出门大骂："哪个不三不四的在这偷看老娘洗澡？"

我抹把脸，I 服了 YOU！记得二月河在小说开头写过十三阿哥被个女的泼水，怎么这里也会上演同样的戏码？不泼水会死啊？

十三阿哥几步过来，作个怪脸，脱了自己的外衫给我裹上，我强捺性子跟那女孩子请教道："人同妖都有阿妈生，不过人系人那妈，妖系妖那妈……老娘你妈贵姓？"

女孩子没反应过来，"谁、谁的妈？"十三阿哥噗嗤一笑，"别吵了，是我看的，行了吧？你在这黑灯瞎火地洗澡，我们想送根蜡烛给你，可好？"

女孩子看了他一眼，又看看我，却有些讪讪的，现出不大好意思的神情，什么跟什么啊？凭什么一见到美男就低头慢慢说，脚步轻轻摇？

我十分不爽，我年英俊虽说个头矮点，但被泼得湿身的人可是我！怎么连句 sorry 也没有？

"喂，你妈贵姓？"我继续追问女孩子的家族史。老金赶紧插进来打圆场，只说这女孩叫阿云，和她相公从半月前借宿在此，今晚她相公出门未回，她孤身在外总得多些小心，一场误会，盼我们几位爷担待些就过去了。

我还不肯作罢，十三阿哥忽然一手拽过我脖子，把我倒拖回房，他力气大，我抗不过，七手八脚地打开他，怒道："你怎么净帮外人？"

十三阿哥意味深长地一笑，"她是外人没错，但你是爷们，你瞧你湿成这样，我再不帮你，还不被外人给看了去？"

我站在靠门口处，一阵风凉凉地吹上身来，垂眼看了看胸口，要不是十三阿哥把他的衣服给我围上，我果然就走光了。

紧一紧身上的衫子，我才想起这是十三阿哥穿了一天的，衫子上还残留着他的气息，并非烟味酒气，而是一种微微出过汗后的味道，淡到要有心捕捉才分辨得出它和周围空气的不同，心里就微微异样起来。

戴铎出去跟老金讨论晚饭的事情。而四阿哥什么也不管，在靠墙一张宽椅上默然打坐，敛目垂首，倒像入定模样，十三阿哥说他在做"功课"，只催我赶紧到里间换衣裳。

我还在犹豫，十三阿哥朝四阿哥努努嘴儿，放轻声音，“不怕，我在外头替你看着他。”我忍俊不禁，原本的恼火消了大半，自己解了包袱找出一身干燥衣裳，到房里换了。

说是两间房，其实只半堵墙隔着，连扇门也没有，里间的面积很小，没窗，也没家具摆设，墙角堆着一些杂物，大约是个小仓库。暑天热毒，若是湿衣服贴在身上逼进热气，塞了毛孔，就容易得病，我可不想得个肺炎什么的，大不了不脱小衣，比基尼我都敢穿，区区肚兜，不担心人看。

我换完干净衣服，上下束结停当，因头发上也沾到水，干脆去了无顶珠六瓣青瓜皮小帽，把长发松开披下，一手把发打得蓬蓬的，一手肘上搭着十三阿哥那件衫子走了出去。碰巧戴铎端了饭食进来，请四阿哥和十四阿哥先用完，我只拣两块煎饼啃啃，戴铎最后一个吃。

夜深了，各人洗漱完毕，四阿哥还是坐在椅上“功课”，戴铎守在门口长凳那边，十三阿哥要将仅有的靠墙一张床榻让给我睡。我有点不好意思，打定主意学四阿哥这么坐一夜也就罢了，十三阿哥亦不勉强，接过我手里的那件衫子，绕了几绕，缠成个简易的枕头，仰面躺下。

我见他睡了，便要走开，一低头，却见他炯炯地睁着一双眸子看着我，“要过一晚呢，凳子不带垫的，到底嫌冷，你也上来，就坐这别走。”

我脚下一滞，依言上榻，靠在一边，双手抱膝，偏头枕肘，闭目养了回神。可惜脑子里却是思绪纷乱，定不下来，无奈地睁开双眼。十三阿哥仍未睡去，正望着屋梁出神，我一看他，他立有知觉，转过脸来，看了看我，又抬手捞起一把我直垂到腰际的黑发，将发梢握在手心缓缓揉捏。

从我这角度看去，他不说话也不笑时，跟四阿哥的面容很有几分相似。

虽然跟三个男的同房，不过古代人没看过限制级影片，从道理上讲应该比较纯情，我也没什么好担心的，不多久，迷迷糊糊地就将睡去。大约到了半夜，隔壁突然传来激烈的争吵声。听声音是一男一女，敢情阿云的相公回来了，小夫妻恶战？

前面我没听清楚，侧着耳朵捕捉了一会儿，只听声音大了起来，是阿云叫着那男的名字：“×××，我×你大爷！”

男的奸笑：“你拿什么×？”阿云顿也不顿，“拿你的×！”

我极度深寒，连十三阿哥也醒了，大感兴趣地坐起身听。

小夫妻两个滔滔不绝地吵了半个时辰，话题居然始终不变，一个“×”字被他们翻来覆去地做名词动词形容词感叹词……用得出神入化层出不穷叹为观止，真是一对变态的极品夫妻。

这也还罢了，好容易等他们对骂完，才清静了一分钟不到，又传来“嗯嗯啊啊”的古怪声音。四阿哥睁开眼，戴铎一下站起身来，“主子，让奴才去教训教训他们?”四阿哥一言不发地盯着对面的墙，脸色铁青。

我瞄瞄四阿哥，又瞅瞅十三阿哥，很是不敢置信：隔壁的小夫妻居然在将来的雍正皇帝和怡亲王耳边叫床？特别是那女的，做声优配音都大材小用了！还有那男的就不怕被扔进宫做太监？太有种了吧？

十三阿哥跳下地，穿上外衣，笑道：“四哥，我出去看看。”

四阿哥没答话，十三阿哥才开门，我就以黑猫警长的速度抢在他之前蹿出去，悄步跑到隔壁平房门口，摆好 Pose，气沉丹田，然后在小夫妻俩叫得最激情的时候大声给他们打节拍，“1～2～3～4～，2～2～3～4～，3～2～3～4～，4～2～3～4～——”

还别说，小夫妻由于惯性作用，一开始没停住，叫声还真按着我的节奏合上了，但我才叫到第四个节拍，十三阿哥就过来一把拽住了我，将我半扛半抱地拎回房甩在榻上。我爬起身，理理头发，跟他对视一眼，同时捶床大笑，几乎连眼泪也笑出来了，而隔壁是彻底的安静了。

笑完了，四阿哥离椅站起，“戴铎，赶紧收拾，我们要走了。”

戴铎想笑但不敢笑，绷着红脸回四阿哥，“嗻……但主子您的事还未办哪?”四阿哥瞪他一眼，“我说换个地儿住！没说不办事儿了！等等，你把小莹子也带去，送她上官道跟大队汇合，不用她跟我们走了，路上仔细点！送完后你再去找个好住的地儿，一个时辰内滚回来复我!”

戴铎被骂得狗头喷血，一点也不敢耽搁，忙收拾一个包裹低头领我出去，我满心不愿走，但四阿哥的脸色实在吓死人，十三阿哥也不好帮我说话，我好女不吃眼前亏，只得扮缩头乌龟出门牵了驴子，跟戴铎往北上了官道，奔大队所驻的五里外的天平庙方向而去。

想我读大学时也常通宵出去唱 K 什么的，但下半夜这么骑驴夜奔的还就是头一回，“看前面，黑洞洞，待我上前杀它个片甲不留……”身边的戴铎问：“二小姐杀谁呢?”“杀驴呗，我做梦都想吃驴肉!”

我跟大队人马汇合后，管着我的人换成了年羹尧，不过至少不用骑驴，可以坐轿子。如此上路约有四五天，四阿哥他们办完事回来了，也不换高头大马，全部人马直接拉到运河，乘官舰赶往北京。

一路还算顺风，大家伙儿心情不错，只有我这个小可怜不分日夜地倒在舱房里睡大觉。

可能是穿越时空的后遗症吧，我在船上除了躺着，不论站着、坐着、跳着，只要脚一沾船板，立刻发晕呕吐，好在戴铎把上次十三阿哥收留的那小女孩秀儿送来，有她一路上对我细意照料、说话解闷，才不至于憋坏了我。

如此苦过半月多，好歹是过了通州，隔天便到北京城朝阳门码头，抛锚靠岸。

我总算告别已被我睡出了一个凹下人形的小小床铺，欢天喜地地穿戴好，蹦哒出去上了船面。放眼一瞅，哗，这运河河道波光粼粼的，煞是好看，而两岸店堂铺肆鳞次栉比，人来人往，在古代也称得上繁华之地了。

我又溜到船头，想再看清一些，却迎面撞上四阿哥和十三阿哥冠服齐整地自正舱出来，后头还跟了两列侍从，真是排场盛大。

自从那天晚上跑到小夫妻门口指挥“1～2～3～4～”后，我见到四阿哥就跟老鼠见着猫似的，外加我上船头一天，就在他面前华丽丽地大吐了一通，搞得他一整天没用过饭，哪里有脸见他，赶紧一低头，后退让道。

迎面一阵冷气，是四阿哥过去了。

耳边一声轻笑，却是十三阿哥走过。

我呼口长气，抬起头来，右侧走上一圆脸胖子，正是四阿哥的大管家戴铎，秀儿则垂手跟在他身后。

“二小姐，四爷交待，请您先同我回驿馆歇息。”戴铎说话，声音细细，我老怀疑他是太监，但他又有胡子，真是一大悬案。他的性子学得跟四阿哥一样，不过人家是真深沉，他是假正经。我只要有吃有睡，去哪里也无可无不可的，因点点头，又等了一会儿，见四阿哥他们上岸了，才跟着他下船。

北京正交立秋，天气闷得很，我才下船走了几十步就开始冒汗，正沉着头往前挨，忽听前面的戴铎停下脚步，单膝跪下点手跟人打了个千儿，口颂：“八阿哥吉祥。”

秀儿也紧着跪下行了礼。

我却反应慢一些，先抬脸打量来人，不期然地对上一双也正在打量着我的若有寻味的眼睛。他脸上漾着微笑，让人油然生出些亲近之心，再细看，他穿的是一件天蓝色绸袍，剪裁精简，并略带贴身，十分洒脱风流——这就是传说中的清朝 F4 之首领、八阿哥胤禩了？

亲眼所见，不得不承认康熙爷真是会生儿子，高产、还优质，且各有各的风骨气质，千古一帝真不是吹的，样样都行啊！

八阿哥身后的一个清秀小奴忽然对我叱道：“大胆！见八贝勒爷敢不行礼！”

我瞪瞪眼，敢跟我比眼睛大？气死你！

我连四贝勒也不跪，跪你家八贝勒？开什么国际玩笑，我是有自尊的。

但我也就这么一想，还好八阿哥已经举手制止，“不准对年二小姐无礼。”又笑吟吟地对我道：“这小孩子是你离京后才来伺候我的，你穿着男装，他难免误会。几个月不见，你出落得更标致，像个小大人模样了。”

年玉莹几个月前的事我怎么知道，很不愿他顺这话题往下说，我揣摩着他的来意，笑道：“到底八阿哥手足关情，来接四阿哥和十三阿哥的吧？他们刚下船，给那些来迎接的官员缠着说话凑趣儿呢。”

八阿哥点点头，又问了戴铎两句。

戴铎回说我们是去驿馆，四爷的吩咐。

八阿哥亦是无话，带着小奴自去了。

我们一行继续向前，到了驿馆，我瞟了几眼，无非是个古代的招待所，无甚稀奇。横竖戴铎开好房间，我只管洗漱、用饭、歇息、无话。因在船上睡饱了，窗外月光又亮，我躺在床上翻来覆去只是想心事，忽然听到外屋秀儿奇怪的声息，我披衣下地过去一看，她脸色苍白、蹙眉抱膝地蜷缩在小炕上，大热的天还紧紧裹着一床薄被。

我见她如此，便甩鞋爬上炕用手背量量她的额头，不像发烧的样子，因奇怪道："怎么了？晚上没见你吃什么，饿了？"

秀儿咬着唇拼命摇头，我又问了几样，也是这般。

我犯起急，要去叫戴铎，她猛地伸手拉住我，我一低头，才发现她薄被下的斑斑血迹，不由大吃一惊。

我的脸色吓到了她，她竟呜呜咽咽地抽泣起来："二小姐，我流血了……我是不是会死……我怕……"

我拉开她的手，掀被察看，一下就明白过来，又不好明讲，只拍拍她的头，笑道："没事的，我也这样过，女孩子家都会碰上的。你乖乖躺着别动，我出去一下，回来带东西给你，用了就没事了。"停一停，我问："对了，秀儿，我第一次见你那天，你为何哭着从四阿哥书房里跑出来？"

秀儿脸上一红，小声道："看到四爷，我怕……"

我挑着眉毛看她，"你也觉得四阿哥不像好人？哈哈～～"

她摇了摇头，"不，四爷救了我的命，他是好人，二小姐也是好人……"

我奇道："为什么？"

她道："因为二小姐抱过我，还给我擦眼泪，待我很好，就像我妈妈一样。"

我看着她，她也眼巴巴地望着我，就像无人领养的小狗，我倒有些不好意思起来，揉揉鼻子，"那个、你先休息一下，我出去一会儿就回来。"

秀儿听话地擦了眼泪，我要她去我床上睡，她无论如何都不肯，我也就算了，待她安顿好，便找出帽子戴好，轻手轻脚地出了门。

不想隔壁的戴铎机灵，听见声息马上就开门迎出，硬要跟我同去。这

怎么能带他呢，我扳起脸说我房里存着十三阿哥的重要物事，令他给我看好不然就叫十三阿哥教育他云云，好容易成功地把他甩了，自己一人出了驿馆。

踏出驿馆，我凭来时的记忆认出了商铺的方向，兴冲冲地在墙角拐了个弯要绕过去，不妨迎头结结实实地撞到一个人，慌得我赶紧双手护住头，将撞歪的帽子压好。

清初留发不留头，万一被抓住小辫子可不是闹着玩的，我也不敢抬头看什么，嘴里含含糊糊地道了声“对不住”就要侧身绕过去。

不料那人一声不吭地抓住我右臂，不知怎么一扭，就将我身子带回，牢牢地按在巷子里的那堵砖墙上。我背后和手臂同时吃痛，不禁大怒，扬了脸正要开骂，突然眼前一暗，那人竟垂下头，带着强烈的男子气息直接吻住我的唇，辗转肆虐，不依不饶。

我的初吻啊！就这么没了！

我惊骇莫名，想用脚踢，谁知脚方一动，就被那人用膝盖抵住。要命，碰到了古代的色情狂！怎么这么衰啊！

我举起空着的一手不分头脸地朝那人抓去，现在只能期盼老天保佑年玉莹练过鹰爪功蛇形刁手一类的本事了。

那人没料到我如此不懈反抗，匆忙间侧首避过。我指间一滞一热，只抓到了他的脖颈，他喃喃地痛骂了一句什么，总算放开了我。

而我用力不当，指关节仿佛被扭到，痛得眼眶一酸一热，溅下泪来。

那人回过头，做了一个要冲过来的动作，一眼看到我表情，却愣在原地。

我吸口气，抬手背擦擦眼睛，正好初月出云，辉洒大地，也一眼看清了他。

他个子不高，奇怪的脸型，不长不圆不尖不方，总觉得有哪个地方不平衡，倒是一眼就能让人记住的那种，还有他的海豚嘴，不说话也是嘟嘟在那里的样子——然而，等等，他的眼睛！

好漂亮的一双眼睛：大而亮的瞳孔，长的睫毛，眼型像桃花瓣，眼尾微微上挑，既利落、又媚气，润润的像是上等的黑玉。眼眸含着一点湿气在里面，湿淋淋的很是勾人，令到他整个人看起来仿佛某种小兽，华贵、另类，而他脸上带出的那一种随时会开始赌气的轻微神经质的表情，却可爱得很。

被色情狂吃豆腐的确让人不爽，但是被一个竟然生了这么美的一双眼睛的色情狂吃豆腐，我想我不得不斟酌一下发飙的方式了。

月色如此皎洁，我却如此暴躁，这样不好，不好。

色情狂同我斗鸡似的对视片刻，忽然硬梆梆地开口道："怎么样？很陶醉吧？"

我正怀疑我的听力是否发生问题，他已兀自笑起，且笑得前仰后合："我就知道你喜欢我这样！果然——女人啊，就是……！"

我仔细回想一下，刚才被他吻到时，我好像也没有轻吐香舌欲仙欲死什么的吧？那他到底在得意个啥？

事关重大，我不得不为自己剖白，"喂，我出来不是……"

他打断道："你出来不是为了见我，是为什么？"

我神气地摸摸荷包里从十三阿哥那拿的几片金叶子，"我是要去买东西！"

"买什么？"

我噎住，简直白痴啊我，这年代怎么可能有妇女用品商店贩卖大长巾？卫生纸都不知道有没有！

他见我答不上话，更加乐不可支地摆摆手，"我今天练了一天骑射，累死了，明儿回京见！"

我实在受不了他的跳跃性思维，一垂眼，却赫然发现他腰里系着一根明黄色的马尾卧龙带，一惊之下，险险咬到自己舌尖。他却大咧咧地甩手与我擦身而过，刚走出去，又退回一步，望着我紧紧眉道："我等着你，你敢不来的话，就死定了！"

他一抬手打下我的帽子，玩戏似的捏在掌中，笑哈哈自去了。

我瞧着他的背影，又一次狂受刺激：这人走起路来"水蛇腰"一扭一扭的狂嚣张，却又扭得异样情色，偏偏是我好的那一口。

完蛋了，没想到回到古代，我内心的同人女本质竟然只增不减，什么世道！

——只不晓得，这家伙究竟是皇阿哥里面的老几？

我举头望明月，低头猜谜语，悻悻然走回驿馆，一路脚下腾云驾雾般，也不是不受用的。

谁知刚转过影壁，穿过布满紫藤萝的垂花门，一个熟悉的声音突然响起：“小莹子！”

我急转头看时，原来是十三阿哥在花厅里招手叫我，那花厅足有四进纵深，一下摆放上十几张巨大的八仙桌，也不觉得挤。而四阿哥就坐在花厅正中的一张太师椅上，除了十三阿哥，只有戴铎在旁侍立，几人说话不像说话，商议不像商议，搞不清在干嘛。

我也懒得理那么多，十三阿哥叫我，我就朝他走过去，因有两位阿哥下榻，驿馆里早清过场，除了贝勒府出来的侍卫，闲杂人等一个不见。我走在水磨地砖上，脚步已经够轻，却仍发出一阵“咚咚”的脆响，格外惊心。这么些天了，我还是不能习惯四阿哥在场时散发出的那种压迫感。

我依然不惯行礼，好在十三阿哥抢着开了口，“小莹子，你先前跑哪儿去了？我叫人找了你一圈也没找着，你满面笑容的是玩什么去了？”

我眨巴眨巴眼，真正恼他老是小莹子小莹子地叫我，好像叫小太监似的，但各有所好，不便强求。我也知道十三阿哥小名点点，跟他是计较不来的，只好故作无事道：“我出去散步呢，晚上吃的点心太硬，不克化。”

话音刚落，四阿哥猛地一掌拍上桌面，台面上两只育薄瓷茶杯应声蹦起，其中一只在台面上打了一个滚，翻出桌面，哐啷坠地，茶水碎片四溅。

我毫无防备，表情还没调整过来，只听四阿哥冷冷叱道：“跪下。”

戴铎是个锯了嘴的葫芦，但十三阿哥的眼神我看得懂，他是让我听话，可四阿哥说翻脸就翻脸，根本无法让我接受。

我气得浑身发抖，只尽量克制着，僵持不动，十三阿哥见势不对，要过来拉我，四阿哥嘴角一挑，十三阿哥便不敢动了。

四阿哥睨着我淡然道：“还是你面子大，老十四是我同母兄弟，我回京他不来接，却巴巴的来见了你，大半年都过了，就单差这一天两天的功夫？你年家满门都是我的奴才，我的规矩，你还记得嘛？”

我是知道四阿哥有个同母所生的兄弟，但要说今晚见着的那个是十四阿哥，打死我也不信，他长得怎么可能跟四阿哥差这么多，简直冰火两重天。

但小学生也了解四阿哥就是将来的雍正皇帝，跟他别苗头，等于反抗历史潮流，绝对是不上算的。还好，我平时喜欢听壁角，他的规矩我当然听过一些，当下答道：“知道，四爷用人的规矩，不是难民从不收用。”

十三阿哥的脸没绷住，笑得一笑，四阿哥一眼把他瞪回去，“这是跟主子说话的规矩？”语气却是冲我来的。

我这才想起，四阿哥的原话是：不是落难的人从不收用。其实不管怎么说都蛮适合我，天下间还有比我更惨的人吗？我连自己的身体都没有了。

四阿哥那一句冷冰冰的“跪下”的确刺伤到我，但转过头想，我现今这个地步，人生的追求也就只剩一个混饭吃的欲望了，谈什么侮不侮辱，反正也指望不上过三八节，先保命，再好好筹谋怎么反穿越才是真的。因暗叹口气，在四阿哥大发作之前向他斯斯文文地福了一福，平心静气地道：“主子的规矩不多，但每一条都字字珠玑，小的画虎不成说不齐全，可心里都清楚地记着，没敢忘。要说小的面子大，那是主子拿小的说笑。主子是天，天外有天，小的再望也望不过天边去。辜恩负主的事，小的不敢犯，若说今日冒犯了主子，小的确确是无心之过，只盼主子免究。”

一番话说出去，花厅里静寂无声，半晌四阿哥才哼了一声，“小的？”

糟，我十点档剧场《大长今》看多了，背台词功力不到家，应该说“奴才”较符合国情，一时心怦怦的跳着，也不晓得他接下来要怎么发落？

出乎意料的是，四阿哥却慢慢松缓了表情，我这才意识到自己一直在和他对视着。他不凶的样子其实很好，但不凶，就好像不是他了，这种变化很微妙，却也很吸引人。

“很好，既然你懂规矩，就要守规矩。今晚你就在这里跪着，什么时候学会下跪请安了，什么时候才准起来。”四阿哥弹一弹膝上的袍服，站起身来，扬长去了。

戴铎却不走，留下监督我。

我起初以为四阿哥是为了十四阿哥的事找我麻烦，但听下来，他未必真见着了什么，绕到最后，又变成是为了我路遇八阿哥没有行礼的事发落我给人看？

阿哥心，海底针，果然不是我这种穿越小白可以理解的。

唉，跪就跪吧，好歹有瓦遮头，我负气冲出去总不见得还能打车回家罢。

我垂头丧气地跪好，眼一瞥，见着十三阿哥还没走，有意做个样子给戴铎看，因没好气道：“奴才恭送十三阿哥上床。”

话一出口，怎么觉得那么别扭，想一下，才反应过来我是把“上楼”说成了“上床”。

抬头看时，戴铎咬牙扭唇，忍笑忍到憋红了脸，配上他那张团子脸，莫非就是传说中的血滴子。

还是十三阿哥见过世面，只笑道：“心领了——对了，四哥已命人先带秀儿回京城四贝勒府交福晋，此外还有其他随从同行，你不必担心。”

“祥弟，只管啰唆什么？”四阿哥在垂花门外把话都听了去，不耐烦道，“快来吧，还要安排明儿的事呢。”

十三阿哥便不再说什么，掉头走了。

他们的脚步声渐渐去远，终至不可闻。

戴铎铁板板立在我身前，非常敬业。

我木着脸盯住膝前的那一滩碎杯水渍，比起它们，我并不会好到哪里去。

第二日清晨，我在脖酸腿痛中醒过来，眼未睁开，先有一股似曾相识的气味萦绕。半伸个懒腰，仰头瞥见十三阿哥的脸，惊得我一跌，这才想起我是跪坐在地，俯在十三阿哥膝上睡了一夜。

十三阿哥原是撑着手肘闭目而眠，我一动，他也睁开眼，时当晨雾初起，轻纱缭绕，格子窗外微风拂动，四周但闻花叶沙沙的清音。

光影交错下，他一件香色刻丝袄，连带子也未系，直衬得眉目深秀，丰神如玉，果真是龙子凤孙——活的。

十三阿哥站起来舒展身子，我顺势溜坐上椅子，拿起他昨儿下半夜带回的点心吃了两块，熬通宵是个体力活，为我的玫瑰色面颊一叹。

其实，我昨晚顶多跪了两个时辰便开始耍赖。我一个姑娘家，借口如厕，端坐不出，戴铎也只得望厕兴叹。

不过捱来捱去我还是得回花厅，索性搬出唐僧大话西游的那套本事，有话没话就跟戴大总管探讨起“人是人他妈生的，妖是不是妖他妈生的”人生难题，偶尔还给他出两个脑筋急转弯，他不胜其苦，便搬出四阿哥来威胁我，我就很看不起他这招：你说不过我可以打嘛，打不过可以不打嘛，干吗要去打小报告呢？

结果他还是去了，带来的不是四阿哥，却是十三阿哥。

听十三阿哥的口气，他也是刚跟四

阿哥谈完正事，出门碰到了戴铎，就抽空来看看我，顺手还带了夜宵。

戴铎本来要陪着，但十三阿哥命他自去歇息，他也没话可说。

有吃有喝我就最开心了，碰巧十三阿哥兴致颇好，也席地而坐同我天南海北地扯了一通话，基本上是他说，我听。

他是带兵阿哥，有很多军营里的笑话儿，他讲起来绘声绘色还绘形，这么一说，又那么一比划，笑得我嘴都麻了。

后来累了，他叫我趴在桌子上稍作歇息。我思量一下还是算了，睡过去人事不知的，万一被四阿哥逮着，我再受罚不打紧，连累了十三阿哥我算哪门子好姑娘呢。于是他坐椅子上小憩，我却是倚着桌腿睡的，睡着睡着就拿他的腿当枕头用了。

清梦无痕，最后却是被饿醒了。十三阿哥见我一醒来又忙着吃，忽道："四哥，你来了？"

我不紧不慢地补口茶水，吞了最后一口点心，道："你骗……"下一声就噎在喉咙里没蹦出来。

真的是四阿哥！他身后还跟着戴铎，不会错。再仔细一看，四阿哥手里还拿着马鞭子！这哥们真得空，一大早的起来做广播体操呢？

想归想，其实我很怕他是来揍我的。

所谓伸手不打笑脸人，我敏捷地拍了拍沾满点心的袖管，一个箭步上去，抢在四阿哥身前一立定，两手压在膝盖上，全跪行礼，"请四阿哥安！"

本来我还考虑了一下请安、千礼和蹲安到底用哪一个，不过现身着男装，再像昨日一样给他福一福，又成笑话了，遂用了最正式的这种。

四阿哥跟十三阿哥说了句满语，我只听清"埃拉塔拉米"几个发音，因昨晚听十三阿哥说起，知道这是满语"请大安"也就是汉人说"打千儿"的意思，不过四阿哥是褒是贬我就摸不透了。但我瞥见他的马鞭子是握在左手的，便稍稍定了心。等了半晌，四阿哥才对我说了声"伊立"，这个我最拎得清的，便起了身。

四阿哥改用汉语道："老十三，多早晚了？尽在这磨蹭什么，一会子打马去畅春园给皇上请安，误不得时辰，太子昨夜便住在园里，咱们更不可晚了。"

怪不得四阿哥腰束革带，一身骑装打扮，他们这么早出门，我却只想着快点扑到床上昏天暗地补上一觉。我忽然想起一事，犹豫一下，还是拉了拉十三阿哥的衣角。四阿哥正好瞥见，因问："什么事？"

十三阿哥把我推到前面，"小莹子有话跟你说。"

四阿哥看着我，我有点紧张，不小心打了个嗝，"呃，我想要秀儿——不是要，是想让她服侍我，行么？"

昨晚熬夜时我跟十三阿哥商量过这事，他说我直接跟四阿哥提更好，我只是将信将疑，吃不准四阿哥会怎样回复，果然他反问，"为何？"

我结巴了一下，"因为、因为我喜欢她。"

"行。"四阿哥居然爽快道，"我就让她服侍你，不过她出身低微，什么规矩都不懂，等调教好了再送与你。"

十三阿哥得意地对我挤挤眼，我话也说不流畅了，"谢谢四阿哥。"

四阿哥已经要走开，听了我这一声谢，却又转回身看了我一眼。那一瞬间，我觉得他这个电冰箱好像升温了，于是我惆怅地望望西面窗外：今天太阳是从西边出来的么？

四阿哥和十三阿哥带上侍从逍遥打马才去，驿馆马上就热闹起来，我想找个地方安静睡觉根本不可能，天大光时，所有人才算收拾好，浩浩荡荡地回了北京城。

总算戴铎没安排我骑马，拨了马车给我坐，我先还欢喜了一阵，谁知路上更加痛苦，马车最大的特点就是颠簸，古时也没像样的马路，车厢又不大，坐在车里，人只能随车子一起摇晃颠簸，不舒服到极点。我甚至开始怀念起以前挤公交车的日子，加上我的腿还酸软得很，吃不住力，于是我头上前后左右撞出不同形状不同大小的鼓包来，满清十大酷刑，今日是也。

照理我是该回年希尧家宅的，许是四阿哥忘了吩咐，戴铎竟直接将我带到紫禁城的四贝勒府。

到了四贝勒府，我一瞧就觉十分眼熟，扒帘子看了半日，方想起这不就是那回我去北京玩时参观过的北京东北角规模最大、保存最完好的喇嘛教黄教寺院雍和宫嘛？

这里跟我当年参观时读过的《雍和宫旅游简介》所描述的差不离，建筑由疏渐密、由低至高，影壁、牌楼与苍松翠柏点缀其间，幽静中另有一种空旷开朗之感。过了一道昭泰门往北，建筑群便逐渐密集，殿宇楼亭纵横交错，飞檐墙脊参差穿插，恰与前面疏朗的格局形成强烈的反差。坐在车里望去，层层屋脊渐次飞升，不知觉间车前车后的侍卫也渐渐少了，忽见一楼宛如高悬碧空之上，格外壮观。

马车忽忽地就停下了，到了此地，我也不觉倦了，自己打帘一跃而下，抬头一看，楼悬一匾额，上书“万福阁”三字。

一位男管家从里头迎了出来，领着我们一干人进去，我处处留心，却见此处和记忆中一样，进深七间，中部为一座三层重檐歇山顶高楼，东西各有一座两层楼，三楼间用两座飞桥相连，统统是全木结构，院子自然是金砖铺地，一平如砥，擦得铁镜一般，略不小心，踏上去就微微打滑。

才进这儿，我就觉心跳得厉害，且越走越烈，也不像是坐马车坐出来的，脑子里乱哄哄的仿佛有声音在盘旋，偏又捕捉不住，身子也像我在桐城头次醒来时那般冷热不定。

停停走走左绕右绕地行了一段，身旁的人渐渐少了，忽又停下，耳边只听男管家的声音道：“请福晋安！”

我抬起眼，看到一名贵妇人在一众丫鬟婆子的簇拥下走了过来，只见她中等身段、素肌淡眉、圆润的面容没半点棱角，可仔细一瞧，眼神里头愣是带着硬气，心知这便是清朝十大夫人之一、将来雍正朝的皇后纳拉氏了。但我膝盖还疼着，实在是跪不动了，只学高永安行个小礼，垂手站立，鞠躬唱喏，“请福晋安。”

纳拉氏笑道：“小莹子也来了。上回听四爷盛赞你扮男装的模样儿俊，我只不信，如今见了，果不虚言。高永安，你带她去我春和院里西厢房找秀儿拿身旗装换上，四爷这时辰就要回府，大阿哥三阿哥已先到了，戴铎正在怡性斋伺候着捧茶，你安顿好小莹子还上前头来。”

“是。”男管家点首答应着，纳拉氏便带着人一径去了。

高永安领我到春和院门口，秀儿早得信出来，高永安不便进福晋院子，将我的事又跟秀儿交接一遍就回去了。

秀儿细细打扮过，梳了光亮的头，穿着斜扣鸳鸯环的黑领铜纽扣绿袍，显得人一根水葱儿似的，体面不少，我看得拉着她的手直笑。

贝勒府里规矩多，她见了我也没多说话，带我进了西厢房的一间，开柜拣取一套镶滚彩绣的旗装常服出来。

我定睛打量，是镶粉边的浅黄色衫，外加浅绿色镶黑边并有金绣纹饰的大褂，下配长裙，裙中褶裥内有繁复的花纹，抖动开来，好似月色映照下的美景。连脖子上围的浅色绸绢、脚穿的玉色绸袜和一双有三寸多高的花盆底鞋都是崭新齐全的。

这些服饰不说别的，光手工就能吓死香奈儿气晕范思哲。

既见靓衣，云胡不喜？

秀儿端过铜镜来，替我仔细梳了两条发辫垂下——这才是清初未嫁女子的打扮，“两把头”那是找了老公以后的事情。

还好年玉莹天生丽质，哪怕剃个光头也是俏尼姑，要我白小千在现代弄这么两辫子，那就是村里有个姑娘叫小芳了。

我换好全套衣服照了照，自己也是眼前一亮，本来嘛，小姑娘啊还是穿女装最好看，四阿哥还说我女装不如男装美，可见他的审美情趣有待提高。

只不过最后穿上花盆底鞋时可苦了我。以前我穿高跟鞋泡酒吧跳劲舞也没觉难度多高，但这花盆底鞋是人穿的吗？走起路来一步三晃，极难掌握重心，为了保持平衡我的腰椎都快扭断了。

清初有句话叫“降男不降女”，“男降”者留头不留发也，“女不降”者，管你满虏大脚，我仍笑傲小脚。好在年家算是四阿哥门下的包衣奴才，从的满俗。年玉莹并未裹小脚，想来平日定然从不穿“花盆底”的，不然脚不会挤得这般难受。偌大王府，叫我穿这个走路，不如拿把刀剁了我算了！

想到这，我立刻记起一句话来：我等着你，你敢不来的话，就死定了！

昨晚那疑似十四阿哥的美丽色情狂对我说的话，我竟然现在才记起。

不管怎么说，那家伙可是我的古代初吻终结者，我还挺愿意给他三分薄面。不过一入侯府深似海，慢说他并没讲清楚到底约我回京后在哪儿见，就是讲清了，除非他此刻在我对面房间，不然我是万万鼓不起勇气踩着花盆底冲冲冲上云霄跟他佳人有约的。

就这胡思乱想间，门外跨入一名大丫鬟，身边秀儿上前一福，“春喜姐。”春喜点头一笑，挥手令秀儿退下，才向我打量道：“四爷已经回府，现在怡性斋，福晋让我唤你过去。”

她长得白净顺眼，跟我说话的态度却颇为倨傲，跟福晋大大不同。我本就奇怪以年玉莹的身份在四贝勒府算不上有头有脸，何以蒙福晋青眼，现在看来果然透着一丝丝古怪。

我反正“言少不失”，他强由他强，明月照山岗，就凭我是学过科学哲学政治经济学的人，就算斗不过阿哥，还怕你们这些家庭妇女不成？

当下也推辞不掉，硬着头皮踩着花盆底跟在春喜身后往怡性斋走去，可恨春喜带我走的路高高低低，一时下廊，一时上桥，我几已遥遥落在她后头，只见着个影子，脚疼得无法，只得心里默骂三字经罢咧。

好容易她停下脚步，我作死作活气喘吁吁地赶上去，她一手点点左前方的一座跨院，“到了，你进去便是。”

我比当年在学校跑八百米测试还惨，她一走，我便扶了膝盖大口喘息，这万恶的旧社会，广大女性多苦啊，典型的被穿小鞋。

半晌才缓过气来，我整整衣装，一步三晃地走到跨院门前，还没敲门呢，“吱呀”一声，门自内开了，露出戴铎那张胖脸，见到我，他变色道：“你怎么来这儿了？来不得！快走！”

我怒从心头起，丫脑子进水啊，我万里长征地走到这敢不放我进去？

“是福——”我一手挡了门，刚要说是福晋叫我来的，半只脚才跨进门槛，抬眼忽见院里书斋走出几个人来，打头的便是十三阿哥，他眼尖，一见着我，神色陡然一变。

我直觉不妙，赶紧抽身要往外退。

戴铎慌忙之中让得不巧，反把我堵住，我一只脚在门外，一只脚在门内，成了“卡门”。

正急切间，只听身后传来一个冷冷的声音，“戴铎，怎么还不出门？——那是谁？站住！”

戴铎回身迎上几位主子，甩袖啪啦依次唱喏：“奴才请大千岁安！请三阿哥安！请四阿哥安！请十三阿哥安！”

我知四阿哥已见到我，夺命狂奔等同于自杀，扮“石化”又不成，只得跟着过去微低了头，双手贴腹相交，向众位阿哥一一唱喏。

我才给十三阿哥请了安未及起身，四阿哥便道：“我怡性斋一向不准女眷入内，戴铎你怎么教的规矩？”

戴铎一听，忙哆嗦着跪下，连连磕头，并不敢说话。

这当儿我早偷眼扫了一圈，四下并未见到福晋身影。此刻这般情景，我心如电转，已略清明：我是跳了人家设的套了！

——春喜说，四爷已经回府，现在怡性斋，福晋让她唤我过去。但她没说明福晋叫我去的地方就是怡性斋。方向虽是她指与我，可她也没说是什么地方，若她是福晋派来的，哪有不见福晋面交差就中途而退的道理？

——怪我太大意喝了奸人的洗脚水！只不知道，这圈套是有人栽赃福晋，或者干脆就是福晋要整我？

——看戴铎这反应，我咬出了春喜也没用，她传话的时候连秀儿也不在屋里，且一路带我走来不晓得选了什么路线，竟没遇见什么人，我跟她相隔又远，若她有心害我，只需反口不认，就死无对证。何况她上头的人若不是福晋，则会误伤好人；若是福晋，四阿哥又不可能为我与其翻脸。

——连十三阿哥也不能发声，不管怎样，这哑巴亏我今天是吃定了！

——怒，大怒！

四阿哥看也不看我一眼，“戴铎领二十板子，罚六个月的钱粮！年玉莹领藤条数：十！”

“嗻！”院中长随上来如狼似虎地架起戴铎，又要伸手拖我。

我比窦娥还冤，真被他拖下去打了呼叫老天爷也白搭，但急切间又实在想不起怎么解释才得体，便咬牙往十三阿哥处挪去，满心打算多捱一会儿。

不料大阿哥见四阿哥发落完了，举步便走，我避让不及，一头撞上他身侧的三阿哥，三阿哥一踉跄，怀里散落下几张正方鹅黄笺子，跺脚道：“我的英吉利诗！”

地上几张笺子均有曲折字母墨迹，我一眼扫下去，只一张上面是我认得的英文，忙抢先捡起来，双手捧给三阿哥——若再罪加一等，四阿哥非把我烧烤了不可！

此时别的长随也把余下的笺子拾起交上，三阿哥全收在手里抖了一抖，奇怪地盯了我一眼，又同四阿哥用满语说了句什么，四阿哥便一摆手，令来拖我的长随们退下。

三阿哥手中递出数张笺子，问道：“你分得出我们的满文和英吉利文？”

十三阿哥踱到四阿哥背后，在我起身站直时给了我鼓励的一瞥。

我稳稳心神，低头在三阿哥手中翻出写有四句体英语诗的笺子。

三阿哥一抚颔下的山羊胡子，扭头向四阿哥笑道：“原来我们竟看错了人，这姑娘识得英吉利文，想必是你亲传？四弟又何必为她冲撞我们这一区区小事动气，自古佳人易求，美眷难得嘛。”

大阿哥也哈哈笑道：“老三你忘了，我们兄弟中，最怜香惜玉之人要数太子爷。你道这姑娘是谁？是飞扬古麾下副将白石的女儿！当年皇上第三次亲征噶尔丹，白石万军丛中拼死救驾立下奇功，他子息微薄，就这一个女儿，真正心头肉儿似的，他临死前，皇上当面亲许托孤，那是何等的殊荣？因四弟的正福晋又是飞扬古的女儿这层关系，便将她自小抱入四弟府养着，九岁上才转给四弟门下的年家代养，就现在你去问，皇上也叫得出她的名儿来。你成天价只知在你那府里埋头编书，当真两耳不闻窗外事了吗？”

年玉莹的情况我都是从十三阿哥那听来的，但他说得并没有这般细致，所以大阿哥说的这些我只是略有耳闻，不过这么一来，倒是能将福晋对我的态度解释一二。虽然听大阿哥说话的语气，让我隐约觉得这中间还有一些对不上版的地方，但我这会子也讲不清是在哪里。只听三阿哥“哦”了一声，“我刚说我看错了人，没想到又错一回，的确佳人，却未必美眷，不，现在不是，将来却未必，四弟，你说是吗？”

三阿哥意颇隐晦，但我一听就懂了，恍惚抬头看去，四阿哥正注视着我，竟让我捕捉到他眼中那一丝少有的柔和之色，不禁呆了一呆。甫一转头，又看到十三阿哥的眼神，一时心跳如鼓，复垂下首去，只觉百转千回，满腔的心事分不出哪些是年玉莹的，哪些是我的。

但我作低头认罪状并不能阻止这四位阿哥投在我身上的目光，我本就穿得多，刚还出了汗，现在简直热得要烧起来，尤其是露在外面的脸。

无可奈何之下，我照着手中鹅黄笺子上的诗句低声念起来：“A flower was offered to me / Such a flower as May never bore / But I said, I've a Pretty Rose - tree / AndI passes the sweet flower o'er. ”分散注意力果然有用，我念下去的速度加快：“Then I went to my Pretty Rose - tree / To tend her by day and by night / But my Rose turned away with jealousy / And her thorns were my only delight. ”

一气念完，三阿哥诧异道：“虽然发音不标准，但大体上一个词也没错，这是广东十三行送上来的，我收了预备明日誊好呈圣，还没给人看过，老四你是怎么调教的？老十四的英吉利文算学得最好的，但他府里头也找不出一个这样的人才呢！哎，你既会读，可懂翻译？”

四阿哥面上已恢复那副淡淡的表情，可仔细听还是能察觉他的声音有一丝波动，“三哥既然喜欢，玉莹你就勉力试试吧。不必怕错，尽管说。”

这还是我头一次听他叫我“玉莹”，我从不知道他的声音竟然也可以如此温柔，不过下回要想办法让他叫声“小千”我才知道到底哪个更爽。

三阿哥真是见了他个大头鬼，竟敢说我的英语发音不标准？

我可是英语六级口试仅考了三次就及格的人哟，他标准，怎么不发个音给我听听？还要我翻译，当我免费劳动力啊？

切，封建统治阶级就是腐朽，要不是四阿哥发话，我一定不从——不过四阿哥已经发了话，我要是不翻译，万一他再来一句“拖下去狠打”，我就真的要崩溃了！

所谓打死我也不翻译，简而言之，就是：不打死，我翻译。

这点志气我还是有的。

好在这诗连英语四级的难度也不到，比较好搞定。

我又飞快地默念一遍，才清清嗓，缓缓道：“这诗的表面意思是有人送给‘我’一朵五月里盛开的最美的花，但是，‘我’以家里已经有了一棵好看的玫瑰树为借口，拒绝了这朵花。于是，‘我’回到家里，日日夜夜精心伺候那棵玫瑰树，具有讽刺意味的是，玫瑰树因为嫉妒和怀疑而对‘我’不理不睬，它的刺竟然是我得到的唯一快乐……”

说到这，我心里咯噔一下，便停住了，本来要接着发挥说些象征意义中心思想什么的也都按下了。

怎么会这么巧，在这个时候偏偏让我当四阿哥、十三阿哥的面读到这首诗？

四阿哥略皱一皱眉，向三阿哥道：“这诗是谁选送的？”

三阿哥沉吟不语，似甚为难。

大阿哥道：“老四你刚回京，怪不得不知道，这诗是太子的大世子弘皙看中，广东十三行的事全经他手，现管。要是古体诗，咱们一百首也不难，但昨儿已报了皇上有英吉利诗呈上，这溜溜急的怎么换呢？”

此话一出，事涉太子爷，各人都不好表态。

我灵机一动，想起从前乘地铁时常在车厢上看到的一则英语名诗，遂小心翼翼地道：“敢问大千岁的意思，若是现有一则英文诗换上，妨不妨碍？”

大千岁还未说话，三阿哥先奇道：“你有？”

我看一眼四阿哥，四阿哥微微点头，“你说。”

我回忆一下，朗声背道：

To see a world in a grain of sand
And a heaven in a wild flower
Hold infinity in the palm of your hand
And eternity in an hour

三阿哥听了，细细咀嚼片刻，拍手笑道：“好诗，好诗，又如何解法？”

我正等着他这话，顺口接道：“一沙一世界，一花一天堂。把无限握在你的手掌，永恒在刹那间收藏。”

这话一出口，连四阿哥也合掌赞道：“我佛拈花一笑曰，佛体本无为，迷情妄分别。法身等虚空，未曾有生灭。有缘佛出世，无缘佛入灭。处处化众生，犹如水中月。非常亦非断，非生亦非灭。生亦未曾生，灭亦未曾灭。没想到英吉利人做的诗里也有这番见识。”

十三阿哥接道：“那是玉莹译得好，刚才我听她原文也依稀觉出这味，但要我说，就说不到她这般好，虽是白话，意境微妙之处并不稍减，真正难得。”

三阿哥扬首向上，并不发声，只唇角微微歙动，山羊胡子不住摆荡，像在默默背诗的样子。

大阿哥却道：“我一听老四念佛就头疼，我与佛无缘，老三你也没有吧？”说着，他一手拉了三阿哥大步出院去。

四阿哥垂首默默一笑，旋又敛去，趋步送出全礼。

十三阿哥跟在后头走了几步，却又停下，扭头望我。

我正瞧着四阿哥的背影出神，待留意到他的动作再转目同他对上时，其面上已无任何波澜。

我跟他的对视足有三秒，而大脑里一片空白，好像全部呼吸都被他那双黑滇滇的眸子夺走。

欲辩，却忘言。

不知我走的什么歹运，误闯怡性斋之事竟也就给我这么胡混过去，四阿哥不仅没再追究，反而当天就安排我住入怡性斋所在跨院的东间，准我书房行走，理经整卷，随供调问。

虽然四阿哥没给我指派侍女，但因我未被受罚的缘故，连带戴铎那“领二十板子、罚六个月钱粮”的惩处也降至十板子，其他的也一并不予深究。

据说四阿哥从来说一不二，就这样已是终年难得一见的开恩了，因此戴铎非但不记恨我，还将我的日常起居打点得一丝不差。我又从他那听说，我大哥年希尧正好在我回京前一个月被放了外任，而年家家宅里大夫人又是个刻薄性儿，一向同我不睦，因此四阿哥打算等年希尧年底完差回来再送我回去。

我理它那么多，反正有人管我饭饱就行，都是寄人篱下，在四贝勒府蹭饭也没什么区别。

而四阿哥和十三阿哥那天去畅春园面圣，就领了户部的一个大差事回来。怡性斋本是四贝勒府的大书房，四阿哥晨起后，除入宫向皇上请早安、晚安之外，都在大书房中活动。

大书房配备的人通常有十多名，但这番加了两倍还多，戴铎掌文书不变，单单文墨上就有六人，三人一班，一天倒两班。我就是一整理文案归档的，手下有一个小苏拉随时使唤着还忙不过来，几次差点出纰漏，多亏戴铎提点，才没

当着四阿哥的面出事。

这倒不是我愚笨，实在是要记的事情太多，单说贝勒府里这本府家奴来来往往的，在王府中的称呼就多种多样。

佣人有几种，各头目叫做“博什户”，杂役有的叫“苏拉”，上了年纪的叫“披甲的”。此外还有“关防院”内妇差、陪奉、看妈、精奇、嬷嬷、陪房、水上等，甚至还有当过满教女巫叫“萨玛太太”的。而丫环的人数更不少，客套点叫“姑娘”，反之便叫“使唤丫头”。凡此种种，都是我闻所未闻的，但却是平日大家口中的高频词汇，一个听不懂，就得闹笑话，且各级有各级的礼节应酬，万万不能弄混[①]。

不分古代现代，没有懒觉好睡的日子绝对是痛苦的，但我要诉苦，还有比我更苦的呢：贝勒府除大书房，还有小书房，那是四阿哥的世子和格格们读书的地方。

真是没有看不到，只有想不到。

这些世子格格也算发育中的金枝玉叶吧？嘿，他们要是到了现代，一定会高兴得不行！

他们幼年时期就要开始学习，而且极其艰苦：每天一到钟点，必须始终在砖炕上正襟危坐，开始听讲、朗诵课文、背诵课文、以及读诗作诗、读文作文、写蝇头小楷、临碑帖……除了大小解之外，想缓一口气的时间也没有。

而四阿哥他们有个十项全能老爹康熙爷，小时候过的日子定然更苦，想来我这点折磨，在他眼里简直就不值一晒罢。

我在大书房住下后，还是换回男装，为的是出入方便，反正我身形瘦削，并不打眼。

贝勒府每天两餐主食，贝勒爷、兄弟和老师，在外书房开饭；内眷在万福阁后厦儿开饭。内由太监“打发”，外由随侍料理。每日正午和晚六时左右，分开两拨儿。

而我不算外，也不算内，到时辰自有食盒送过来。

至于每晨的早点，是由专人购买吊炉马蹄、麻酱及各种烧饼和油炸果，

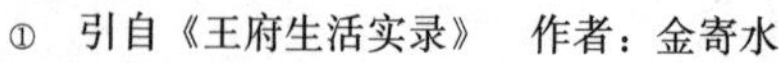

① 引自《王府生活实录》 作者：金寄水

分与各房，从不换样，也短不了我的份儿。

可惜我过了刚开头的新鲜劲儿，就觉得这早点太不够味，经常分给下面的小苏拉们，结果忙一天下来营养跟不上，动辄眼冒金星走路乱撞书架，手上腿上出几个乌青块是家常便饭。

不过就算如此，我也宁可在这儿过被四阿哥女人当男人使、男人当畜生使的书房生涯，总比到内院去面对那群妻妾丫头婆子要强。

三个女人一台戏，我一现代主义灵魂，不去跟她们争那女主角，进贝勒府的第一天就曾险些栽了跟头，我对此的感想是：谢谢，谢谢，比较恐怖。

北京有句俗谚“立了秋，把扇丢”，即使余暑未消，“秋老虎”也吓不倒人。四阿哥素性恶热贪凉，这样的天气，他的脾气仿佛无形中也小了，何况一连忙了多日，户部的事情已经理出头绪，经此一来，压在我们下头人肩上的压力便轻了不少。别人也还罢了，我是“阿弥陀佛”满口念经，得空便倒，偷懒睡觉。

这日正好四阿哥一早出门去了太子爷的毓庆宫没回来，我手上亦无事，吃了中饭便打发小苏拉课外活动去，自己掩了门歪在临时搭的“躺椅”上睡了一觉，醒来便抽了本书一面翻看一面转笔玩儿。

这笔是戴铎派人送过来贺莲青笔铺的新毛笔，四阿哥的怡性斋中处处布置淡雅，案头陈设，多属文玩，架上图书，无非古籍。耳濡目染久了，我对白折子的质量好坏、元书纸的粗细、松烟墨与油烟墨的区别、毛笔的优劣等等也能稍微辨认一二。只可叹我至今一手毛笔字写的——用四阿哥的话说就是“鬼看了也要哭起来”。

想起他说这话时皱眉摇头的模样，我就一阵好玩。于是书也没心看了，起身到书案前取张写了一半的废纸，翻过一面，在空白处提笔蘸墨描上一副人像，是漫画版的四阿哥，靠我以前在少年宫学的那点素描底子，画出来还真有点像他，我越看越乐，捉笔又在一旁歪歪扭扭地提了几个字：难得郁闷。

刚刚放笔，门缝处光线一亮，有人推门进来。

我只当是小苏拉回来，笑吟吟地抬了头，方要开口，却一眼看清门口站住的是十三阿哥。

事实上他逆光而立，看不大准他的脸，然而他那种就算犹疑却仍有些不以为然的表情，以及阴影里颀长而挺拔的身态，我不会认错。

十三阿哥大踏步朝我走来，一伸手捞起案上的那张漫画，凑在眼前仔细看了看，笑道："怎么把我画得这么难看？"

我大受打击，张了张嘴，愣没说出话来。

本来他们兄弟长得是有几分像，脸上又没什么明显的标志可以加以区分，我的漫画也不是人人都有水平欣赏的，算了，看在他连梵高也不认识的份上，我姑且原谅他的诋毁。

然而接下来十三阿哥竟然把纸一折，小心翼翼地放入了自己怀里，眼一挑，高高兴兴地道："我收下了。"

我擦擦手，绕过书案，将刚才抛在地上的书捡起，踮脚放回靠墙溜儿的书架上，假作随意地问道："怎么今儿这么得闲？"

他走到我后头，挨手接过书，帮我放好。

我突然想起他进来我还没给他请安，忙一转身，不料他身子正往前倾，我的头顶堪堪碰到他下巴，甫一接触，双方都急急地退后让开。

他又怕我撞到身后的紫檀木书架，一揽手，扣住我的腰。

他手上力大，我晃得一晃，便定住了脚，想起他刚才收画的神情，忽又泛起虚心，因低了眼，他却不收手，掌心贴在我腰后，透着热。

正尴尬间，谁的肚子"咕咕"响了一声，我们两个都笑起来，他这才不落痕迹地松开我，我一手贴上自己的小腹，笑道："今儿四阿哥不在，没人留你吃饽饽呢。"

四贝勒府留客"吃饽饽"一般都在下午四时左右，通常是两干两蜜四冷荤，我最喜欢这个排场，因为客散之后我这儿必有随赏的，最次也是奶卷、奶饽饽等，人生得吃须尽欢，我平日跟小苏拉他们聊天也尽说这些吃啊喝啊的，活脱一个女饭桶。

十三阿哥对于我老在这些上头转脑筋早司空见惯，故意道："四阿哥不在，难道四嫂就不留我？"

我愣道："你要到内院去啊？"

他一笑摇头，"没！我来都没让他们报四嫂知道，今儿办了件大事，我专门来找四哥报喜，谁知他还没回。"

照十三阿哥和四阿哥的热络劲儿，怎会不知道四阿哥此时正在毓庆宫？

他这话说得有点……

“你忘了吧？”

十三阿哥忽然冒出一句，我一惊，“什么？”

他兴致勃勃地道：“今儿是七月十五，中元节！我来时见外头建盂兰道场，放荷灯，烧法船，十分热闹。去年这时节你病了一场，没赶上出去玩儿，还哭鼻子呢，你都忘了？”

这些老黄历上的东西我哪里晓得，似懂非懂地听着，听他话里有要带我出去玩儿的意思，不禁眉飞色舞起来。

十三阿哥挤挤眼，笑道：“我知你这些天给四哥拘束坏了，难得他不在，外头我安排好了，带你出去几个时辰没事，在他回府前平安送你回来就好。”

我冷静一想，问道：“咱们怎么出门？”

十三阿哥道：“你甭换装了，就这身挺好，我自己骑马来，角门外戴铎也备好了你的小宝，出府快得很！”

咦，我的小宝？

我锁了门，跟着十三阿哥出去，只见西角门外拴马石处果然停了两匹马。

头一匹马一身雪白的毛，但四个蹄子和蹄子后面的长毛却是墨黑的，无一点杂毛，一看就是名驹无疑，想必是十三阿哥的坐骑。

另一匹马并不特别高大，全身毛色赤红，毛泽光亮柔滑，宛如缎子，目若明珠，似有灵性，我一看就喜欢上了，耳边只听十三阿哥道：“喏，你的小宝等你好半天了！”

原来这小红马就叫“小宝”，我慢慢地走过去，手一搭上马背，甚至不需思索动作要领，踮踏蹬一跃身就跨上马，坐得稳稳当当。真是喜出望外，本来嘛，我都骑过驴了，骑马也就小菜一碟。

我见小宝颈上长长的翎鬃毛生得可爱，顺手摸了一把，小宝立刻低嘶摆首，似甚舒服，我更加高兴。

这时十三阿哥也上了马，一面指挥马儿调过头来，一面冲我点点头儿，“上次我和四哥看你骑驴那副没精打采样儿，都觉好笑，你呵，什么都要最好的才肯开心。去年你过生日，四哥特地找来送你的这马可是一等一的‘胭脂马’，除了不能上战场杀敌外，不比我这匹‘肋下生鳞’差！”

我左手抓住缰绳，右手接过他抛来的马鞭，看准方向，手中缰绳一拎，起手将马鞭一扬，肚膛一夹，小宝就勇往直前，飞奔而去。

坐在马上，只见箭道两旁的树木，一棵棵在向后飞驰，迫使我双目圆睁，眨也不眨地望着远方。好在虽然马疾如飞，却稳若顺风之舟，真比坐轿子骑驴之流胜出百倍！

我心中豪气顿生，大是畅快，身体略带侧，两腿夹紧马匹肚腹，左手不断抡动缰绳，任它像兔子一般，前纵后蹬，不多时就跟着十三阿哥出了王府侧门。

十三阿哥是“老北京”，路熟，很快就将我带到地处繁衢的致美楼。

致美楼我早有耳闻，是京城数一数二的酒楼，今日一见，果然不虚，跨占三间门面，门前竖着马桩，黑漆大门擦得光洁如新，挂在正中的金字横匾，气派非凡。门前刚勒住马头，早有伙计迎出来接下。

十三阿哥带我进去，轻车熟路登上二楼。

我四下一看，楼上竟一个酒客也无，宽敞得很。

我们拣了一个靠窗的里座面对面坐下，他才看一眼一路跟上来笑语殷勤的掌柜，道：“不要平日的酒，你这儿‘家酿’可有？”

掌柜赔笑道：“回爷的话，有。桂花、木瓜、佛手，哪一种称意？”

十三阿哥道：“桂花，要温温的。菜式照旧，蒸蟹现做。行了，你去吧——哎，玻璃皮先进上来。”

“是。”掌柜全应着下楼去了。

坐在楼上，凉风习习，放眼望去，顺着酒楼茶肆是一座座作坊店铺，人流不息，十分热闹。走街串巷的小贩们吆喝声不绝，其中特有的一种“老鸡头才上河呀”的连绵叫卖法令我忍俊不禁。

十三阿哥呷口茶，看着我莞尔道：“你该多笑笑才是，你笑起来时，眼睛就如月色下淙淙的溪水……”他的话说了一半便戛然而止，“他们怎么来了？”

十三阿哥不知是自言自语还是在跟我说话，但他语气中的不快令我猛一惊神，不由自主地顺着他视线看下楼去。

这一看，我立马华丽丽的崩溃了。

不用拿望远镜，我也认得出楼前下马的两人中，有位便是疑似十四阿哥的色情狂大人，而站他旁边某方脸、嘴巴大得像河马、同他一起指点我们这边的大爷又是哪路妖魔？

我方收回目光，忽听得楼梯一阵响，掌柜颠着脚儿端来一个长方形的木质托盘，里面是两青瓷小碟，盛着不知名的红色浆果，顶端有萼片，全面密生锐刺，外形却酷似鸡头。想起刚才楼下叫卖“老鸡头才上河呀”，莫非就是此物？但十三阿哥明明说的是“玻璃皮”嘛。

正打量间，掌柜的收盘笑道：“爷请看，这鸡头米乃地道的内城什刹海所产，外皮出黄未紫，正是鲜货，上佳‘二苍’。”

十三阿哥随手捡了一个放在掌心，剥掉三层皮，只留最后一层硬壳未除，先递给我。

我如嗑瓜子一样放在嘴中一咬，玻璃般透亮的果肉一迸滑入口腔，其味实甘微涩，混合一处竟好吃极了。

“此物吃多了口内会留有苦味，但白水一粘唇，顿感有丝丝甜味，可惜你不爱喝温开水，不然多吃点也不妨——”

十三阿哥说着，楼梯口忽响起一个粗豪的声音：“十三弟说得好，这鸡头‘芡实米’，黄米嫌嫩，紫皮太老，唯独不老不嫩的二苍似有苦尽甜来之感，故‘闺中少妇’多嗜此道①。难得见你不追债，原来不是回府慰藉久旷多日的媳妇儿，却上这儿包了一层楼调教人来了，真正好兴致好手段，由不得我老十不佩服!”

我扭头看时，上楼来的两阿哥均是私服，十阿哥一袭靛紫宽袍，腰系金带，头绳玉纽，足蹬青缎凉里皂靴，一说话更有河马之神韵。

而走在他身后的十四阿哥穿件朱墨夹纱袍，下边半露着松花色绫绸裤，青缎粉底小朝靴，走路依然方步不像方步、正步不似正步。

常言道，人性本善，天生八卦，我在四贝勒府的这些日子从各种途径搜罗到许多朝中资讯，素闻康熙所生的这些皇阿哥里有出名的清朝“F4”：八阿哥、九阿哥、十阿哥及十四阿哥，即世称的“八爷党”。

九阿哥尚未见过，不好下结论，但今日见到十阿哥，真是堪为 F4 一哭，所谓子生母相，亏他还是当年四辅政大臣之一遏必隆的闺女、孝昭皇

---

① 引自《王府生活实录》 作者：金寄水

后亲妹妹温僖贵妃所生。虽然我并非一个以貌取人的姑娘，但他这副尊容实在叫人遐想当日康熙爷是怎样跟他母亲打 Kiss 的，想必是一个极艰难的任务。

不等十三阿哥示意，我自动起身上去给两位阿哥请了安，因在外头，只称“十爷”、“十四爷”。

十四阿哥眼色一扫，同我对上。

我想起回京那晚他对我的强吻和威胁就冒冷汗，转头到十三阿哥座旁侍立站定——阿哥们当然是坐一处，就算三缺一，也没有拉我入座打马吊的规矩。

十三阿哥原位站起，三人各自拱手作揖互拜了拜，算是见过。

十阿哥看一看，要去占我先坐过的那位子，不料他起步太快，正好掌柜的好容易等着拍马屁机会，赶着上去行礼，两下一冲，被掌柜的踩了一脚。

掌柜的条件反射似的，一唬跪倒在地连连磕头。

十阿哥哪里容得，立发猛男怒吼：“妈了个×，踩老子×上了！”

楼梯处一阵乱响，却是来送酒的伙计走到半截给他这一声吓得咕咚咕咚滚下楼去了。

十三阿哥和十四阿哥均侧过脸去，笑得肩膀猛抽，只拼命压着不发声。

我再一细想十阿哥的话，才知他原是要说“妈了个×的踩老子脚上”，这一口误当真世人难为，不禁乐得快背过气去，也不好无礼，只能死咬着牙翻白眼瞪着天顶转移注意力。

恰恰掌柜的没听清十阿哥的话，来了一句：“弄疼了爷，小的给爷揉揉！”

这可好，一时大家都顾不得了，齐齐爆笑出来。

十阿哥气得眼都直了，十四阿哥抽搐着上去一脚踢了掌柜的屁股，笑骂：“滚你的吧！换姑娘上来伺候，爷们很不爱看你这小气样儿！”

掌柜撅着屁股跑下去，我已经腰都直不起来，硬撑着板回脸而已。

十阿哥也不走了，踢脚打横正面窗坐下，而十四阿哥则坐在十三阿哥对面。

十三阿哥咳一声，道：“十阿哥如今不是已无债一身轻，怎么想到来看我？”

十阿哥硬呛呛道：“怎么，就你跟老四是兄弟，咱们哥几个就不是，不能坐一处喝酒?”说着，他暗暗瞄了十四阿哥一眼，十四阿哥只作未见。

十三阿哥明知他们两个话里有话，也不点破，但笑不语。

三个阿哥碰一起，无非互较心机说些官场政治上的事，那是他们男人的话题，谁高兴听。好端端出来一趟被他们搅了局，我深觉无趣，低头垂眼正想法子脱身，忽闻异香缭人，却是一名女服务员娇娆上楼来，五晕罗银泥衫子，黄罗银泥裙，身材那叫一个魔鬼，估计正面倒下，胸比脸先着地。

她手中托盘里摆着一青花桃形酒壶、一碟象眼鸽蛋、一碟芥末鸭膀、一盘沙舟踏翠、一碗芙蓉鱼角，均是节令冷菜。

然后她身体向前倾斜 45 度，把托盘里的酒菜取出，将酒杯、碗筷都布在桌上。

十阿哥的目光只在她胸前上上下下，她抿嘴一笑，提酒给十阿哥满上，十阿哥皱眉道：“桂花酿有什么好？换绵竹酒来！哎，不是叫你去，再喊个人上来……你叫什么名儿?”

“奴叫蕙娘。”蕙娘声比人更媚，我亦头皮微麻。

十阿哥顺势抓过她手，嘻嘻笑道：“你手上抹的什么香？好闻得很啊。”

蕙娘含羞低头，躲着缩手，却又挣不开，很形象地诠释了半推半就这个成语。

十三阿哥自斟了半杯桂花酿，刚举杯抵到唇边，又改了主意，眼皮子抬也不抬，反手将它递给我，我骑马而来正当口渴，只看他一眼，便双手接过，一饮而尽，又递还给他。

而他竟不换杯，重新倒满，凑唇仰脖喝下。

十阿哥只忙着调戏非良家妇女，顾不上这些。

十四阿哥却是脸色覆地一变，一双眼紧盯住十三阿哥不放。

十三阿哥若无其事地放杯在桌，嘴角轻扬，隐含讥讽。

空气瞬间僵滞，连蕙娘的娇笑声也收小了，十阿哥这才若有所觉，在蕙娘后臀推了一把，令她去给十四阿哥加酒。

蕙娘打点精神，百媚千娇地绕过去，眉目含春道：“爷请酒。”说着，借把酒之际将胸脯子挺起，有意无意地靠上十四阿哥臂膀摩了一摩。

也就是同时，十四阿哥猛地抬手将她一把推开。她“哎哟”一声，失

了平衡，转半身摔倒，正面着地，果然胸比脸先，连带大好一只酒壶落地砸得稀碎，险些溅破手脸，吓得她连大气也不敢出，畏缩一旁。

十阿哥正瞪了眼看戏，十四阿哥脸若寒霜地摔袖而起，“走了！”

要不是蕙娘躲得快，我估计十四阿哥会踩着她走过去。

跟来时相反，十阿哥跟在十四阿哥身后扬长而去，跟十三阿哥连个招呼也没打。

十四阿哥快要走出楼梯拐角之时，我忍不住转头看他，虽然只是一个背影，但之前他在一瞬间流露出的那种乖张孤傲的眼神，却让我觉得怅然寂落，Why?

“没劲。”十三阿哥懒洋洋地道，“枣儿红时，螃蟹露面，‘七尖八团’，这家新到了赵北口‘尖脐大螯雄蟹’，味不错，原想带你尝个鲜儿，偏碰上这么一出，咱们上别处去罢！”

我无话好说，跟着他下楼，十阿哥同十四阿哥早已去远，掌柜的先不敢冒头，这时节才屁颠屁颠地牵了我们的马来。

十三阿哥先一翻身上了马，我走到小宝旁边，刚要踏蹬，他忽策马过来，略一弯腰，自后捞我上马，坐他身前。

我惊诧欲问，他却挨近我，一把揽紧我腰身，使我的背靠紧他，一拉缰绳，加速疾奔前去。

我此时方知他的骑术远胜于我，风头迎面扑来，不得不一手捂住帽子，侧脸闭目微躲入他怀里。

风声、马蹄声、心跳声交织在一起，异样刺激，好似一切嘈杂想法都在这急驰中随风而去了。

待停下来，睁眼看时，我们已经出了城，在一个小山坡头上。四周云连着山，山藏在树里，树又被云裹着，叶青翠幕，蕊黄馨郁，苍穹碧透，满目的温丽清爽。

我深吸口气，喜悦下马，展手团团转了一圈，笑问：“四阿哥说皇上赐了你一块北京城外的地，就是这里么？”

十三阿哥走了几步，抬鞭一指，“可不是，你瞧，东边山头有烟的地方就是天下第一观白云观。”

我想起小宝，鼓鼓嘴，“我的小宝还留在致美楼呢，回头给他们烧了马肉怎么办?”

十三阿哥一笑，“那他们就等着四哥烧人肉罢——放心，全北京城就你这一匹胭脂马，到这会我的亲兵自然找到他家领着送回了，怎么，你怕我不送你回去?”

我看到他面上的神色，暗暗心惊，有意走到山坡的另一头，指点道：“我是想和你赛马，那条路真美。”

他不说话。

我待回身，他却上来我背后，手臂一环过来，搂住我的肩膀。

他右手若有若无地触到我胸口，我稍扭一扭，他就不动了。

虽然年玉莹的胸部现在还比较小，不过被碰到还是会有感觉的，我不是好人，我承认。

他叹口气，用下颔抵在我的头顶上微微摩挲着，低声道：“你怕我?”

我一声不响，连呼吸也控制在最小的幅度。

“我故意的。”他沉沉道，“我岂止当着他的面这么做，就是四哥我也——”

他的声音里有什么让我起了颤栗，他却只收紧手不放。

我脑子里混混的一片，可又不得不想：他说的“他”指的是十四阿哥?他不过同我用一个杯子喝酒，十四阿哥何以发火走人？这又关四阿哥什么事?

“今儿我是知道你得空，特意来找你……”他缓缓地找着合适的措辞，“你不知道皇阿玛这趟交代的户部差事有多难办……连老十是自己亲弟兄都恨我，其他人更不必说，办差阿哥难当，可我又不得不办……四哥虽不在明面上，但他担的责任只比我多不比我少。老十四跟他是同母兄弟，连日来闹得形同陌路，看在外头人眼里，只说他刻薄寡情，可我知道，他不是的，我自小没了母妃，他尚且待我好，何况老十四……”

他淡淡地说着，我的心却越揪越紧。

我不想听这些事，我不能心疼任何人!

这些都和我无关，我总要找机会离开古代的，我想我的家人，有很多个晚上，只要我一想起状况不明的家人，就无论如何都睡不着觉，心里像被针扎一样的痛，可是又不能不想，我怕我要是不想，有一天我会忘了他们的样子。

我的心没有余地再去容纳这些阿哥们错综复杂的纠葛，自古有情人难得，何况这些大老婆小老婆满房间的皇子。

我和他们之间不仅有代沟，还有鸿沟，一旦越过底线，最可能的结局便是死无葬身之地。

想要不伤感情，最好的办法就是不动感情。

只有这样，我才能最大程度地自保。

主意拿定，我的不自在便消除了，甚至能没心没肺地面带微笑道："十三阿哥，我送你一句话：再累再苦，只当自己是个二五眼；再难再险，只当自己是个二皮脸。"

时间好像静止了片刻，然后沙哑的男性低笑声轻柔地拂了过来——就在我的耳际。

他手上的力量扳我回身面对他，我不是不想躲开，但我一挣扎，他就更用力；我放松，他也放松。

在顺从与抵抗之间，我不知道哪一样更可能刺激到他。

然而他才俯身过来，便皱了皱眉，我亦感觉到我们身体之间的异物。

他解开我腰间挂着的"法都荷包"，拉开束口，将里面两只带壳鸡头米倒入掌心，失笑道："你怎么什么乱七八糟的都往里头塞？"

回城的路要比出城的慢了不少，我是路盲，任由十三阿哥择路驰骋，直至月上西楼，才远远望见四贝勒府的轮廓。因行人渐多，策马不便，我也嫌和阿哥同骑过市太过招摇，未免闲话，索性提早下马为他牵缰引路。

十三阿哥却执意不肯，下马和我缓步同行。

我很激赏他的绅士风度，但此时此刻，我唯觉不亦饿乎，算时辰就算回去也赶不上晚饭正点了，哀哉，哀哉。

奇怪的是天黑之后，王府四周竟非常热闹。一路走来，不时见儿童有执鲜长柄荷叶，上插蜡烛，青光荧荧，如同磷火；也有提小花篮的；还有举一朵莲花，下有荷叶，边走边喊的：“莲花灯，莲花灯，今日点了明日扔。”

十三阿哥笑道：“你小时候过节最爱玩这灯，还不肯扔，存了满屋子，又守着门不许人进，哪次都要四哥发脾气了你才听话，偏你是个打死不求饶的性子，不知白吃了多少苦才学会跟他强不得。可自从你去了年家，没人折腾了，他又在我面前说，空荡荡的好像少了过节的气氛，真是好笑。上年这时节你在年希尧家病了，选秀女的事也耽误下，搁别人身上不知多急，你却只为玩不到莲花灯大哭了一场。今儿我本想带你到什刹海荷花市场南头老吴家铺子挑个灯送你，他家的莲花灯如今换了半透明的鱼鳞纸制作，燃灯之后，通体明亮，纸穗如同丝线一般漂亮，我原想你见了后必定嚷嚷‘精巧绝伦’，不料反累你陪了我大半日，到现在还空着肚子。”

我天不怕地不怕，最怕人家跟我回忆从前，听他这一番话，不过频频点头作含笑半步颠状凑着趣儿罢咧，又走出数十步方后知后觉，猛然止步，诧异道：“选秀女？”

十三阿哥道：“八旗秀女历来三年一选，上年你已到年龄，因病未录名，本是背运，但谁也没想到当年宫里忽然出了那档子事，居然停选了一年，倒还是你有福气呢。今年选秀之事户部四月早已奏报皇上，奉旨允准，如今八旗都统衙门已逐层将十四岁至十六岁间适龄女子花名册呈报汇总，又交回户部。选阅日期都定了，今儿四哥去太子爷那也正是讨议这事。四哥是你本门旗主，又现管这事，你见天儿在他身前，竟无知觉吗？”

我怔怔地听着，一时心里五味杂陈，不知是什么滋味。

清宫有所谓八旗女子“选秀”，首先是皇帝为自己挑选后妃，顺便也为皇子、皇孙和血缘关系密切的宗室“赐婚”，现在我搅入这混水里，选中和落选的几率还真不好估算，但不怕一万，只怕万一，万一选上了，怎么办？

十五岁的年玉莹要放在我的时代，就一未成年少女，人生唯一的大事便是烦恼能不能考上重点高中，哪有这么早嫁人的？太荒谬了吧。

我一味阴晴不定，忘了说话，十三阿哥却望着我微微一笑，“你放心——”

他忽然停口，但脸上的笑容渐渐加深。

月色星光仿佛一起陨落在他的眼里，我心跳不已，然而又似受到牵引，无法别过头去。

不远处仿佛传来小宝的嘶叫，唤醒了我的意识，我一半恍惚一半紧张地看向发声处：长街那头，戴铎正牵着小宝穿过人群向我走来，另还有几名府里的长随跟着。

“你放心。我一定会跟皇阿玛说，求他把你指给我。”十三阿哥的声音如此接近，就像他近在眼前，我触手可及一般。

跟戴铎回了四贝勒府，他难得沉默，一路送我到怡性斋跨院前，就自行退下。

我亦不在意，推门进去，打眼一看，好不吃惊：不过出去这半日，院内竟已增设鲜荷若干盆，另有整株大青蒿十数座，上缚点燃的线香数百。

盆莲与蒿子灯之间，摆八仙、凤凰、仙鹤、麋鹿等等或人物或飞禽走兽形状的大型莲花灯。

连东西堂檐下也挂满各式各样的花篮灯，什么羊儿灯、兔儿灯、鹰儿灯、虎儿灯、马儿灯、金鱼灯、长鲸灯、鳌山灯、走马灯，应有尽有[1]。

此时正值星河耿耿，金风送爽，玉露迎凉，盆莲、青蒿和线香散发着淡雅芬芳等不同香气，诸灯明火荧荧，好看已极。

这是啥？

开心乐园？

我想找个人问问，但正书房里一个人影不见，院两厢配殿也静悄悄的，四阿哥没回来，平时这院里走动的人又上哪去了？今天是法定假日？

我纳闷着抬脚回屋，不提防踢倒了地上什么物事，低头一看，嘿，是谁忘了挂上的一只红眼睛白兔儿灯。这灯扎得可真精细，肚子下还有两轱辘，带跑！看得我顽心顿起。

我有意大声咳嗽几下，见四处的确无人回应，便笑嘻嘻地拎了兔儿灯前的小绳，在院子里东绕西绕地跑起来。

想当年读大学时，我总是晚自习上到一半就出去买零食，吃完后到操场上慢跑几圈，有益身心健康，顺便惊起操场边小树林内人形鸳鸯数起，为弘扬校园精神文明做出了无形的贡献。

而在贝勒府的这些日子，我要么忙、要么吃、要么睡，连做广播体操的时间也抽不出来。请安打千倒成了每日的必行功课，成天在人眼皮子底下做活，难得这么随心所欲，一个人开游园会，爱怎么歪歪怎么歪歪，心里说不出的轻松，跑了一会儿就开始哼哼唧唧地低声唱起来：拿了我的给我送回来～吃了我的给我吐出来～欠了我的给我补回来～偷了我的给我交出来……

不仅唱，我还跳，把个兔儿灯整掉了一轱辘，成了瘸腿，干脆卡了兔脖儿当短棍使，反正我懒，里面没点蜡烛，不怕烧到手。

虽然玩得有点疯，但我一直保持着高度的警惕，只要门口那儿有一点响动，立马改换表情拗出修灯师傅的造型。

不过几次都有惊无险，我便也放宽心，玩了个尽兴，才回了西边余庆

① 引自《王府生活实录》 作者：金寄水

堂的档子房。

刚进去，因院中有光透入，不点蜡烛也可见物，我先将兔儿灯往门口椅子上一抛，又端起矮桌上剩的半盏碗水咕嘟咕嘟地喝了一气，抹抹嘴，正寻思着上哪找点吃的，忽然想起："档案室"的门是我下午跟十三阿哥出去时就锁好了的，现在怎么开了？

莫是丢了什么文件，这里的人才都跑光了，留我当替死鬼吧？

也不至于啊，贝勒府向来戒卫森严，哪有外人敢来偷？何况我一路回来也没见啥异常征兆。

——不是外人，难道是内人？

怒，不要又是什么狡诈妇女趁四阿哥不在家想整我？

我越想越惊，忙回身先把门自内闩死：赶紧先查一遍少了什么物什，别让人给栽了赃！

于是我擦火点燃桌上烛台的蜡烛，一手操起旁边厚厚的一叠线订目录，便要去大书架那对明细。

随着移动时的一晃，烛焰忽地蹿起，将我在地上的影子拉得老长，而我也在一霎间看清端坐在书案后的四阿哥。我惊得手一抖，目录散了满地，慌忙唱喏："请十三阿哥安！"

话一出口，我恨不得把自己舌头给咬了。

胡说什么呢这是？

可隐约又有念头掠过我的脑际：如果能和十三阿哥一起，我是否就不必这样整天担惊受怕，动辄得咎？我刚才在院中那样高兴，和十三阿哥临走前说的那句话究竟有没有关系？

这样的念头一个接一个地奔上心头，叫我乱了方寸，但这些问题还是其次，火烧眉毛，且顾眼下，四阿哥听到我说错话了吗？

我很想抬头观察下他的神色，但我不敢，只存了侥幸心理希望他今天人品爆发不要为难我。

我是有点怕他的。从第一眼见到他开始，便是如此。

年玉莹是足够美的，从我见到的形形色色人等眼里，便可看出这份美貌换来的倾羡、宽容甚至爱慕，好似天生宠儿。不过四阿哥不一样，这并不完全因为我知道他是将来的雍正皇帝，单单他那难以言喻的眼神，就令我有什么都被他看透了的感觉，愈想掩饰，这种感觉就愈强烈。

没人会喜欢被一个自己看不透的人看透，我也不例外。我垂头听着他的脚步声过来，在我身前停下。

“抬起头来。”他的声音听来平稳，似乎无任何不妥，却有不容置疑的威严。

我慢慢抬起头，因他比我高的缘故，并未看着他的脸。

他抬起右手，以食指触上我的左颊，指尖微力，从眼眶下方斜向唇角、下颌，又沿着赤裸的脖颈一路往下，最后仿佛漫不经心地道：“今儿玩得开心吗?”

他食指所过之处，有若一簇簇火焰灼痛了我的肌肤。

这一连串颇有意味的动作，令我始终不敢抬眼看他，只在这“火焰”隔衣滑下我锁骨时仓惶退后。

但只来得及退了一步，他的左手便迅速地绕到背后控住我身子，同时右手紧贴上我左胸微隆之处，我毫不怀疑他能清晰地感受到我急促紊乱的心跳。

我本能地昂起头看着他的眼睛，然后静静地吐出三个字：“放开我。”

“噼啪”一声，映在墙头上的烛光一暗，复又明亮，这烛芯爆裂声，使室内平添了几分令人窒息的气氛。

一明一暗间，他的眼里似有什么一闪而过。我宁愿相信那是我的错觉。

好像过了一个世纪那样漫长，他终于放开了他的手。

天知道，我垂在身侧的手，指甲已经深深掐入掌心。

我尽量镇定地转身走向门口，一面默默地告诫自己：千万不要回头，千万要挺直背脊，千万不能让他看出我的惧怕。

我伸手拉门，不可谓不用力，门上发出的巨响骇了我一跳，这才记起门被我自内闩住了。我又用手去扳门栓，移动的过程中，它发出的每下钝响，都在我的神经上刻下尖锐的一笔。

终于打开门，看到了院内的灯火，我一下失了节制，拔腿就往外跑，连头上的帽子掉落下来也不顾上了。

可刚跨过门槛，四阿哥就突然自后追上，一把揪住我的头发，将我拖回，我分不清我的背重重撞到的是门还是墙，但我的眼角有看到他的脚踏过我的帽子。

极度的恐惧让我差点失声惊叫，却又生生地克制了下去。

惊慌不能解决问题，我得弄清楚，他为什么要这么做？

我还从没见过他亲手打人，到底是什么惹到他这般发作？

谁知道男人发起脾气来根本不可理喻，他一点都不理会我在说什么，只管把我半抱半拉地扯回室内。

奔波了大半日，我只中午吃过一点东西，哪里还有多余的力气抵抗。没几下工夫，我就被他带到书案边，狠狠地仰面倒在其上，随即“哧啦”一响，我身上的秋日薄衫已被他大手扯开，半露出内里的月白绫肚兜及同色亵衣。

我这才幡然醒悟，他竟不是要打我，他是要……欺负我。

书案上的书籍、残局棋盘、笔筒、镇纸、石砚哗啦啦地倾倒一地，发出杂乱的声响。

我脚上一只鞋也被蹬掉了，狼狈之下，顾不得还手，只死命抓住胸前衣襟，要侧身逃下书案，却被他一手卡住脖子，动弹不得。

我惊慌失措地用双手去扳开，结果顾此失彼，双腿反被他拉开。

他的站位成功地欺入我双膝之间，马上扯开我腰间的系带。

“一道门算什么？即使出得去，你又能找谁？嗯？”他的声音变至深沉粗重，听在我耳中又是莫大的讽刺，我好不容易拉开他卡在我脖子上的手，心中已然恨极，不假思索，张口便对着他的小臂咬下。

他很快地夺回手去，但肌肤拉过我的牙齿时，还是被我咬破了手掌边缘。带着腥味的血溶在我的唇瓣上，又顺着他抽回的动作一点点地洒染到我的白衣上。

他低头看看伤口，并不当回事，只回手解开自己腰间的鹅黄束带，除去外衫，拉下裤子，每一个动作，都若有若无地碰触到我的双腿内侧。

但他并没有压住我，我半撑起身还想要跑，一眼晃见他腰下昂然张狂之物，顿时惊得六神无主。

他用眼梢瞥了我一下，抬手在我胸前柔软处轻轻一推，指尖有意无意正刮过要紧一点，我无处好躲，又被他仰面推倒在原位。

“半年没碰过你而已，胆子竟大成这样，当真以为我治不了你了？”他的语气充满挑衅，然而显然他并不需要我作答。

我骇得手脚发麻，连他究竟怎样剥去我的束缚都记不清楚，只觉下身一凉，知道什么都暴露在他眼前了，羞到无地自容，又深感受辱，下意识地背往上挪，想将双腿收拢并起。他却一手握在我的腰上，把我拉向他，另一手不容分说地将我的防备分得更开，用他手上残存的鲜血稍作润滑，猛然沉身进入我体内。

在他破空而入的一刹那，我全身僵住，一切反应都停滞了，包括呼吸。

他低下头，专注地看着我的脸，我几乎能从他的幽黑的瞳孔里看到自己的反影，但只是一眨眼的功夫，下一口吸气才开端，难以忍受的疼痛便来势汹汹地席卷了我每一处神经。

被他欺负的剧痛就像有几十支针管一起扎入肉里，我的视线迅速模糊。

我想哭、想尖叫，但任何一个哪怕最轻微的动作，都不可避免地会引发更可怕的折磨。于是，我只能像活活被串在竹签上的鱼一样拼命地张嘴呼吸，但发不出声音，他要我死我便死，他要我活我便活。

痛楚在体内激荡，我的手指紧扣在书案上无助乱动，却抓不住一个可以借力的地方，背上的冷汗出了一次又一次。无论我怎样企图分散注意力，也控制不住这个身体所发生的痉挛。

可越是如此，他就越不肯放过我，他的每一次探索就如一只凶猛的野兽咬到我最柔弱之处，但是他的狂暴我看不到尽头。

不知从什么时候起他开始跟我说话，他问我一句，我就紧跟着回一句。

我渐渐地发现，只要可以开口说话就能减轻苦楚，但他问我的到底是什么，我仍一点概念都没有。

身体不是我的，头脑不是我的，什么都是他的，因为他是我的主子……

事毕，四阿哥重新穿戴得一丝不苟，只拾起他脱下的长衫，抱我起身，给狼狈不堪的我披上，却不走人，又将我带入他那间大书房里。

他有时会通宵议事，书房内间有设床榻，但我从来没有进来过，他把我平放躺下，我才看出这是张紫檀木嵌螺钿罗汉床，没有架子幔帐，只有三面围子。

因挡门处一座五扇大的插屏遮住了院内花灯透来的光，四阿哥点起烛台上玉色的长烛，房内一下亮堂起来。

烛影绰绰，映得他脸上明灭不定。

我的长发早已散开，有一绺濡濡的曲折腻在脸上，微痒，刚想动，他却已伸指替我拨开。

我想起他先前的所作所为，心里不禁泛起一阵厌恶，便侧过脸去，呆呆地望着七屏风式床围上的浮雕蟒纹。

即使这样，我依然能感受到四阿哥坐在床榻外围看着我的目光。

在书房当差的这些日子，我见识过他和朝廷大员打交道时流露出的雍容气度，不是不轩昂器宇的一个人。而他在某些特定时刻的姿态、语言、眼神也曾让我暗自心仪，现在想起来，简直伤怀触心。

亏我还天真地以为我有能力保护自己，事实上根本身为鱼肉，任人宰割。

我现在才明白，别人对我的客气尊重都是假的，那不过是因为十三阿哥待我好，四阿哥又宽放我。如果四阿哥翻脸无情——又如果十三阿哥是一丘之貉，我该如何是好？

长得再好有什么用？

持美行凶，不如持刀杀人！

外面更道里隐隐传来三下梆声，天黑后才过了这么点时间，我却觉得一生都没有了。

寂静暗影中，四阿哥突兀地开了口，他的声音好像从很远处漂浮过来，“那年皇阿玛西征回来，把才四岁的你送到了我府里。虽然幼遭孤露，但你从小就活泼可爱，一双眼睛就像黑宝石一样，谁逗你玩，你的小拳头就抓住人手指不放。后来你渐渐长大，最爱玩风筝和兔儿灯，成天价满府里跑来跑去，谁见了都喜欢。那时候胤祥也常来我这，他比你大七岁，就爱逗你玩，你也喜欢跟他闹……我把你送到年家，原打算等你到了选秀女的年纪，帮胤祥跟皇阿玛求了把你指给他做嫡福晋。不料，那年他突然迎娶了尚书马尔汉之女兆佳氏，我一问之下，才知你和老十四走得极近。我叫来年羹尧，却连他也管不住你，老十四又素来和老八他们一路，没少给胤祥受暗气。你十四岁生日那天，我让年羹尧带你来见我，你竟敢当面出言顶撞……我既收了你，你就该学乖一点……”

我听懂了，不由眼泪簌簌地往下掉，打湿了半边脸颊。

穿越时空的人那么多，怎么就我最倒霉，轮上这个烂摊子，他们三兄弟争女人，关我鬼事，我品德兼优，从不乱搞男女关系，这次内伤真是受得重了。

不管四阿哥胡扯什么，他今晚又算什么？即使年玉莹才十四岁就被他那个什么了，可我说什么刺激他了？

他根本没给过我说话机会！

捅我一刀做个回忆录就算完了？

我小时候又不认识他，大家没感情好不好！

我越想越气，一骨碌翻身坐起想要顶他个肺，谁知下身突然像触电一样火辣辣地抽痛起来，苦着脸往前便倒，若不是四阿哥出手扶住，我整个人就滚下床了。

我臀部不能着力，手一撑，正扶在他胸前，就如主动投怀送抱一般，尴尬得想死。

“还疼得厉害？”他好似咬着我的耳朵说话，我无比悲愤地瞪眼看他，妈的，都这样了，还调戏我！

他嘴角微挑，轻轻地放我侧靠住床板，又下榻到外间书房去了一会儿，取过一个小小的黑色玉瓶和几条白色绢布，复在我身边坐下。他掀开裹在我身上的衫子，小心地打开我双腿，先用绢布擦拭，再拔开瓶塞，直接用手指沾了蜜色半透明的药膏抹在我的身下，又一点一点地揉开来。

这不知名的药膏初一沾身，还觉刺激疼痛，但揉开来之后，就渐渐有清凉舒缓之感弥漫开来，让我好过很多。

只是后来他的手指开始探入涂抹，我便如临大敌般蜷紧脚趾，手死死地抠住床板不放，他倒是一脸正经，“放松些，你这样我怎么弄？”

结果我更加紧张，抵死叫道：“走开，走开，不疼了！不要你弄！”

好容易四阿哥收了手，我急忙并腿把衣衫下摆收好，不曾想这衫子本来就偏大，身倾得太深，上半身遮盖竟整个垮落下来。

我自己衣物都被他撕扯坏了，一时间上身并无遮拦，连红痕都被他一览无余，忙一手掩胸一手拉衣往床里躲。

四阿哥看在眼里，随手抛了玉瓶，一把攫过我来，仰面按倒在榻上，不管不顾地吻了下来。

我紧闭牙关抵抗，无奈他的手包住我的前胸，发疯一般地撩拨。他滚烫的掌心逼得我扭着身子要躲，我刚张口呼吸，便被他的舌头侵入口中，舔噬着我的上颚和牙龈，连舌下隐秘的柔软也不放过。

我胡乱地挡开他的手，不当心又抓到他手上伤处，他低“嘶”了一声，强硬地一手扣住我的下颚，令我无法转身。

他的眼里有异色一闪而过，手在下面一阵动作，解开了他和我之间的束缚，又很快地用膝盖顶开我的防备，回手垫高我的腰臀，将他的炽热对上我尚存凉意之处，略磨了一磨，便要刺入。

我吓得发出半声哭音，却又迅速抬手，将手背覆在眼帘上，不想让他看到我的泪水流出，但耳边只听他急速地喘了几口气，意料中的可怕并没有马上发生。

又过了一会儿，他竟极温柔地拉开我的手，柔声道："不要哭了，乖……"

我颤抖着忍住抽泣。

他慢慢地从我身上下来，自后侧抱住我，直到我停止哽噎。

但他的硬挺仍未消失，因此当他掠开我的发含吻我的耳垂时，我的身子又绷紧起来。

他意识到这个，稍稍退开一些，不再那么紧贴我，但这本来就是张单人床榻，宽裕的空间不多。

我和他都出了汗，彼此身上混杂着对方的汗水，分不清谁是谁的。

烛芯没人剪过，映在墙上的火苗越来越长，却不够亮了。

四阿哥的声音有些沉闷，"安心睡吧，今晚我不会再碰你。"

我忽然想起我来到古代是因为年玉莹的坠马，不知怎的便觉十三阿哥所说的可能并非真相，因问："如果我死了，你会怎么样？"

他深吸口气，缓缓道："有我在，你不会有事。不过——你若敢自裁，我必把白家和年家抄光九族！"

他最末一句话，语气颇为阴狠。

难道年玉莹曾以自杀来威胁过他？

还有，年玉莹的生父本来姓白？她为何连姓氏也要改掉？

可惜我不是年玉莹，我虽然也姓白，但我的九族可是在三百年后。

热的时候容易犯困，何况我今天几经折腾，早已不堪承受。朦胧睡去前，我恍惚记得我问了他最后一个问题："白家还有亲戚吗？"

他好像有回答我，但我醒来之后，对那个答案已没有任何记忆。

第二日我到快中午才起身，醒来时，人已经在自己房里，身上盖着薄毯。这季节的内衣基本还是每日更换，每天早上由浆洗房的水妈妈们负责洗涤送来。我贪睡，往往一次会多拿几套洗好的放在房里替换，但都在箱子里，不像今天一睁开眼，枕头旁边就整齐地放好一叠干净的衣服。有件杏子红肚兜甚至已有人给我围好穿在身上，回手摸摸，到处皮肤都很干爽洁净，是有人给我擦过身的，那么昨晚的梦不是假的了。

我悉悉娑娑地将衣裤鞋袜穿好，又取了一顶新的蓝缎子便帽束发戴正，这才开门出去。

外头院子里太阳挺烈，刺得我眼睛发麻，正揉着，那头戴铎带着小苏拉拎着食盒过来，见了我，笑道："二小姐起了？该饿了吧？先吃饭吧，主子交待，二小姐昨儿过节玩累了，今日只管在屋里歇歇，不用做事。"

我一听便气不打一处来，我玩累了？是给你家主子玩儿我了！

戴铎指挥小苏拉进屋打开食盒，取出菜肴米饭一一摆放好，都还香腾腾、热乎乎的，又满面堆笑道："昨儿四爷回来得早，亲自督促我们布了这满院子的花灯，说晚上二小姐会回来一起过节。我一听，忙带人赶出去接你，谁知到了致美楼一问，你跟十三爷已先走了，我看小红马还在，就只好在那等着——晚上看着花灯还不错吧？"

“哦，戴总管去接我时怎么没说四阿哥已经回府了?”我接过小苏拉递给我的湘妃竹镶银筷搁在小碗上，先分了他一碟苏叶饽饽拿出去吃。

戴铎一愣，“我有说呀，你没听见?见上面儿我头一件就说了这事。”他又报出一个长随的名字，说我不信可以问问。

我想了想，那时我满怀心事，是有可能没听到，也懒得跟戴铎扯皮，因勉强笑道:“戴总管吃了吗?”

戴铎道:“四爷叫誊的折子刚清理完，等下过去再理一遍，这就要去吃了。”

“哦，那我就先偏了，你忙?”

戴铎听出我有送客的意思，眨了眨眼皮子，看我已经坐在桌旁，才忍不住道:“四爷又去了毓庆宫，晚上还有应酬，必要迟回的，二小姐尽管放心安置。”

我听他一路把话说得客气中带着不阴不阳的调调，多少起了点疑心，想说什么，又忍下了，只道:“在这儿的都是奴才，各守各的本分罢了，主子在与不在，也都一样，戴总管你说是吗?”

“那是。”戴铎不知怎么冒起汗来，脑门上油光光一片，却还不走，看着我道:“四爷让把花灯全收在一间屋子里了，二小姐可要看看?”

我刚挟筷菜，还没送进口，心里一烦，随口道:“不看。荷花灯什么的分给小苏拉他们拿去玩吧!”

戴铎还没说话，小苏拉连扑带跑地从外头进来，急摇手道:“不行不行，过了中元节，再拿荷花灯回家玩，我妈要打屁股的!”

戴铎作势赶着小苏拉要打，小苏拉忽然哭鼻子道:“戴大爷，鬼节用过的灯不能叫我拿呀!”

我看得傻了眼，忽然想起昨日和十三阿哥在路上遇见小孩唱的歌:莲花灯，莲花灯，今日点了明日扔。

敢情七月十五中元节就是鬼节，怪不得十三阿哥说我小时候藏灯还要被四阿哥骂，原来是这个道理。

“算了，”我摆摆手，“那就把灯抬出去都烧了好了，反正放在那我也不会去看。”

戴铎伸伸头，刚想说话，我笑啐道:“行行行，等四阿哥回来你就拿我这话跟他说。到时他叫你烧你再烧，有事担不到你身上了吧?”

正好门外院子里有人“戴大爷、戴大爷”地叫着找他来了，戴铎这才去了，小苏拉也止了哭。

我几口把饭扒拉完，推了椅子就往对面的档子房走去，小苏拉塞了满口的饽饽，急急地替我掩了房门跟过来，含糊不清地问道：“二小姐下午还要做事?”

我头也不回地道：“事情不多，放你的假，先回去吧，桌上还有我没动过的两盘菜，你连盒子一起提回去，你妈要问起，就说是我给的。”

小苏拉欢喜不尽地谢了离去，我拿钥匙开了“档案室”的门，先吸气定了定神，这才推门进去。

还是我每天来的熟悉地方，我强迫自己站在书案前，紫檀木硬得很，我抓断了指甲也不会留下印记，但当我站在这里，我可以清晰地回忆起昨晚那让我极度恐惧的一幕幕。

我要牢牢记住它，只有这样，我才能随时随地提醒自己不要再天真地高估自己的能力。

记得有一个“沸水煮青蛙”的寓言：把一只青蛙丢进一个煮沸的水锅里，反应灵敏的青蛙会在千钧一发之际，用尽全力，跃出开水锅。但将它放在同样的锅里，里头加水再用小火慢慢加热，青蛙虽然约略可以感觉水温的变化，却因惰性没有立即往外跳，最后被热水煮熟而不自知。

有些事，不管找出多么好的理由，也不可被原谅。

现在的我，就算反应够快能跳出沸水锅，只要四阿哥高兴，他也随时可以抓住我摔回去。

我不会让他选择我的棺材，不管年玉莹跟他之间有什么恩怨，那都是以前的事，现在他得罪了我，我总要叫他拿出些代价来——不管是什么代价。

天擦黑，又是戴铎亲自带人送晚饭来。

我没关门，他们在门口探了探头，见我已经点起烛台，伏案写字，便悄悄儿地把食盒放下走了。

他们刚走，我便听见院门口有规律的靴子声响起，知道是四阿哥打头锋的亲兵来了，因架起笔，踏出房门，和众人一起迎上去。

不一刻，穿一身木红色衣褂常服的四阿哥身后跟着顾八代老师走进院来，大家平日训练有素的，一声“请四阿哥安”的唱喏甚是整齐，四阿哥伸右手虚接一接，众人或快或慢地各自起了。

四阿哥一眼见到我，略凝了一凝，便很快在大伙儿前后簇拥下进了正书房。

我自回到“档案室”，虚掩了门，半坐椅上。打开食盒，先看到里面一盘玉带桂鱼卷、一盘桃仁酥鸭、一盘燕窝拌白菜，平日极爱吃荤的，现在却没甚胃口，随便拣了几筷白菜，因不下饭，挟了两筷玉卷把一小碗饭对付过去，桂花牛乳汤倒是全喝了。

所有零碎收拾好，走到案边捧盏兰雪茶漱了口，还未完全放下，门风微动，一人踏进脚来，我侧身拾起飘落到椅面上的一张空纸，口中道：“还有没动过的，你自己看——中午的食盒还回去没?”

那边的响动不大对，我奇怪地回首一看，不是小苏拉，却是四阿哥，他站在小桌边，正揭了食盒盖儿往里瞧。

我上去走到他身边，刚刚站稳，他对着食盒指一指道：“这个白菜炒得不赖。”

我提筷挟起两丝白菜，左手用掌心虚托在下方给他送过去。

他并不犹豫，一张口，就我手中吃了起来，接着又看了一眼，道：“桂花牛乳汤是学西洋人的做法，你喜欢，以后叫他们天天做。你以后也别对那些小苏拉太好了，都抢着来跟你做事，叫别人用谁呢?”

桂花如何是天天皆有之物，我不说，他自己也想起来，因一笑而过，带我边走向书案，边道：“听说你写了一下午的字?”

他伸手去拿，却见张张都是白纸，只偶尔有点大墨迹沾濡，有的又是一点点地晕染，深入那些微细的纸脉，一看便是眼泪化开所致，脸上的笑就收了去。

我默默地从他手里接过那些纸，叠起放在一旁。

他的手突然搭上我腰线，我微微颤抖一下，还是由着他搂了过去，便嗅到他身上淡薄的酒气，又一次紧张起来。

于是他换了个姿势，双手撑在书案上，把我固定在他和书案之间。

在他灼灼的目光下，我低首看着他手掌内侧那个已经不是很明显的咬痕，像是受到什么诱惑一般，伸指抚摸上去。

他的身子一下贴紧过来，有些压迫到我的呼吸。

我见他腰间丝绳系着的片状羊脂玉牌甚是温润洁白，顺手把玩，正面隐隐刻着一幅山色风景图，再翻看背面文字，是“清勤慎忍”诗文雕牌，其调法浅而清晰，秀雅可人，下落有“子冈”款。因这些天读了不少杂书，包括玉器鉴赏秘要之类，知道是出自晚明时期苏州制玉大家陆子冈手笔，存世无多，堪称千金难得之物。

四阿哥解下玉牌，系在我腰带上荷包旁边。

他的手指修长灵巧，骨节匀称，指甲修剪得很短，看起来很干净。我也不动，由得他弄，因看他换了一身石青色新衣，问道：“四阿哥要出门？”

他点点头，“今儿户部的事得了皇上的彩头，太子晚上在宝善街丰泽园作东，说也叫上你去乐乐，也是，回京这么久了，我还没得空带你去拜见他呢，这个礼数不该失。”

我想一想，哦，他说的就是现年三十五岁的二阿哥、即将被康熙两废两立的古往今来第一高龄太子，如此人物，年玉莹也认识？

“你去吗？”四阿哥问得古怪。

我答得爽快，“去。”

四阿哥朝我面上看看，似笑非笑地道：“那里路窄，抬不进轿子，要骑马去，你跨骑不妨？”

我一开始没明白他什么意思，待想到了，不由羞得半别过脸去，只听他低笑道：“一会儿上我的马，你侧坐着就行了，保准不让你掉下去。”

四阿哥今晚骑的是一匹漂亮的栗色骏马，夜色中，也能看出马的眼睛异常清亮有神。

一起出王府的人不多，除了我，他只带了戴铎和十几名“粘竿处”的年轻兵卫。

我依然牵了自己的红马小宝，与四阿哥同骑不过是他一句调笑话儿，众目睽睽下可不是闹着玩的。

大伙儿自侧门出了府，一路扬鞭打马，除了马蹄，并无他声。

我的马跟在四阿哥身后一点，其他人又隔了一段跟在后面。

四阿哥骑术娴熟，虽非带兵阿哥，与十三阿哥相比也不遑多让，想来是得益于每年的木兰围场秋狝之功。

我却在想，年玉莹的马术可是他教的？

到底晚饭吃得少，赶了这一路，我微觉头晕，下马时稍晃了晃，四阿哥已先跃下，回身不动声色地在我臂上托了一把，又将马疆甩给后头赶上的戴铎，早有太子爷的迎宾人上来打千请安，引入门去。

原来丰泽园的核心建筑是临池的一座两层木结构小楼，楼上灯火绰约，未近其前，先听笙歌细细，杂以艳歌，柔曼娱耳，间或人语笑谐，汇成一片极繁妙的声音。我侧面看向四阿哥，但见他神色微动了动，若有所思，又似颊边隐隐冷笑的模样。

我头皮一麻，升起不好的预感，却也无法，跟在他身后进楼。

楼下围坐着几桌人，正在抹纸牌喝酒，倒也热闹得很，只说笑声不大罢了，见四阿哥来，各自丢了手，过来见礼，都是各府里有头有脸的管家、首领太监之流，四阿哥含笑见了，并不停留，只管带着我往楼上走。

这里的楼梯呈螺旋状，走上去看得清整个底楼大堂。在一楼天井的正中，竟然还有一个类似鱼池或是喷泉的设施。

见四阿哥竟不将普通长随打扮的我一视同仁留在楼下，众人不禁眼光各异，也有人偷偷仰了头往上瞧。

四阿哥一声不响，我则亦步亦趋。

尽管有思想准备，才上二楼，我就被迎面扑来的富丽堂皇掀了一下眼皮。

其间画梁雕栋自不必说，奇的是天顶上间错罗布豆大的夜明珠，仿佛天上的璀璨星辰，并无蜡烛火烟之气。

地面铺满了柔软珍稀的皮毛，不知何处引风过处，一幅幅自顶垂地的宽大珠色透明轻纱曼妙薄扬，暗香绰约，惹人遐思。

闻味，北京城最醇的佳酿仿佛齐聚于此。望色，居中场特制的矮榻上十六舞姬真珠璎珞黄金缕，满围香玉逞腰肢，玉钗斜横翠袖偏，飘飖初似雪回风。

正是“背番莲掌舞天魔，二八娇娃赛月娥。本是河西参佛曲，把来宫苑席前歌”，说不尽旖旎奢华光景，几可使人抛却红尘醉死温柔乡里。

四阿哥对此熟视无睹，挥手令引路人退下，直接贴右翼墙下往主位走去。已到的阿哥王公们分坐四周，尽管四阿哥不事声张，但短短路程，至少已跟六、七起人互相抱拳作揖。我跟在他身边，忙不停地翻袖打手请安，纯属消耗体力，只听出来不是这个亲王、就是那个亲王，啰哩叭嗦一大堆，哪里对得上号。

总算听到他说：“请太子爷安！”我心想，这可是最后一回了，头也不抬，认真打千下去，“给太子爷请安！太子爷吉祥！”

周围嘈杂的声音好像一下消退，只听太子爷笑道：“四阿哥安，小莹子也起吧。”

太子爷的声音很低润柔和，透着一种说不出来的慵懒，又像缓缓流淌的溪水，清澈但不奔放，虽跟八阿哥那种一发话便予人以温暖大大不同，但一样令人如沐春风。

就凭这把声音，我料定太子爷是个美貌大叔控，因强行按捺着心中激动慢慢起身，以自认为最优雅的姿势抬头鉴赏——

宝蓝衣衫，身材英挺——优秀。

慢，为何此君脖子上好像有习惯性青筋？

于是，我稍稍停顿了一秒有余，方一鼓作气地看上他正脸：眼睛是那个眼睛，鼻子是那个鼻子，嘴巴是那个嘴巴，和我心里刚刚浮现的面容完全一样。

我甚至能联想出假如此刻我突然纵身从窗口跃下，太子爷会怎样如颠如狂地扑下楼去抱住我如拨浪鼓般狂摇，“小莹子，你怎么样？啊？你为什么一见我就跳楼？”然后四阿哥急忙拉开他，“小莹子需要静养，不能震动或受刺激。”于是太子爷先生放开我，抱住四阿哥也如拨浪鼓般狂摇，“四阿哥，她为什么跳楼呀！你救她呀！”最终，在太子爷头上青筋随嘴巴的开合时隐时现的、一惊一乍的、歇斯底里的、英武不凡的气质性“狮吼功”轰炸之下，搞得我彻底口吐白沫回天乏术。

单从长相上论，太子爷，99. 999%就是某著名八点档言情戏演员，我的同时代老乡马×涛先生。

此时此刻，我只能说，我的心理活动那是相当的复杂。

四阿哥一面和太子爷互让了入座，一面道：“老十三还未到？”

太子笑道：“他正在户部和那些管帐官员们犒劳拼酒呢，稍后自然过来的。”

主位席上紧贴太子右侧，原留出面向中间舞场的数张空桌，四阿哥坐了最近的一桌，自有姣童美婢上来伺候。

其他王公皇亲也已各归原位，一时又宴酣丝竹，宾主互敬，分头把盏，觥筹交错，纵酒极娱。

我觑了空子，低头抽身往后要溜，谁知正专心听乐的四阿哥忽然略偏首，扫我一眼，“哪儿去?”

我小心压低声线，汇报道：“人有三急。”

他又道：“要人带路吗?”

我习惯性地小鸡啄米般点头，又拨浪鼓般摇头，他便一笑，轻挥一挥手，放我去了。

刚到楼梯口，忽听楼下一阵喧闹，一片行礼声中众星拱月地又拥进四位黄腰带皇阿哥。

我定睛一看，正是清朝“F4”，八阿哥、十阿哥、十四阿哥都是见过的，还有一个走在八阿哥左手的却是一名肥公，想来便是九阿哥无疑。

人家是审美疲劳，我是审阿哥疲劳，溜眼珠子一看，西面还有一道侧梯，遂脚底抹油地奔过去。

谁知刚要下楼，横刺里突然冲出一个人来，一头撞到我的腰，肋骨生疼，我昨晚被四阿哥一番折腾，刚才又骑马累着，腰间一点吃不住劲，腾腾腾被那人撞下几步，要不是撑扶手撑得快，这遭不滚也滚下去了。好歹稳住脚，刚说得一声：“哎哟，端你大爷的!”那人忽然就光往我脸上看了一看。

此楼梯间虽然偏光，但人模样还是看得清的，我瞧见她一身舞姬打扮，正自莫名，因她这一个姿态，忽然想起她可不就是回京前在镇子遇见的那个泼了我一身水的小云？心里想着，嘴里已经问将出来：“小云?”

她也认出我来，却道：“你、你是……女的?”

我松松腰带，把身上的衫子放宽多些，干咳一声，要找话来说，小云却忽就台阶直厥厥跪下，双手扯住我衣角低声哭道：“救命……有人要来抓我……”

东边传来笑语声声，我心知那四个阿哥要上楼了，生怕被他们撞见，扯起小云，急道：“这里不是说话的地方。”

小云领悟，赶忙爬起带着我悄步下楼，进了一个堆放衣箱的小隔间，一关门，忽然返身跪下，苦苦哀求我别把看见她的事情说出去，我听了好一会儿才整理出头绪：原来就在我遇见小云那晚之后，她的相公忽然得了急病，两人辛辛苦苦凑了钱来到京城找名医求治，没料想不多久便被恶人看上她姿色，逼死了她相公，又把她送进九阿哥府充当歌伎。因她不堪凌虐，拼死逃出，却又流落到太子爷的舞团为姬，虽然连名字也改了，不知怎么却被九阿哥得知她藏身于此，暗里让人带话威胁，叫她要么自尽，要么迟早跟太子爷讨了她回去加倍折辱。是以今日太子私宴并未邀请“八爷党”的人，他们却在此时一起出现，显是要借题发挥，不由她不惧怕万分，趁换场间歇偷跑出来，不想这么巧又撞到我。

我借口溜出宴席，本是想找机会跑路，给她这么一磨，耽误了时间，再不回去四阿哥必定生疑，更不好走了。是非之地遇是非之人，虽然同情，却并不欲多管闲事，只道：“你何不求太子爷救你？”

小云凄声道：“我已入乐户贱籍，又有谁当我人看？不过是供人取乐的玩艺儿……我的贱籍一日不消，就算逃出去，到哪也是个死，只想着到园里惜春湖一跳也就完了。”

房里密不透风，我气闷不过，既不能看她冲出去寻死，又要想法开销这一段过去，正为难间，忽听她喃喃道：“……再如何，我也不能连累了十三阿哥，蒙他相救，已是天赐之恩，我不过贱命一条，死何足惜！”

“哎！”我忙伸手拦下她，“你说什么十三阿哥？”

小云红着脸，这才说了实话，原来她那天逃出九爷府，竟误打误撞地摸到冰渣胡同十三阿哥府那儿求救。算她命大，真给她在路上碰到半夜完差回府的十三阿哥，还是他想出办法将其送入此处太子爷的半私园性质的舞团，才救了她一命。但如今九阿哥若要当面彻查，这件事只怕是纸裹不住火，除了沉湖求死，竟无他法可想。

也正因为她认出十三阿哥是当日在镇上投宿之人，而我又与十三阿哥相熟，所以她一见到我，就燃起了生的希望。

一番话说得我张口结舌，苦笑连连：这不是死耗子撞到瞎猫么？

她说了一通血泪史，我却只想到她既然要跑，当然会熟悉这儿的环境，不由萌起几分希望，问道：“你想好怎么逃了吗？”

谁知她擦擦眼泪，道：“舞团平日训练极严，自从我到这儿，除了通往惜春湖的路还认得，其他的都没去过。”

我一头听，一头想：十三阿哥把小云送到太子爷这儿，真可谓险中求

生，但只怕连他也没想到“八爷党”耳目如此灵通，且胆子大到敢跟太子爷硬碰硬。原先我听小云痛诉时还半信半疑，总觉得“八爷党”不会为她一个人搞出这么大的乱子，现在知道十三阿哥也牵涉其中，隐隐觉得这断然不是没影儿的事，待会儿等十三阿哥也来了，只怕真要闹一出好戏！

十阿哥、十四阿哥都同十三阿哥不睦，九阿哥又是和他们一路的，那么……我越想越惊，脑海里忽然就浮现昨晚月色下十三阿哥同我说的话：“你放心，我一定会跟皇阿玛说，求他把你指给我。”

不过一个晚上的功夫，他的声音、他的笑脸已经恍若隔世。

我极力说服自己，就算这事真的闹大了，就算太子爷撂挑子不管，还有四阿哥会帮十三阿哥不是么？——可是，我也想助他一臂之力，就当还他待我的情，从今往后，互不相欠。

我抱定主意，因问：“小云，你等下还要不要献舞？”

她咬唇想了想道：“要。还有一项是我有份参与的七人群舞。”

“好，你把舞衣脱下给我。”

“啊？”

时不我待，十三阿哥随时可能进楼，我半背过身，解了自己的衣帽，连腰带、玉牌、荷包一并交与她，“我们先交换衣服，这玉牌挺值钱，得放怀里收好。你就扮成小厮想法子混出去，把玉牌当了钱，或者回老家，或者嫁人，好好过日子，也不枉十三阿哥救你一场！”

小云穿上我的衣服，倒真有几分清俊小厮的味道，反观她的衣服穿在我身上，实在不称。

其实我们身量相似，关键在于胸衣太松，据我目测，她的胸围发育颇好，约有80B的尺寸，而年玉莹差不多只有75A。本来衣服大一点不显身材还好，可惜在没有胸垫的情况下，一跳舞就百分之百会露点，我可没这个性趣。

小云也觉我穿了不像，正蹙眉间，我看到墙边堆放的衣箱，心头一亮，过去一一试着打开。小云也过来帮忙，但多数箱子都上了锁，就算不上锁的，里面也只有一些面纱之类的杂碎。累了我半天，扶腰喘气不止，小云却忽在墙角发现一只长匣，打开一看，惊诧不已。

我凑过去看，也是惊喜莫名：匣内黑绒上静静地躺着一套绯色带水袖的裙装，是三月里桃花的颜色，鲜亮粉嫩，浓淡适宜，深一分失之艳丽，浅一分又太素净。最特别之处在于其绣衣丝线不知掺了何种材质，暗光中折出闪闪晶色，流光潋滟，真正美不胜收。

再将裙装抖开细看，裁剪亦绝无暴露之处，仅有领子后面略大方，可以想见若将长发挽起，露出一小截白皙芊弱的秀颈，必极清艳动人。

正好小云脚上原踏一双银丝软底舞鞋，再相配不过。

我换上绯衣，试走几步，竟再没有比这更合体的。小云仿佛也看痴了，半晌才帮我把腰间的同色垂带又细细收好一遍，退后一步，双膝着地地给我磕了一个响头，“恩公救命之情，我今生恐怕难报大恩了，来世为牛为马也要报答你。”

我见她发上有枝尾嵌明珠的白玉发簪，明明软玉，竟可做得如此纤细，且淡淡红光隐转，知是好物，便伸手取下，笑道：“戴着这个出去，人家便知道是你了呢。无论今日之事如何，把它送我，就当你报答了我。来，帮我把头发斜斜绾一个髻，让我看上去越弱不胜衣越好……唔，还有，帮我从那边取几块黑色面纱过来，我要试试。”

自来到古代，我多数时候身着男装，打扮上从来不甚留心，只求洁净，但今晚却忽然有了一种久违的感觉。

唉，没办法，这世上哪有不爱打扮不爱漂亮的女人，阔别已久的虚荣心暴起，我要于今晚艳压群芳。

某位师太评价美女，爱说美则美矣，没有灵魂，但我现在正有这份自信：我的灵魂带给年玉莹的光彩，将会超越这个男尊女卑的时代所能想象到的一切。

不过，我一定要蒙着面纱，不然被四阿哥发现他的“长随”跟太子的舞女们跳起了群舞，本姑娘小命可就一百二十万分的不保。

我依小云指点，直接上楼找到舞团候场处，拣人后靠墙处抱膝而坐，因渐渐入夜，小楼水榭，凉风微习，好在我事先有备，身上系了一件墨色披风，又可御凉，又不引人注目。

这些舞团的女孩子们个个悉心打扮，争妍斗丽，除了前场正在跳舞的一组，这儿起码还有三四十号人。可能是舞蹈需要，也有面上戴纱的，不过不是黑纱，是描金线的那种华丽丽的遮了等于白遮的东西。她们三五成堆，悄指着帷幔外的王公大臣皇亲国戚的身影低声笑谈。最受欢迎的当然是那些皇阿哥，出现频率最高的自然是太子爷，其次是……不苟言笑的四阿哥，十三阿哥、十四阿哥也大有市场，却极少人议论起八阿哥。事实上在我眼里，八阿哥才是诸皇子中生得最美的一个，可能是古今审美标准差异甚大，也可能因为这里是太子爷的地盘的缘故，不过有一点是相同的：九阿哥基本都被用来当作反面教材——我真有点同情他，人家要生在唐朝，本来也不失为一代帅男呐。

看来小云平日在团中颇为孤僻，我进来了半日，虽有人朝我张望过几眼，却少有人上来说话，即便有人向我这笑笑露出搭讪的神情，我也装作低头瞌睡，不予理睬。

帷幔外笙歌曼曼，间杂那些阿哥们的说笑劝酒声：太子爷的笑声最多，四阿哥和十四阿哥好像都寡言少语，八阿哥说话

声气很是好听，十阿哥总追着十三阿哥碰酒，听对话，列席的还有七阿哥、十二阿哥、十六阿哥，却不知为何我见过的大阿哥和三阿哥并未出现。

我本来就是沾了文艺特长生的光，才考进理想的大学，以前凡有院系、校级联欢活动，我总会上台 show 一把。在上头一贯严谨正派的作风下，我倒是穿红披绿地跳过几次扭秧歌，没办法，某校领导好这个调调。而另一位领导又喜欢昆曲，于是我这个不幸有个非著名昆曲艺术家舅舅的苦命小孩也时常被点唱《牡丹亭》，一般都是第十出“惊梦”的前半部分“游园”，没想到今次回古代真的就“沦为”戏子了，郁闷！

也亏有这些底子，今晚代小云献舞才不让我怯场，反正不至于要跳《十面埋伏》里的那种水袖击鼓舞，到时大差不差地在群舞里总混得过去。万一九阿哥错认我为小云，硬要跟太子把我讨了去，就只好发挥我的“捣浆糊”神功，反正尽量拖延时间，小云逃得越远，十三阿哥就越安全，

我胡乱想东想西，许久也不见有人唤我上场，倦意来袭，真的就要睡去。半梦半醒间，忽觉身前起了小小的骚动，立即警觉睁眼，却见一名着孔雀蓝苏绣锦衣的丽人穿过人群向我走来，从众人的态度及称呼中，我很快就对上号：她便是小云说的舞团团长晴姬。我只道群舞即将开场，忙着站起。才顺了顺衣裳，她已经走到我跟前，目光在我头上发簪顿了一下，轻声而急促地道：“小云，惜惜突然受风倒嗓，今晚不能出场献唱，团里只有你陪她练过唱，如今别无他法，只能指望你了，快跟我来。”说着，就牵起我手，带我向帷幕那头的开口走去。

晴姬的手心沁出了汗，显然事关重大，连她也把持不住。

哪里又冒出来一个倒了嗓要我出场代唱的惜惜公主？如此当头一击，我大感吃不消，但众目睽睽下，我也不好夺手逃跑，心里一片木然地被她带到开口处，正好上一批舞姬在一片笑声掌声叫好声中陆续退场回来。

从我站的方位望出去，第一个便瞥见正面无表情垂眼呷酒的四阿哥，猛然想起，他这么久没见我回去，只怕就要发飙了吧？

“我已跟琴师打好招呼，你若有忘词的地方，他会暗中助你……”晴姬只忙着帮我解开身上的束缚，顷刻间披风滑落，露出我内穿的绯衣，令得路过的舞姬不住地侧目而视。就是晴姬也停手看了看我，但时间紧迫，并顾不得问那么多，在我背后肩胛处轻轻一推，“上去吧。”

我深知此刻面对四阿哥是会死人的，正在心里打鼓研究逃路、精神涣

散之际，不提防她突然下此毒手，只觉面上一凉，身一前倾，竟然真就冲了出去。

此刻已有王公大臣看见我出场，不知哪个好事之徒喊了一声："惜惜姑娘出来了！"顿时所有人中十有七八向我这边投来注目礼，包括那些皇阿哥们，只有四阿哥最后掀眼皮子，懒懒地瞧了我一眼，突然身子一动，似要立起，却又按下。

我直觉不对，忙拿眼睛搜索其他人，自太子爷以下直到十六阿哥，但凡我认识的全都表情诡异，我不由心中暗火：什么人这是，见着一个惜惜姑娘就都成这德行了，连十三阿哥也不能免俗！这不还带着面纱嘛？你们挤眉弄眼的啥意思？

偏是这一想，我骤地明白问题出在哪儿了！

——我的面纱没了！

——晴姬推我出场时顺手拉去了我的面纱！

——这个白痴女人！

我总不能当众捂自己的脸，借着走上场的间隙，我微微转目瞟了帷幕边上的晴姬一眼，这女人手里果然握着团黑色面纱，而她的脸色要多难看有多难看。

据我残存的理智判断，在座的并非人人都认识真正的惜惜姑娘，也并非人人都认得倒霉蛋年家玉莹，尚有一线生机。

死到这个地步，就是派我去炸碉堡也得上了。

……神啊，救救我吧。

我是来跳群舞的，没想到要代人唱歌，唱什么？我完全没有概念。要在四阿哥能杀死人的眼光下想出这个答案真是不可能的。

乐团众人并不认识我，一时不得要领，也停了奏乐，齐刷刷地望着我。

全场渐渐由低到高起了一阵"嗡嗡"的议论声。我仍站着不动，没有唱曲的意思，也没有跳舞的打算。

晴姬忽然动脚往台上走来——她要干什么？谢罪？揭发我？

然而她只走出来几步，太子爷已远远给她比了个手势，接着身子略往后一仰，抬脸发出一连串低低的笑声。所有人都停止动作看他的表现，但他置若罔闻地笑了个够，才转一转指间酒杯，隔空向我一举，笑道："惜惜姑娘最善弋阳腔，拿手好戏是《长生殿》……唔，我今晚却想听听别的，就用江西宜黄腔来一段李香君学唱《牡丹亭》的唱段罢，不，也不好，从‘袅情丝’那折开始如何？”

我听得心里一怔，“袅情丝”属《惊梦》的唱词，甚是香艳无比，尤其那最后一段。不过，谁来扮小生呢？太子明知我是谁，为何要将错就错地把我说成惜惜，还出此难题？

我今日才第一次见到太子，并不知其心性究竟如何，不过这些皇阿哥哪个也不是省油的灯，一个不留神，被人卖了还帮人家数钱。正急切间，脆声声的一记细梆响，笙笛竟已细细奏起，帮闲们轰天价叫声“好”，只待我开腔。

大幕已经拉开，戏目却非我所选，好，你们爱玩儿人是吧？我白小千陪你们玩到底。

我袅袅侧身，半袖遮面，摆出凌波姿，并非《惊梦》的起手势。

只定了这么一定，乐声半犹豫地先后止了，猜疑惊忌的人声暗潮迭起，但因其中并没有哪个阿哥加入，这嘈音始终处在受压抑的状态。

我的手和气息很稳，心亦如水镜般明澈，直到一切嘈杂失去着力点后自然安静下来，我才慢移步、轻抛袖，曲音由唇间婉转而起：“半冷半暖的秋，静静烫贴身边，默默看着流光飞舞，晚风中几片红叶，惹得身心酥软绵绵。”

刻意选了粤词，莺燕低回绵软锦绣的唱腔，非懒画眉，非皂罗袍，非步步娇，非忒忒令，只管长袖缓带，绕身若环，曾挠摩地，扶旋猗那，叫人听得似真非真，亦步亦趋，一生一世。

“半醉半醒之间，认认笑眼千千，就让我像云端飘雪，以冰清轻轻吻面，带出一波一波缠绵……”

谁说是宋西蜀牡丹亭前杜丽娘，谁看似唐宫庭长生殿里杨娘娘，总归戏里不知身是客，一晌贪欢镇日缠，任款款莲步生花心底，丽语珠韵缱绻来。

最柔软的绸做的水袖，舞出了风来，却没飘散了，正舞过轻纱，舞过寂寞，忽然间有人敲檀板、有人抚秦筝、有人琵琶轻响。

不知觉间已在太子座前双手轻移，眼波暗转，虽处众人之中，却神游他处，唱得偏是极尽清丽之词：“留人间几回爱，迎浮生千重变，与有情人做快乐事，未问是劫是缘……”

管他一把纸扇任轻盈，管他粉墙黛瓦芍药圃小院，管他一盏海棠酒温婉入喉难释怀，我只知两道水袖抖十丈软红，如离合悲欢至此方生，和着低低缓缓的笛，应着断断续续的笙：“似柳也似春风，伴着你过春天，就让你埋首烟波里，放出心底狂热，抱一身春雨绵绵……”

我身随曲、拂蝶飞，弓鞋袖转，纤手划过，素腰款摆，袂影翻云，舞袖间流风回雪。

最后一个滑步悠然停下，不偏不倚正在十三阿哥、十四阿哥共坐桌前，他们两双眼睛望着我，全场静得出奇。是谁家少俊来近远？哎，恰便是花似人心好处牵。

曲终人应散，我回首，蓦然撞上四阿哥的深深眼神。

斜斜发髻间，一枝明珠软玉发簪突然自动卸落，“铛啷”一声坠地，我的一头浓发随之当众披落而下。

古时女子乌发垂肩，不经梳挽且毫无簪饰，在人前是极为无礼冲犯的装扮，何况是今晚这种皇子王公云集的场合。

一时席间抽气者有之，惊艳者有之，但惊不是那种惊法，艳亦不是那种艳法。

正经唱昆曲要拍粉、晕脂、画眉眼、包头、贴片子、带头饰等等，事出仓促，一概准备全无，本意带个面纱跳个舞便完了，实没想到现下局面。

反正虱多不痒，债多不愁，我横竖逃不过四阿哥的发落，倒落得大方，垂手欲将发簪拾起再说。肩方一动，在八阿哥桌后侍酒的一名绣衣美童忽然奔出，抢先替我拾起，半跪在我脚前看了我一眼，又微微低了头双手奉上。

我见这美童面似桃花带露、指若春葱玉笋，随便一个姿势做出来便有妩媚台风，料他必是自小学戏的，难得神采亭匀，气韵生动，不同一般媚俗姣人，心颇喜之。因又看出他做此人情是出于八阿哥授意，便先向八阿哥处颔首示谢，才一手接过发簪。

正好太子点了手儿叫我过去，绣衣美童想来也是太子爷身边的如意人儿——若非如此，怎会让他去服侍八阿哥——不用人教，他竟自走到我身前引我至太子座旁，早有人搬过一张溜光圆凳给我坐下。美童含笑取过我手中的明珠发簪，仔细替我挽上发髻，其用劲手势之轻巧，不输女子。

太子手背向外轻轻一挥，晴姬会意，照常安排舞人上场。很快妙舞香影乐飘，多少分去我身上的注目。

这时太子赐酒，美童端过酒盅来，我起身双手接过遮袖饮了，其味浓郁佳绝，却又异常提神。

太子笑道："御赐的苏合酒，惜惜可喜欢?"

我见他还跟我玩儿，正在默默思索我是装傻好还装哑巴好，座中一人忽然吟道："梦笑开娇靥，眼鬟压落花，篁纹生玉腕，香汗浸红纱。正所谓酒不醉人人自醉，却想请教姑娘方才所唱之曲为《惊梦》一折哪一段?"

我闻声望去，却是跟四阿哥同桌的一位面生阿哥，太子以下，阿哥都是按序而坐，再过去是八阿哥、九阿哥一桌，想来他便是七阿哥了。

若要计较，我唱的当然不是《惊梦》，而是电影《青蛇》里学来的一曲《流光飞舞》，在座哪个不是出身富贵且听惯戏文，自都晓得我唱错的，但太子不说，别人也不响，偏他就来点破，不知是何意思，想定我个欺君之罪?

我转身面对七阿哥，眼前却忽地一花，身子一软一坠，早被人出手揽住。

耳边一阵骚乱，只听太子忍笑咳道："惜惜姑娘竟如此不胜酒力，晴姬，快带惜惜下去歇着，哎，老四，你干吗？你要去，我干脆就把惜惜姑娘送你了——你还真去啊!"

原来二楼楼后另有机巧设计，看似无路，晴姬不知怎的一推一开，便有新道。不一会儿，外面的笑乐喧闹渐渐远去，她只管把我和四阿哥带入一间清洁雅室，即告退下。

她一走，四阿哥便把我放下，只见这雅室用屏风隔断，外间有几张铺着软褥的贵妃椅，并无桌椅摆设，只对面墙上挂着一幅仕女图，图下放置了一个香案，格窗间隙的透光斜斜地撒在其上，缕出光影暗纹。又不知哪里燃着熏香，整间屋子都弥漫着一股靡靡的香味，绕过屏风，里面竟是一张悬起帷幕的雕花紫檀大床。

四阿哥和我站得很近，室内香气扑鼻，有透脑迷魂之力，我越来越眩晕，轻揪住他胸前的衣襟，贴首过去，喃喃道："第一，打人不许打屁股；第二……"

话犹未完，他忽然一低脸，寻到我的唇，起先轻柔，渐渐热烈。

他火烫的嘴唇几乎使我的肌肤燃烧起来，我被迫慢慢向后仰身，他却不放开我，一阵颤抖窜身而过，他的厮磨竟然勾起我体内无由的燥热。

我半仰起头，喘着气，徒劳地伸手推开他，却一手推在他胸前右边硬硬一点突起。秋衫衣料轻薄，我指腹下的一颤更加证明我的判断，他发出一声压抑的低吼，拉下我闯祸的手，报复性地隔衣抚捏上我胸前。衣料的摩擦及他忽轻忽重的手劲，使得那一抹嫣红马上敏感得在他的手掌心下变硬凸出。

“唔。”我扭身避开，激得他猛然将我打横抱起甩到贵妃椅上。

一瞬间，我只觉天旋地转，恍若失重，还未缓过神来，四阿哥忽抽手解开我腰带，剥去裙裤，虽然衣衫勉强还可遮掩臀胯，但一双雪白长腿已是暴露在外。

他手往下移，我挣了一挣，却周身酥软：好香……这房里的熏香有问题！

“四阿哥，不……”我才出声，他手上竟然加紧了动作，我一咬下唇，全副精神都集中在他的手指上，一时说不出话来。

他贴近我，低声问道：“这样就受不住了，那等下该怎么求我？”

我断断续续道：“我、我不是……不是年玉莹，你不要、不要欺负我。”

他抽出手指，不怀好意地抬起我的腿环上他的腰际，“不是？”

“不是！我叫白……”

“你本来就姓白！”他一个弓身挺入，同时大掌滑至我的身后，将我用力向他迎合。

他的律动杀死我，我呜咽着、痛骂着、哀求着，但他的动作不但未见放缓，反而更快更狠更沉重。

排山倒海般袭向我的痛感让我脑中一片空白，就在我快脱力的时候，有一种轻盈欲飞的酥痒酸麻从身体里寸寸扩散开来。

而就在这时他停下所有的动作，令我身心骤的一空，几乎想开口求他，他却将手插入我发间，捧起我的脸，又缓缓压下身来，注视着我的眼睛，沙声道：“你是我爱新觉罗·胤禛的。你这一辈子都是我的，我绝不会放过你。”

我吃惊地盯着他，见鬼，我在他的眼中看到的是什么？

他在乎我？

——不，他在乎的是年玉莹，不是我白小千。

念及至此，我本能地一缩身子，其实哪里动得了，他抱紧我，看着我的脸，冲动地舞动身子，直至山洪一般爆发。

我身子一阵痉挛，完全失控地想要飞翔，心跳得好像要蹦出胸腔。除了自己类似哭泣的呼吸，还夹杂着他粗重的低喘，实在受熬不过，双手攀上他颈背，拼命叫他："四阿哥！四阿哥……"

云收雨散，四阿哥帮我把上身散开的衣襟整理好，顺手又拧了一把，我嘤咛一声："不要。"

他坏坏地道："不要什么？不要停是吗？"

我羞得举袖掩面，侧首不语。

他挑开我遮面的水袖，勾住我的腰，放我坐起，这才扳过我的脸，令我看着他，他的声音比迷香更有蛊惑力："你知不知道你脸红的样子会让我更加想欺负你？"

事实上我的脸颊还留有泪痕，我挣开他的手，低头拿自己的袖子擦了一把。四阿哥看得又可怜又好笑，从地上拾起裙裤要给我套上，我忙弓腿抢过自己来。

他像摸小狗一样拍拍我的头，"我要出去了，你乖乖待着，别乱跑，临走我会派人来接你。"

我眨眨眼，"啊？"

他笑道："老十三今晚过来时已经喝多了，不去看着他，我不放心。"顿一顿，又道，"何况我再不去，他们还不怀疑我在这把你就地正法了？别人且不论，老十四真冲过来，两个太子爷还不够拉他呢。"

我扁嘴嘟囔道："现在就不怀疑啦？"

偏偏被他听到，佯作惊讶道："春宵一刻值千金，但凡亲眼见过惜惜姑娘方才的一曲芳姿，若有机会攻城掠池，敢问世间有哪个男人会如此轻易鸣金收军、放美逃生？"

我说不过他，只得又一次蒙脸不响，此人已死，有事烧香。

耳边听四阿哥关上门，靴声囊囊地去远了，我翻身下地，来回试走了几步，除了酸涨外，并无大疼痛。忽想起一事，绕过屏风，爬到里间雕花紫檀大床上一找，帷幕里果然悬着一个小小的香球，甜馥的罗花熏香弥散满流苏垂帐，中人欲醉。

床首枕下压着一个锦包儿，单露出一角，我翻开来看，只见银托子、药煮的白绫带子、悬玉环、封脐膏等等一弄儿排开。我“呸”一声，也明白这间雅室是专用来做什么的了，还算四阿哥有良心，没把我往床上抱。

刚要掉头下去，一眼瞧见那头整齐地放着三叠新衣，包括一套纯黑的小厮服，连一双白底小布翁靴也整整齐齐地倒摆其上，莫非是拿来做制服诱惑的？便将小厮服拿来比了比，正合我穿。

先前一番大动，身上出了微汗，正觉不爽，便拉下帐来，将舞衣里外换了。

头发束在帽子里，一枝发簪没处放，本要顺手丢了，想一想，这是小云的细软，就仔细塞入腰带，紧一紧，下床出去。我小心地拉开门，探头看看，四下并无一人，这才放心地走出去。

来时我本有三分佯醉，在四阿哥怀里有心偷眼瞧过路线，左折几弯，右拐几步，连在墙角何处掀一下，或按或压，都记得清清楚楚。只是有一桩受不了：走动一多，下身仍有肿胀的感觉未散，虽说这是幻知痛，还是吃不消，只得走走停停，又怕被人撞见，心里把某人骂了个狗血喷头，发誓以后四阿哥就是扮成个小白兔俺也要防他兽性大发。

总算我运气不赖，出了墙便看见一道暗梯通往楼下，忙蹑手蹑脚下去，居然被我摸到之前和小云说话的那间置衣箱房。小心翼翼地推门进去，里面已经没人。薰香的后劲仍未散尽，我拣了靠门的一个箱子坐下，手肘垫在一旁高出的箱盖上，就这么胡乱枕着头歇息，不一会儿，外头隐隐的舞乐嬉笑声渐渐远了，直至消失不见。

我在衣箱房里一觉睡过了头，四阿哥临走找不到我，太子爷脚一跺，全楼上下抖三抖。最后还是那名帮我拣发簪的美童不知怎么想到此处，好容易执灯拍醒我，差点没被正在发梦的我一拳捶到眼上。

美童再带我上楼去，阿哥王公们大多散了，只太子、四阿哥、十四阿哥在，十三阿哥吃醉了在里头，正有人服侍着。

我兀自睡眼惺忪，强撑着给三个阿哥见面请了安，各贝勒府的小厮服色大差不差，但我跟四阿哥来时本来穿的是长随衣服，他跟太子都知道的，两人对视了一眼，太子笑道：“小莹子，怪道半日不见你人影子，原来躲着偷懒去了，叫我和你家主子好找。”

我有什么话好说，磕头告罪罢咧，心里恨不得拿鞭子抽丫的，挑了个好地方，又灌酒，又熏香，害我不轻。

一时太子亲自执手送两个阿哥出门，道了再见，四阿哥先上马，回首看我一眼，我一咬牙，自己翻身上了小红马，姿态虽不美妙，但求利落。

十四阿哥领着随身四五名亲卫，有意与我擦马抢道而过，人都过去了，又远远地回首一下，这才真正打马扬鞭而去。

回四贝勒府路上我几次昏昏欲睡，好在四阿哥刻意放缓行速，才勉强跟得上。刚到内府门前，早有高永安带着长随们打灯笼引着请安，四阿哥停马跃下，扫了一眼，哼道：“怎么回事?”

高永安赔笑上去咕噜了两句，我浑

身酸痛，光顾着下马，也没听见说的是什么，只见四阿哥回身跟戴铎道：“李氏跌伤了，我去看看，你把书房的人安置了，过来回我话。”

“嘛！”戴铎应了，四阿哥又望了一望我，我忙垂下头去。

回了怡性斋，我估计四阿哥今晚可能不来夜读了，便抓紧时间进房栓了门窗，倒水脱衣擦洗。

这一夜，我躺在床上翻来覆去，终是没有睡好，天快亮时才合了回眼，结果起身时已经过了时辰，四阿哥都进宫请过圣安又回府进书房了。

我匆匆梳洗完毕，悄悄开门出去，戴铎迎面过来叫住，笑道：“主子说了，打今儿起，二小姐不用管档子房文卷的事，只进书房伺候笔墨。”

我乍然闻此噩耗，差点没昏过去，无奈何，只得跟着他拖脚进了正间书房。

四阿哥正坐在书房案后看户部转来的清欠条陈片子，我进去，请了安，他头也没抬，鼻子里“唔”一声作罢。

我起身侍立于侧，戴铎在另一边，四阿哥看完一件便递给他，他就在上面加盖四阿哥的小印。

我只觉今日书房里格外安静，留心听动静，才发现大书房又恢复了十人左右的配备，想来是户部的事快收尾了，是以清静。又想起四阿哥的老师顾八代今日起告假省亲半月，那些清客文人们自然来得少了，难怪四阿哥不避嫌，调我进来做事，不然虽说我一惯女扮男装，给外人明眼见着总是不妥。

七想八想，戴铎已经盖完印，叫来两个小厮抱着厚厚叠起的文书跟在他后头径自出去了，四阿哥却从架上提了另一枝笔要写字，墨是研好的，我忙为他理好宣纸。

我少时在少年宫学过几年书法，认得四阿哥写的是一手颜体，颜字作为入门锻炼笔力尚可，不能深入，否则难以出帖，所谓颜筋柳骨，最是难练，即使得其形似，亦难写其神。颜体以圆头为主，但他一气呵成，挥洒自如又不失刚健雄浑，实在难得，非二十年浸淫不得如此。

我留意细查他笔法如何圆转遒劲、笔锋又如何内含连力，一时入神，倒是最后才看清他写的到底是什么字：“就中新有承恩者，不敢分明问是谁。”不由悄转目看了他一眼，他也正偏了眼瞧我，两下一碰，我赶紧避开眼去。

他轻笑一声，把笔塞入我手，“我叫你练字，你昨天一下午都还没写字，现在写几个我看看。”

我还在犹豫，他手一带，我已经坐到他膝上，我窘得把毛笔紧紧握在手里，半点不敢乱动。

他并未用力箍住我的腰，只绕过一手，把笔杆放在我拇指、食指和中指的三个指梢之间，令我食指在前，压住笔管，拇指在左后，从里向外用力顶住笔管，中指在右下，又帮我把食指调得比拇指略低。

我看着他的手指动作，脸上忽地一烧，轻轻夺出手来，他看我单独使用中指和小指，并不需要无名指即可钳住笔管，微微笑了一笑，在我耳边道："原来你以前那样胡乱拿笔是存心的？"

我怕他身子再从背后贴过来，哪里敢答，尽量坐稳，使笔与纸面保持垂直，待要落笔，却又生了踌躇：写什么呢？为了应付高考背的那些古诗词老早抛到爪洼国去了，总不能写"鹅鹅鹅，屈项向天歌"罢？

踌躇半晌，记起昨晚唱曲，才有了主意，刷刷刷在宣纸上纵向写下四列：

人生如此，人生如此
浮生如斯，緣生緣死
誰知，誰知
情終情始，情真情癡
何許？何處？情之至

难得不写简体字写繁体，竟然还都写出来了，我不禁小小得意，只不过我写的虽然也是颜体，但比起旁边四阿哥的字就差远了。

然而四阿哥并不像平日那般笑话我，盯着这三十一个字看了半日，手也不觉松开，我顺势站起，立在一旁，他忽地抬头道："这是你想出来的？"

当然不是了，这是我国香江才子雷颂德一九九三年为电影《青蛇》插曲作的惊艳之词，我只是 GJM 一下而已，不过说了他也不认识，谁叫他没看过电影呢。

我不承认也不否认，默默地接受四阿哥的审视。

四阿哥试图从我脸上看出什么来，但我始终不与他的眼神接触，良久，他才靠回椅背，"你把那边镇纸下反压着的第一张纸抽出来看看。"

我依言取出，拿在手里翻过来看，却是张没有姓名没有日期的红纸，上面写着：

康熙四十六年某月某某日敬事房传旨：

原任公爵之女某某着封为妃
将军之女某某着封为妃
知府之女某某着封为嫔
员外郎之女某某着封为嫔

钦此

“这是……”

我话还没说完，四阿哥已闲闲接口道：“各旗选送的秀女，已经陆续到达京城，天下所有待选秀女最渴望看到的一张纸，现在就在你的手上。”

原来这就是所谓“内定”，我抛纸失笑：“原来选秀选的不是秀女，是秀女的父亲大人。”

四阿哥嘴角一弯，又压下，正色道：“胡说，皇家礼仪怎可随便玩笑。”

我抿嘴不语，四阿哥突然拉过我右手，不知从哪摸出一只铁指环，套在我食指上，我吓一跳：他这是求婚呢，还是要封我个峨嵋掌门做做？

我急着抽回手，却动不了分毫，四阿哥只管垂眼矫正指环位置，忽道：“满洲八旗的上三旗旗主一人有一枚这样的铁指环，戴上它的秀女，选秀之时可以有豁免全身检查的权利。”

我听得一惊一乍，“全身检查？”

“不错。”四阿哥轻描淡写道，“凡进宫的秀女，皇帝选阅前，必要过一关：脱衣后，由皇后或太后指派女官仔细检查其身体的各个部位。人人如此，只个别出身豪门贵族的秀女可以融情免检。”

我回过味儿来，冷汗直冒，“你真要送我入宫选秀女？”

四阿哥翻眼道：“不然我给你铁指环做什么？”

我结巴道：“可是你……我……那个……”

我没把话说明，他也听懂了，不由笑道：“你是我亲自检查过的，有什么问题?”

我狂受不了，“就是被你查了才有问题好不好?”

他没听清：“什么？什么被我××什么?”

——他说这话时配的表情彻底地打败了我。我忘了跟他是不能讨论这种问题的，大家的气质压根不在一个层次上。

几句对话中，我缩手回来暗自用力拔了拔戒指，还蛮紧的，看样子只能回头再想办法了。

四阿哥看在眼里，只道：“大清例律，如有入选进宫秀女御阅前被查出元红已失，不问原由，一概绑旗杆示众七日，活活晒死，外加全族流放北塞宁古塔。”

我吓一跳，“骗人!”

四阿哥道：“我为何骗你?”

我瞪着他，怒火熊熊燃烧：就算七天不下雨，晒死了我，你个奸夫难道还有机会笑傲江湖?

他似看出我想法，又道：“中秋后八月十八就是选秀之期，统共十天时间，只要你乖乖戴着铁指环，入宫后我自有法子保你，等你出来就是我四贝勒府的侧福晋，皇命指婚，宗人府给你改谱换牒，就是年家也满门荣耀。——你也知道李氏是知府李文辉的女儿，和你一样并非满族血统，她服侍我多年，直到生了弘时才报宗人府入宗籍为侧福晋，但你一入门便可与她齐肩，甚至隐跃其上，这固然是沾了你父白石当年救驾之莫大功勋的光，却也是我的一番苦心安排。你是聪明人，我这样待你，你入宫后自当好好的，也是成全了你自个儿。”

我听得咬牙不响，四阿哥看看我，忽伸手揽我过去，慢慢地抚着我的发，半日方柔声道：“你听我的话，不仅是成全你，也是成全我。我一生行事从不负人，自从我收了你，我就说过要给你名分，谁知你竟然豁出去装病逃避参选，要不是天意令得选秀延至今年，再等上三年，过了选秀年龄，你可不就白白耽误了？该讲的道理我都跟你讲过，你只一味小孩子脾气……这半年我不曾碰你，原是另有法子让你过关，但现在看来是行不通了。你在我府里长大，虽非皇室血脉，却养在皇家，要说紫禁城里规矩，就出身再高的秀女也未必有你知进退，但凡你略用上心些，又有我照应，断不至吃亏，不过你若是自己坏了事，便难救百倍，明白吗?”

至此我方悟到自己处境：眼看进宫选秀已是势在必行，照四阿哥的性子，我若要逃避，必是不准的，只怕就这么直接被他收在府里做没有名分的小妾了，岂不是死得更快？相比较而言，或者还是先入宫拖延一下的好，万一真的被指婚，我再落跑不迟，到时讲出去是四阿哥被女人甩了，也算报仇的一种。

从这次交谈过后，以后每日四阿哥在府里，我便进书房伺候；他不在，我便大门不出、二门不跨地待在自己屋里。

最近书房里伺候的人少了，不过我也不大会有和四阿哥独处的机会，每次至少有个戴铎在旁边，虽然我并未因此失去防备，却仍有一日下半夜单独伺候四阿哥通宵夜读时，逃不过被他放倒在书房内间罗汉床上弄了一回。

我跟四阿哥日久，平时不论何事，种种处置，冷眼看来，他倒真是个软硬不吃的脾气：你挺腰子跟他硬干吧，他必定抽你；你服软认输吧，他又看不上你。在他跟前，你得有个性，但也不能太有个性。

就是知道他这个脾气，我当晚一落到他手上，也并未挣扎太多，一来怕外头人回来听见动静，二来知道不顺着他些只有多吃苦。

偏那晚他才刚入港，大半夜的院外就有脚步声往大书房来。

我只盼四阿哥快点完，他却兴奋起来，越弄越久，怎么也不完，还是戴铎不知怎么冒出头喝住了人才没闯进来。

后来戴大总管自然是得赏了，明面上赏头原因也自然不是为这个，但他从此见着我就越发笑得跟个白馒头开花似的，拍马屁劲儿赶得上对半个主子，又加四阿哥那几天也是心情大好，当真叫他捞了不少彩头，一时走路都带风，连高永安见了他也赶着叫声“戴大爷”，恨不得和他换了差事才好。

康熙帝于七月间驾返大内养心殿，到了八月十五正日子晚上，所有在外开牙建府的皇子阿哥们都需进宫赴皇上御花园家筵。

而四贝勒府里戌正左右，就在万福阁院内偏西位置设了供桌，供桌朝着东南方向，靠里一面的两旁各捆一根小竹竿，上悬古画一幅，为工笔月宫图像，画面为一个满月，月内绘广寒宫殿阁之形，宫前有一女菩萨坐像，两旁各有一名执扇侍女，菩萨头上绘有佛光，据说是太阴星君。

祭月供品，除五盘应时鲜果外，还有五盘蜜食，如金糕、栗子糕、蜜海棠、蜜红果和油酥核桃。在各种供品后面，特别有个月牙形状的大型木制托架，上置一个约五斤重的月饼。月饼之上模刻彩色月宫图，两旁各插鸡冠花和带叶毛豆枝[①]。

因世俗有“男不拜月”之说，故祭月者皆为内眷，皓魄当空，彩云初散之际，正福晋纳拉氏着福晋品级的服饰，由太监搀扶而至，焚香燃炬主祭，向月宫图像叩拜，府内一众女眷自侧福晋李氏以下一起随之叩拜，名曰“拜月”，拜毕即归院吃赏月酒。

赏月之宴也安在安福堂院内，时在亥末子初，众皆饮果酒，食品除水果、冷荤、月饼外，还要把供月所用的五盘蜜食，撤到团圆席上，并把供月的那个五斤重的月饼，切成小块，在席间分而食之，就算是团圆了。

为着我自小在府里生活的缘故，纳拉氏也命我换了女装过来陪同。

四阿哥不在，就几个男女皇孙，还不在一桌，席间有说有笑时较少，经常是一本正经，索然无味，但无论如何都得依次敬酒，不会喝的，也要抿上一抿，说什么饮了赏月酒，一冬都可以消灾祛病。

好容易“赏月”结束，众女眷各自归房就寝，我一人回了大书房。

刚进怡性斋跨院门儿，见大书房里烛火亮着，料四阿哥没这么早回来，一时好奇，过去一看，却是高永安背对我在书案边捣腾什么东西。

他一般是不进书房的，今日戴铎也跟了四阿哥出去伺候，左右无人，我才吃过果子酒，有些上头，故意闹着他玩儿，放轻脚步过去，猛地一张手，夺了东西过来，正笑着：“古古怪怪藏些什么……”眼一张，看清手里却是那晚四阿哥带我去太子府前送我的那面“清勤慎忍”诗文雕玉牌，声就僵在那里。

记得那晚在丰泽园一番荒唐，我是先换了舞衣，又换了太子处小厮服回的府。四阿哥曾问过我出门时穿的衣服甩哪去了，我早预备他要问我玉牌的事，只说那地方大，想不起来放哪间屋子了，他也就没再追问。我以为他这些身外物多，既撂过手去，必然不妨的，时间一长，我也就忘得差不多了，万没料到竟在此时重见。当下镇定心神，待要开口套高永安话，他却自己先说：“哎哟，姑娘别耍我玩，这玉牌刚找回来的，回头四爷要

---

① 引自《王府生活实录》 作者：金寄水

问，可别打烂了！”

我勉强笑道：“有什么大不了，这玉牌四爷答应了送我的。”

高永安一愣，奇道：“怎么，这是孝懿皇后赐的玉牌，四爷当它宝贝似的，一般平日出门都不舍得佩在身边……”他看看我脸色，又堆笑道，“不过姑娘喜欢，就收着，四爷回来代我禀一声也罢。”

说话间，我对光看到玉牌一角溅上了淡淡的不规则边缘黄渍，心里一沉，指给高永安看，“这是什么？怎么像血？”

高永安跺脚道：“可不是嘛，今儿在亢家当铺逮着拿这玉牌来当的小偷，那么多人喝骂，竟然还揣着玉牌撒腿儿跑，嘿，这可是宫里头的宝贝，当铺见人拿贡品去当，也要马上报官，更别说御赐之物了，那是欺君大罪！就算四爷没派人追查这件物事，又有哪个不要命的当铺掌柜敢犯下这等族株大罪？算来，那个小偷也是个有眼力没见识的，不认得天家之物，白害了自己的性命，又哪里跑得过，还不给当场打死？玷污了如此珍品，害我们不知怎么跟四爷回话，真正晦气——”

我打断他的滔滔不绝，“小偷男的女的？”

高永安是个人精，看我说话声气不对，立马含糊起来，偏头想道：“我离得远，也没看真听真，依稀知道小偷是个女的……打死的那个就不知是男是女……好像也没当场就死罢，这本来是戴总管负责的事，他今儿忙，我只管替他接了玉牌回来交差……”

我早已听得出了神，高永安突然眼往我身后一溜，急急打袖拜倒，“请四阿哥安！四阿哥吉祥！”

我的手陡然一滑，玉牌忽忽掉落，磕在书案边角上，打了个转儿，掉在地上。

高永安满口“天爷老爷”地扑上去抢救不及，只轻轻的一声“叮”响，这块玉牌就成了碎琼乱玉，断片残渣。

又听“啪”的一声，是门口陪四阿哥进来的戴铎就地跪下。

我慢慢地回过身，先扫了高永安和戴铎一眼，他们两个都跪着，也不发声了，只拿眼睛惊恐地望着我，却谁也不敢看四阿哥。

我也没看四阿哥，不是不敢，是不想。

我不打千，不请安，不下跪，不请罪，只低头看着一地碎玉，我所有的情绪都跟它相反，好像全凝固一处，撕扯不开。

也许过了很长时间，也许只是一眨眼功夫，只听四阿哥声音淡淡地响起："戴铎、高永安，你们两个把怡性斋跨院的所有人都带出去，留一个人在，或放一个字出去，我明日就活剥了你们的皮。"

戴、高二人迅速照办。

我则开始用力拔下牢牢套在右手食指上的铁指环，这几天我试过很多次，但都没有成功，可是今晚就是把手指切了我也要把它拔下！

一阵纷杂的脚步声过后，院门被带上，留下书房内一片寂静。

四阿哥缓步走到我跟前，仿佛根本没瞧见我的动作，只柔声道："看你，眼圈都红了，玉牌我给你的，摔了就摔了，我又不怪你。"

说着，他并出三指抬起我下颌，没有任何预兆地覆身吻下来。

他的舌熟练地滑入我口腔，我的手交握在腹前，微微颤抖。

"你喝了果子酒？"他伸手解开我衣襟第一颗钮扣。

我可以顺从，可以按他的意旨让这件事就这么过去，但我办不到，我知道我的眼睛无法做出哪怕一丝柔和的媚态。

在他的手要滑下的一刹那，我突然拔下了铁指环，尽管我觉得我的食指快要断掉。

四阿哥停止了动作，冷冷地看着我将左掌中的铁指环放在书案一角，他的目光凛冽地罩着我，像要看穿我。

我并不发一言，与他擦肩而过。

他脚步不动，只反手大力地握住我臂膀，把我拽回他身前，冲我不耐地喝道："你想干什么？"

我直直地盯视他，一字一句道："小云是个可怜人，为什么你连她也不放过？玉牌是我主动送给她的，她什么都不知道，你要杀，就杀我！"

四阿哥沉默一下，咬牙笑道："你可怜她？你为了区区一个乐户贱籍女子跟我生气？"我昂首道："贱籍怎么了？贱籍也是爹妈生的！"

四阿哥猛然抬手，"啪"的一巴掌扇在我脸上，"这是你跟主子说话的规矩？"

我身子一偏，要不是臂膀还握在他手里，当时就能摔倒，他这一掌虽不至令我眼冒金星，但额角太阳穴处血管剧烈急跳的滋味也并不好受。

"小云岂止是个贱人，她还是八阿哥、九阿哥他们的奸细！老十三就是对女人心软，这种苦肉计的当也上！只有你这样的傻子会被她骗……”

我瞪着四阿哥，他好像意识到自己说得太多，马上缄口不言。

“奸细？骗子？”我怒极反笑，“你说是就是，证据呢？她骗我做什么？看上你给我的玉牌？她知道我一定会帮她？一定会送她玉牌？”

四阿哥摇头道：“我不需要证据，更不需要跟你交待。我只问你一句，你肯出手帮她，是不是为了老十三？”

他的话像把利剑准确无误地扎进我的心，剑太快，甚至来不及流血。

我不用说话，因为他的表情告诉我他已经有了答案，而我刚才在毫无准备的情况下所做出的任何一个细微反映就是最好的注解。

我的脑子疯狂转成一片：

我不是四阿哥的对手！

他太厉害了！

我怎么办？

要怎样才能逃得离他远远的？

他若爱年玉莹，不会这么对她！他若不爱年玉莹，又为什么要这么对她？不管什么事，他永远是对的，我永远是错的，什么奸细，什么老十三、老十四，再这样下去，总有一天我要被他逼疯了！

我不能在他身边再多待一刻，不然我真的要窒息而亡。

我夺路，然而没有路。

他撕开我的衣服。我和他两人扭在一起，他火热的、沉重的手在我身上滑动着。

他现在是一只兽，一只想要征服我的兽，他要让我感到痛，他要让我向他求饶。他霍然一个箭步将我推抵到墙上时，我快到了绝望和崩溃的边缘，但仍坚持着不发一声，当他狠狠攻入，我只是咬紧牙关。

他的力压得太里，一开始就让我痛得不可开交，何况今日他有意加倍折磨，足进攻了数十回，我才略有暖意，却并非动情，而是身体突然受到伤害后的本能保护。他一招得手，更加放纵，不知怎样一下探到深处敏感一点，我压抑地低吟一声，他已然听见，回手插入我膝弯，将我略略抬起，往侧一分，以便他调整姿势，再次进攻。

我和他身高本有差距，此刻背依墙上，只靠单腿足尖支撑，稍有松懈，身便下滑，等于自动向他迎上，不得已将双手按住他肩头死命往外推开，哭叫道：“你有种就杀了我好了！”

“好说。”他安心置我于死地，行动更加辣手，一阵猛龙长啸，只令我双目紧闭，战栗不已，泣不成声，语不成言。

我以白小千之名发誓，今日四阿哥施于我身之辱，他日必以碎心之苦百倍报之！

八月十五一夜过后，我足足两天没有起身，四阿哥并未看过我，直到八月十八午后他才命人送了秀女参选需统一穿着的整套天青色直筒宽袖旗装来。

八旗秀女阅看时，明令严禁涂丹敷粉，需以本色示人，出门前，我一遍又一遍地命令自己对镜练习笑容，直到镜中人眼神里残留的那一点凄伤顽艳被掩饰到一丝不露，才算过关。

年羹尧今日一早便来府里拜见门主四阿哥，顺便下午送我入宫应选。

临行前戴铎领着我照规矩入书房跟四阿哥请礼，书房的正门开着，四阿哥正坐在案后和年羹尧说话，见我走到廊下，两下里都停住。

我进去，先给四阿哥请了安，然后年羹尧迎过来，带笑道：“多日不见，妹子气色越发好了，还真是四爷府上养人……”

年羹尧只管说着，我抬眼看见四阿哥从案上拈起一只铁指环，便走到案前，伸掌心接过，当着他面套回右手食指原位。

四阿哥坐在位上看着我动作，“亮工，你先出去罢。”

年羹尧听命退下，并在倒步出去之际双手带上了门。

四阿哥离开座位，绕过书案，走向我，他抱我入怀时候，我并无挣扎，连他温热的唇擦上我的面颊时，也一丝未动。

我微微仰首，窒住呼吸，和他这般面贴面而立，恍若温柔，仿佛辛酸。

过了很久，他才稍微放开我，轻声说：“我还在等你长大。”

我眨了一下眼睛，试图抑制住睫毛的颤动，却无法阻止眼角的湿润迅速渗出。

两天来，这是他第一次开口跟我说话。

可以让我在人前无比风光的四阿哥，可以在人后给我最不堪的侮辱的四阿哥，我就跟你搏一搏这入宫十日的风云。

你翻手为云覆手为雨可控人命又怎样？

我知天下命不知自己命又如何！

八旗选送秀女原应在入宫应选的前一天就坐在骡车上，由本旗的参领、领催等根据满蒙汉排列先后次序“排车”，最前面的是宫中后妃的亲戚，其次是以前被选中留了牌子、这次复选的女子，最后才是本次新选送的秀女，分别依年龄为序鱼贯衔尾而行。

我出四贝勒府已经晚了，年羹尧送我上车前原想对我训导几句，我懒得啰唆，一掀帘，在车内坐定，靠壁敛目不语。

年羹尧无法，只得命车夫小心驾车，不得有误。

如此，落日时分，我的车方进地安门，到神武门外广场停下，紫禁城青灰色的宫墙在暮霭笼罩下，显得厚重威严而神秘莫测，而户部所派的司官正在维持秩序，应选秀女们开始由太监分队引入宫中。

我摘了手上的镯子赏给车夫，打发了他回去，自往属镶黄旗的秀女站队处按手印签到，等了大约半个时辰，才有小太监过来引队按顺序进顺贞门，入御花园。

今年秀女分两处检阅，一是静怡轩，一是延辉阁，我被分至后者。

因已入夜，大家先由太监安排住处，八旗秀女有出身官宦人家，也有出身兵丁之家，走在一起穿着一样旗装还好些，这一分住处就看出高下，凡有暗暗出手塞银子给领头太监的，便住南向干燥好

屋，其他人只得卧东间或西间。

那姓秦的大太监一路收银子过来，袖子里鼓鼓囊囊，倒也真是公开的秘密了。

反正选秀统共十天，住哪间都是两人同住，没有单间，这种攀比我是丝毫不放心上。

给秦公公引路的小太监走到我跟前，虽照例停了一停，见我并没有掏兜发小费的意思，便鼻子里不屑地“哼”了一声，昂头走过去。

秦公公才挥手令身后一名小太监带我往西边走，忽定睛在我右手所戴的铁指环上看了一看，也不说什么，忙止住人，堆出笑脸亲自领我到南向一号房。

房里已有一名秀女端坐于屏外椅上，见秦公公带我进来，惊讶地站起，刚要说话，秦公公早趋上去低语了几句，又指着我比划了半晌。那秀女想是多使了银子，原意一人独住，见半路杀出个程咬金，虽不情愿，却也无法明说，又见我背门自荷包里取了几枚金瓜子递与秦公公，更加打消了一半气焰，赌气别过脸去，不同我打招呼。

我先听秦公公和她说话，依稀知道她是满族镶黄旗人，舒舒觉罗氏，是什么铁帽子亲王的连襟的又什么亲戚某员外郎的女儿，敢情出身高贵有人罩着，看长相也算得水灵灵的，这回进宫选秀铁定不会被撂牌子的，是以傲得很了。

秦公公走后没多久，各房的晚饭也送了过来，进宫第一晚，一到戌时，所有秀女必须熄烛安置。我洗漱完，直接走入里间，拣了南窗下一张绣锦软榻靠着歇歇，才歪过身子，舒舒觉罗氏突然急步过来，停我身前气呼呼地道：“喂！你起来，这是我睡的地方！”她手一指东墙下，“你睡那张小的！”

我只觉此人好笑至极，哪里睬她，索性除了两只花盆底鞋子，解衣脱袜拉被躺下。

舒舒觉罗氏看到我脱衣服，先还面露鄙夷，好像嫌我多没教养似的，及见我真的睡下，不由慌了神，竟然伸手扯被硬拉我起身。

孰知我跟四阿哥搏斗多回，战斗经验极其丰富，哪吃她这套小儿科？当场反手按她颈背，结结实实地将其半身压倒榻上。

她憋红了脸，蹬腿扁嘴要哭，我压声喝道：“你敢叫人，我就能当众几巴掌掴你屁股，让太监们瞧笑话儿，你试试看?”

她挣扎着呜咽道：“你打人！我要告诉阿玛！叫阿玛和哥哥拿鞭子抽你!”

“看你还真欠抽!”我作势欲打，她忽然不动了，我料不到她如此不经唬，手略松了些，想抬起她的脸看看，不想她猛地弹起上身，一把抓住我的手狠狠啃下去。

我顺势蜷指将手一送，她的牙正磕在我食指的铁指环上，还算她聪明收口得快，不然磕掉门牙会更加美丽动人。

至此两个人也都有些累了，我坐在床上，她蹲床下，喘吁吁地瞪着对方半晌，谁也不说话。

我看见她眼睛里水汪汪的，小脸一阵红一阵白，嘴唇微微地翘起，像只受了委屈的小猫似的，便先笑起来，踢开被，往床里靠了靠，招手道：“你上来吧，这张床榻很大，够我们一起睡，还谁也碰不着谁。你要嫌冷，去把那边床上的毯子也抱过来。”

她听了，抬一只肉乎乎小手揉揉眼睛，又揉揉嘴巴，我咬着下唇伸左手给她，她也伸双手抱了我的手，爬上床，忽道：“我要靠里面睡。”

我跳下床，倒拖了鞋，踢踢踏踏自到东面小床上抱了毯子回来，她已经换到里位和衣裹着被子躺下，我并不计较，面朝外盖毯睡下，闭目假寐。

舒舒觉罗氏等了一会儿，当我真的睡了，这才半坐起来，悉索解衣，重新披发躺下。

我听得她的呼吸渐渐均匀平稳，方悄悄起身，披毯穿鞋走出外间，自桌上取了盏新茶润一润口，检查一下，把房门拴上，回身在桌旁椅上抱膝而坐，一面转着手上的铁指环，一面想着心事，却是越想越没了睡意。

第二日，绝早的就有小太监们分屋拍门通知起身。

我叫醒舒舒觉罗氏，分头取青盐就茶嗽了口，又盘头洗脸，开门出去，反而还比其他秀女晚了。秦公公也在，并无多言，看着我们入队站下，才清一清公鸭嗓子，抑扬顿挫捏腔拿调地对全部延辉阁的秀女作了一番训示，无非皇恩浩荡之类，最后才说到今日体检之事。

等他说完，门外马上进来十名女官，上来先将我们这两百来号人分了十组，令每组从院这头排齐走到院那头，统共一个来回。由她们从各方位

观察走路的姿势，凡她们认为身材不够匀称、姿态不够娉婷的均被刷下，仅这一关就快到中午才结束。当场有四十名左右的秀女落选，由小太监领走，估计是送出神武门，各回各家，各找各妈了。

我留心看来，送走的多是昨夜住西边屋的非官家女儿，再回头看队里，住南屋的有个大胖子秀女还在呢，难不成是留着配给九阿哥的，心里不由得一阵冷笑。

接着便有着另一种服色的太监进院摆桌开饭，秦公公不在这吃，女官们先坐了第一桌，秀女们才依序入座，或忐忑、或恐惧、或希翼地吃了这一顿特殊的午饭。

席间除了偶尔碗筷轻击声响起，几乎就是鸦雀无声。

饭后，太监们收了桌面，女官进正房，秀女继续在院中列队罚站，等秦公公来了，再训话一番，重新分了十组，依组进正房受检。

到现在为止，我只知道正房内分三间闺房，每六名秀女必须脱光全部衣物，由房内三名女官一对二地检查其双乳形态和质地，闻嗅其身有无狐臭，接着还要仔细查看肚脐的形态、深浅，及肩宽、腰围，臀部的弹性，大小腿的肤色、长度，脚弓，包括手指和脚趾的颜色。如果未见异常，才检查秀女的五官和头发等，几经反复，最后让秀女三呼“万岁”，以此检查声带发音如何。

我是和舒舒觉罗氏一起被分在最后一组，因而里面的具体情况并不了解，我最担心的宫廷检验处女方法究竟如何，心里仍然无底。

前面几组已经有秀女陆续被刷下，有个有狐臭的，也有说是肚脐生得不够好看的，不过更多的是在脚弓上落马，也就是她们有现代医学上所称以足纵弓降低或消失为特征的畸形扁平足，放在现代这当然不算什么大事，但可能皇帝不喜欢吧。

总算轮到我这组时候了，想起四阿哥说的话，心里不免有点紧张，深吸口气随人后进去。

因最后这组共有二十人，我和舒舒觉罗氏便由三房共九名女官以外的那位长女官亲自开了后面一间闺房，单独检查。

因要当着两人的面裸体，千金大小姐舒舒觉罗氏难免不依，长女官面无表情地道：“这是皇上的圣旨，也是皇上选后妃及为宗室指婚的规矩，只要进了宫的秀女，就得脱去全部衣裳，让我仔细检查。”

类似的话秦公公在外也训导过，舒舒觉罗氏无奈，硬要我回过头去不准看她，想来她是真有点来头，长女官竟无异议，只说既然如此，就得先检查她，再检查我。

我背过身，走开一点，只听后面舒舒觉罗氏脱完衣物后，长女官指挥道："背身，小走两步……"

我忍不住侧眼窥看，观察女官是如何检查，而舒舒觉罗氏正低着头，满面羞红，愣没注意到我的小动作。

只见长女官先目测她胯骨关节之间闭合性如何、是否和大腿浑然一体，又贴近她耳后闻了闻体味，接着双手从后绕过去在她小小对乳上一摸一捏，听舒舒觉罗氏低吟。这应该是验乳核形状，长女官听出她尾音很尖细而不浓浑，满意地点了点头，这才令她回过身，发色、眉毛、眼瞳一一检查下来，连下颚近颈脖处泛出一片星星点点的淡淡红晕也仔细看了好久，又摸摸她颈部两侧的甲状腺位置，审视是否肥大。

舒舒觉罗氏原本半闭着眼，等长女官所有步骤检查完毕，松手退后，她才睁开眼来，竟然第一个举动是转头看我，一下跟我眼睛对上，立刻飞红了脸，跺脚道："你、你……"

我干脆落得大方，"我什么我？等下你也看我好了！"

"我才不要！"舒舒觉罗氏窘得眼泪都要掉下来，胡乱地拣起衣服，便要往身上套。

长女官忽喝道："且慢！"她解下腰间一只鼻烟壶模样的玩意儿，拔开盖子，躬身将里容浅红色粉末倒出，仔细在地上薄薄地铺撒了一层，命舒舒觉罗氏分腿跪在其上，又道："腰以下不可乱动。"

然后取支翠羽出来在舒舒觉罗氏鼻端轻捅一下，她不禁打了一个喷嚏，果然腰腿屏住，一动不动。

长女官凝神细看她双腿之间下面的红粉，仍是原状，并未被吹走，这才放心地令她起身着衣，算是大功告成。

我只看得暗自苦笑，今年这么多入宫秀女，大概也只我会担心这最后一关罢？

舒舒觉罗氏穿好衣物，兀自愤愤地瞪我。

我尽管走上去，在刚换了个位置的长女官面前站定，不用吩咐，先自解开衣襟，待脱到肚兜时，扭首对舒舒觉罗氏看了一眼，笑嘻嘻地道："我

背后系绳打不开呢，麻烦你一下。”

舒舒觉罗氏正看着我裸露的肌肤，暗自同她自己比较，给我一问，大是尴尬，又跺一跺脚，一扭身，竟不顾长女官在场，气恼恼地开门出去了。好在这间房偏里，门外无人，不然可不害我走光吗？

等她转出走道，听不见脚步声，长女官才迅速地过去把门扣上，又回过来，在我面前肃了一肃，低眉垂眼，双手过顶平摊，口道：“请小主赐交铁指环。”

我一件一件地穿回衣服，最后才从指上拔下铁指环，轻放入她掌心。

长女官握指收好铁指环，又恢复了先前平淡无波的面容。

我知道已经过关，虽和原来预期的有所出入，却也在计划之内，因又懒懒地打量了她一眼，并吃不准她是否四阿哥安排的人，就这样沉默以对了一会儿，才跟在她身后走了出去。

到了正厅，看她手下女官捧过新的秀女名册，誊入我名字，我在旁边按了手印，入宫第一日就这么平安地度过了。

入宫选秀第一日后，延辉阁的秀女只剩下一百余名。

第二日、第三日、第四日，都是跟着秦公公带来的七名大宫女“姑姑”分了组学规矩。

虽然经过筛选，留下的这些秀女仍然长的长、短的短、粗的粗、细的细，多数才十三四岁，本来也不是选美，选的是满族血统的纯粹和出身高贵。选出的一个一个天真不像天真，活泼不像活泼，全如做工粗糙的木头人一般。大家学规矩也慢，往往一个简单的动作，一人做错就要全组跟着反复重做。

比较起来，舒舒觉罗氏聪明伶俐、性情跃然、生相也好，的确算得上头等。也难怪她那么自信，可惜锋芒过露，骄娇二字齐全，人缘显然不好。

而我和这些秀女在一起，要论成立个外貌协会，合格的会员除了我和舒舒觉罗氏，顶多能再加入十名不到；若论心智，那更是一个大学四年级生和一帮初中预备班的幼齿一起应聘宫廷服务员，毫无挑战性可言，遑论什么竞争什么压力。

几天下来，其他秀女隐然有了数个小圈子，我却一直是和舒舒觉罗氏同出同进，她是太高调而引人侧目，我则是真的谁也不想搭理。如果不能一个人，那么对着舒舒觉罗氏是唯一可忍受的选择，很容易惹她哭，却也很容易让她笑，有时候，我就当她是我的洋娃娃一样。

做人原本是中庸最好，太差被人笑，太好被人妒，两头无论站哪一头都注定不合群——我要的也不是这个。

只不过夜深人静，我仍然睡不好。

我总是像入宫第一晚那样抱膝坐在椅上，想我自己的事。

铁指环这么快就被收走，我不知道后面还会发生什么，最好的当然是落选，但要是真如四阿哥所说的那样，康熙爷把我指给他呢？

十三阿哥说过会跟皇上要我，但我不确定他现在是不是还有这个打算。

还有十四阿哥，他和年玉莹之间若真有瓜葛，定然不会善罢甘休，他身后的“八爷党”也是唯恐天下不乱的主儿。

无事则罢，一旦闹开，身处台风中心的我肯定头一个完蛋。

在皇上和这些阿哥之间，我到底怎样才能找到一个平衡的落足点？

以此破璧之身做康熙的妃子等于找死，嫁给任何一个阿哥当小老婆更非我所愿，而回到现代的方法又一点线索也没有。

留给我的时间不多，可我什么也不能做，唯有静观其变，再煎熬也不可冲动，否则只有自吞苦果，其他一切也不用谈了。

这样孤单的长夜里，我想得最多的还是四阿哥：我交出的铁指环已经回到他手中了吗？他心里，是怎样想我？又知不知道我是如何想他？

偶尔舒舒觉罗氏夜半醒来，揉着眼睛叫“额娘”，我会回到床上看她，帮她拍背，哄她入睡，这样可以暂时不去想那些没有头绪的事，认真讲来，我甚至会有点羡慕她。

如此日夜交替，到第五日上有了消息：今年是由宜妃郭络罗氏选阅静怡轩正黄旗、正蓝旗、正白旗、正红旗秀女，由德妃乌雅氏选阅延辉阁镶黄旗、镶蓝旗、镶红旗、镶白旗秀女，地点同在体元殿，二妃每日各自阅看两个旗，也就是今日起阅，明日阅完。

于是今日选阅开始，先轮到正黄旗、正白旗、镶黄旗、镶蓝旗四旗秀女。上三旗的正黄、正白、镶黄三旗倒是放在同一天。

德妃乌雅氏正是四阿哥和十四阿哥的亲生母亲，我要经她选阅，真不知是好消息还是坏消息。

舒舒觉罗氏却很高兴，缠着我帮她梳发，而作为报答，她替我叠被子。

我们刚刚收拾完毕，整装待发，秦公公突然来传话：选阅顺序有所调动，宜妃郭络罗氏上午选正黄旗，下午选镶黄旗；德妃乌雅氏上午选正白旗，下午选镶蓝旗。也就是说，二妃上午分选静怡轩秀女，下午再选延辉阁秀女。

延辉阁秀女自然有人不服气落于静怡轩之后，但也没谁敢说个“不”字，只得白紧张一早上，各自回房等候下午的召唤。

舒舒觉罗氏小孩心性，却也极爱美的，左右无事，只抱着镜子左照又照，几次找我说话，我并不理睬，实在无聊，只得自己爬上床，拿镜子对着太阳反光照着窗台外面的蚂蚁玩儿。

我坐在外间，没了铁指环，习惯性地抚捏着右手食指，希望能多想透一些关节。

——宜妃郭络罗氏是九阿哥的生母，偏偏这次德妃乌雅氏手里的镶黄旗选阅权转到了她手上，这说明了什么？

——难道，“八爷党”开始行动了？

体元殿为启祥宫后殿，黄琉璃瓦硬山顶，面阔五间，明间前后开门，次间、梢间为槛墙、支窗，室内各间安花罩虚隔，唯东、西梢间各自成一室，有门与次间相通。

下午宜妃郭络罗氏便在东间选阅镶黄旗秀女，德妃乌雅氏则在西间。

太监事先在次间将秀女分为五六人一排，按排进去被阅，如有被看中者，就留下她的名牌，这叫做留牌子；没有被选中的，就撂牌子。

不过这都不是秀女们当场能知道的，要等全部八旗选完才有结果。

我和舒舒觉罗氏同屋，自然分在一处，一排进的东间。

东间里不知熏的什么香，太过浓烈，氤氲漫室，我忍了皱眉的冲动，同诸秀女一起严格按着事先教的规矩，掏出帕子，一肃二欠身三拜，向珠帘后端坐宝榻上的朦胧人影行礼，“奴婢给宜妃娘娘请安，娘娘吉祥。”

之后起身，依帘外侍立宫女指示，大家一起前走三小步，后退三小步，再原地慢慢旋身一周。平日培训最难的便是此处：一排秀女必须转的幅度方向一致，一起动一起止，如此才方便娘娘做出比较。

不论做什么动作，我始终眼观鼻，鼻观口，口观心，越四大皆空、不闻不问越好。

整个过程比我想象的要快，不过事后才知道，我所在的这排是当天各旗选阅中唯一一排一名秀女也未被撂牌子的。

因为早在第六日晚秦公公宣布可参加复选秀女名单前，舒舒觉罗氏就已花银子买到了这个消息，大是兴奋了两个晚上，害得我也难得安稳。

第七、八两日，是复选之期，程序和上次差不多。不同之处在于所有秀女要被选阅两次，第一次是德妃，第二次是宜妃，必须二妃都留了牌子才算过关，这叫做“记名”。如有任何一位娘娘撂了牌子，就是复选未留。

到了第八日晚上，延辉阁和静怡轩两边一共只留下七十名秀女。

第九日，虽未等到皇帝选阅，却公布了皇帝御笔勾红“上记名”有“留宫住宿”察看之份的秀女名单，共五十八名。

我不出意外地在名单内，舒舒觉罗氏也榜上有名，因而同我更加亲热，也不管我是汉女了，主动叫起我“年姐姐”来。

因四阿哥给我看过今次内定的红纸名单，我暗暗多留个心思，轻易发觉这五十八名秀女里面果有某公爵之女、某将军之女、某知府之女、某员外郎之女等等，她们应当可留于皇宫之中，随侍皇上，成为后妃候选人；至于其他人，除了有限的幸运儿可以被赐予皇室王公或宗室之家外，最终还是要被撂牌子的。

舒舒觉罗氏对此浑然无知，整日缠着我问些“姐姐你猜皇上长的什么模样”、“你说皇上会夸我好看吗”之类的傻话。

我是见过太子爷的，听她这么问就很容易想起活跃在琼瑶电视剧上的一个常青树，那位叔叔和某著名言情戏演员专门搭档演荧屏父子，他们那对吼的恐怖片断至今仍深深地印在我脑海里，被舒舒觉罗氏问一次也就算了，如此反复，还让不让人活了？

走过几轮选阅，宫里人对我们这些秀女的态度也大大好转——谁知道现在拍马屁能不能拍到一个将来受宠的娘娘主子呢——因而对我们的“看管”也松懈很多。偏巧第十日这天，要备着下午往储秀宫听最后的入选消息，舒舒觉罗氏格外好动，变本加厉地追着我翻来覆去地说这些话，我不见得在这时候揍她，不得不捂上耳朵避出房，她居然还跟过来，追逐间不知不觉出了延辉阁，跑入了御花园。

近午时开饭辰光，我担心一会儿宫人找不见我们，会闹出事来，遂回头拖了舒舒觉罗氏要走。

舒舒觉罗氏跑得脸红扑扑的，只双手扶膝连笑带喘，忽道：“姐姐，你闻，什么这么香?”

我扭头一瞧，只见身后扶栏一边，有一道碧波荡漾的香河蜿蜒流过，原来是分紫禁城外金水河引入的活水，不知何故，后宫御花园中这一段河水常年香气四溢，故名香溪，这还是当初和十三阿哥聊天时他告诉我的。

当下笑了笑，正要跟舒舒觉罗氏说，忽见对岸如疯魔般顺流跑下来一群宫女婆子太监，乱挥着手对着河里不知叫些什么。

皇宫禁地，从来没有这种咋咋呼呼的场面，一时惊动了四面八方，冒出更多的宫女太监，往这跑来。我眼尖瞧见那边堆秀山方向还有几小队内廷侍卫禁军急往这儿来，心知附近必有皇族男子在，没准就是什么阿哥，此处人多眼杂，我们做秀女的身份尴尬，很怕沾惹了不必要的麻烦，赶紧藉着树丛遮掩拉着舒舒觉罗氏往回跑。

舒舒觉罗氏也机灵得很，刚跟着我掉头，却突然尖叫一声，她声音细利，这一叫只怕对岸也听见了，我大怒回脸瞪她，她脸色白得像鬼，战战兢兢地指住玉栏后惊道：“河里有死小孩!”

御花园的河里有死小孩!

此刻我便是再镇定百倍也不由心头狂跳，下意识地顺着舒舒觉罗氏手指的方向看去。果然有一个小孩在河里半沉半浮地顺流漂下，速度并不快，像只乌龟一样朝我们站立的位置漂来。

再一细看，心先一定，因水面上人的头部，是脸朝上露出水外的，可能还活着。

——要是头部看不见，只看见一圈头发呈放射型四散飘浮在水面上，那就真的如舒舒觉罗氏所说的是个死小孩了。

好在我别的体育项目不行，游泳还是不错的，二话不说，甩开舒舒觉罗氏紧紧揪住我的手，紧接着迅速除去自己身上的长衣，踢鞋剥袜，一个小冲步撑栏跃过，跳入水中。我奋力地游到落水小孩附近，这才看清是名六七岁的男童，用左手从其左臂和上半身中间握住他的右手，促使其仰面向上并且保持口鼻露出水面，然后用仰泳的方法将他拖到对面岸边。

对岸众人早已奔到，七手八脚地接过我手中的男童，将其抱过玉栏。我这才瞥见男童腰间系着黄带子，愣了一愣，不提防乱中被哪个混蛋一脚踩到搭在岸边的手，十指连心，我痛得手一松，险险掉回水里。岸上忽然稳稳伸下一只手，我不假思索地搭上掌，借着那人的力气翻栏上岸。

我跳水前没做足准备活动，加上情绪紧张，又吃了痛，小腿肚肌肉骤然抽筋，脚一落地，便踉跄地往前倒入那人怀里。

那人的声音比我还紧张，“你怎么样?”说着，就要抓起我的手检查。

我听他的声音似曾相识，仓促间抬头看时，却对上一双惊人漂亮的桃花眼，正是第一次见面就吃我豆腐的十四阿哥。

这次他眼里流露的真实焦切之色让我有些迷惑，却还是很快地抽回手，他也不介意，只管脱下唯有皇子才能穿的香色外衫，催促我披上，“你这样不行，会给人看去了……”

我也知道自己身上湿了，玲珑毕现，看相不好，虽微觉不妥，却还是很配合地穿上了他的衣服。刚刚扎好带子，周围忽然一下人声散尽，安静起来，旋即一片打袖声响起。除了正一腿半蹲、另一腿屈曲垫在男童腹部、用手掌忙着给他排水的一名大个子太监外，乌鸦鸦地跪了一地的人，山呼“万岁”。

十四阿哥回身让开我的视野，众人包围圈中的空地上，我头一眼见到的是一名重瞳凤眼、目光极亮的中年人。

不知为什么，我觉得若倒退二十年，他应该是名温温文文的青年人，见任意人行任意事，均有潇散出尘之姿、自在如神之笔。

然而现在他的脸上却有着一种乏倦的高贵的情愁，许是不自觉的微微皱眉，却令他的神态显得很淡雅，像已看破，又回漠然，与他的目光形成了鲜明的冲突，可正因为是他，这一切又是那么的自然而然。

轻风拂动他的青罗衣，如同拂动一片浮云。

他看着众人，又好像谁也不看，有高高在上的不屑，也有悲悯沉宁的眼神，好像随时都能冲冠而起的暴戾与以天下苍生为己任的仁者之善同时奇异地结合在他一人身上。

相形之下，站在他身后的太子和四阿哥就只是他光辉下的浮云一角。

十四阿哥已经上前，口呼“皇阿玛”，我却像被施了法术，动弹不得，康熙的目光就在这霎时一转，对到我脸上。他的注视无比轻盈而又具有无边的力量，我深埋心底的悲哀苦楚仿佛就在这一眼里无所遁形，甚至令我产生错觉：好像我走了这么多路，经了这么多事，只是为了站到他身前，给他看这么一眼。

“不得了！万岁爷，十八阿哥断、断气了——”左侧人群里倏然传出一声太监带着哭腔的尖喊，吸引了所有人的注意力。

康熙眼角一颤，箭步闪入人群，低腰审视抱在大个子太监手里的那名男童，三位阿哥紧随其后，不安的骚动掠过人群上方，要是真的死了一个皇阿哥，只怕这里有一半人要陪葬。

我身上一激灵，抢到大个子太监身边，就地跪下低头察看十八阿哥的情形。救上来后，他口鼻内的泥草、呕吐物等已有人清除过，衣领、钮扣、内衣、腰带也都松解开了。照理他落水的时间应该不长，口唇四肢末端青紫，面肿，四肢发硬，这都是轻者症候，但他呼吸浅表几已无痕迹，扳开其眼皮，发现有轻微的瞳孔扩散症状，这又很像以前游泳教练提过的低血氧症。

没想到康熙也是懂行的，别人还在一叠声叫传御医，他只不发一言，断然放弃检查十八阿哥的呼吸，用一手推他前额使其头部尽量后仰，同时另一手臂将其颈部向前抬起，数其颈脉搏动，又俯耳贴胸细听其心跳有无。

“有心跳吗?”我这般唐突地问康熙话，离得最近的太子被吓了一跳，迷茫地举目看我。

康熙抬头，简短回道：“有。”

“让我……奴婢试试。”我冲康熙磕个头，从大太监手里小心地横抱过十八阿哥，让其仰面平躺地上，请十四阿哥帮我垫住他的背部，以使其头稍往后仰。我再托起他的下颌，一手捏闭其鼻孔，然后深吸一大口气，往他嘴里缓缓吹气，待其胸廓稍有抬起时，放松其鼻孔，并用一手压其胸部以助呼气。

照此每五秒钟反复并有节律地进行，我吹了四十次左右，仍不见起色，不免急出一身汗：人工呼吸不行的话，就要用胸外心脏按摩，那是我没有经验的，力气也不够。若要指挥别人胡乱操作，一个不得要领，又很容易造成胸骨骨折，真是不死也给弄死了，我该怎么办？

然而这样的慌乱，只是电光石火般掠过脑海，我更深吸气，更深呼气，四周一片皆是空白。我只能听到自己的呼吸和他的心跳声，他的心跳很微弱，但是节奏一点点清晰起来，一拍、两拍、三拍……

终于在我第N次抬起头时，十八阿哥喉里低低地滚动了一下，润湿的睫毛急速地扑打数下，忽然睁开了双眼。

我惊讶地看到我的脸映在他的瞳孔里，从未见过如此清澈透明的眼瞳，眼眶内的蓝仿若正在拉开的澄明天幕。

"皇阿玛，十八弟醒了！十八弟醒了！"十四阿哥的喜悦声音也告诉我这是真实的。

康熙绕到我身旁，接手半抱起十八阿哥，我心头一空，刚才已经忽略的手背疼痛、脚腱抽筋夹杂着莫名的激动，刹那间向我汹涌席卷而来，我再也支持不住，腰一松，向侧后方软软倒下。

但我身子才一歪，四阿哥便出手托住，将我拥入他温暖的怀抱。

我仰面看着蓝天下俯视我的他的脸、他的眉眼、他的唇，如此熟悉，又如斯陌生。

我凝视着他，想起来我差点忘了他是这般好看的男人。

是的，我恨他，我恨他恨到没有力气再去爱任何人，包括我自己。

可是我刚刚救了他的十八弟。

我是个傻子，如他骂我的那样，我的的确确是个傻子。

在十四阿哥过来前，我用冰凉的手轻轻推开四阿哥，擦去额上的虚汗，重新在康熙面前跪好。

"胤衸，胤衸……"康熙小声地呼唤着十八阿哥的名字，好像生怕惊到他一般。

十八阿哥缓慢地转动着乌黑的眼珠，在大家紧张的注视下，小嘴微微开歙，发出吃力但不失清晰的声音："皇、皇阿玛……我……我不怕……"

"好孩子！你是朕的好十八阿哥！"亲眼目睹十八阿哥死里逃生，醒来说出的第一句话竟如此刚毅，连康熙也动了感情，话里都带了点颤音。

众人一起磕头颂扬："皇上洪福齐天，十八阿哥自有百灵庇护，化险为夷，后福无穷！"

我喊口号喊不来，偏偏离康熙最近，埋头下去，跟着哼了两声还差点念错字。忽觉发梢一动，却是有一绺长发散落下来，不知几时被十八阿哥小小的肉掌虚握住，而他头枕在康熙胸前，已经沉沉睡过去。我回望着他，忽然就想起那晚在镇子家宅的小小平房里，十三阿哥将我的发梢握在手心缓缓揉捏的情景。

然而此时此刻，物是人非，我心里就像受了大锤重重一击，一阵难过，眼睛却是干的，再溅不下泪来。

这时太医院的人业已赶到，康熙收了十八阿哥的手，把他抱着移交给领头的御医，交待要速给十八阿哥用热毛巾擦身，盖上柔软的被子保暖，苏醒后要禁食，只许给其喝糖姜水之类的热饮。

御医们抱拥着十八阿哥，一阵风似的去了，康熙这才回身对太子道："今日十八阿哥落水之事，交你督内务府查明办理，凡服侍十八阿哥的，不论太监、乳母、保姆、宫女，一概有罪，其中又分主责、次责，只许从重，不许从轻。"

太子点头应"是"，又道："皇上大罚之下必有大赏，镶黄旗秀女年玉莹救十八阿哥有功，理应记赏，本朝却无先例可依，该如何处置，请皇上示下。"

康熙听到我的名字，沉吟片刻，方缓缓道："秀女年玉莹，你抬起头来。"

我依言抬头，却不敢和康熙对视，只觉他的目光在我面上停留了一会儿，忽叹道："你就是白石和婉霜的女儿，像，真像，好，很好。"

我没有很听懂他的话，但我分明看到已站回他身侧的四阿哥和十四阿哥的眼光碰了一碰，又迅速弹开。

康熙又道："你的手怎么了？"

我一怔，才想起他这话是问我的，耳边只听十四阿哥哼了一声，刚要说话，我身旁忽有一人猛磕起头来，"奴才救主心切，之前场面混乱，又人多推挤，实在是无心踏到小主玉手，已经吃过十四阿哥的教训，再也不敢了，求万岁爷开恩！求太子爷开恩！"

我侧目而视，却是方才那名像模像样给十八阿哥排水的大个子太监，这会子仔细看，果然靠我的半边脸颊带有红肿，五道指印浮在面上，甚是清晰。

太子冷笑道：“吃个耳光就算教训了吗？不过也好，你自己认了，不劳烦人审！来呀，把这狗奴才拖到内务府交刑监杖责！”

立刻有别的太监“嗻”了一声，上来架起那大个子太监便走。

太子没说明打几板子，盛怒之下自然也没人敢问，大个子太监进了内务府还不是打死为止，但他丝毫不敢挣扎，垂着头，任由他人摆弄。

他被架过我身前时，我自下而上看到他麻木的脸和空洞的眼神，忽然觉得不忍，因往康熙方向跪行一步，磕了个头，道：“皇上明鉴，我……奴婢的手背只是有些挫伤出血，未动到关节筋骨，救人之际，心慌忙乱都是有的，何况刚才也亏他……这位公公为十八阿哥拍背排水，争取到了抢救时间。十八阿哥福大命大，天佑英才，奴婢不敢居功，更不敢奢求赏赐，只求皇上开恩、太子爷开恩，饶了这公公一命。”

康熙没点头，却也没驳回，只淡淡地道：“你起来。”

我依言拍膝起身。

架人的太监看到这副情形，不觉松了手，大个子太监扑通倒地，又翻身爬起跪好，没命价冲太子脚下磕头。

康熙不说话，太子的脸色是越来越难看，四阿哥和十四阿哥一个面无表情一个旁观好戏，周围一点人声也无，气氛凝重得要命，只听大个子太监一人磕头闷响不断。

我暗暗叹息，谁说大块头有大智慧，冲太子磕头有个鬼用，头磕破了又怎样，他总不见得为了你一个太监出尔反尔，放着皇帝在跟前不求去求太子，这是嫌死得不够快还是怎样？也罢，今日我白小千算做雷锋做到底，就借你来试探一次！

虽然救十八阿哥时我是赤脚入水，但先前御医来时，四阿哥已命宫女拿了一双崭新的鞋袜悄悄给我穿上，我便做出不经日晒头发昏的模样，身一偏，左脚一动，花盆底子重重踏在大个子太监的右手背上。

太监痛呼一声，忙抬左手捂了嘴，仰头看我，连他额上磕破处一道浓血流入眼睛里也顾不得擦。

“哎呀，我踩到你的手了？”我惊慌着抱歉收脚——花盆底子位列满清十大凶器榜，搁谁手上谁受得了啊，他手背伤势当然比我严重——因偷瞄太子一眼，有意嗫嚅道：“我不是故意的……不影响你磕头吧……”

我的声音不大，但附近一圈人显然都听到了，康熙看了我一眼，十四阿哥抿嘴别过脸偷笑，而四阿哥自始至终连一根发丝也没动过，我简直怀疑他已经站在那里入定了，太子则干咳一声，道："你，不用磕头了！看什么？叫的就是你！看你磕头怎么就让人这么不痛快呢！嘿，你还磕，听不懂我的话？哎，李德全你过来，这傻大个子太监叫什么名来着？"

康熙身边的总管太监李德全小心翼翼地出列下跪道："回太子爷话，他叫毛会光，三年来一直在御茶房当差，因近日八旗秀女入宫应选，延辉阁茶水用度上缺人手照看，才暂调他上值。"

太子没听清，"你说他叫什么？再说一遍？"

李德全低头重复道："他叫毛会光，毛毛虫的毛，会游泳的会，光膀子的光。"

跪着的众人原本也没留意大个子太监到底叫什么名儿，但给太子这么单独拎出来一问，又被李德全这么一解释，均是想笑又不敢笑，个个咬牙垂手苦忍。

太子一时笑不得，骂不得，只瞪着眼龇着嘴，做出一副怪表情，半晌才冒出句话来："呸，你见过毛毛虫游泳还要光膀子的吗？这名儿谁取的？内务府会计司下的牙行是怎么招募人的？毛会光，你听听，这名字叫起来算什么回事？听着就不雅！"

谁知太子不过在念毛会光的名字，毛会光以为太子叫他，又忙不迭地砰砰磕起头来。

我实在忍不住要笑，恰好一阵风吹来，身上湿的里衣还未干，不禁打了个喷嚏。刚想掩口要盖过去，不防被康熙见着。我当他要治我御前无礼，正想着得先请个罪，他却唇角一扬，侧首对太子低声耳语一句，太子也是一笑。康熙终于挥挥手，李德全赶紧给了个眼色，人群里就有我认识的秦公公弯腰哈背地冒出头来，把毛会光领下，这事总算不了了之。

康熙要起驾而去，四阿哥和十四阿哥自然随驾，其他以李德全为首的侍卫太监宫女等等忽啦啦跟去一大片。

我同着余下众人在后行礼恭送圣驾，闹了这半日，身子快撑不住了。我算算时辰，储秀宫公布最后入选名单的时辰近在眼前，舒舒觉罗氏说不定已经出发，我回去也赶不上了。秦公公刚才走的时候又没招呼我，若能就这么落选倒也不错，因此太子在那边忙着给落水之事善后、发落人什么的，我只悄悄地掩在后头打混儿，存心磨时间。

虽然是混时间，我也暗自留心太子是如何善后的，一个人的行事风格在此时无从遁形。太子的办事套路和四阿哥正好相反，他是抓小放大，真正落实到处置上的要么太过，要么不足，没有什么到位的决策，且有的事明明能两件并一件处置，他偏要分成两件甚至三件来办，浪费资源不说，真正执行的人也是口服心不服，毫无威慑力可言。

我记得在电视里看过康熙是在二十岁时，把年仅一岁的二阿哥立为太子，今年他已经三十五岁，康熙也有五十五岁了，而他当了这三十几年的太子亦不过如此，难怪有“八爷党”蠢蠢欲动，也难怪最后当上皇帝的会是四阿哥了。

想到这，我心里又是一紧：历史上雍正的确有个宠妃年氏，还为他生了几个儿女，如果我就是那个年氏，硬要逆转历史，会不会对后世产生什么恶果？但今年是康熙四十六年，我印象中年氏绝对没有这么早完婚的。

“小莹子，你过来！”太子交待完事，忽然举手遥遥朝我招了招，原来我的方位他一直都是清楚的。

我凝一凝神，上去刚要行礼，太子摆摆手道：“不必了，你跟我来。”

我一愣，他却已经带着人起步走了，只得忙又跟上。

太子取的是中线，这么一路出了御花园，过了坤宁宫，又过了交泰殿，出了长寿右门，便远远望见面宽九开间、重檐庑殿屋顶、檐下用金龙和玺彩画的乾清宫。

踏上四周有龙凤纹样的望柱与石栏板环绕的汉白玉须弥座台基，早有乾清宫的宫女过来打起软黄帘子躬身伺候。太子爷将伺从都留在檐下，只带我入内，进去一看，四面墙壁玲珑剔透，琴剑瓶炉皆贴在墙上，锦笼纱罩，金彩珠光，连地下踩的砖，皆是碧绿凿花，居中有四面雕空紫檀板壁嵌住一面落地的水晶大镜，就是所谓“风水镜”了。

太子忽然停步，我险些撞他背上，急急地收住脚，一抬头，正对上镜中映出的人像。

秀女进宫参选不许自带杂物，延辉阁每房只配给一面置桌铜镜。舒舒觉罗氏除了睡觉吃饭和参加培训外，基本就霸住镜子不撒手。而我入宫以来一直心事重重，只在早起梳头时对着照一照罢了，并不留心，此刻骤然看到如此清晰的自己的全身像，反而觉得不习惯，心中又有一丝讶异：

镜中绮玉年华之人身着一件皇子香色外衫，略嫌宽大，长袖遮手，只露出葱葱指尖，衣摆直垂膝下，却脚踏一双花盆底鞋。她半湿的长发贴颈束结，露出白皙匀美的额头，更显得眼眉如黛，樱唇赛朱，最难得的是绝无半分脂粉香味，一股俊逸脱尘的书卷气扑面而来。

若说雌雄莫辨，不如说仿佛秋夜明月下的一泓刀光、一痕剑影，兼有肃杀的兵气和足以夺魂断魄的致命姿容，怎的不是贵仪出众？

——我在四贝勒府时，明明还不是这样的。我也没想到十日不到的功夫，一个人便会发生这样大的变化，难道这就是“灵肉合一”？

我白小千已经逃不开年玉莹这具肉身所必须承担的一切？或者，我和她，原本就是前世今生？

太子看到我在镜中望向他，我也看到他在镜中望着我。

我不动。

他亦不动。

我忽然发现我们每天的呼吸，也是非常适合自杀的动作，半天不吸气，谁也不知道我是去自杀了。

还好，最终太子饶过我一命，令两名宫女引我入西暖阁一间绣阁换装。

我看到捧上的衣装仍是天青色直筒宽袖的秀女制服，心里大大一凉，拒绝了宫女的伺候，自己闭门脱衣换装。

叠起十四阿哥那件衣衫时，我的手顿了一顿，想起十三阿哥同样给我穿过他的衣服，而四阿哥则给过我一个玉牌，我把它送人了，又打碎了，同时打碎的还有我和他之间的最后一点余地。

出得门来，还是原来的宫女领我绕中殿后面走到东暖阁。

东暖阁四周是明窗，挂着黄色的帷幔，窗外开阔敞亮，室内光线也好。北墙设书隔，东壁西向为皇帝宝座和屏风，靠吉祥如意木格明窗下为一通炕，也叫“明窗宝座”，上设游仙枕、偃月墩等软衾细褥。

康熙正端坐在通炕上，同太子用满语说话，见人带我进来，便止住了。

宫女退下，我行了跪叩大礼，康熙令我起身，我这才觉出这东暖阁里怎么一个侍应太监都无，四周静得出奇，我目不斜视，只敛手听示。

还是康熙先开口道：“年玉莹，你可知朕为何招你来此？”

我恭恭敬敬地给出标准答案：“奴婢不知道。”

康熙道：“你给朕出了一个难题，朕还没有答案。”

我头上刷刷冒出三道黑线，就不知是横的还是竖的，只得勉力背诵宫廷万能句型第三句：“奴婢不敢。”

康熙淡淡地道：“今年选秀，朕有两个皇阿哥来跟朕要同一个秀女，你可知这秀女是谁？”

当跪不跪，小命不保，我扑通一声，又跪下了，可怜我的膝盖，今天若有命回去，一定肿得惨不忍睹。

“抬起头来。”康熙看着我点首道，“如果不是你救了朕的十八阿哥，朕不会给你这个机会。但你现在可以告诉朕你的心意，朕知道你有话说。”

俗话说得好，最难消受皇帝恩，我第一时间磕个响头，朗朗道：“奴婢愿意侍奉皇上，奴婢听皇上旨意。”

“好一个愿意。”康熙反诘道，“你一口一个愿意，却欲让朕的两个阿哥日后怎样在朕面前自处？朕若给你指婚，世上并没有两个年玉莹可以均分，波澜既起，朕也不可能白放你落选出宫。朕看你是个聪明人，你应该明白，即使能够留你在宫中，你的处境也不值一文。朕观人无数，以尔资质，断不肯做一名永无出头之日的小小宫奴，你还是实话实说的好，朕给你的机会只有一次。”

我又重重磕个头，“奴婢愿意侍奉皇上。”

我说的是老实话，这辈子估计我也就这话说得最老实。

嫁给四阿哥，我不愿意；嫁给十四阿哥，洞房花烛当晚一穿帮，他要么杀了我，要么杀了四阿哥；留在康熙身边，至少他女人多，怎么也不会上来就幸个新入宫的秀女落一好色名儿，何况听他口气，他要是把我放在宫里，不过是做个宫奴，我愿意，为什么不愿意？我是男的我怕做太监，我是女的我还怕什么？

但这些话我一句也不能宣之于口，只能在心里干着急，我急急如律令地想招儿，康熙忽然手一抬，咕噜噜一件物事滚到我跟前，撞膝停下，赫然便是四阿哥给我的那枚铁指环！

我已经不晓得怕了，脑筋里迅速急转弯：

铁指环是怎么到的康熙手上？

四阿哥给他的？还是入宫第一日体检时，那长女官根本没将其交还给四阿哥？

“你母亲婉霜是朕第三位皇后孝懿仁皇后最心爱的侍女，四阿哥虽是德妃所生，却自小便由孝懿仁皇后抱进钟粹宫精心抚育。婉霜天性温娴，十年如一日，为皇后分劳至多，当年朕亲手将这枚由稀世陨石玄铁所铸的辟邪指环赐给她，并指婚给飞扬古的副将白石。可惜你父母均是早逝，婉霜临终前并未将此指环传与你，而是辗转交于四阿哥嫡福晋、飞扬古之女纳拉氏，为的是求你将来有一个安身之所。你既戴着铁指环入宫，四阿哥理应交待过你不可摘下，你却第一日就把它交出，第二日十四阿哥便来跟朕要你，你还敢说你愿意侍奉朕？”

康熙语气渐转严厉，我只顾低头盯着地上的铁指环，以前天天戴在手上竟没好好看过：其铁色乌黑中隐隐透出些暗红宝光，通体无一丝接缝，果非凡铁。

但是为什么康熙和四阿哥说的不一样？铁指环明明是康熙赐给婉霜的，为什么四阿哥告诉我这是上三旗旗主各有一枚？

那个收走铁指环的长女官到底是谁派来的人？康熙？四阿哥？……

这下真的被玩死了！

照康熙所说，现在是四阿哥和十四阿哥来抢我？那十三阿哥呢？四阿哥不是说十三阿哥以前一心要立我作正福晋，他还曾经要帮十三阿哥讨我？

“小莹子？”太子的声音自头顶飘起，这个时候听到有人这样唤我，我吃人的心都有，“皇上问你话呢？”

太子的脸竟然是笑眯眯的，大哥你真不是某著名言情戏演员本尊的穿越吗？传点经验给我吧？

我又茫然地看了康熙一眼，完全不记得他最后一句问了什么，一张嘴，冒出一句：“Pardon?”

康熙眼中异芒一闪，举手阻止太子的话，语气平静地问道：“朕是问你，你当真愿意侍奉朕？”

我并无一丝犹豫，“奴婢愿意侍奉皇上。”

康熙道：“除了这句话，你还会不会说别的？”

我想一想，道：“……会。”

康熙很快道：“说！”

我说：“Pardon?”

康熙沉默片刻，随即发出一阵闷笑。

太子反应要慢上一拍，开始只是陪笑，等康熙笑完了，他才突然指着我放声大乐，惹得康熙瞥了他一眼，他才停止假High。

“好。”康熙忽盯着我的眼睛道，“你既如此坚决，朕就让你做乾清宫的宫女。”

他说得清清楚楚，我听得清清楚楚，于是我先叩了个首，再扬脸看着他，大胆道："奴婢不想做宫女，奴婢要做医女。"

"什么？小莹子你疯了？"康熙还没发话，太子先跳起来，"我朝太医院御医，历来是从各省民间医生及举人贡生等有职衔的人中量材录用、为宫中效力，你一名未嫁女子混迹其中，这岂不是笑话吗？不成！绝对不成！"

我一看到太子咆哮，就有想抓遥控器调台的冲动，可惜这是生活，高于戏剧的生活，因镇定下来侃侃而答道："史书记载，前明正德年间，李氏朝鲜王朝曾有一名被册封为正三品的徐长今，其从医时所依靠的主要医书不过是东汉大医学家张仲景的《伤寒杂病论》和《金匮要略》，却最终成为朝鲜名垂青史的第一女御医。如今乾坤已变，大清朝才是李氏朝鲜的宗主，是君臣之盟！小小朝鲜，只是大清属国，如何他们能有医女，大清就不可以？"

太子哪里晓得我穿越时空前正追看过《大长今》，陡然听我冒出这样一席话，翻了半天白眼，才道："你读的什么史书，怎么我不记得？也罢，赶明儿让理藩院叫来那个朝鲜国使臣金中玉一问便知！但就算是真的，太医院里汉人名医济济，怎可能甘心跟你一介女流共事？那不得出乱子吗？"

我腰杆一挺，"女流之辈又如何？任他名医大儒，难道还不是母亲生的？"

太子竟也对答如流，"但没有男人，女人又怎么能生孩子？你还有没有话说？你笑什么？好，你笑，就是没话可说了，没话说你就——"

康熙将太子和我的无厘头对话耐心听到现在，方打断他，向着我目光炯炯地道："好一个女娃娃，朕倒不知你心里竟还存着这一种想头。今日御花院内你救了朕的十八阿哥，太医院的御医都在场看到，他们没办到、来不及办到的事，你都办到了！你的出身朕也信得过，只要朕一句话，天下没有不可能的事！但是朕要么不抬你，要抬就抬到最高！这大清朝第一女御医的位子，你自认经受得起吗？"

千穿万穿，马屁不穿，我磕头道："奴婢不求名位，只求忠心为主！"

康熙听了，许久没有说话。

太子只拿眼瞅着康熙，见康熙将案上的青玉镇纸轻轻一推，忙一清嗓子，直身道："四阿哥，十四阿哥，你们出来罢。"

靴声囊囊，东壁屏风掩处果真一前一后绕出两个人来，先过来的是十四阿哥，然后才是四阿哥，分别叫了康熙一声“皇阿玛”。

我则紧闭着嘴，以免下巴掉下来。

康熙和三个阿哥全部用满语交谈，我的耳朵成了聋子的耳朵——摆设。

尽管低着头，我仍能感受到四人不时投在我身上的目光，老康到底在搞什么把戏?

地球太危险了，万能的什么神都好，让我回火星去吧。

康熙先跟四阿哥说了些什么，四阿哥只回答了一句便不再说话，而十四阿哥的声音一直比较激烈，康熙说一句，他能对上一大通，可是几个回合一过，他的气焰也就渐渐被压了下去。

太子一直没插嘴，最后康熙身往后一靠，纵声大笑，太子才趁着高兴双掌一击。不一会儿，外头总管太监李德全领了名手捧漆盘的小太监进来，将盘子恭敬地放在康熙手旁的炕案上。

东暖阁内除了各人的低浅呼吸，并无他音。

康熙闲闲地扫了一眼盘内，改用汉语道：“这里共有十八面可被赐予宗室之家的秀女名牌，四阿哥、十四阿哥，朕今日就破制先准你们各选一面。”

四阿哥铁铸一般，纹丝不动。

十四阿哥则抢上一步，恨恨地掀起一面牌子，该面名牌翻落，不偏不倚地坠在我跟前的宝相花锦纹地毯上。

我跪前一步，一眼看清名牌上满蒙汉三种文字写就的秀女旗籍、父名、本名、年岁，因双手拾起捧在掌心，交还李德全放回漆盘内，同时听他以特殊的太监发声法念道：“康熙四十六年，圣指镶黄旗籍员外郎明德之女舒舒觉罗氏为十四阿哥侧福晋。”

“儿子谢皇阿玛恩典!”李德全话音未落，十四阿哥就硬梆梆地甩下一句话，一行礼，掉头大步踏出东暖阁。

他一走，四阿哥才又用满语说了几句话，康熙不响，太子接了一句，四阿哥便一揖而退。

我跪在地下，不动声色地以指抠出刚才借机压在膝下的那枚玄铁指环，把它攥在手心里，很紧，很紧。

清初的太医院，设在北京城正阳门东江米巷，为五品衙门，医务人员都有相应的职位，堂官称为院使，也就是院长，为五品官；副职称为左院判，官居六品；所属官员有御医，官居八品；下来依次是吏目、医士、医生，均为从九品。

我堂堂小莹子一入太医院，就直接进太医院教习厅做教习助理，教习一职是由吏目担任，也就是说，我连从九品还不入，在“九品十八级”之外，叫“未入流”。

这是没办法的事情，谁叫康熙派了太子办我的事，太子对于我入太医院的反对态度是鲜明的，立场是坚定的，他不分派我去做看门的，我就念佛了。

太医院教习厅自然就是培养医务人才用的，每日白天开课，无非教授《类经注释》、《本草纲目》、《伤寒内经》、《脉诀》等专业知识。书中都是文言文，我看看还能勉强应付，但听他们一念，那一通子乎者也、抑扬顿挫的简直就是老和尚念经，一首首催眠曲，让我秋眠不觉晓。

而能进教习厅学习的基本都是医家子弟，倒是什么年龄段的都有，他们需经六年寒暑，考试及格后，才能录用为医生或医士，之后再慢慢往上升。

我搬出大长今的事例求做医女，不过是权宜之计：虽说年玉莹是由户部主持、三年一选可望后妃之位的八旗秀女，

与内务府主持、每年一选专做使女的包衣三旗秀女大有不同，爹娘也是有点来头的人，但毕竟牵涉到两名阿哥之争，康熙肯定对我不爽。他许我做乾清宫宫女也极可能只是试探，即使当真，但天天在康熙眼皮子底下做事岂是好玩的？他那边成天有阿哥大臣进出，又在内廷，人多事杂，万一哪天一个不高兴，碰巧我撞在枪口上，被拖出去砍了脖子都吃不准，哪有躲在太医院里逍遥自在？

什么大清朝第一女御医，历史上根本没这号人物！

我在现代读大学交学费还三天两头睡懒觉逃课，谁耐烦到了古代还学什么医经？对毒药学倒还有些兴趣，下毒下得好，也能修成一代武林高手啊，可惜这里又不教。

偏偏太子有心“天将降大任于斯人也，必先劳其筋骨”，竟然把我的住宿安排在紫禁城内东墙下、上驷院之北的“他坦”，也就是太医院御医的日常轮流值班待诊处，害我成天两头跑，就算有心向学，也是有心无力。

不清楚是什么原因，太医院上下连个像样的小帅哥中帅哥老帅哥也没有，娘娘腔倒是有几个，就我穿着男装也没“娘”成他们那样呢，不知是怎么选进来的。在听太子说太医院院使姓孙的时候彻底惊艳了一把，最好跟《金枝欲孽》里一样，叫孙白杨就更妙了，可惜此君一直神龙见首不见尾，并无缘得见。

就这么胡混了一段时日，康熙和那些阿哥好像都忘了有我这个人，我自得其乐，好像还真养胖了一些。不知不觉便是九月九日重阳节，到了这日，北京城人多提壶携木盍，出郭登高，南则在天宁寺、陶然亭、龙爪槐，北则蓟门烟树、清净化城，远则西山八刹，赋诗饮酒，烤肉分糕，洵一时之快事。宫里则大办花糕宴，广邀宗室王公，贵戚大臣，皇子们更特许携眷晋见。紫禁城的太监宫女们各忙得团团转，那些妃嫔、公主、驸马及台吉大臣也没空生病了，待诊处来召唤御医的太监少之又少，因太医院也放假一日，人手更少，我这种没家没室的二不沾竟然也有份轮到代御医坐班，虽只做做清点药品的杂务，总赛过无所事事，徒费光阴。

我做事一贯手脚极快，在待诊处对完清单，便缩在屋角大吃特吃前日途经北新桥“一品香饽饽铺”时买到的奶油花糕，人不爱吃枉少年，班里其他值班人等对我此种行径早已司空见惯，并不来管我。

我是太子爷亲自领进太医院的人，名录登记从来不和他们一处，起居也占了待诊处后院最好的两间上房之一，平日多是独来独往，素来不惹是非。虽然没有喉结这一点与众不同，但凡是宫里有赏赐下来，我那一份从来不要，随便人分。

因我名下得的赏均是按八品规格，足够打点几个从九品，就凭这点也够我广结善缘了。善哉，善哉，在四贝勒府我别的没学会，打赏的好处是亲见的，肯撒钱，就一定能笼络人心。

本来重阳这一天，我也准备这么吃吃睡睡就打发走，谁知午时一过，门外忽然来了两名太监，说御花园菊展布菊不够，缺人搬运，要来拉几个人帮忙。

我趴在椅背正午睡，想是两个太监看我穿的没有品级，迷迷糊糊的我就给夹在人堆里带走。

没留意这两个太监是哪一宫的，凶悍得很，走快走慢都要骂。太医院一个从九品官不知怎么走在路上就跟两太监争执起来，渐渐围上一圈人，正好附近也没有侍卫巡逻经过，无人帮忙撕撸开来，太监嘴利，医士人多，一时双方吵得不亦乐乎。

我个小八腊子甚觉无聊，又在日晒之下，头昏口干，冒了一脸的汗，浑身不自在，正好一侧身瞥见旁边内供里墙上半开道月牙门：里头围砌铺廊，满院寒香，清水淙淙，一庭秋色，使人目不暇给，精神为之一爽。

打量片刻，又不见里面有人走动，我便趁太监、医士眼错不见，一闪身进了门，打算捧水揩把面，为等下的体力劳动提提神儿。

皇宫大内照规矩没有太监带路绝对是不可以乱跑的，但我的人生信条之一便是：撑死胆大的，饿死胆小的。

我倒不信，洗把脸还会死人不成？

掩进院子的同时，我反手暂扣上门，以免有人跟进来。

运气还真不错，一眼便瞅见一个落地大水缸，刚才它被门挡了，只露出一角，我未留意，这下可好，也不用劳烦我辛苦奔到小溪那儿了。

水缸的边沿就到我锁骨附近，上头盖子斜斜歪开，露出三分之一水面，清得能照出人影子，我踮足直接将脸埋入水面，水里有丝丝木犀甜香，拂过嘴唇的滋味不错。

享受了好一会儿，我才扬起头来，带起连串的细小水花，溅到我搭在缸沿的手背上，阴凉的感觉很快渗入肌肤，经久不消。

阳光透过细长的树叶剪影，如揉碎的金子一样细碎地洒落下来，我半闭着眼睛，享受这难得的愉悦。

然而空气里渐渐起了微妙的变化，当我意识到“他”在那里，已经有点晚了。

我几乎是仓惶地半转过头去，看着十三阿哥。

我们互望着，百转，又千回。

“奴婢请十三阿哥安，十三阿哥吉安。”印象中，这是我第一次如此正经地向他请安罢，现在我快习惯于自称奴婢了，不管多么不情愿，我不得不承认，我已经为这样的生活付出了代价。

在我抬头之前，他抱住了我。

他温热的气息涌上我的面颊，我如婴儿一般在他的肩头蹭抹我的嘴唇，他动了一下，于是我的手触到了他的脖子，他摘下我的帽子，轻轻抚弄着我的头发，然后细细地吻着我的唇。

完全不同于四阿哥那种只有靠实际碰撞、融合彼此灵魂和肉体的每一分子才能平息下来的占有欲，十三阿哥的温柔可以用精细来形容。

我缩回身，默默地看着他。

他的眼睛仿佛充满生命力的赤裸的天空，清澈异常。

我再次幽幽地靠近他，他想躲开，但最终放弃。

我的颤动，他的探寻，时间似乎凝结在唇舌交缠的瞬间，只差灵犀一点。

门外忽有极大的喧嚣响起，我们迅速分开，十三阿哥一挑眉，显是尊崇惯了，不怒自威，“哪来的大胆奴才！敢在此吵闹！”

我猛地想起一事，拉住他问道：“这儿是——蔚藻堂？”

他微露出一点迟疑，“你不知道？”

我总算明白为何刚才第一眼看到他，他的情绪就看起来很不好：这儿竟然就是他生母敏妃章佳氏的故居蔚藻堂。

敏妃于康熙三十八年去世后，十三阿哥便由德妃代为照料，也因此与德妃长子四阿哥十分要好。而我听四阿哥说过，八年来蔚藻堂再没有住进任何一位康熙的妃嫔，所以这里应该是类似十三阿哥精神家园的地方吧？

天知道我是怎样鬼使神差地进来，他也许当我是特意混进来找他的。

是我诱惑他，还是他勾引我？或者只是彼此寻求一点安慰？

我本想和他好好谈谈，有许多话想要问他，但回到现实，我们之间的鸿沟仍是不可逾越：

他是金枝玉叶的皇阿哥，我是流落古代的现代人，甚至连自己的身体也没有。包括四阿哥在内，他们的眼中人是年玉莹，和我没任何关系。

我提出做医女不就是为了逃避这些纠缠？为何又自投罗网？

十三阿哥把帽子塞还给我，“你在这儿等着，我出去看看。”

“没什么事，不过是太监跟医士吵架。现在大概是打起来了罢。”我捏着帽沿，把两名太监如何到待诊处叫人，我又是如何误打误撞地进来这蔚藻堂后院原原本本地给他说了一遍。

说话间，门外喧哗声却小了，仿佛有一片下跪请安声，隔了一会儿隐隐地又听见有什么人的呵斥声。

我闭上嘴，仔细分辨之下，赫然觉出那正是四阿哥的语气声调！

当下略带紧张地问十三阿哥：“他不会进来吧？”

十三阿哥想必也听出来了，摇头道：“不会。四哥应该只是正巧经过，我没跟他说起今天会来这。”

果然门外训斥完毕，一阵乱七八糟的脚步声过后，便恢复了静寂。

十三阿哥掏出金壳西洋珐琅怀表看了看，说道：“四哥也来了，回头见不着我必要派人寻的，我得上皇阿玛那去——你记得回待诊处的路吗？要不我先送你过去？”

我连忙摇手，“没事，你只管去，我且在这避避风头，算着你们里头花糕宴开席了，我再悄悄儿溜回去，今天我代御医坐班当值，腰上挂着太医院颁发的名牌，准保没事的。”

十三阿哥便不勉强。他走后，我也无意多留，背靠水缸发了一回呆，便轻手轻脚地走过去开了月牙门。

带上蔚藻堂的后门，我又不禁将头抵着冰凉门扇上的扣边低叹一声，这才拖着沉重的步伐缓缓走出内供里墙。

我其实并不记得回去的路怎样走，只知道是从苍震门过来的。

下午的太阳依然烈烈的，我一走出内供里墙的暗影，便不由自主地将

手遮在眼上眍了一眍，因是低着头赶路，很自然地看到地上一道斜斜的黑色短影，正压在我的鞋尖。

我抬头的瞬间忍不住战栗了一下。

背着光立在我身前的四阿哥，他脸上那种淡漠到没有温度的神情和寒冷漆黑的眸子，让我全身的血液仿佛慢慢凝固，直至整个人都僵住了，只余下一点跳跃的思维，可我已完全失去捕捉它的能力。

“刚才清点人数，延禧宫太监说待诊处过来的医士好像少了一人，我就料到是你。你不知道未经许可，在蔚藻堂这样的宫苑随意进出可是死罪？今日这事要不是我撞上，你还想不想保小命？”

我最怕四阿哥不说话，他一开口，反而事小，因收敛心神，先给他请了个安，方平和道：“奴婢谢四阿哥开恩。”

一个沉默落在我和他之间，过了半晌，还是他先发问：“刚才老十三在里面，你见到了没有？”

“没有。”我和十三阿哥说话声极轻，从头到尾，院门都是拴好的，四阿哥总不见得有透视眼能看到一切吧？

“哼，没有。那么是谁告诉你这是何地？”

“奴婢不知这是何地。”话一出口，我便后悔了，这么回答简直是自掌耳光。我如果真不知这是何处，刚才就应回答四阿哥第一个问题时稍加犹豫，错就错在我答得太快，无意间认可了四阿哥的突兀问法，露了马脚。

然而他并没有如我预期的那般马上戳穿我，我调整好呼吸，方抬首看他。

他的眼神无法透视，甫一接触，我又是一阵冰雪彻骨，他的声音带着不容拒绝的冷然，“单单做一名医女，还算不得有了保护伞，我要动你，随时都可以，现在你能站在这里，的确是我开恩。不过你最好牢记，你是我的女人，没有人可以碰我的女人，不管是谁。”

——没有人可以碰我的女人，不管是谁。

四阿哥走后，我朝着和他相反的方向，果然顺利地找到了苍震门，出了内廷，便认出往东墙下、上驷院之北的“他坦”路线，但我一路上满脑子都盘旋着四阿哥的这句话。

真的是莫名其妙的男人，我又不是你家养的小尼姑！就碰，就碰！

我怒气冲冲地回到待诊处，堂屋竟然一个人也没有，只听后院里人声喳喳，猛地想起我临走时忘了把居处的房门关好，莫要是我养在房里的乌龟一家逃了吧？急忙拔脚往后院走。

人才绕出穿堂，忽地眼前一亮：

平日空荡荡的院落，此刻已经遍摆盆栽菊花，五彩缤纷，千姿百态。

院里挤满了观菊的医士，正不住指点，听来名菊不下数十品，黄色的有“御带飘香”、“二色玛瑙”、“蜜西施”等等；白色的有“白牡丹”、“银盆菊”、“白剪绒”等等；红色的有“状元红”、“醉杨妃”、“二乔”等等；紫色的有“紫霞觞”、“老僧衣”、“金丝菊”等等。不仅这些菊花是上等佳品，就连一应细瓷花盆都非常可观，有粉彩的、有青花的、有吉祥图案的、有各色开光的，其色胭脂水、珊瑚釉、苹果青、孔雀绿等等应有尽有，其形方圆不等，各尽其妙[①]。

有眼快的医士见着我从人群后过来，忙招呼道：“年助理，快来看——这些御菊都是太子爷刚派人赏的，今儿宫里在钦安殿大摆花糕宴，皇上娘娘还要在堆秀山御景亭登高赏景，咱们虽然福浅不能分泽，看看菊花随喜一番也是妙哉！”

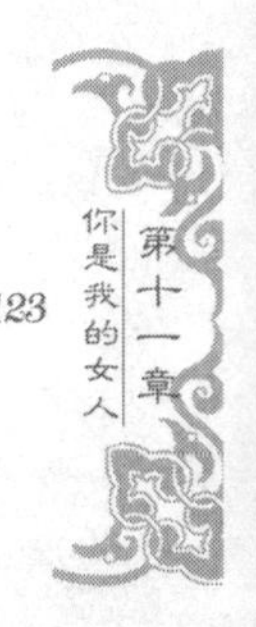

我选秀时住的延晖阁就在钦安殿后右方，与御景亭遥相对峙，日夜见得到的，他们说起来像是什么了不得地方，我听在耳里不过尔尔，先溜了一眼自己房间门户平静，才用平日在太医院一贯的期期艾艾语调道：“同喜，同喜，但不知是太子爷府里的哪位管事送来的？咱们也要谢谢人家。”

医士想了一想道：“我听说是位戴大总管……”

我又问：“是不是团团一张圆脸儿，略胖，两撇小胡子，说话声音细细的那位？”

“正是，正是。”医士见我没见着本尊，却能如此了解其外部特征，眼里满布仰慕之情。

我不再说什么，负手踱到院落一角，佯作45度角华丽丽地仰望苍穹，心里充满了明媚的忧伤：怪不得会碰到四阿哥了，根本就是他派戴铎借太子的名义送花来的，我一看这院子的陈设就知道了，同中元节那晚花灯摆放的章法差不多，只是这里院子小一些罢了。

---

① 引自《王府生活实录》 作者：金寄水

有什么好欢喜的？这些傻瓜医士哪里晓得四阿哥的手段！他先给你一点小恩小惠，然后不管你高不高兴，就找机会“欺负”你，你懂吗？“欺负”你！

你们就乐吧，反正今晚我是必要出宫，不在这儿睡的！

我又拖延片刻，眼见这帮红光满面的医士竟然商议着要开什么赋诗会以谢圣恩御赐菊花，大感吃不消——等他们搞清楚菊花和黄瓜的关系再这么激动也不迟嘛，因瞅个空子，绕出院子，上前头正房值班去。

挪椅坐定没多久，原先被延禧宫两太监叫去搬菊花的一班人也打道回府了，见我兀自坐着，均感吃惊，面面相觑了一会儿，却也没人说什么，又被院中人拉去赏菊了。我料定下午不会再有太监来搅扰，不觉趴在桌上打起了瞌睡。

迷迷糊糊间，察觉有人在拉我的袖管，拍我帽子，我咕哝道：“别闹了……”把头换了个手肘枕着，忽然就想起这里怎会有人对我动手动脚？心下一慌，赶紧直起身来，一句清脆的童声破空入耳，“小莹子！”

我偏头定睛看处，却是一名六七岁的小阿哥，一双神气十足的眼睛正直直地瞪着我。这时候，我就算想不起他是十八阿哥，也认出他身后那名傻大个子太监——毛会光了，因顺势下椅给十八阿哥请安见过。

来了位黄带子阿哥可是大事，待诊所值班行里年纪最大的御医老头收到消息，急忙领了一帮人出来，请十八阿哥南面居中上座，排了两排一起给他跪下磕头行礼，连累我也跪了一回。

十八阿哥虽然年幼，皇家派头却是一丝不减，很有气势地一摆手，“伊立！”

众人起了，他又指一指我道：“你们且退下，我有话要问小莹子，若有不明处自会召唤你们。”

我在一片诡异的目光中苦笑一笑，走上十八阿哥身前，众人这才喏喏的退了。

室内静下，十八阿哥凌空伸一只右手给我，“下午在无逸斋练习射箭，我扭到手了，刚进宫便觉不适，听说你在这儿，找你来替我揉揉。”

我左看右看，他这只手简直完美无暇，康熙那些未成年的皇子皇孙读书所在的“上书房”，平日不过晚上七点是不能放学的，今日过节，十八阿哥下课早不足为奇，但怎么只带了一名低等太监就冒冒失失跑这儿来了？

我百思不得其解，无奈何十八阿哥自己不说，又不能问毛会光，只好先开柜取了瓶药酒，沾在棉布上权且给他手腕尽心摩揉推擦。

十八阿哥仔细瞅着我的动作，等我快要收尾时，才不期然地冒出一句："小莹子，皇阿玛说要把你赏给我了！"

我笑道："皇上说什么——"话到一半，才反应过来，陡然停下，手脚发凉地瞪视着十八阿哥。

十八阿哥晃一晃小脑袋，笑眯眯地望着我，我小心翼翼地道："皇上说'要'把我赏给十八阿哥？"

我着重强调个"要"字，是"要"，而不是"已经"，那么就是另有蹊跷了？

果然十八阿哥又道："皇阿玛说了，明年八月出塞围猎我要是打到一只大老虎，就把你赏给我！"

我已经陷入半傻状态，又想了一想，方问："十八阿哥难道不怕大老虎吃人？"

他肉掌一挥，雄心万丈地道："不怕！它敢咬我，我就咬它！"

我仔细端详他一下，心道：你行吗？换十阿哥上场还差不多，河马君是血盆大口，有望跟老虎一拼，你这小鬼就省省力气吧。

十八阿哥见我不住看他，更加高兴，顺手扯下自己腰间的一件金线黄香囊抛给我。我没接稳，袋口略开，露出里面数粒红色椭圆形核果，辛香扑鼻，还没问是什么，十八阿哥已欢快道："重阳节怎可不配茱萸囊，我赐你的！可以避灾！"

茱萸？

我冷汗，貌似此物在耽美文中出现频率颇高，常见者有"他咬住他挺立在胸膛上的茱萸"、"他俯身轻舔他已变得绯红的茱萸"、"他蛮横地将他胸前的茱萸纳入口中，疯狂地享用"等等，没想到实见比想象的要大颗啊，这么说，古代过重阳节，人人都要把一袋这个……东西挂在腰上走来走去？

能想到赐我这玩意儿，他真不愧是四阿哥的弟弟，无奈何，我只得作欣喜状拜上一拜，"奴婢谢十八阿哥恩典。"

十八阿哥眼一瞟，"你桌上纸盒里盛的是什么？"

我系了茱萸囊，双手捧过纸盒，"北新桥'一品香饽饽铺'做的奶油花

糕，也算别有风味，不过自然比不上宫里御茶房做的奶油饽饽，十八阿哥要尝尝?”

他不伸手，但他的眼睛出卖了他的心，小孩子哪有不馋嘴的，我连盒交给毛会光服侍。他刚吃了一块，门外忽有人风风火火地掀帘而入，却是一名八品首领太监，一见着十八阿哥，忙不迭道：“眼错不见，就没影儿啦，把奴才急坏啦！原来跑到这儿吃嘴来了！——‘里头’快开饭了，咱们走吧。”说着，狠狠地瞪了毛会光一眼，毛会光一哆嗦脖子，我也看出这首领太监是奉命“教引”十八阿哥的，因就势从毛会光手里接过纸盒，笑道：“哥儿请吧。”

十八阿哥虽兴味索然，却也不好误了时辰，由太监牵着出了门儿，临出门还回头瞅了一眼。

一时御医老头也带着众人出来行礼送他，我夹在人堆里拗出标准造型好不容易送走这位小佛，这才忙着低头将茱萸囊里的物什倒在桌上拨弄着细细研究。

有眼利的医士看出我这香囊是御赐之物，凑过来不无羡慕地道：“年助理，你的茱萸真是又大又红，不同凡品呐。”

“噗！”我刚喝了一口茶，当时就猛喷了出去。

幸亏四阿哥不在，否则在场的医士今日都得竖着进宫、横着出宫了。

重阳节过去不久，康熙就离京去木兰行围，除了四阿哥、八阿哥、九阿哥和十二阿哥留京署任，其他成年阿哥们大都随行，连各部主要官员也去了不少，仅太医院八品以上的官员就空了三分之二。这一去一回耗时二十余日，我的日子就更加好混，本来出诊什么的一般轮不到我，如今业务量大大缩水，就抽空缩在待诊处养膘，可惜我怎么吃喝也胖不了，无故浪费粮食罢咧。

到了十月，北京虽属初冬，却已十分寒冷，十月初一起宫里各处就添设煤火。今年待诊处额外添了一台灯市口外南面“海山长”字号的“白炉子”，因其不仅色白形美，而且炉膛大、火力旺、散热快，且没有固定位置，搬出搬进悉定自便，故取暖驱寒，非常得力，又能寒谷生春，犹胜红炉暖阁，大家均十分高兴。

康熙带大队人马返京后，下了第一场小雪，我畏寒，夹袄、夹中衣什么的早早就穿上了身，终日像偎灶猫一样跟着白炉子坐，连雪景也不去看。

我倒不担心明年十八阿哥打老虎的事，他若能打着老虎，除非那老虎是喝猫乳长大的。

我如今的处境看起来不错，可我始终忘不了四阿哥的那番话，他说得不错，做医女并非是我的保护伞，在古代没有什么独立女性可言，康熙朝初年最有名的宫女苏麻喇姑倒是一辈子没有嫁人，为什么？她出家了。

我这个人又贪吃又好色，绝对过不惯吃素念斋的日子，但万一要是几年都回不了现代，我真不敢想象我该如何立足。

没有可能做第二个大长今的，在太医院待了这些日子，我很清楚自己不是这块料。

太医院共设九科：大方脉、小方脉、伤寒科、妇人科、疮科、针灸科、眼科、口齿科、正骨科。

诊脉，我的底子太差，连寸口都找不准。

伤寒科，往往是发疹之症。哪怕是院使出手，也难免经过一段时间治疗，病情反见加重的。倒也不一定是院使不行，只是伤寒最要调理忌口，但能请得起御医的哪个不是达官贵人，病患不听医嘱是常有的，谁主治谁倒霉，谁不主治谁做替罪羔羊，典型的吃力不讨好。

妇人科嘛，本来挺适合我学，但难道我学会了技艺去给康熙的妃子们效劳——也就是接生四阿哥的小弟弟小妹妹们？甚至有朝一日要亲手接生四阿哥、十三阿哥、十四阿哥等人的儿女？哦，no、no、no，it's so horrible!

疮科，太脏。

针灸科，练习时，但凡我一出针，方圆一里内除了慢慢爬动的乌龟，是见不到任何活物的，没有人给我做实验品，光看书，我又怎么可能掌握要领。

眼科，话说姓朱的那位医生，简直就是史上最大的霉人，凡是他出马给康熙看诊的，必被骂得头晕转向地回来。奇的是康熙也不辞退他，说不定骂他骂得很爽也是一种享受，但如此一来，又有谁敢在老朱手下做事呢？老朱专业本事不见长，心理变态倒是肯定的。

口齿科，其实是最暴力的一科，碰到拔牙，什么榔头、锤子、凿子全要用到。不要看那些满洲大老爷们，要叫他们张嘴动他们的牙齿，真正恐怖得一塌糊涂，草本麻醉效力又跟不上，鬼哭狼嚎的那叫一个销魂。

剩下正骨科，我肯给人家摸骨，也没人肯给我摸。

所以算来算去，我哪一科也挤不进去，只好做待诊处一花瓶，没事就合眼假寐、头如点蒜，也称得上此间一景了。可叹世人笑我瞌睡虫，我笑世人不懂经：没准我有天睡着一眼睁开就回到现代了呢？那不就什么问题都没有了？

然而这日虽下起小雪，待诊处的人却是多有差事，几乎络绎出清，只留我和数名来领方子配药的"苏拉医生"对点存药。忽来了一名太监急唤人去练武房，说什么十三阿哥和十四阿哥在御前比武受了误伤。

"苏拉医生"们不过是宫中的差役，听说要面圣，一个个舌头也肿了，腿也抖了，哪敢应半声。

我虽然无品级，总比他们强些，而来的太监只求交差，催得又紧，我便收拾一下，穿起斗篷、提了药箱便在桌上留了条子跟着他出了去。

室外雪点萦空如雾转，凝阶似花积，好在风向不偏，我只将斗篷拉低一些，遮住眉眼略挡一挡也就是了。太监自管撑着伞走在前头，不住促我快行，走了一程功夫，到了景云门，守门的禁军验了牌子放行，我们又往北朝太子的毓庆宫赶去。

我虽满腹狐疑，却也不好说什么，埋头跟他入了垂拱门，绕过中庭，进东南角练武房。

毓庆宫的练武房长约十间，宽三间，除靠南墙拦板隔出数个小室外，其余全部打通。

只要练武，必不能穿多，为这缘故，整间房里已升起地火，四壁皆暖，我在门口边就除去斗篷，轻跺脚抖去身上雪，见另一名七品内廷供奉太监出来接引，这才跟在其后屏息垂手入内。

康熙、太子、大阿哥、四阿哥、清朝 F4 有三个在、连十八阿哥也到了，不知为何，却不见十三阿哥和十四阿哥。

因我身着不入流的五蟒四爪袍、黄鹂补服，连缕花金顶也没戴，只得二十步开外，就依序拜跪行礼见过。

"小莹子这么快就做到太医院第一人了？怎么就你一个人来？"太子有意大声地问话，我好不尴尬，还不都是被你丫害的，问我？

我到现在还没弄清楚状况，口中先"嗻"、"嗻"地胡乱答着，接下来却不知如何应对，不由冒汗。

正好十八阿哥看清是我，笑得合不拢嘴，在康熙膝下连连招手，“小莹子，你过来！”

康熙一笑，令我起身上前说话，我忙翻起袖子，十八阿哥又甩开太监，下座过来拉我。

我受宠若惊，忙目不斜视地迎上，忽然前后左右起了一阵骚动，在场伺候的太监宫女武师等人全部侧腰捂嘴抖肩偷笑，而一众皇阿哥除了四阿哥略掌得住些，均不顾形象地大笑起来，十八阿哥更是戳指对着我肩后，两眼一翻，几欲笑得翻过身去。

我摸摸自己的头，很圆很正常啊，并没有什么多出来的东西，这些人笑些什么？

康熙将手指微抬，绕了一圈，示意我回头看，我不敢背对皇帝，拧了脖子转头向后一瞧，却是十四阿哥和十三阿哥刚刚从南墙小室走出。

只见十四阿哥鼓着河豚嘴，头上扣了一顶帽子，帽下露出半截斜缠着的白绷带，深得黑人说唱歌手最爱的那种疑似头部被炸伤的帽子造型之精髓。

而走在他身后的十三阿哥倒是没戴帽子，只满头裹了一色的白绷带，可怕的是耳后打结处被活活扎了一个蝴蝶结，不知道是木乃伊现形呢，还是扮Hello Kitty？

我受惊过度，反而没有反应，僵着腿跟这两位阿哥行了礼，他们回了个点头动作，惹得众人又厥倒一场。

十八阿哥已被抱到康熙位上，直笑得瘫在他怀里，康熙揉着他的头，强板起脸朝十三阿哥和十四阿哥道：“朕罚你们两个给对方包扎伤处，理应尽心而为，怎么弄成这副德行？”

十三阿哥、十四阿哥显然只能看到对方造型，异口同声地道：“皇阿玛，儿臣已尽心了！”

“胡说！要上了战场也就这么着吗？大阿哥，你看看你这两个弟弟，气死朕了！”康熙又骂又笑，实在看不下去，因摆手道，“小莹子，去，给他们把绷带解开！”

我“嗻”一声，拣离我最近的十四阿哥扑上去，以一招温柔无影手摘了他的帽子。谁知他压在帽下的绷带根本没有绑好，大多是胡乱塞在里面，帽子一去，东一根西一条的白带子便从他头上飘挂下来。我随手兜起其中几道拉扯了一下，没想到却是牢牢结在头上那一圈带子里，空自荡来荡去，就不掉下。

我抬眼看十四阿哥的脸色，和周围快笑疯了的众人比起来，他还算镇定自若，只是一对桃花眼瞪得我发毛，“你还玩?”

“不、不是我干的——”我结巴着还没说完，十四阿哥突然一声低吼，直接冲向左侧十三阿哥去也。

十三阿哥早有准备，回手一揪自己脑门上绷带，就要跟十四阿哥干上，但他手一触到那个蝴蝶结，马上变了脸色，连拽几下都无功而返，正应了我的判断：老虎不发威，你当我是 Hello Kitty!

一时只见这边厢十四阿哥满头雪白的绷带如细柳飘扬，那边厢十三阿哥一只硕大的蝴蝶结东倒又西歪，偶滴神啊，眼看男版梅超风大战 Hello Kitty 十三郎，任谁挺得住这刺激?

休说旁人，就他们两个自己也是看着对方笑到手软，虽纠在一处，又怎么真打得起来，只一忽儿你上，一忽儿我下，在毯子上滚来滚去罢了。

我被这对活宝弄得神魂颠倒，何苦呢?何必呢?为了“攻守”之分，非要一争长短一分高下，这样不好，不好。

康熙笑得眼泪都迸了出来，一迭声叫着李德全，“拉开，拉开，快给朕拉开!”

李德全哪用叫，早领着几个年轻的内侍在两位阿哥身边转悠了半天，苦于他们缠滚太深，实在无处下手。

因康熙有命在先，让我给他们解开绷带，我虽已抽筋到手软脚软，却还是强提一口真气，正一正头上的小帽，挤入人堆，跪在毯上，向两位连体兄合什拜一拜道：“十三阿哥、十四阿哥，请起罢。”

十四阿哥面上忽然一红，手下一松，十三阿哥先推开他爬起，李德全觑空赔笑上来要拉十四阿哥，十四阿哥拉不下脸，身一侧，不肯给他碰，我跪行一步，低声道：“奴婢伺候十四阿哥。”

十四阿哥仍半跪着，闻言看了我一眼，什么也没说，却略把头低了一低，任我施为。

十三阿哥给他头上绑的一圈白带子甚是结实，我费了不少力气，剥得手指生疼，才找到接头解开。把繁杂乱带一起拿去，只见他脑门光溜溜的，并无伤痕，只有一块指甲盖大小的不显眼淤青，看边缘大概是两人耍棍弄枪不妨，磕在什么硬物上弄的，这就是所谓的御前受伤？真是下雨天在家打孩子——闲着没事干，平白累得我冒雪跑这一遭，还差点笑到内伤，岂有此理。

搞定十四阿哥，我膝盖都跪麻了，起身时稍稍晃了一晃，十四阿哥体察入微，肩头一动，要出手扶我，我正想让开，八阿哥已伸过手不露痕迹地把他带过康熙主位那边。

我再找十三阿哥，只见他站回四阿哥身边，头上业已清爽一片，正似笑非笑地斜睨着我。

我还能怎么办，选择性失明呗，打量到旁边有空位，便默默地挪脚蹭到人后去，刚动了几步，十八阿哥忽地叫住我，“小莹子，你过来。”

这还有完没完了，这小鬼怎么这么粘人啊，我没办法，又依他指示过去垂手站定，他指着我的补服道：“皇阿玛，这是几品的补服？为何儿臣在宫里没见人穿过？”

康熙笑道：“你没跟汤师傅学过吗？”

十八阿哥眨巴眼睛想了一想，奶声奶气地背道：“一品仙鹤，二品锦鸡，三品孔雀，四品雪雁，五品白鹇，六品鸬鹚，七品紫鸳鸯，八品鹌鹑，九品练雀……没有了。”

康熙若有若无地瞟我一眼，我忙笑道：“回十八阿哥，这件是黄鹂。”

“黄鹂？”十八阿哥下死劲地盯着我的补服看。

我答道：“是黄鹂，杜工部诗曰‘两只黄鹂鸣翠柳，一行白鹭上青天’。”

“怨不得十八阿哥不知道，”侍立康熙身边的十阿哥大声道，“黄鹂是从九品尚且算不到、未入流的穿戴，紫禁城里头真想找出两个穿黄鹂的奴才还挺难哩，也就眼前这个了。”说着，他嘿嘿地笑起来，一张大嘴直咧到了耳朵下。

周围太监中有人随之窃笑，的确如此，能在这练武房里服侍的太监，最次也在七品以上，当然不把我放在眼里。

一直暗察康熙脸色的李德全抬起头来慢慢地扫视了一圈，众人陡然噤声。

康熙淡淡地道："孙之鼎。"

一名着水晶及白色明玻璃顶戴、穿八蟒五爪袍、白鹇补服的五品官应招从人群里走出，"奴才在。"

孙之鼎？不就是太医院的院使大人，我的上司吗？

我立过一边，偷眼看去，此君约摸四十岁上下，细眼长须，果然颇有清疏气度，名家风范，只听康熙又道："太医院名医无数，但学贯中西者寥寥无几，这次朕行猎途中你伴驾有功，朕就把小莹子交与你作徒弟，她年纪虽小，却通英吉利文，又得过四阿哥指点，连三阿哥也在朕面前夸过她，万不可小觑。过阵子御药房要进广州十三行从海外输送的大型人体解剖模型、化验用的显微镜、消毒用的蒸汽发生器，及一些西洋成药等，少不得还有洋人教习进宫，你是院使，必要跟他们打交道，小莹子跟着你，自有能派上用场的地方。"

孙之鼎连"嗻"了几声，康熙又道："小莹子，自今日起，你就跟着孙院使行走，朕准你御前着常服，女装即可，不必避讳。"

我见康熙如此说，方长松一口气，忙行跪礼，"奴婢谢皇上恩典。"

康熙便不说话，李德全安排起驾，孙之鼎又谢了一回恩，领我退下。

我今天这个彩头得来真是容易，没想到十八阿哥不过七岁，在康熙面前居然如此受宠。但我在太医院的一应事务一向由太子全权安排，如今康熙亲自插手，不是摆了太子一道吗？又或者，康熙如此施为，本来就是做给太子看的？

孙大人派手下亲随送我回到待诊所，其他值班御医已有回岗，见了我，当面客气，背后却是暗箭不绝，说什么的都有，我心里只冷笑一笑：就算太监来叫人去毓庆宫时你们都在，必定也会指到我名，装糊涂是不错，该来的也躲不过，我勒紧裤腰带，兵来将挡，水来土掩就是！

孙之鼎在宫外有处私宅，唤作“随园”，是他典藏天下医书之所，他除非出诊或入宫伴侍，等闲不入太医院，就算进宫也从不去待诊处，无怪我以前很少见到他。他只要得空就回“随园”埋头看书、写书，也算一名文学中年，但他为人比四阿哥还要不苟言笑，我跟了他半个月，自己都快忘记该怎么对人笑了。

我名义上是圣口玉言指给他的女徒弟，他却从来不教我什么，因我改回了女装，也不好成天带我人前进出，只让我在“随园”帮他整理医书、分档归类、索引目录，拿我当图书馆管理员用。拜当初在四贝勒府书房磨练所赐，这些工作我做起来倒也有条不紊，得心应手，只是每每想到在现代读大学国际金融系时交的那些学费，未免有点肉痛。

十月昼短夜长，转眼冬至，挂起了九九消寒图，“随园”所挂的和待诊处墙上贴的“轱辘钱”图不同，是一张画着八十一瓣的素梅小幅，枝上的花有的是一朵，有的只是一个花蕾，有的是两瓣，有的是三瓣，似含苞待放，尚未成朵，上面还有朱笔双钩馆阁体楷书题诗一首：“淡墨空钩写一枝，消寒日日染胭脂。待看降雪枝头满，便是春风入户时。”以一个长方型木屉子装裱素绢，其天地左右皆镶有淡绿色绫边，每天用朱笔填上一瓣，填完了八十一瓣，也是九尽了[1]。

---

[1] 引自《王府生活实录》 作者：金寄水

因接连下了几场雪，我跟孙之鼎日久，给他理书颇见功效，他找起资料来效率加倍，恨不得我没日没夜地替他把书海清完，对我态度大大好转，有时也不令人送我回待诊处安置，就将“随园”后一座小楼的楼上一层拨给我用度。而他的妻妾都在崇文门外的大宅住着，他是每晚都回家去的，除了看园人和几个婆子、杂役，就是我了，“随园”倒成了我的半个家。

一日我绝早的起了身，午时刚过便做完了当日工作，孙之鼎又事先说过要进宫，料他不会过来，就自锁了书馆，回转小楼房里开起白炉子，慢火煨新米鸡笋粥喝。

时当雪止，但见阶铺密絮鹅毛雪，窗绣奇花凤尾冰，楼上望出去，院子里有仆役在慢慢自门口扫开雪路，安静极了，我吃了粥，不知不觉合衣卧在床上睡了一回。

没料想我却是给冻醒的，窗外不知何时又纷纷扬扬地下起雪来，风摇庭树，雪下帘隙，我嫌冷，抓条毯子像阿拉伯妇女一样严严实实地连头裹住，唯露两只眼睛，踢踢踏踏地过去将窗关紧。忽听身后一声轻响，风起处我打个哆嗦，忙要去抵上门，不料一回身赫然见着四阿哥外披件黄底紫藤萝鹤氅站在门前，吓了一跳——不骗你，真的原地跳了一下。

他起先也没认出我来，面有豫色地打量了我一番，往下见着我单穿薄袜的双脚，这才确定下来，一回手，拴了门，往里走入。

室内温暖，他带进的冷风很快散去，我却一阵寒意自内而生：夺门而逃吧，迟了；跳窗逃命吧，他又给我关死了，不知道我现在这个样子扮忍者神龟还骗得过他吗？

正做着激烈的思想斗争，四阿哥已除了自己身上的鹤氅裘衣，老实不客气上来一把掀了我的毯子，我家常地穿着袖平少宽、前后不开胯、俗名之曰“一箍圆”的老年款皮袍，看得他一笑。

因连日雪景正好，各处王府都借此机会大摆赏雪宴席，诗酒集会，我一早闻到他身上酒气，往日素知他喝醉了酒最难说话的，心头不由一阵乱跳，却想不通他如何能大摇大摆地登堂入室。我刚要张口叫人，他却按住我的手，一面解开我的袍子，一面贴近我耳边道：“你就是将孙之鼎一家子全喊来也没用，趁早省省力气。”

他的气息热热地喷在我的颈耳之间，我背上微微抽紧，深悔刚才睡前没把门关好。

我皮袍里面却是一套葱黄色绫子吴棉袄裤，隔一层布衫，贴肉穿着，又轻又暖，此时却恨穿得太少了，他看得一看，揽膝抱起我便往里间床榻走。

我捶着他叫道：“放我下来！我乃朝廷命官，你堂堂皇阿哥，怎可如此亵渎，皇子犯法，与庶民同罪……”

他将我抛到床上，低头挑眉道：“朝廷命官？你是武考、还是文试过的关？啊，我想起来，小黄鹂是吧？”

我拿一只枕头扔他，“走开！”

他头一偏，轻松避过，随即扣按住我的手腕，靠近我，深切道：“你现在本来就该在我的府里乖乖做我的侧福晋！你打算这样胡混到什么时候？躲在这里帮孙之鼎理书理一辈子？”

我亦知跟他拼力气必输无疑，遂停止了挣扎，只瞪着他道：“别碰我！”

他一手钳住我，一手慢条斯理地解开我的衣襟，“为什么不能？”

我急中生智道：“我来了月信！”

他笑道：“真的？让我检查。”

“不要、不要、走开、走开——”

他的手深入我衣襟内摸索，一阵触电般的感觉袭上身来，他察觉到我的颤抖，抬头静静地望着我。

我深吸一口气，“不要碰我，我不要做你的女人！”

“你早已是我的女人！”他手上的力道加重，拉扯间，突然注目到我裸露的脖颈，抬手勾起我以一根红线穿挂在脖子上的那枚玄铁指环，似不可置信地道，“你一直戴着它？”

自从那日在乾清宫冬暖阁康熙把玄铁指环掷还给我，我就一直将其戴在身上，就算睡觉、盆浴也不拿下来，此刻被他发现，我窘迫万分，只嘴硬道：“这是我娘留给我的。”

他低笑一声道：“是吗？不是因为我的缘故？”

我偏过头，“不是。”

他捏着我下颌，令我转过头来，“看着我的眼睛，再说一遍。”

“……不是。”

“撒谎！”刹那间，他吻下来。

他的吻还是一贯的热烈汹涌，霸道得让人没有办法想其他事。

我勉力推开他，“铁指环之事，你为何要骗我？”

他微微地皱起眉头，“……中秋那天晚上，我不是已全部跟你说过？”

我忙着挡开他不安分的龙爪，气喘吁吁地道：“你几时说过？”

“就是那时……”

“啊？”

“我们再做一次当时的样子，我再说给你听一遍，你就想起来了……”

“唔，走开……”

他真的住手，“这是什么？”

我睁眼一看，他指尖沾到了一点血迹：啊！我真的来月信了！到古代之后这还是头一遭！亏我之前提心吊胆了几个月，总算没被他害得中标！

四阿哥忽然说：“不行。”

我跟着摇头，“我说了不行！”

他接道：“我不想找别的女人。你帮我做掉。”

“啥？”我一张口，他顺势送入一支手指，我惊讶闭嘴，正好含住他，啜了一下。

他满意道：“就是这样。”

我怔忡着看他抽回手解开自己的衣衫等动作，骤然明白过来，他是要我做传说中的……咬？

晴天霹雳！我拼命地往旁边爬，手伸出去约三十厘米的样子，他一把把我拖回来，“干什么？”

我根本就不敢看他，“不、不会做……”

“你又忘了，我上次不是教过你？很简单，你只要小心牙齿不要碰到就行了。”

我很确定地道：“没有！你从来没有教过我！”

他顿了顿，没有说话。

“哦！”我恍然大悟，“你叫别的女人给你伺候过对不对？”

他还是不说话。

我捶床，“你！你——”

他笑，“你吃醋了？”

我快断气了，谁吃这种醋啊？

四阿哥将手插入我腰下，抱我起来面对他，“好。你让我高兴一下，我就饶了你。”

我用力想了一下，口齿不清地道：“我、我乃朝廷命官——”

“你一向小把戏最多，”他眯一眯眼，“还有呢？”

铁指环坠在颈间，我心里一阵微漾：进宫前我那样恨四阿哥，为了逃离他，我冒险跟康熙请求做医女，甚至故意在在蔚藻堂和十三阿哥发生一吻之情。可为什么就连和十三阿哥的一个吻，我也会不自觉地拿去和四阿哥做比较？

四阿哥凝视我片刻，说：“转过身去。”

他撩开我的发，从我耳后至颈间一路细细噬咬下来，又绕过一手握住我胸前小巧，一手伸到下面，虽然隔了一层小裤，我也觉到有滚烫在辗转摩擦，不觉面热心跳，因他下手愈发重起，我只得将身左右捱DB，不胜隐忍，他咬耳道：“听话。”

我一惊，回手挡他，他突然而兴，起身将我压倒，推开衫儿扯下衣裤，便欲自后向里探首，我蹙眉攀枕，埋首闷哼一声，记起他当初是如何凶法，怕到极处，几乎就要哭出来。

但他并未怎样大动，反略停了停，我看不到他，只觉全身都火辣辣的热起来。

隔了一会儿，他叹气道：“我真是把你给宠坏了。”

我始终一动不动，也不肯回头，直到他离开这个房间很久之后，我才小心翼翼地摸索着拖过毯子将身体遮起，翻转过身，瞅着他临走前帮我塞好的帏帐边角愣愣出神。

窗外簌簌雪声已然转小，不细心去听还分辨不出，天光既黯，室内唯余一只白炉子火光映照，格外静谧。

都说流光容易把人抛，年关一过，就到了康熙四十七年。

我躲进随园成一统，日子倒也过得飞快。

北京春迟，到三月中旬才有春花开放，进了四月，才真正有了风和日丽的天儿，康熙说的西医器材也就在此时才送进宫来。

孙之鼎带我入宫的机会渐多，但我所做的工作只是在御医房做最简单的书面翻译，充其量不过是个小小笔贴式，连根洋教习的毛毛也没看到。

康熙要跟洋教习说话，自有理藩院附属的西洋馆派翻译专员负责，没事用不到我，有事轮不到我，看来四阿哥所说康熙不过把我插在他身边做个样子的话确实不假。

人说春光美，但连续几月来，朝中不晓得发生什么事，连孙之鼎那么保守稳重的人也因事被康熙在其所呈的奏折上朱批“庸医误人，往往如此”。我陆续听到些风声，有说太子惹皇上生气的，有说是某某阿哥得了天花让皇上担心的，三人成虎，这类小道消息虽不可全信，却也不全是空穴来风。太医院的人战战兢兢且不说，宫里上下的气氛都压抑得很。

这清朝的王公府第、朱门世家都有在冬春两季用药的习惯，王府的内眷也格外爱生病。

虽说各府都有长年延聘的御医或名医，但像孙之鼎这种级别的还是少之又少。他的主要任务之一是负责太子的脉案用药，毓庆宫招他又多在夜班时分，他几头忙不完，根本就没有看医经写书的时间，随园也难得回了。

他既不回随园，我手上无事，也不好老住，便仍然搬回紫禁城东墙下的太医院待诊处。等御医房新进的西洋器材维护得七七八八，我也把御医房里的主事、司员、库掌等大小官员认了个差不离。可惜他们多是满人，不仅名字难记，说话口音也重，事情一多一着急就唧唧咕咕地讲起满语，我英语是懂的，但这满语我怎么听也摸不着门道。他们跟我说满语，我便跟他们说上海话，比手划脚、鸡同鸭讲、鸟语连篇，往往办完一件事喉咙都要痛上半日，央喉科御医讨了几瓶清咽利隔丸才应付下来。

而这一阵偏巧碰到御药房每三月进药一次的大季节，供奉宫中御药的北京同仁堂自不必说，其他药商各处承办来的药材，都要由御医房管理药库的官员验收后，存放生药库。

同仁堂的当家乐显扬本身就在太医院任吏目，且内廷所需的各种中成药，都有康熙御旨由同仁堂代制，各家药商除了他，又有谁可入太医院享受皇粮？图的不是那年俸，是荣耀！因此他虽是从九品官，但在太医院里人人都得买他面子的，这人资历甚深，御药材的采买、经检、签单、发放全由他掌总舵儿。

乐显扬受了孙之鼎的委托，有心让我经经世面，除了配方密本，其他一应记录都让我带着学着。

他让我学，我没道理不学，我整天忙得屁颠屁颠，虽说累些，收获可也不小，不出一月，已经能认一百零七种御药。

五月初，时届暑令，就像现代女人流行吃减肥药一样，宫里的妃嫔喜用一种清暑益气丸，这类蜜丸炮制最繁，虽只每日一丸的用量，也经不起那么多妃嫔催要。何况她们往往拿此赏赐宫外娘家，有相较恩宠之意，就苦了我长期在御药房闻此蜜丸香味，原本灵敏的嗅觉明显的退步，还不时要承担给各宫娘娘送药的任务。

在御药房的人官职不大，责任却重，又同内廷直接打交道，个个比待诊处的御医还有脸些，势利眼到处都有，这里也不例外。

比如这天上午突然奇热，却不知怎么约好似的，接连来了四五拨太监拿药，那些小苏拉医生半天功夫已被差出去几回，都懒怠跑动。偏偏过了午晌，又来了一个太监，苏拉们都不明说，只你推我诿，巴不得少跑一趟，碰上那太监是个眼中无人的脾气，看出轻视意思，瞪着眼睛就要吵起来，亏一名当值司员过去劝开才作罢。

太监骂骂咧咧自捧了药匣待走，我听他口中冒出“延禧宫”、“良妃娘娘”等几个字，不由心中一动，朝他仔细看了几眼，却想不起他是否就是去年重阳节叫我去搬菊花的那人。

那太监却是个活络人，见我瞧他，随指一指我，向司员道：“你们怎么说没人？她不是没活干吗？”

司员刚要说话，我已站起，带笑上前接了太监手中的药匣道：“我叫小年，在御医房当差，刚进宫没多久，曹公公不认得我，下回来有什么事直接使唤我就行。”

他的姓氏是我刚才从他们对话中听出，曹公公不料我如此有心，上下打量了我一眼，尖嗓笑道：“得！这才是识上进的，你别学那些没腿子的，丁点大的人，难道走几步路，腿还能断了不成！”

一名苏拉医生听不惯他这话，要再说什么，被御药房司员一把拉下，使了个眼色给我，我会意道：“公公请吧？”

曹公公“哼”了一声，昂头翻眼，领着我出了门。

这条路我走过一次，记得进苍震门，再过狭长夹道，出去便近十三阿哥生母敏妃的故居蔚藻堂，但曹公公不知道是带我怎么走法，我一路留心，也没见着内供里墙那道门，只听他一声“到了”，抬起头时，延禧宫已近在眼前。

延禧宫原为内廷东六宫之一，因遭过大火，于康熙二十五年重修，在东六宫中算做冷僻宫院，一般受宠妃嫔都不会选择在这里居住。即使皇妃，一旦圣恩不眷，一样是个墙倒众人推的下场，曹公公能有这点狠劲，想来是沾了良妃儿子八阿哥的光。不过朝堂归朝堂，宫里归宫里，八阿哥在王公大臣中的口碑再好，宫里还是太子的天下，像曹公公这种有帆尽管扬的人，只怕反会拖累良妃罢。

紫禁城里一片红墙黄瓦，我早已看腻，可是站在延禧宫前，忽然就有一种安宁感，这里的气息很静，静得像是另外一个世界……

小太监开了宫门，曹公公要从我手里拿过药匣，我犹豫了一下，并未撤手，他不好到我怀里硬夺，手一缩，我却又放了手，哗啦啦地一阵响，匣翻盖破，撒了一地黑珍珠似的药丸。

一见弄脏了药丸，曹公公立马挥手跳起来，我也顾不得听他在骂些什么，先蹲下收拾要紧。一边收拾，一边在心里哀悼我的俸银，为了救过十八阿哥的那一点香火情，我平日单论得赏能按八品规格，俸禄却是照九品文官领的，一年不过三十三两，实在不算多，即使曹公公这样的普通一等太监还能拿个月薪三两，一年就是三十六两，比我还多呢。这下可好，药丸没人要，我要白打几年工才能赔回这个钱？

曹公公体型较胖，这一路走来已经满脸是汗，涨红了脸直冲我喊，那一把尖嗓子就跟划在玻璃上似的。正不可开交处，宫门里走出一名身着金纽扣黑领绿袍、头上饰翠花、并有珠珰垂肩的姑姑，眼睛一扫，已经知道怎么回事，板着脸道："八阿哥在此，你有几个脑袋，敢扰良妃娘娘清静？"

一句话，说得曹公公耷首不语。

姑姑转身向我面上看了一眼，道："你随我进来。"

我起先不太确定她是否说的就是我，曹公公朝我连比手势，我才跟上她进了宫门。

东六宫格局大致相同，延禧宫也是前后两进院，均为正殿五间，东西配殿各三间，一色黄琉璃瓦硬山顶。

绕过前殿，进了后院，我一霎时被眼前的美景击中：当院两株梨树，枝头淡绿，花朵成簇，粉白烈烈，仿若夏天的雪，可还没走到跟前，不知哪里又有淡香痴痴撩撩地绕上身来，叫人平白为它失了心、销了魂。

我是先看到花，才看到树下前后而立的两个人。

如果说八阿哥像晨初的第一缕阳光，那么良妃娘娘就是阳光下最轻透澄明的一滴水珠，举手投足间，说不出的淡雅。

我上前请了安，八阿哥令院中宫女、太监退下，才向良妃笑道："额娘，今日见到真人，便知儿子所言不差了吧?"

良妃轻轻摇头道："这孩子容貌虽不似，可这副眼睛一看便知是婉霜的女儿。"

宫里的规矩是不能直视娘娘及皇阿哥，我垂着眼听他们打哑迷，心内一团糊涂。

这时节，八阿哥已换了纱衣，良妃仍然身着夹衣，我素日闻她体弱多病，看来应该不假，见他二人各说一句便停了话头，因请罪道："奴婢该死，奴婢在门外打翻了良妃娘娘的药，请良妃娘娘责罚。"

良妃淡然道："你起来罢，不是什么大不了的事。"说着，她捂嘴轻轻咳嗽了一下。

八阿哥道："额娘，你已站了这会子，可觉得累了吗？儿子扶你进去歇息。"

"不，我还想看看这花。"

"是啊。"八阿哥忙凑趣道，"这两株梨花今年开得虽晚，可花朵儿又白又大，比哪一年开得都好，可不是喜兆吗?"

八阿哥意气风发，良妃却道："不为得之而喜，不因失之而悲，有繁华看时且看繁华，无繁华看时，又看什么?"

我一旁瞧去，良妃的神态甚是平稳，八阿哥则微微纠眉，但良妃一回眸看他，他又马上若无其事，仍带笑道："无繁华看时，额娘就看儿子，儿子便是额娘的繁华。"

事实上这满树梨花虽美，却开得太盛，与延禧宫的氛围隐隐不符，良妃亦不再言，微微一笑，眼睛越过了八阿哥，遥遥看向墙外某处。

要说八阿哥今年已是二十七岁的人，良妃再怎样也该过了四十，可她笑起来的样子仍像一名少女，娇怯而令人怜惜。

我忽然想起她看的方向是乾清宫，心头不由悸了一悸，正好良妃抽回眼神，和我对上。

我第一反应便是别过脸去，却碰上八阿哥的审视，忙又垂下首。

一阵风刮过，枝叶沙沙，花动花落，翩翩雪瓣随风旋舞零落，良妃一语不发，转身快步走向东殿，八阿哥也不叫人，亲自抢前为她打起堂前竹帘，送她进去。

我呆呆地站在原处，一时之间，竟不知自己从何而来，又往何处去。

八阿哥要出宫，原从承乾门那边走更近，但他就是选了和我一路，往苍震门行去。

他让跟着他的太监走在后面，单留我落他半步。

一路上，他沉默，我也沉默。

直到远远瞧见苍震门轮廓，他才停下脚步，负手望天片刻，又回身令太监退开远些，看着我冒出一句话来，“老十四病了。”

我讶然望他，他却不接下去，只目不转睛地盯着我，我很想说点什么，可潜意识中又觉得有什么地方不对头，半晌才憋出来一句，“奴婢……”

八阿哥失笑，“那么这是真的了。”

我钝钝道：“什么？”

八阿哥敛去笑意，“他对你是真的，你不知道么？”他停了一停，见我仍是无话可说，便接道，“老十四什么都要跟四阿哥争一争，但唯独这件事，他争错了。你果然不愧是婉霜的好女儿。”

一股麻意自我脊梁骨油然腾起：八阿哥句句话，听来淡薄，实则蕴机深重。十四阿哥的相思病，怎么又扯到年玉莹的妈咪头上？八阿哥是想暗示有其母必有其女？但是对于婉霜，我根本只听过一个名字而已。

我本能地退后一步，背抵住墙，八阿哥又道：“你是四阿哥府里出来的人，他是怎么教你的，我心里明镜一般。”他靠近我一点儿，压声道，“我劝你一句，老实一点，睁大眼睛看好，一个四阿哥够不够保你。”

说完，他再不看我一眼，洋洋洒洒地带人而去。

他一离开，太阳煌煌地照着我的眼，我一阵头昏，侧首扶墙缓了缓气，这是干什么？这些皇子阿哥你说一套，他说一套，到底什么意思？

难道真要逼我说出我是个来自三百年后的灵魂，这个肉身不是我的，给你们拿去煎了烤了炸了悉听尊便才高兴？

“小年——”御医房一名平日相得的苏拉医生不知怎么跑出来找我，沿墙根过来老远看到我便扬手大叫，“快随我回去!”

我的脚还在发软，迈不动步子，他嫌我磨蹭，一面上来迎我，一面急道："太医院刘左院判和邢公公来御药房了，要催人到齐了公布今年木兰秋狝御准随扈医员的名录，听说有你！快回去听旨吧！"

能有资格和刘左院判同列的除了乾清宫副总管太监邢年更无他人，我一愣："那今年留京的阿哥是哪几位知道了吗？"

苏拉医生扳指道："太子爷、三阿哥、四阿哥、九阿哥、还有十二阿哥，就这几位，没了。"

我深吸口气，再确认一遍，"八阿哥呢？"

苏拉医生歪头想了一想道："没听说，既不在留京这几位中，应该是要随驾！"

我跟他回到御药房，所有人等按班站定，果然我榜上有名。邢年对完人头，特意认了一认我，走过来笑道："年大人，皇上另外有召，单点你一人，这就随我往乾清宫走一遭吧？"

这一声"年大人"真是叫得我毛骨悚然，还能有什么话说，得，再出去晒晒太阳吧。

从御药房出去，过了御书斋、上书房，便是乾清宫。

康熙在东暖阁，邢年只引我到门前，宫女打起竹帘，我一低头，正要进去。里头一阵脚步乱响，嗪嗪哐哐奔出个着正黄旗服色铠甲盔帽的小子来，一推额前遮眉，双手叉腰挺肚分脚而立，得意道："小莹子，你看我鹦鹉吗？"

我看十八阿哥也在这里，心头一宽，但没听懂什么叫"我看你鹦鹉"？——"我看你鸟"？

一面疑惑，脚下已迈进门，只见室内的坐垫都换上了米黄色的用葛、纱制作的垫子，而几案上的鹿头樽和各式瓷瓶也都插满了精制的纨扇，给人一种不扇自凉之感。康熙、太子、四阿哥和十三阿哥正分坐各边，停了话，望着十八阿哥和我。

我一眼瞟到李德全身后的桌上还搁着一套小号铠甲，难道这次秋狝康熙要破例带上十八阿哥，所以在给他试穿盔甲？所谓"鹦鹉"，看来就是"英武"罢？

一时想透，因在门口就朝康熙和阿哥们一一行了礼，最后半蹲跪下身，与十八阿哥平视，先照规矩请了安，才笑赞道：“当然英武！十八阿哥戎装一穿，英姿飒爽！戎装一脱……飒爽英姿！”

众人本来都在听我这个“一脱”会“脱”出什么下文来，不料来了这么一出，太子头一个笑得咳了起来。

十八阿哥却很得意我给他的这个形容词，扭头冲康熙道：“皇阿玛，儿子英姿飒爽不?”

康熙招手叫他过去，搂着他笑道：“朕的十八阿哥既英姿飒爽——又飒爽英姿!”

东暖阁里这些阿哥都是从小无间寒暑，每天自早上三点到下午七点在无逸斋背功课背大的，哪个的老师不是大家鸿儒。我在他们面前把一个成语颠来倒去地用，显见得丢份，又给康熙这样讥讽一下，我脸上当场就热热地烧起来，怪只怪我自己不好，一下口快说什么“脱”不“脱”的。

康熙摆摆手，示意我免跪，我讪讪地起身，垂手侍立下边，康熙却不问我话，仍向太子道：“刚才说到哪儿？接着说。”

太子啐口茶，放下茶盏，笑回道：“刚才儿子是要说到阿灵阿家里的一件奇事，近来天热汗多，咱具浴不过是密室中设个大瓷缸，以帐笼罩其上，然后入浴罢了。他却好，不知打哪儿学来的奇巧法子，以砖筑浴室，以铁锅盛水，要洗浴即坐锅中，其下燃火，要温要凉惟其所欲，好不快适。谁知昨儿晚他又入浴，铁锅竟给坐破，他人也坠到锅底，水与火齐及其身，咳咳，总算他跳起来快，没给弄焦喽！今日皇阿玛见他上朝时走路一扭一扭的，下来不还命太医院刘海山去问他是否痔漏复发？嘿，他当然不说实话了，阿玛没瞧见他那张脸，忒逗!”

说着，太子离座学起阿灵阿走路的模样，来回甩臀逛了两步。

阿灵阿的名字我听过，他是温熙皇贵妃的弟弟、老十的亲舅舅。这厮曾经诬陷自己的长兄法喀在温熙贵妃殡所守孝时勾引自己三兄的妻子，欲将其强奸，结果查无此事，差点被法喀追出三条街把他给活劈喽。最后还是八阿哥出面撕扯开，但已经闹得王室宗亲没有一个不知晓的，宫里也是引为一时笑谈，可谓八卦之星，至今名声不坠，连我都有耳闻。

现又见太子比手划脚这么一说，便连康熙也绷不住前仰后合，手指着太子说不出话来，李德全忙着给康熙捶背，四阿哥跟十三阿哥一个低头看地毯，一个扬首观藻井，都是禁不住的模样。

十八阿哥却突冒出一句，“给火烧伤了，那不是很严重吗?”他看我一眼，脆声道，“小莹子在太医院那么久，一定学到很多本事，能治烧伤吗?”

我乍听十八阿哥一问，不由无声咧嘴一笑：十八阿哥你也去搞个铁锅子洗澡，然后把锅底烧通了坐下去，就知道我能不能治了，一爷们活脱把自己屁股烧伤了，我怎么治?

但这话不能跟十八阿哥直说，康熙也在等我回话，我脑子里转了几个来回亦不知怎么吹法，只得硬着头皮道：“回十八阿哥话，奴婢……奴婢认为那只铁锅受的伤更重一些。”

此话一出，四周先是一片沉静，随即哄堂爆笑。

我低着头，心里说不上是何滋味，都怨十八阿哥，好好的给我出这种难题，我的强项明明是背诵一百零七种御药品名、炮制法、效用性能及妇女妊娠反应一百问。

这下可好，又一次凸显我的无能，就不能给我在康熙跟前留点小小的面子?

这些皇阿哥，没一厚道人儿!

十八阿哥直笑得头上盔盘的雕翎不住乱晃，他嫌头重，身一倾，拉我给他解开头盔，我看他额上汗珠猛冒，怕他热着，又帮他除了甲衣和围裳。坐在一旁的四阿哥静静地瞧着我的动作，目不转睛。

整理完毕，我一抬眼，十八阿哥肉嘟嘟的小脸上一双乌溜溜的眼珠子正盯着我不放。到底出身皇家，一个七岁的孩童而已，看人时自有一种姿态在里面，胸中有城府，却也不给人轻易看透。

我微微一凛神，当初康熙登基时不也年仅八岁?

十八阿哥只不过是江南汉族女子密嫔王氏所生，子凭母贵这一条无从谈起，以他小小年纪就能得康熙这般宠爱定非偶然，我可不要大意才是。

当下帮十八阿哥捋了捋衣角，他才嘻嘻一笑，又爬上康熙大椅靠外沿坐定，康熙眼皮一掀，太子、四阿哥和十三阿哥均立起身来，向其告退。我垂睫肃然，并未再多瞧谁一眼。

几位阿哥出了东暖阁，康熙随手拿了一只玲珑佛手给十八阿哥把玩，又看了他一会儿，再开口时便带了三分倦意，“今儿下午，你可见了良妃?”

我恭敬道：“是。”

“嗯，”康熙不置可否地转了话题，“朕听说延禧宫两棵梨树开得美不胜收，你觉如何？”

我灵光一现，道：“不为得之而喜，不因失之而悲。有繁华看时且看繁华——”

康熙打断我道：“无繁华时又待如何？”

我答：“开眼见明，闭眼见心，人心在，繁华在。”

康熙沉默了一下，十八阿哥眼睛咕碌碌地在我面上转，却出奇地乖巧，一句话不插。

东暖阁内一时奇静，我几乎数得出自己的心跳拍子，只听康熙缓声道：“朕问你瞧梨花如何，你知道将良妃的答案回给朕。朕又问你无繁华待如何，你却怎不将八阿哥的答案如实回给朕听？”

我打袖跪下，碰个头，“奴婢知罪。”

康熙冷哼道：“何罪之有？”

我再重重碰个头，“奴婢知罪。”这下头磕得极响，我一阵眼冒金星，差点连头都抬不起来。

十八阿哥忽从椅面跳下，走到我跟前，指着我的额头道：“皇阿玛，你看小莹子头上长包了，真好玩！”

康熙离位踱过来，在我面前停住，右手捏起我下巴，正视我。

我还是头一次这么近距离直视康熙的眼睛，他一双眼，眼黑多于眼白，本该多情，但人间世情百态，试问还有何人何事能搅扰其心神？

他下手很稳，然而我在他手里微微发抖，只有在这样面对他时，我才能切身体会到什么叫“深不可测”，他给我看到的只有其眼里那一点含蓄的反讽，以及让人自感渺小的威利。

康熙和八阿哥，一个老子，一个儿子，我惹得起谁来？

十八阿哥握着的玲珑佛手滚到地毯上，李德全追着拾起，康熙恰在此时放手，我仍仰视着他，他却不转过脸，只瞧着十八阿哥的背影道：“十八阿哥是朕疼爱的儿子，为了他，朕才逾制给你今年秋狝扈从的机会，朕记得你说过你不求名位，只求忠心为主——朕等着看你的忠心。”

五月底，康熙与往年夏季一样，离京前往热河避暑山庄，随驾有皇子八人：大阿哥、八阿哥、九阿哥、十阿哥、十二阿哥、十三阿哥、十四阿哥和十八阿哥，其中只有十八阿哥年方七岁，尚未成年。

从京城到热河，需出喜峰口，经沿途所供饮水的“茶宫”、吃饭的“尖宫”、带有宫苑两部的“住宫”，最后才到热河行宫，即避暑山庄。

禁宫有若樊笼，不管怎么说，能出来一趟对我而言是好事，这一点我还是比较感激十八阿哥的，只不过一路坐马车过来，我把几辈子该晕的车也晕完了。

我名义上是专侍十八阿哥的随行医士，其实他倒比我坚强多了。

每次到“茶宫”或“尖宫”下车打尖，我走路都是带飘的，看上去似乎轻功很好的样子，不过来一阵风，我就东倒西歪，且根本就不敢进水进食，吃喝越多，吐得就越厉害，很有重温去年跟四阿哥和十三阿哥乘船回京的噩梦之感。

就这么死活撑了十来天，到达避暑山庄时，我已经因为晕车晕得如此彪悍有了一点小小的名气。扈从队伍里随便拉个人问，哪怕是个喂马的马夫，只要一说“那个晕车的”，除了瘦刮刮的我，并无第二家分号。

避暑山庄始建于康熙四十二年，至今不过五年，已颇具规模，为不失“山

庄”的山野雅趣，所有建筑“依松为斋”，“喜泉林抱素之怀”，一概不施彩画，青砖灰瓦，木柱古朴，座基低平，台阶由山石叠砌，苍松成行，虬枝如盖，异常清爽古朴。

尤其山庄东南部的湖区，水光变幻，洲岛错落，湖岸逶迤曲折，微风乍起，岸边垂柳低吟，湖内碧波荡漾，鲤鱼沉浮悠游，一派江南水乡秀色。而湖心岛屿又分“如意洲”、“月色江声”和“环碧”三处，各以长堤相连，登高俯视，夹水为堤，逶迤曲折，布置宛约而自然[①]。

进庄当日排定住所——

康熙下榻如意洲后殿“水芳岩秀”。

大阿哥、十三阿哥入位于观莲所北的“金莲映日”。

八阿哥、十四阿哥分到在卷阿胜境殿之北的水心榭。

九阿哥、十阿哥歇于西岭晨霞之东的沧浪屿。

十二阿哥则带着十八阿哥住在位于芝径云堤西侧的环碧半岛上，十二阿哥取了“环碧殿”，十八阿哥下榻“澄光室”，我小小医女沾光，得东向值房一间。

在宫里住久了，紫禁城那种红墙黄瓦看得太多简直要得色盲，好容易到此傍山依水之处，我身心为之一松，除了开头两晚睡在床上仍产生在马车车厢内的颠簸幻觉，其他都还适应。

康熙到了避暑山庄，照例还要借此机会，召见、宴赏蒙古王公。

湖区北部，直至西北山麓，是一片开阔的平原，上有万树园，北倚山麓，南临澄湖，苍松、巨槐、古榆、老柳分植其间，寒蝉高歌浓荫，每当清晨金色太阳升起，空气清爽新鲜，露珠晶莹，草木泛香，鸟雀高歌啼啭枝头，丛草林荫中驯鹿野兔山鸡等徜徉出没，形成一派北国草原风光。

驻避暑山庄期间，康熙便常在万树园召见蒙古王公及其他如维吾尔族、哈萨克族、柯尔克孜族等南部各少数民族的上层人物、政教首领，时常搭设起大型围幄、蒙古包举行野宴，饮酒歌舞，摔跤比武，乃至烟火河灯等一样不落。

十八阿哥是个见树踢三脚的性子，我连日陪着他各处转遛，实也累得

---

① 引自网摘：避暑山庄肇建300周年（图集）

慌。因夏日蚊多，也不能睡好，这晚好歹讨到极细的“虾须”竹帘，总算入寝可以御蚊，且疏漏生凉，似胜于纱，又为我这半年养成了灭灯不成寐的习惯，只将半边开小窦以通光的锡制灯龛背帐置之，使不照耀及目，这才安枕。

谁知夜半后，忽有辛烈香气，透脑为患，睡梦中将我触鼻惊醒，我猛一睁眼，只见一个人影掀帐爬上床来，却是手擎硕大一枝放瓣荷花的十八阿哥。

因帐外有微光，我欲待叫他，先看清他眼睛虽然张着，但整张脸木然无表情，动作也缓慢僵硬，甚是奇怪。

我屏住呼吸，任他把莲花放在我枕旁，又看着他在我身边伸腿仰面躺下。

这张床榻是靠壁安置，我本缩在靠里位置蜷腿睡着，无意中外沿空出来一块地方，正好容得下十八阿哥这样一个小孩子。

我瞧着十八阿哥很像夜游症发作的模样，并不敢强行叫醒他，可就这么和他并头而卧一夜到底不妥，我一动不动地监视他半晌，才小心翼翼地绕过他从床尾钻出了帐子。

此间值房门开北牖，疏棂作窗，格局不大，十八阿哥占了我的床，我便无处可呆，踱到门口伸头一看：嚯，好家伙！门外那十八阿哥七七八八的保姆、乳母及谙达们乌鸦鸦地占了走道两边，个个悄没声息，耸肩缩头地待在那里，其中更有素日在十八阿哥房里伺候的申嬷嬷，想必是谁走了神儿，没看住十八阿哥，让他夜游到我屋里来了，又不敢进来叫，只好在外头守着。

我心下也是暗惊：今晚挂账辛苦，睡前忘了拴门，要是给别人趁夜闯进来，又如何是好?

当场我也愣着头和一群人面面相觑，报告吧，大伙儿都要担不是，不报告，今晚又怎么着落?

正没辙处，走廊那头浩浩荡荡地又一群太监宫女拥着十二阿哥过来，他们人虽多，脚步却轻，一声嗽闻也无，看来已是得到消息了。

十二阿哥是定嫔万琉哈氏所生，时年二十三，因他自幼为康熙交给苏麻喇姑抚育，苏麻喇姑又是念佛诵经终老的，是以行动举止都是头一等的温雅，所谓静若处子，用来形容他再好不过，不然康熙也不会让他来照拂

十八阿哥。

他轻推开门，并不进去，只看了看帐内平稳躺着的十八阿哥，便侧首看了我一眼，压声赞许道：“你做得很好，再进去好好照顾着。你们——”他一指点点门外垂头侍立的众人，“今儿晚上平安过去，我保大家无事，但若出一点儿差子，我跟阿玛回话是必不容情的！”

众人敢不听命。

在十二阿哥注视下，我不得已慢慢挪步又回进门去，什么叫好好照顾着，今晚我算白忙活了一场，辛苦搭了个帐子，却给十八阿哥享福。

自从去年在太子丰泽园二楼雅室内和四阿哥一番荒唐，我便对有香气的事物敬而远之，偏荷花这种东西能够隔帐香来，浓烈如故，我被熏得苦不堪言，悄搬座椅倚坐在窗下，推开一条窗缝，方才好些。

长夜漫漫，我手执一把棕拂子，有一下没一下地扇着，权逐蚊蚋，静中思潮漾波，念及刚到古代的情形，恍然若梦。

穿越时空这活儿真不是人干的，刚开始，我还心存侥幸，总期翼着哪一天一觉醒来就自然回到了现代，恢复我驾轻就熟的生活。

可随着时日的流逝，我几乎已快对此种想法绝望，到下个月，就是我到古代一周年，到底还要熬多久才是尽头？

“小莹子——”

不知几时，我耷拉着脑袋，头一冲一冲的正在犯困，忽被一把熟悉的声音唤醒，同时而来的还有袭人的香味，十八阿哥几乎是面贴面地看着我，我还未想到说什么，他先把手中的那支荷花递与我，“十三阿哥从瑶池西王母那儿讨来了一株荷花送我，我现在赏给你！”

此时室外光线稍明，我见他手中的荷花经了一夜仍是枝叶高挺，花朵金黄灿灿，圆径足有二寸多，便知是大阿哥和十三阿哥所住“金莲映日”殿前广庭数亩植的金莲花，此花原出五台山，炎天映日开，说是瑶池荷花也不为过，因起身笑了接过，谢十八阿哥赏。

十八阿哥伸腰打了呵欠，掩嘴胡卢道：“快到寅正了罢，我得换装去双松书屋读书，小莹子你回房吧，不用立规矩了。”

寅正就是早上四点钟，康熙的小皇子们在京时每天一到这个时辰就要进无逸斋开始复习头一天的功课，十八阿哥虽随康熙离京来了避暑山庄，但康熙对他的学习仍然要求极严，我并不为奇，只怀抱莲花小声道：“回十八阿哥，这里就是奴婢的房间。”

十八阿哥一双大眼睛眨巴眨巴地望着我。

我肯定地点点头，重复一遍：“这里是奴婢的房间。十八阿哥昨晚睡了奴婢的床。”

十八阿哥咬咬下唇，忽高声道：“方谙达！申嬷嬷！”

门外滴溜溜跑进一太监、一婆子，滚葫芦般跪地给十八阿哥磕头请安。

十八阿哥不听他们啰嗦，只道：“快伺候我回房更衣！”

众人簇拥着他一阵风似的去了，我在门前恭送完毕，返身轻拴了门，找出布来把狂香无比的荷花重重裹起，甩在枕头旁，然后一跳上床，脸朝下埋在枕头里：床啊，我回来了！

咦？怎么有点湿湿的？

我抬头垫肘细细审视明白，忙一滚滚下枕头。

救命啊！

皇阿哥睡觉居然会流口水！

我蜷在床边粗粗地打了个盹，也就一个时辰功夫，估摸着卯时将过，因知康熙例必辰时要往双松书屋检查十八阿哥功课，忙起身擦面漱口，换了干净衣服出门，赶往书屋外入值——天当入伏，康熙的规矩，皇子读书时，不许有人给摇扇子，只能正襟危坐，这样最容易中暑。虽然双松书屋在九阿哥、十阿哥住的沧浪屿上，那里也有其他御医轮班，但我是十八阿哥的贴身随侍医士，万一有人提起，这事可大可小就全凭一张嘴了。

沧浪屿是一座用虎皮石墙围起来的园中之园，因自南踏石阶入垂花门，满院山石嶙峋，经弯曲的小径，有室三间，阶侧有一株双干古松，故室名“双松书屋”。

我从东面月亮门一入书屋，先见着康熙御前带刀侍卫鄂伦岱、德楞泰、刘铁成、素伦等带着十数名二等侍卫散落在院中护持。李德全也在书屋门口北面檐下服侍着，我不由得头皮发紧，暗呼一声“不妙”，怎么今儿康熙会早到？

我抬手按牢帽子，低头悄步捱到南面檐下立定。

这里诸人都认得“晕车的”，虽有人略瞅我几眼，也没引起什么大动静。

我静下心来，听到书屋里十八阿哥朗朗的背书声，料康熙落座亦不太久，只眼观鼻、鼻观口、口观心地一动不动立规矩。

不幸我所立之处北临一泓池水，池周怪石横空，势如千仞，清泉自石隙汩汩而入，满池绿云浮空，九阿哥日常赞它有“天水涵溶万象收”的咫尺天涯之感。我却觉水气沁凉，越站寒意越重，深悔来时没加件马褂，只听屋里十八阿哥背完书，除了康熙，好似隐隐还有八阿哥说话的声音，手脚更加发麻。

大约过了半个时辰，康熙和八阿哥从书屋里出来，十八阿哥和满、汉文师傅到外面的台阶下恭送康熙，我则在檐下造膝跪送，康熙没什么反应，倒是跟着他出来的八阿哥好像远远朝我这偏了一下头。

接下来时间就过得快了，巳时底下就到了午时，有几名三等侍卫送上饭来，十八阿哥把他那份余一半赏了我，下午未时是他在院中照靶射箭的体育活动时间，我本打算找机会溜到西北“佳趣亭”那一处假山坐一坐，歇歇腿，不想刚刚安好靶，鄂伦岱就进院代帝宣召，令十八阿哥往万树园扈驾小猎。

十八阿哥听召，喜不自胜，让随侍太监取过圆领大襟、带箭袖、身长至膝的箭袍及褂长至脐的行围褂子外罩穿上，刚带了人举步欲行，又转过头来朝我招招手，响亮道：“小莹子，你也去！瞧我打猎！”

我其实对打猎这种事情一点兴趣也无，不过是那些男人雄性荷尔蒙分泌过度，大太阳底下骑马奔得一身臭汗不说，还要伤害无辜动物的生命，鲜血淋漓，看了都痛苦，真是吃饱了撑的，完全不符合我的现代审美情趣。但十八阿哥这么给面子，我还能怎么着？只得学他兴高采烈的腔调“嗻”了一声，小跑步跟上大部队。

到了万树园一看：乖乖个隆咚，康熙、大阿哥、五阿哥、八阿哥、十阿哥、十二阿哥、十三阿哥、十四阿哥都来齐了，他们个个骑乘名骏，但均未着戎装，只跟十八阿哥差不多的打扮，看来今次真的是哨鹿为乐，嘻游而来。

不过虽是玩玩，也有二百余名侍卫分为三队，约出十余里，停第三队；又出四五里，停第二队；再出二三里，将至哨鹿所，则停第一队。

十八阿哥骑小马入场后，康熙带着诸阿哥及扈从诸臣计数十骑，命侍卫导前引出群鹿，一时草伏鸟飞，人喊马嘶，箭射枪发，好不威风热闹。

我看了一会儿，眼睛又给太阳耀得发花，便只管跑进北面场外搭的凉棚猛灌凉茶，时不时跟着其他没资格上场的低等级武士小兵拍手叫好。

忽然间，东南场中起了一阵雷动欢呼，潮卷云收般涌出黄鞍紫绺的康熙和紧贴着他、策小马而回的小屁孩十八阿哥，他离康熙的位置甚至比大阿哥还近。

我忍不住主动问旁边人到底怎么回事，那人用汉语笑道："十八阿哥的箭射中了一只大牝鹿，真是巴图鲁小勇士！万岁主子欣喜，要赐大伙儿分饮鹿血！"

还没等我想通一只鹿的血怎么可能分给那么多人喝，康熙他们马速奇快，转眼便近前，众人迎上，就地跪拜，口颂圣德，康熙也不下马，直接令人拖过大牝鹿来，取刀刺血，康熙先饮，然后大阿哥以下分碗而饮。

大牝鹿是被十八阿哥一箭封喉，取血的人手法又巧，并没让它断气，应是为了防着生鹿血一没了温热就失去效用的缘故，这种刺血生饮的作风我还是头一次见到，真不知是同情鹿好，还是同情人好？这样生饮鹿血会不会有钩形虫什么的寄生体内？至少也兑点热酒杀杀菌吧？我暗自咋舌，不料十八阿哥突然叫我道："小莹子，你上前来！"

众目睽睽下，我真不知这个小祖宗要干什么，硬着头皮走到他马前，他将手中尚盛着小半碗鹿血的青花釉里红碗向我递来，神气地道："赏你喝！"

——啊？

——鹿血是用来壮阳的好不好？

我瞪着十八阿哥，惊到失声。

康熙看看十八阿哥，又看看我，并无插手之意，十阿哥却迸出难以抑制的爆笑，"老十八，鹿血这玩艺儿是给——小莹子用的吗？"

我瞧他唇形，猜他原是要说"鹿血是给女人喝的吗？"，中途却改了口，接了半句不伦不类的话。

出宫以来，我一直是男装打扮，除有限几名近侍大臣略知一二，外人并看不出我的女儿身，即便知情，也不点破。

十八阿哥年纪尚小，唯知鹿血是好物，又懂什么壮不壮阳的，但十阿哥当众嘲笑于他，他也听出意思不对，本来打猎出了汗，现在更是一张小脸涨得通红，一只手拿着碗悬在空中，伸也不是，进也不是，更见尴尬。

我瞧见十三阿哥在马鞍上侧身要动，忙迎向他微摇了摇头：诸位阿哥都已喝过自己的那份鹿血，他再要替我多喝，这光天化日之下万一克制不住，鹿血的劲道发作起来，可不是好玩的。

怪就怪哪个王八蛋给十八阿哥倒鹿血倒多了，这种东西，小阿哥跟大阿哥能喝一样的分量吗？

好在我之前待棚里凉茶喝得多，这么半碗鹿血，应该不至于怎么样的吧？

何况生理构造不同，就好比给个男人偶尔吃两颗乌鸡白凤丸，也毫无功效一般？

横竖伸头一刀、缩头一刀，我只求速了，当下一甩袖，就地打了个千儿，“奴才谢十八阿哥赏！”

说完，我抬双手接碗，十八阿哥却兴奋过头，竟然亲自捧着碗将鹿血倒给我喝。

我不得以被动地仰脸张口接下，他又不会把握，温热带腥的液体直贯入口，深入喉管流下，几乎弄到我呛咳。

我心知这一咳若止不住，那便是当众呕也呕得出来，无论如何也得强忍，因将脖子仰得更加直些，口张得更加开些，眼睛只盯着天上云卷云舒，细数其形，以分散注意。天色在我眼里自蓝到淡蓝到淡青到淡紫又到紫红，十阿哥的声音也由先前的大笑变为母鸡般的骇笑又至无声，就在我耐力快到极限之时，十八阿哥终停手下来。

我垂首连做两个吞咽动作，因见自己刚才帮着捧碗的右手虎口上还有一道新鲜殷红的鹿血流下，无处可擦，又抬手凑到唇边迅速一舔而去，这才起身回礼。

康熙解下自己马鞍边的装酒革囊，令刘铁成送来与我，我急需烧酒压腥，一刻也顾不得，接在手中仰头就灌了一大口，极烈极烈的酒，喝下去，脑子里就像有把刀在搅一样，虽不好受，刚才那种难耐的恶心之感却是过去了。我谢了皇恩，方立过一边，康熙又命人取鹿血给随扈王公大臣等人分饮完毕。人群各处高声应合，满语汉语夹杂，震得我满眼金星，及见动作，才知他们意犹未尽，仍要下场行猎，这次不分文武品级，凡有志者均可入场角逐，按所割鹿角、鹿茸的数量分赏。

一时众呼“万岁”，群情激奋，大有逐鹿争雄之心，居然也有总角小厮牵过马来给我，并且奉上硬弓箭囊。

我一眼瞅见南面林中有鹿影一闪，挂上弓箭，认蹬扳鞍，跃马加鞭，下坡直驱而入。

林中浓荫蔽日，地面杂草如毯，人一入林，身上燥热顿减。

入林渐深，山林所染的金色衬着头顶微露的淡青天光，显得分外奇异。

这里每株树看上去都有十多米高，不时可以见到需要几人合抱才可围拢的大树，在乌桐的菱形叶和黄连木的羽状叶交会的地方，筛过两种不同形状叶子的天光，照射在林中落满了树叶的草地上，形成了一个个光斑。

方才鹿影久寻不见，坡路却是越来越陡，周围的树木灌丛更加密集，我听见水声，下马牵缰走过树丛，林外人声愈远，陪伴我的只有鸟声啁啾，脚下溪水弯弯缓流，可以照见树影和林隙间透落的天光。

再往前，潭深水溢，在岩间像银网交织，有时漫过大石，石上生青苔，一种小小的“岩鱼”在其间闲适漫游。

直走到山林幽深处，我才停下步子，仔细寻一块尖头大石把马拴好，除了帽子、外衫，挽起袖管，俯身就水。

我把头凑在水里，贪婪地吸了几大口，清凉的甜味漫下胸腔，水流击溅在脸上，沾湿了发梢，我也全不理会，只闭着双眼，尽情享受。

听到异动，是我从水里抬起头以后。

同岸上游来了两骑马，八阿哥一骑，十阿哥另一骑。

十阿哥下马向我走来的同时，我才想起从水边爬起身，见八阿哥并未下马，我除了微感狼狈，并没往深处想，只伸手去够晾在石上的外衫和帽子，打算穿戴齐整再向两位阿哥请安。

不料十阿哥走得极快，看看没几步，转眼已到近前，我正举衣套了一只袖管，他抬手一打，竟野蛮地扯下我的外衫，要不是我让力让得快，好好一件衫子就给他撕坏了，尽管如此，人还是被他带得脚下一踉跄，身子往侧倒了一倒。

十阿哥老实不客气地伸手挽上我腰际，我看见他眼神，猛地一惊，哪里容得他又把我往其怀里拉，下死力推开他，先挽结长发，束了一束，冷

冷道："请十阿哥自重！"

十阿哥大嘴一咧，"你这死丫头！嗬！在老子面前装哪门子贞节烈女？实话告你，老子今儿鹿血喝多了，正想泄泄火，你倒知趣得紧啊，晓得老子在这里，又脱衣、又湿身，不给老子看难道是给八阿哥看？"

我低头一看，自己胸前的衣襟果然被水打湿一片，阳光下一照，近乎透明，事已至此，明知十阿哥有意挑衅，却也不便争执，反正里面还有小衣，就当是透视装，也没什么大不了的，便忍气道："我实不知两位阿哥在此歇脚，扰了两位阿哥的清静实出无意，就此告退。"

十阿哥一抵步，拦住我的去路，一对眼珠子只在我身上到处打转，皮笑肉不笑地道："你有什么资格自称'我'？一个奴才罢了！以为喝了皇上赏的酒就得脸了？想回庄找十八阿哥还是十三阿哥？老十八还小着呢，喝再多鹿血也是白搭，怎比得上我——"

他一番话越说越乱，我强抑怒火，也不去捡衫子穿了，绕过他到石边牵马，手还没触到马缰，便听身后脚步急响，我猜准十阿哥要上来拿我，抓起挂在鞍上的长鞭，回手一振，还未抖开，十阿哥早飞起一脚踢在我腕上，令我吃痛松手，马鞭坠地。

电光石火间，十阿哥的脸在我眼前晃了一晃，我手腕又是一阵锐痛，却是他扭到我的伤处。

我痛得冷汗直流，一时无力挣扎。

十阿哥得意道："这才像话，放聪明点乖乖听我的话，有你的甜头！"

说着，他贴身上来，我咬紧牙关尽量闪腰往后躲，十阿哥越发笑道："好，你喜欢这个调调也行，我陪你玩！"

他手上加重力道，我只觉手腕快要脱臼，能够往后移动的范围更加有限。

八阿哥坐在马上，不耐道："老十，少废话！"

十阿哥见说，当真发狠将我按到地上，倒下去时他手有一瞬间的松动，我往后靠了一靠，以未受伤的左手扯下鞍边的一把短匕首，借机在石地上一磨，拇指用力推开外鞘，趁十阿哥回手解开自己腰带时，一弹身，认准位置，疾抽匕首往他肩头扎下。

铮！

嗖！

唰！

一枝齐梅针箭破空射来，打下我的匕首，擦过我耳廓，直接钉入我头旁的坚石内，杨木箭杆尾部的朱雕羽兀自颤动不已。

这一箭力道太盛，我左手虎口被挣破，当场血流不止。我瞪住八阿哥，就像对着天下最可怕的怪物，他的箭只要偏一点，就会贯穿十阿哥，再射中我。我知道这些阿哥骑射功夫俱是一流，但我不知八阿哥的箭术可以精准到如此地步，他不在乎我的性命，但十阿哥可是他的亲兄弟啊！

连十阿哥也后怕不已，一面按住我，一面回头吼道："老八你干什么？"

八阿哥放下手中的金桃牛角弓，仿佛什么事也没发生过一般，"我的箭，你还信不过？你被个女人用匕首伤了，就很能见人了吗？"

比起十阿哥的粗暴，八阿哥这种淡漠其实更可怕百倍，不过我既然敢拿匕首扎阿哥，就早已豁出去了。

手不能动，我还有脚，借十阿哥这一回首的功夫，憋足了劲挺膝撞他裆下，八阿哥看得分明，急声叫道："老十当心！"

十阿哥转过神来，不知怎样动作，一下以膝盖压住我的小腿，同时掐住我脖子，恶狠狠地道："他娘的，死丫头连爷的要害也敢踢，活腻了是吧？爷今儿不弄死你，你不知道爷的厉害！"

我喘不过气来，手脚都痛到不似在人间，眼前发花，心头冰凉：难倒今日当真死在此地了吗？

万念俱灰中，忽然冒出一个寒气十足的声音："放开！"

是四阿哥！

四阿哥来了？

不可能的，他远在京城，怎会分身来救我！

难道是我的幻听？

可是声音真像他，那么……是我快要死了吗？

我的身体开始有失重的感觉，就像被扯坏的布娃娃，手脚都不是我的，我费了很大劲才找回拼凑起来的感觉。

八阿哥下马朝我走过来，我拼命挣扎起身，但心有余而力不足，才抬起半身便失力往下倒，我这才意识到——受的伤比我想象的更严重。

然而在我的头撞到石地之前，有人用一双大手托住了我，扶我从地上缓缓站起。

甫一接触，我便知他不是四阿哥。我艰难地转动脖子，看到他的脸。

印象中，这是我第一次在他的桃花眼里看到如冰山暴裂般的寒意与不屑。

这时八阿哥已走到我们身前站定，十阿哥反而立到八阿哥身后。

八阿哥微纠眉头道："老十四，她刚才对老十——"

十四阿哥很快打断他，"我只信我亲眼所见、亲耳所闻的！不管怎样，她只是个小女孩！"

八阿哥伸手搭上十四阿哥左肩，十四阿哥顿了一顿，抑下些许愤怒，冷笑道："我一句话不说第二遍，这种事只此一次，若让我再发现，不管是谁干的，我只管找十哥算账！"

说完，他一把横抱起我，先放我侧坐上他的马，然后一跃上来，一手环抱住我，一手抓缰，任身后的十阿哥破口大骂，头也不回地带我离去。

我双手暂吃不上力，马上又颠簸，要稳住身子，只有靠住十四阿哥，但我又不愿与他贴得太近，别别扭扭行了一程，十四阿哥忽然勒马停下，我身往前一冲，手撑到马鞍桥，龇牙怒道："你干吗？"

十四阿哥道："叫你抱好我，你不听，怨得谁来？"

我对着天一翻白眼，不愧是四阿哥的同父同母兄弟，哥儿俩都极善于在不该调戏人的时候调戏不想被调戏的人。

十四阿哥跳下马，又小心扶下我，拣处平坦的草地坐了，系好马，又解了鞍边的小包，倒出几只药瓶、棉圈和干净绷带，帮我把手上出血处裹好。

我又不是骨折，他居然用到双圈固定法，真正看得我受不了，这么个大热天，想害我长痱子？但我自己也没法动手，只好由得他去。

日光射在他的脸上，折射出点点的金光，他侧低着头，眼睛隐藏在阴影下，从这个角度看过去，他的表情恍若沉静，可他一扬头，又生动得很，"你看我做什么？"

我面上一烧，"我哪有看你？你不看我，又怎么知道我在看你？"

十四阿哥失笑道："你这张嘴倒恢复得很快。"

我欲言又止，他也沉默不语。

如此良久，他方轻执起我的手，"我知道，你是见我突然现身，身边又连个侍卫也没带，便疑心我和八阿哥、十阿哥他们串通好了合谋蒙你对不对?”

平心而论，这个念头不是没在我脑海里闪过，但他问得这般明白，我如何肯认。他等不到我回话，忽低首在我右手手背上啄了一记，我手腕绑着绷带，转动不灵，措不及防之下，被他明袭成功。只觉他的唇贴在我肌肤上，似凉还热，甚为奇异，突然忆起回京第一晚他在驿馆后巷强吻我的情形，不由起了一阵战栗，话便说不下去。

他扳过我的脸，令我直视他的眼睛，“他们都说你变了，你真的变了?可不管你变成怎么样，我还是要你的！谁欺负你，谁就是跟我过不去!”

我深吸口气，转过头去，他却直起身，一手揽住我后颈，将唇贴上我的耳根，轻轻噬咬，此时此刻，我若往后仰，他只会更加容易欺上身，便不挣扎，亦不发声，只静静地任由他施为。

过了片刻，十四阿哥一声低叹，取件新的天青色外衫抛给我，“今晚八阿哥在我们住的水心榭宴请蒙古王公，和硕纯悫公主跟额驸策棱也来，纯悫公主自前年嫁给蒙古博尔济吉特氏喀尔喀台吉策棱，这还是头一回来避暑山庄。皇阿玛说老十八今夜同他睡在如意洲后殿，环碧岛澄光室让给纯悫公主和策棱暂住，让你好生伺候，他两个爱闹，你若睡不好可以过水心榭来找我，我替你留着门。”

我带听不听的，自管往包袱里翻找了顶帽子扣在头上，不等十四阿哥过来抱，自己一撑上了马，他翻身上来控住马缰，不急不慢地缓驱而行，一路同我对话，“你刚才上马，手不疼吗?”

“我不在乎，就不疼——你蹭啊蹭的干什么?”

“你也喝了鹿血，还问我?——你不知道前面看老十八灌你鹿血的样子，简直会让人想当场就要了你。尔本无辜，怀美其罪。”

“别动，再动我可就踢了。”

“你踢，尽管踢……啊呀!”

出林前，我自十四阿哥马上下来，一同走出，见人只说是我在林中坠马迷路，为十四阿哥追猎时遇见救下。

巧在我那匹马刚刚独自跑出林，就被十三阿哥发现，得知出事，正要派人入林搜索，十四阿哥已亲送我回来，是以表面上也无人见疑。

而十八阿哥见我受伤，赶紧禀了康熙。不等众人清点猎物完毕，我便被十二阿哥领着回了环碧岛。

十二阿哥和四阿哥一样极度怕热，进了环碧殿清凉所在，方才缓过劲来。

小苏哈取过凉扇，站十二阿哥椅后替他扇凉。

十二阿哥见我眼珠子一直朝着康熙御赐下的两枝西洋火筒看，道：“别瞧那枝短些，实是外间少有的连珠火筒，皇阿玛原要赐老十八的，怕他乱玩，先叫我收着，等回京刻了字再教他打火枪之法。一会儿见了老十八，先别跟他说，他那性子，只一听说，夜半爬过来拿也是有的。”

我“嗻”了一声，正等十二阿哥接下来吩咐，忽听外头人传报，“十三阿哥到!”

十三阿哥进门，殿内众人点手请安，十三阿哥道声“伊立”，大伙儿起了，自有小宫女引他入座，又送手巾奉茶。

我暗暗瞅他一眼，他却不知怎么忽然头一偏，虽不是正面对我，眼风已跟我迎上，我忙收回目光，凝神敛容。

十三阿哥坐在那里，和十二阿哥一路用满语说话，间杂大笑，我虽听不懂，但瞧他们一会儿拿火筒看，一会儿比手势，便猜是说下午围猎的趣事。

他们两个说得兴起，我久站却觉吃力，左手扭伤处一直隐隐抽痛，因十四阿哥说像我这样的手腕扭伤要过十二个时辰后才可敷药酒，所以只帮我固定而已，现在心思集中，才知发作得厉害。

我强撑不住，正转脑筋要不要使出尿遁大法，忽见两位阿哥先后起身，十二阿哥执十三阿哥手亲送到殿外，又对跟出阶下的我说道："大阿哥要用同仁堂配的药，你那可有现成的？"

我回忆一下见过的大阿哥药案，答道："有。带了两小瓶黄莲羊肝丸出宫，都未动过。"

十二阿哥点点头，"你先回澄光室把药取来，十三阿哥的亲兵在这候着——"

"我也去罢。"十三阿哥笑道，"横竖我出岛要经过澄光室，绕不到什么路。老十八出门忘了带他那面小老虎玉牌，吵得慌，我顺便拿了给他带去。"

十二阿哥无话，十三阿哥这才告辞，带了十数名亲兵和我出了环碧殿前院，一行折左往澄光室行去。

避暑山庄的水都引自热河，澄澈见底，夏令时节，浮萍点点，泛起阵阵清香，而环碧岛本位于芝径云堤西侧，突出于如意湖上，是个半岛，依径行来，只见两旁依依绿柳，四周湖波镜影，尤觉藻绿水清，碧水涟漪。

走出西廊便门，路过一粉墙灰瓦的僻静小院，此处妙在东侧墙开一洞，门如满月，可近赏湖面游船轻泛，远眺万树园和西部山峦，如诗如画。每次行到此处我都忍不住驻足流观，一抬头，却发现十三阿哥的亲兵不知几时都已落在后面，十三阿哥望住我，似笑非笑道："你走这么快做什么？有老虎赶着吃你？"

我霎时愣住，半个字也吐不出，呆呆地站着，任十三阿哥托起我左手，一层一层地揭开我腕上的绷带，露出一片青紫淤伤。

我抿着唇，动也不敢动，十三阿哥看了一眼，就道："你跟人动手了？谁？十四阿哥？"

"没……"

十三阿哥打断我，"你手心手背均无擦伤刮痕，决非坠马所至！还想瞒我?”

十四阿哥将我的绷带缠得太厚，其实根本没有必要这样包扎，我知他要做掩饰，也就顺他，如今既被十三阿哥看出，却得想个法子混过才是。

十三阿哥又要拆我右手的绷带，我心知他是行家，右手为挡八阿哥那一箭挣破虎口就更不像坠马所为，一个闹不好只怕要坏事，急切下纠眉“唔”了一声，他果然停手看我，一挑眉，道:“老十四给你绑的二愣子绷带，你还不许我拆?你想戴着它过夜?”

我起初听成他说“你想带他过夜”?好不唬了一跳，再一细想，才反映过来他指的是十四阿哥给我绑的绷带。

我估计十三阿哥是要把绷带全拆干净，由他给我重裹一遍才叫好，我受的虽是小伤，也架不住他们兄弟这般折腾。无奈他咄咄逼人，我也只好服输，低下头，自己用右手把左手的绷带重又一圈圈缠上包好，口中道:“的确是我自己摔伤的，十四阿哥路过，夸得他救起我。”

待我抬起首来，十三阿哥还是瞪着我不放，我暗自苦笑:这当口说出事实，对我又有何好处?就算十四阿哥帮我是真，也不见得会为我指证八阿哥、十阿哥吧?何况十阿哥惹急了他，万一胡说八道什么，传到四阿哥耳里，我的处境不是更尴尬?已经够乱了，何苦还要把十三阿哥搅入这滩混水……

想及此处，我心中忽地一寒。即使我不说，八阿哥他们若存了坏心，说不定也会让四阿哥知道这事——只看是何时用何种方式了——到时青红皂白还由得我分辩吗?而我失身于四阿哥在先，今次究竟被十阿哥侵犯与否，根本死无对证。这般想来，与其被他们恶人先告状，还不如跟十三阿哥说清楚方为上策?

瞬息间，我转了无数念头，后心已是微汗，却难以抉择，十三阿哥亦不催促，只管打量着我的神色。

不知不觉中，黄昏斜晖依依潜入，银辉中柳枝窈窕，暮色里，十三阿哥和我的影子斜斜地投在地上，些微重叠，恍然眷恋。

他的脸对着我，好似忽然前倾了一下，我抢在那之前道:“你闻到什么味道没?”

他凑过来一些，“老十八将我送他的荷花拿给你了?”又问，“我早嗅到味儿了，怎么染得发间都是?你把花放哪儿了?”

我抿着唇儿，但笑不语。

于是他垂首帮我把左手没扎牢的绷带仔细绑好，“真的没事?”

我“嗯”了一声，“不妨碍，回去以栀子、乳香加黄酒搅成糊状，涂敷在患处，不贪凉吹风，经络气血就自然畅通的。”

他又深深地看我一眼，不再说什么，霍然转身，大踏步往前走去，我一愣，连忙跟上。

到了澄光室，留守的太监引十三阿哥入内房亲取老虎玉牌，我自去拿了一小瓷瓶黄莲羊肝丸出来，交给门外阶下侍立的亲兵长“博什户”收起。

十三阿哥很快走出门来，我让过一边，正要行礼恭送，外头忽进来一名矮个太监，却是十二阿哥那边的服侍人小禄子，他打手给十三阿哥请了安，回道：“皇上刚派邢公公传了十二爷去‘水芳岩秀’，十二爷叫奴才来看，说十三爷若还在，就一起同去。另外十八阿哥也在皇上那，邢公公带话说让年医士歇着，不用再去伺候。”

皇上召唤，不得有误，十三阿哥点了亲兵就走，还没到院门忽又停下，回身远远对我比个手势，一指东向值房，是让我快去歇着的意思。

我明白了，仍是站了好一会儿，待十三阿哥走远了方转回房中，关上门，坐在床上，将枕旁裹着荷花的布卷缓缓打开，近一天过去，香味已不甚浓烈，我侧身躺下，脸颊贴在花瓣上蹭了一蹭，又解开头发嗅了嗅，果然连发梢也染足香气。

至七月十八日，康熙开始行围。

从热河避暑山庄出发，经隆化县，再向北走五十多公里处有一陡峰，周围群山起伏，到这里一刀两断，形成悬崖，这就是崖口，也是进入木兰围场的门户。此处建有行宫，康熙率众在宫内停留了两日，召见围场总管，与随驾王公大臣及礼部司官会议确认秋狩细则，连围场内守卫的满族、蒙古八旗兵丁都一一对名核清，才正式拔大队继续北行入场。

木兰围场建于康熙二十年，方圆三百多里，围场北面是坝上高原，南面是地势较低的燕山山脉，这里山峦叠障，气候温和，河流纵横，林木参天。场内根据山势地形的变化和飞禽走兽的分布情况，划分出近五十个小型围场，以木栅、柳条边为界，设置卡伦巡边，禁止平民进入这个皇家禁地。

我晕车老毛病发作，一进围场驻下行营，真恨不得倒下几天，无奈十八阿哥兴致高涨，我随侍他住在康熙主营偏帐，如此重地，哪怕晃一晃头，脊梁骨后面至少有三双眼睛盯着看。因八阿哥一党就住在附近，不比山庄有水相隔，分所而居，如今平日进出抬头可见，我只得打叠精神，加倍小心谨慎，谁知道八阿哥又使什么坏？万一他把我扔给老虎吃了，我还能找十八阿哥去打老虎？

身为十八阿哥的随行医士，我的任务就是整天跟着他转，康熙又特别宠他，除了议事，或者会见王公之外，上哪儿都带着他。

我比那些太监、宫女强一点点的是我会骑马，在围场这种地方，不会骑马或者没有资格骑马简直比在美国无汽车代步还惨，不过也正因如此，凡十八阿哥要外出，别人或可轮班，我却是头一个逃不掉。

然而这些还都不算什么，比上次和硕纯悫公主跟额驸策棱入住澄光室那段时日、害我每晚饱听草原歌唱家策棱先生夜半引颈向天歌折磨之苦更恐怖的是：十八阿哥不晓得发什么神经，竟然硬是跟康熙申请给我打了一套镶黄旗小号戎装，一般清代八旗兵的甲胄也有用皮革制成，可不知为何，给我打的一套却是铁的，学会穿戎装真费了我好大劲儿。

比如说铠甲分甲衣和围裳，甲衣肩上装有护肩，护肩下有护腋；另在胸前和背后各佩一块金属的护心镜，镜下前襟的接缝处另佩一块梯形护腹，名叫“前挡”；腰间左侧佩“左挡”，右侧不佩挡，留作佩弓箭囊等用。围裳分为左、右两幅，穿时要用带仔细系于腰间，在两幅围裳之间正中处，覆有质料相同的虎头蔽膝，也要小心理正。把铠甲一样一样穿戴齐整就几乎要了我的小命，到最后头上还要戴盔帽！

盔帽就盔帽吧？愣是整得前后左右各有一梁，额前正中突出一块遮眉，其上又有舞擎及覆碗，碗上有形似酒盅的盔盘，盔盘中间还竖有一根插缨枪的铁管，后垂石青色丝绸护领、护颈及护耳，上绣有纹样——就连这个护领还缀有铁泡钉！可想而知其分量！

老实说，让我看康熙和阿哥们穿戎装那叫一个英武潇洒赏心悦目，可这等好事一轮到我头上，简直是满清一大酷刑！现在可是夏天啊，没有空调吹，让我到野外太阳下暴晒也就罢了，还要加上这么一副刑具，简直比鞭尸还惨。

我第一次穿戴戎装出猎，包括康熙在内，见到我的阿哥们没有一个不笑的，这是明笑，其他扈从王公大臣们的阴笑就更让我难堪。

原因无他，这套虽是小号戎装，穿我身上还是嫌大。特别是那个盔帽，在十四阿哥没帮我把它改制收紧之前，我几乎已经达到头在转、帽不动的极品境界，连眼睛也差不多给我遮了，看人时要把头仰得高高的，让帽子往后滑一滑方好。这对我的小脖子真是一大蹂躏，尤其是某些时候我不巧站到九阿哥身边，对比那叫一个强烈……其实我一直觉得让九阿哥做上马下马的动作严重不符他的大胖子身份，哪天有匹马被他压死了也不是稀奇事。

不过十天里，连着几场围猎下来，倒也真叫我大开眼界。

原来木兰围猎不比在避暑山庄万秋园的小打小闹，每场围猎，例必有统围大臣莅场所，按旗整队，中建黄纛为中军，也就是康熙和皇子所在，两翼斜行建红、白二纛为表，两翼末国语曰“乌图哩”，各建蓝纛为表，皆受中军节度。

而后管围大臣以王公大臣领之，蒙古王、公、台吉为副。两“乌图哩”则各以巴图鲁侍卫三人率领驰行，蝉联环匝，自远而近。

围制有二，驰入山林，围而不合，这是叫行围。通常于五鼓后，管围大臣率从猎各士驱马往视各处山川的大小远近，纡道出场外，或三五十里，或七八十里，齐至看城黄幔城，才真正叫做合围。合围已成，“乌图哩”处虞卒脱下帽子，以鞭擎之，高声传呼“玛尔噶”，就是蒙古语所说的帽子，其声传递至中军，共计三次，中军确知围合，方拥纛徐行。

每每日出前，康熙总是先自行营乘骑先至看城稍做休憩，等蓝纛至，出御驾，御櫜鞬，入中军周览围内形势，一应队伍的疾徐进止，都听康熙口敕指麾。有发现野兽突围者，众强发矢殪之，但御前大臣、侍卫都只对逸围外逃的野兽追射争锋。偶然遇极猛野兽，就派火器营枪官兵灭之。也有时候碰到围场内飞禽走兽过多，康熙亦命网开一面任其逃逸，围外诸人不准逐射。围猎已罢，再把众人狩获之兽，分类献御呈完毕，康熙这才驾还行营，算做散围。回营后所获猎物分等颁于扈从者，由礼官司官选礼成，康熙释甲赐酒，宴赉有差，皆大欢喜，候日再战。

十八阿哥是小阿哥，康熙总置他于黄纛下，不令观战，不令遇险，但我看十八阿哥也就一杀鹿宰兔的小猛将，对这等中大型野兽的围猎还是要看他那些哥哥们才得真章。

连日观察下来，大阿哥势力多在军部，数次随康熙出兵打仗，其骁勇自不必说。

十阿哥也够骠悍，特别那张大嘴，差一点道行的动物朋友当面撞上，就能给他吼得背过气去，收获也是颇丰，我只好奇此君一旦和太子火拼起来会是什么结果？

八阿哥照顾九阿哥多些，他俩总是一处行动，九阿哥体胖，不能驰骋长久，但他看围场中形势却极精通，他和八阿哥指点一番，最终带队所得猎物并不比大阿哥少，笑看风云间已经功成，狩猎效率比十阿哥明显高出一截。

十二阿哥是跟苏麻喇姑长大的，不喜见血，围猎上只要过得去就可，对手下人指挥甚少，大有屠场独悠然之感。

而十三阿哥与十四阿哥，就是所谓我宁可不得高飞，也要拿脚踩你的那种，其实论骑射技术、鼓舞士气和综观全局的能力，他们绝对数一数二，偏明争暗斗，互相搅局，就如小型战役一般，闹得最厉害，今次十四阿哥获多，下次十三阿哥就必要扳回一城，不过正因如此，反而最有看头。

不过我是一直紧随十八阿哥的，所见最多的当然还是康熙。骑射要好，骑术、臂膊、视力都得是一等一的，骑术讲究和马匹的配合，后者虽可习练，但天生素质也很重要。我至今只练会了上马不踩镫，一跃而上，下马不踏磴，飞身而下的小功夫，而这些阿哥们除了九阿哥和十八阿哥，却个个能由甲马跳乘乙马，凌空一跃，便可完成换乘。

头一回见十三阿哥做这个动作时，我惊得下巴都快掉下来，后来一看基本能上场的武官都会，别的如骑马奔骤、“跂立而不坐”都只是小 Case，区别只在姿势好看与否，看多了自然就见怪不怪。

姜还是老的辣，跟着康熙一起围猎实战的这些日子，十八阿哥耳濡目睹，在马上越来越活动自如。他已会挟小弓短矢，左旋右折如飞翼，且能“左顾而右射”，况且康熙特别指定台吉策凌专门随从指导他的技艺，他以康熙那种例无虚发的强悍能力为目标，即使散了围往往还要拖策凌陪他再练，誓要练到“上马驰猎，拓弓作霹雳声，无发不中”的本领不可。这真叫我咋舌不已：一个七岁小孩哪来这么大的精力？天天喝鹿血喝的？那玩艺儿不就是未加工的椰岛鹿龟酒，还不至如此牛吧？

怪不得康熙每年都要行围，围场中成千上万名满蒙骑兵布阵、行进、近踪、驰射，在其过程中，需统一号令，集中指挥，协调进击，从战斗程序和激烈程度而言，颇类似实战，十八阿哥作为一个小孩都如此拼命，别的兵将更不用提，谁不想借此机会在康熙御前表露一番以搏青眼？

然此等大场面中，数千善骑射搏击之士，也比不上一个可收韬略统驭之才。八阿哥正是很看清楚这一点，才会伙同九阿哥在康熙面前表现其行猎之中也懂运用兵家章法之能，孰不知旁观者清，大阿哥随康熙经年运兵打仗，怎不比他们能耐，可大阿哥为何从不卖弄半分？

我在宫中，早听闻八阿哥自小是由大阿哥的生母惠妃纳兰氏代为抚育，大阿哥虽是长子，又有军功，却做不到太子，心内必存芥蒂。有这层关系，加上八阿哥工于心计，我不信他对大阿哥会不加以笼络，或者大阿哥是让出机会给八阿哥表现也不一定？

何况要说兵法，十三阿哥和十四阿哥先后掌过兵部，都比只管礼部的八阿哥更为精通，奈何他们各自为战，实力互相抵消，反不显山露水。如此一减一加，八阿哥那方就更加鹤立鸡群。要我说，康熙对此一定早有留意，留意不是不好，但八阿哥风头太劲，让康熙每次都留意到他，亦不见得是什么好事罢？

而十八阿哥虽然始终念念不忘打老虎之事，但康熙说等行围队伍过了永安拜昂阿地方，才带他到木兰北界三围场之一的图尔根伊扎尔围场打老虎，他也无法，只好更加发奋苦练。

我就这么隔三差五地陪着十八阿哥参加围猎，每日策凌训练他骑射功课还要在场侍从，简直成了清朝第一女劳模，就在我决定发挥无产阶级革命精神克服障碍排除万难着手研制防晒霜之时，晴天一霹雳：八月初二，十八阿哥的正八岁生日马上到了。

好消息是，当天取消围猎，我也不用陪十八阿哥练箭了。

坏消息是，草原第一歌唱爱好者策凌大人要我和他在十八阿哥的生日宴上对歌一曲，完全原创，他唱蒙语我唱汉语，不晓得是哪个大嘴王八蛋告诉他我会唱歌，我誓与此人结不共戴天之仇！

策凌大人这么给面子，我就算不接受，也不能回绝，何况他是当着十八阿哥的面说的，而十八阿哥对此表现得比我还热情，我真是败给这一大一小了，唱什么？敖包相会吗？那我回京还想活不？

初二前一天下午，策凌本来和十八阿哥约好下午习武暂停，要跟我练合声，不料午宴时康熙与蒙古诸部落王公、太吉们玩笑高兴了，心神爽健非常，歇了午觉起来，便传命诸皇子随他出营游戏览景，取父子同乐之意。

皇家父子得叙天伦机会甚少，康熙既然欢喜，哪个敢不凑趣？令才下达，皇子们半柱香内已准备停当，因人数众多，即使精简护卫，加上康熙身边一、二品大臣侍卫等，亦为可观，浩荡地簇拥着康熙出营往东界围场温都尔华而去。

温都尔华处森林茂密、水草丰茂的四面环抱山沟里，风景尤绝，鹿兔最多，据说康熙曾在此一天射猎三百十一只肥兔，厉害，厉害，端的厉害。

策凌是元太祖成古思汗的二十世孙，当年跟着祖父丹律自居地塔米尔投归清朝。康熙十分高兴，将他授为轻骑都尉留居京师入内廷学习，两年前他与通嫔纳喇氏所生皇十女和硕纯悫公主成婚，被赐贝子品级，奉命回驻塔米尔旧地，短短时间内击败准噶尔兵大小入侵十余次，是康熙那些额附中数得着的得意人物。因他在内廷生活多年，不仅精通满语，为人又疏爽豪迈，同诸阿哥的关系均打得下来，岂止半子，算得“大半子”，不然康熙也不会放心将十八阿哥交与他督导，是以这次他照样伴十八阿哥出营。

围猎期间，十八阿哥身边一个策凌，一个我，几乎就是三位一体，形影不离。难得不用穿戎装上围场，我一身轻松，反正康熙和他们之间的对话说笑满汉语夹杂，我时懂时不懂，只管用心跟牢十八阿哥便是。

策马行了一程，康熙指一处近水林外肥美的草地，大伙儿下马漫步，且谈且走。康熙亲自牵着十八阿哥小手带在身边，我在皇子们外围稍后而行。因今年十三阿哥的同母妹妹皇十五女满了十八岁，刚刚受封为和硕敦恪公主嫁与蒙古科尔沁部博尔济吉持氏台吉多尔济，而多尔济与策凌大是相熟，十三阿哥便常同策凌走一处说话，他们离我不远，间或十三阿哥自笑中朝我看来，面部表情十分动人。

天苍苍，野茫茫，风吹草低见阿哥，我岂止是清朝第一劳模、第一倒霉蛋，还是第一好色女，不知我这算不算携美同游哩？

就在我左顾右盼之际，最前方突然传出一声巨响，这声音我并不陌生，今次出京狩猎，康熙将曾任职钦天监的德国传教士汤若望制造的仿西洋火绳枪改良后带出了一批，除自用外，还会分赏得宠皇子、王公。

相较而言，满人重骑射轻火器，康熙虽是火器高手，能在快马之上百发百中，却也很少用到，且向以劲弓强箭猎杀兽物为荣。所以此处忽闻枪声，我不由大感吃惊，十三阿哥和策凌也停下话音，抬头看时，居然是十四阿哥在御前试了一枪，射倒一只大角公鹿，康熙正抚掌而笑，同周围人等用满语说着什么。

十八阿哥在康熙身边对我招了招手，我见着康熙眼神，知不碍事，因跟着十三阿哥、策凌往前走上。

我单膝在十八阿哥身前跪下，他一手搭我肩头，一手拍着耳后，单脚跳了几跳，低声道："你听得到我说话不？为何我自己听不到？"

十八阿哥既能说话，耳鸣应不严重，只是离枪声太近，一时伤到而已。我飞快地瞟了康熙一眼，趁其不留意，转身挪了个位置，挡住众人的视线。面对着十八阿哥，我紧紧闭嘴，以两指捏紧鼻孔，怒睁双目做呼气状，示意他照样跟着我做。

这招还是我大学军训期间上射击课时跟教官学的，十八阿哥学状做了数次，当场好转，我问他，"现在听得到吗？"

十八阿哥点点头，"我一呼气，耳窍便感冲击，轰轰有声，接着就好了！我怎么不知你还会这个，谁教的？孙院使？"

我顺水推舟地认了，起了身，才扬首，不经意对上八阿哥的眼睛。我鼻端忽觉一阵犯痒，捂口打了个喷嚏。

这当儿，十四阿哥扛枪向策凌笑道："听说额附玩枪是一把好手，别人上火药一次，你能上两次，这些时日，老十八可跟你学到不少？"

策凌还未开口，十八阿哥早已听明，把小胸脯子一挺，抢道："那是！我额附师父教我的可多了！"

众人目光一时咸集十八阿哥身上，我却看到康熙近来得用的御前侍卫吴什双手执了一柄同十四阿哥一样的内造火枪过来，本是要递给策凌，见说便将目光投向康熙，看其示意，康熙微摆一摆手，吴什便停了下来。

策凌笑道："你们不知道，十八阿哥天资聪颖，自己学得快不足为奇，奇就奇在只这几日功夫，他还另有空调教了一个徒弟出来，光这个徒孙就学了我的八分本事去——"

别人也还罢了，我成天同十八阿哥、策凌一处，深知他得康熙暗授，除骑射功夫外，火枪上任十八阿哥如何请求，他也是教之甚少，顶多给十八阿哥未装填弹药的火绳枪作耍，仅能发挥如同大木棍的效果，哪里教过他上火药的程序。

十八阿哥人小鬼大，此时接茬说话，原有坏心，是要激策凌一激，谁知策凌忽然冒出这番话来，不由暗觑了我一眼，也有些摸不到头脑意思。我盘算着策凌所指的“徒孙”究竟是谁，总不见得是哪位阿哥吧？我越想，心里越发毛，猛一抬眼，果见策凌公然笑眯眯地瞧着我，那意思——

我？

由于策凌的注目，我变成了众人眼中的焦点。

我马上低调地垂下头，耳边只听见十阿哥的招牌大笑，“哈哈！策凌，你说十八阿哥的徒弟是这小……”

策凌截断道：“不错，我说的就是小年！十八阿哥意下如何？”

十八阿哥意外地做了我的师父，只怕暗爽到内伤，我看他眉飞色舞的傻样，就知今日休矣，指望十八阿哥保我是不可能了，禁不住偷偷叹了口气：策凌大爷，不带这么玩儿我的吧？我只不过偷看过几次你玩枪的情形，连累你被点燃的火绳烧到你那漂亮的大胡子一点点，我也不想的，谁叫你光顾瞪我而忘了熄火的？虽然你的胡子蒙受了一点损失，现在不是已经长出新的来了吗？何必公报私仇哩，唉，看来大胡子男人是万万不可得罪的。

我在这边满腔哀怨，十四阿哥却蹬蹬地走到我跟前，笑道：“既然你是十八阿哥调教出来的，也算师出名门，我就给你个机会，咱们比上一场！”

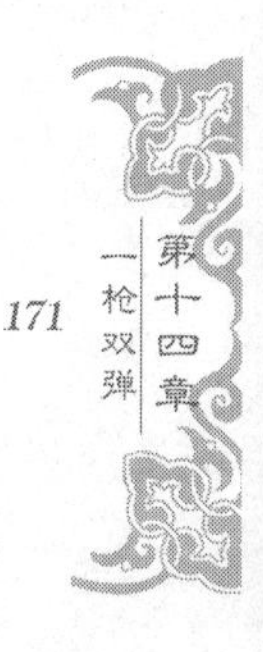

一语既出，众皆哗然：世有“巫医乐师百工之人，君子不齿”之语，太医院的主管院使才是个五品官，太监总管却可做到四品官。所谓太医院御医虽属官员，但讲到底只不过和乐府乐官一样，是为皇家或达官贵人服务，顶多属于较高级的奴仆罢了，处处要陪着小心，何况我一小小疑似娘娘腔人士？往轻了说，十四阿哥要同我“竞技”那是折煞我也，往重了说，就是天怒人怨鬼见愁。

照理我应该谢罪婉拒，可不知为何，十四阿哥在我身前一站，我看着他的眼睛，只觉胸臆间热血沸腾，无法拒绝。最终我还是行了个礼，“嗻！”

在一片猛抽冷气声中，我缓缓立起，双手接过吴什送上的火绳枪，又将策凌拿来的一套挂有火药小罐的铅弹带斜挂身上。其他如清理引火孔用的探针，以及用来从枪管挖出铅弹的工具也一应俱全，甚至连用来舂实火药和弹丸、也可擦枪的裁成布片，策凌亦理清给我。

这些东西十四阿哥身上已有一套，因等我配备完毕，我这才将枪靠在左肩，单手持枪，跟他一前一后地走到前场空地。

虽说皇家规矩不能脊梁骨对着皇上，但火枪所向更为不敬，是以康熙带着其他皇子均立于我们西面观看，余者散开，成三面包围状。

枪一上手，我忽然有一种更为强烈的感觉，就像我第一次偷看策凌玩枪时他所做的每一个步骤我一看就懂一样。

站定之后，不用人叫，我只眼角一瞟，几乎是与十四阿哥同时抬右手将火绳枪从左肩取下，右手持枪，枪身保持垂直，左手垂下，紧接着枪又换交到左手，火绳交到右手，一连串准备动作流水般一气呵成。

十四阿哥那枝枪先发射过一次，火药会留下残渣，为免堵塞，我见他并不换新枪，便算准他必然得比我多一个清理引火孔的手续。

要是跟他比装枪的人换作策凌，一定会很有风度地等他先做完此步，但有便宜不占那叫猪头三，当下我毫不犹豫地直接对火绳轻吹气以造成火头——火绳是两头都点燃，以便一头熄灭时可用另一头再引燃——再将火绳一头装在蛇杆夹子上。

因此时药锅盖是关闭的，需得迅速且准确地调整火绳长度，以确定其可以正好点入药锅。装填火药之所以会很慢，就在于那两个晃晃荡荡的火绳头，由于装枪时身上挂有火药袋，这两个绳头容易造成烧伤。

输赢事小，生命事大，我确认控好火绳，方打开药锅盖，一看心里暗跳：吴什给我的也是发过一弹的火枪，引火孔虽事前清理过，但药锅中仍有剩余的灰渣，我就说老康怎么会让他儿子吃亏，大怒！

时间紧迫，我一面吹掉灰渣，一面用右手拇指抹净内壁，避免到时有火星点燃引药，导致装填发生意外。

清完药锅，就该装引药，我取下引药罐，顺便拿了颗铅弹含在嘴里，将适量引药倒入药锅中，用手指轻敲边缘，让其中的引药落入引火孔，接着将药锅盖外的引药粉吹掉。

做完这一步，十四阿哥已快赶上了我的速度。

我深吸口气，右手取一个火药袋，拇指同时打开盖子，将火药从枪口倒入装填，放掉药袋，因口中含有铅弹，就节省了时间，我右手利索地从口中取出弹丸放入枪口，再取一小团布片塞入枪口。

现在需用右手虎口向下反手从枪管下方取出通条，到了这关键时刻，我不禁有点紧张，连抽三次才将它取出。

既装了火药，按惯例谁先装完枪谁开枪，前方坡道正有十六七只角鹿跑过，我找准最大头的鹿，扣下扳机、射击！

但一扣扳机，我就知道不妙：我低估了枪械的重量及后座力的影响，尽管我瞄准的是鹿的胸部偏下，已经留出后震余地，但这颗弹丸很不给情面地从鹿角上空飞过。

射不中也还算了，还好我老老实实地把火枪枪托顶在胸前，如果顶住肩窝或手臂的话，不被后座力弄得脱臼也得被其掀翻在地。饶是如此，胸口仍大痛了一记，当着人，又不好揉，痛得我只觉头发快要竖了起来。

然而只听一声哀鸣，群鹿奔散，留下最大的那头公鹿委顿在地，四周人群静了一静，随即欢声雷动。

听枪音，十四阿哥实际发枪比我要早一点，怎么只倒下一头鹿？

我放枪侧首望了十四阿哥一眼，他亦同时望向我：天啊，他和我瞄准的是同一头鹿。

到底谁中谁不中，等侍卫把鹿抬来就一目了然。

吴什带侍卫下去抬鹿过来，平放于空地上，这头鹿比十四阿哥一开始打中的那只还要大些，看顶角倒像是马鹿角，而中弹处恰在鹿颈。

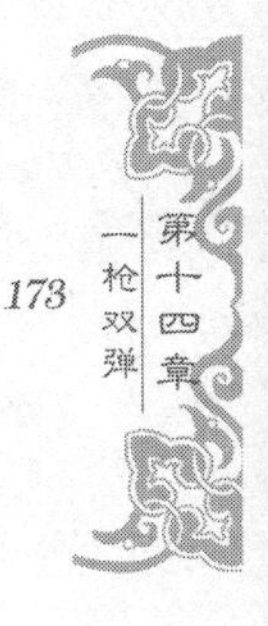

此时众人已围拢上来，其中不乏善用火器的行家，一看伤口便知是十四阿哥的手笔——因中弹位置、伤口形状和上一只鹿几乎一模一样。

除此之外，该鹿前后肢、下腹、胸部、背部均无发现第二处伤痕，很明显，我流弹了。

据我仅有的知识判断，火绳枪弹丸的行进速度相对现代枪械较为缓慢，因此几乎所有的能量都会传送到目标物上，造成震波效应，而其发射出去的弹丸又是手工锻造的铅弹丸，在射进目标体内时，很容易就会爆裂，并造成重创。

就为这道理，虽然火枪不易瞄准，但如果射中的是人，哪怕手、脚被击中，只怕也会因震波效应而死呢。

总而言之，火绳枪击中目标时的效果，除非经久见惯，否则就只能用令人作呕来形容。

我瞧了几眼就别过脸去，望了望远方蓝天下的苍郁山林。

策凌头一个验完伤，笑道：“十四阿哥胜了！”

十八阿哥在康熙身边蹦了蹦脚，似要说话，我低头看看他，咧嘴嘻嘻一笑，径把枪垂直抛给策凌，收笑打手给十四阿哥行了个礼，“十四阿哥胜了！奴才输了！”

正拔刀欲割鹿角的吴什忽然轻“咦”了一声，康熙道：“怎么？”

吴什道：“回万岁爷，鹿颈伤口里有两颗铅弹。”

两弹齐中一处实属罕见，一时众皆哗然，就连外围的二品侍卫们也伸头勾脑往里探视。

吴什小心以刀剖开伤口，挖出弹片，摊在地上，虽未挖全，已可看出其量实不止一颗铅弹，众人向我投来的目光顿时复杂起来。

我发的枪自己有数，就算没有射偏，亦断无可能如此准法，何况以策凌之精明老道，在眼力上怎会不如吴什？因忍不住抬头自下而上瞅了十四阿哥一眼。

策凌正走到十四阿哥身侧，十四阿哥一甩手，将他那枝火枪垂直抛给策凌，他的姿势看得我一愣，却依旧一头雾水。

十八阿哥早高兴地跳起来道：“皇阿玛，小莹子也射中了，她没输！”

十阿哥闻言冷哼一声，正要开口，八阿哥却先笑道：“老十八跟策凌学得很不赖啊，教出的徒弟真有一手，可惜两弹齐中，难分先后，不然老十四落不落败也难说！”

十八阿哥到底精乖，见八阿哥如此说，只双手拉了康熙单掌，依在康熙身边眨巴眨巴眼睛慢慢酝酿说辞，并不马上反驳。

大家皆沉默不语，我拍膝起身，转首向吴什请教道：“吴大人，敢问同一支枪射出的两颗铅弹与不同枪支分别射出的两颗铅弹可有方法鉴别？”

在康熙身边熏染培养出来的人，哪一个不会听弦知音，吴什眼睛一亮，显已明白我话中的意思。

十八阿哥奇道：“小莹子，你说什么？你说这两颗铅弹都是十四阿哥打出去的？可是……你们都只装了一次枪啊？”

我挑出两块半指甲盖大小、形状也差不多的弹片置于掌心，掂了一掂，走到十八阿哥身前半蹲跪下，指点给他看，“十八阿哥，你瞧这两片弹壳有何区别？”

十八阿哥垂眼仔细比了比，道：“额附师父教过我！如果是一颗铅弹爆裂，不可能同时有两片这样的大碎片，它们是分属两颗铅弹上的！”

“不错，”策凌接道，“不同的枪支，其使用时间长短、是否连续射击、清洗枪筒的方法以及是否更换过受损部件，都可能导致该枪支发射的铅弹轨道发生细微的变化。而同一支枪发射的任何一颗铅弹都可反映出相同的磨损痕迹，但不同的枪即使在相同的发射强度下也会有各自不同的弹道，所以不同的枪分别射出的两颗铅弹和用同一支枪射出的两颗铅弹，前者一定不同，后者一定相同，只要放在火上一烤即可。”

十八阿哥一把抓去我掌中的弹片，叫道：“好玩儿，今儿晚上我就要烤烤看！”

策凌笑着补充道：“烤火只是一个法子，还有另外一个聪明的法子，十八阿哥要不要听？”

十八阿哥眼珠一转，正巧看到我解下斜挂在身上的铅弹带的动作，恍然大悟道：“我明白了！一条铅弹带装有三十颗铅弹，数数十四阿哥的铅弹带里到底还剩下多少铅弹，不就能知道他是否当真只发两枪就射出了三颗铅弹？”

“好！”一直观察我们发言的康熙至此方笑赞道，“策凌把朕的十八阿哥教得好！小小年纪就有这份急智，难得！十八阿哥，你别忙，不用叫十四阿哥倒铅弹带给你做数学，朕告诉你，刚才十四阿哥和小年比枪之际，他的确一次在枪膛里放了两颗铅弹，这种压双弹的技巧还是前年从西班牙传入的，至今就火器营的统领也没几个能真正掌握。十四阿哥会这个，都是前年朕带他们出塞巡幸时，他和十三阿哥两个自打见大阿哥演示一番后便大为倾羡，缠住大阿哥，足足花了一月功夫才软磨硬泡学来的。你别看他做得轻巧，真正上手如何添加引药火药分量、如何舂实火药和弹丸等等分寸都极难把握，想练成，不仅要稳准狠，还得冒险！”

十八阿哥听了，想了一想，扬首看向策凌，道：“额附师父你可会此技？”

周围诸阿哥见策凌居然也有老脸一红的时候，不由都发起笑来。

其实我起先也并非十分吃准十四阿哥是否真的一枪两弹，但八阿哥的话提醒了我，让我想起去年刚回京那次在码头边驿馆被四阿哥罚跪之夜。那晚十三阿哥带了夜宵过来找我闲聊，同我天南海北地扯了一通所透露的趣闻。

因十三阿哥是带兵阿哥，颇跟我聊起军营里的逸事，我恍惚忆得他提过：火器营有个小兵不自量力地偷学什么一枪压双弹的本事，结果弄致满脸黑头发竖衣服焦，在伤兵营躺了一晚后，硬说醒来时看到自己坐在释迦摩尼身边。当时听了差点把我给笑残喽，没想到旧日趣闻竟然在此刻派上用场。

事实上，康熙告诉十八阿哥的还只是皮毛，一枪压双弹的难度要远超于此，若非今日亲眼所见，我怎会想到十四阿哥跟我比试时竟然还会用到这一招？

今日就算我侥幸射中了鹿：鹿身上有两个弹孔，到时一验伤，十四阿哥的弹孔里同时有两颗铅弹，我只有一颗，他胜；鹿身上有三个弹孔，两近一远，也是他胜。不管我如何施为，他都已立于不败之地。

本来十四阿哥是没可能败给十八阿哥的徒弟的，但这种小事也慎密算计如斯，其性格可见一斑。

不过我既已见识过十四阿哥的手段，他今后再做何出格的事，我也不会太感奇怪，反之，他若不是这样的人，当初入宫选秀时又怎会公然出面跟四阿哥抢我？

有的人，天生好胜；更有的人，不惜两败俱伤，也不肯让别人风光一回。

只怕这两类人，到头来都忘了自己当初是为什么而争，只是为个“争”字而争罢了。

“砰”!

睡梦中，我被突然迸发的火枪声惊醒，一下子从床上弹跳坐起。

帐内人声、脚步声乱作一团，仿佛还有人在外扯嗓高叫：“护驾！护驾!”

我捂住心口，定了定神，下午我和十四阿哥比完枪后回营，夜里吃过饭，我就渐觉胸疼手酸，悄悄跟十八阿哥告了假，躲回床铺躺下歇息。因心绪不宁，辗转反侧多时方才入眠，不想此时又被枪声惊醒，就好像有人突然对着我心口开了一枪似的，魂不守舍。我突然想起现在不知何时，十八阿哥又回帐没有，急忙踢被下地穿衣，一回头，却赫然发现十八阿哥睡在我床上靠里的位置，此时业已醒转，正横躺在那里用肉乎乎的手背揉着眼睛。

到了木兰围场，十八阿哥的夜游症仍时有发作，每于睡梦中突然惊起，或下床走几圈后启门而出，或跌仆于某处依然沉睡不醒，第二天却谈笑如常，全不知觉。

此事康熙在山庄就已知情，也前后叫数名扈从资深御医给他诊过脉，均称其舌红苔黄，脉弦数，详审脉相，似为火热内扰，致使神魂不安而失守的征侯。

只说十八阿哥头一次离宫远行，不惯外头，心藏神，肝藏魂，今心肝受邪，神魂不安，故致夜游症发生，治当清心镇肝，安神定魂，予朱砂磁朱丸治之，早晚各吞服一次，每服三十丸，服完二料丸剂，其病当瘳。

夜游症除服药外，还讲究夜间静养，医书有云“平人肝不受邪，故卧则魂归于肝，神静而得寐。今肝有邪，魂不得归，是以卧则魂扬若离体也。”十八阿哥性情偏野，每日随驾围猎所见不少血腥杀戮，到底孩童，心思不定，夜间自然多梦易惊，而康熙既带他出来，又不肯放松对他的调教，这一来二去的就苦了我们这些跟着十八阿哥的下面人，为了让小祖宗能好好入睡，恨不得一日三烧香，晨昏三叩首。

后来不知怎样摸索出一个办法：十八阿哥睡前若先在我这躺躺玩会儿，再回他自己的床上睡，当晚就再不受惊的，这虽不成章法，总好过搅得人通宵不能眠。

由是生了不成文的规矩，每晚十八阿哥换了衣袜临睡前，总让方谙达、申嬷嬷两人抱他过来我这边，他或坐或躺于我床上，我在床边挨着，陪他说话耍子，见他开始打哈欠才再抱回去睡。

连日来这般，也都由十二阿哥私下禀明康熙过了明路的，我也不觉什么，但今晚我已睡下了，不晓得十八阿哥如何又爬我床上来，竟睡作一处，这还了得？

好在细看之下，十八阿哥所着的袍褂俱全，连睡衣也未更替，嘴角更挂着零星的碎屑，想来是他回帐后先来看我，见我睡了就摒退下人，自己爬上床偷吃我藏在枕头边的饽饽。这种事他常干的，不过从前都是我故意装睡逗他玩儿，不像这次是真的睡死过去。

十八阿哥翻身坐起，对我展开小臂膀，咕哝道：“小莹子？我刚梦到你打枪走火了——”

这时外头叫“护驾”声已经停了，帐内的脚步杂声也消停些，但我帷后这块床位是十八阿哥立过规矩的，不叫不得乱入。

我侧耳听来不像真有刺客情形，因倾身抱过十八阿哥，让他坐在床边荡下双腿，又跪地拾鞋给他穿上，扎束停当，他才叫帷外侍奴传进方公公来，问道：“何事？”

方公公刚探听完消息回来，奔得满面是汗，打手回道：“主子安心，没有大事，是和硕额附策凌台吉大人在营后靶场练枪不慎走火，并未伤到人，只可惜一部美髯被烧损了。”

十八阿哥听得又惊又笑，跳下床扯我的手道：“走，瞅瞅去！”

帐内灯火煊亮，一出帐，才觉晚风微凉，拂上身来精神亦为之一爽，北方天地辽阔，星垂头顶，一眼望去，一弯浅浅的月牙儿斜挂深碧色的云天之上，衬着点点星光，分外调皮。

策凌宿帐紧挨着十三阿哥帐子，一拐弯便到。

十八阿哥熟门熟路地带我过去，他宿帐外已都是人，问下来，有几个阿哥和御医在里面，十八阿哥就摩拳擦掌地要往里冲，谁知里头策凌一听人报“十八阿哥到”，便赶紧拼命连声叫起：“别放小年进来！”惹得帐内诸阿哥一阵狂笑。

方公公虽然只说策凌烧到了胡子，我猜火星四溅之下他身上肯定也难免灼伤，里头还不知是怎样脱光涂药呢，有谁耐烦看？

十八阿哥本跟在方公公后头，帐帘已经打起一半，正往里走，这个角度虽看不到策凌尊容，但我一眼瞟见八阿哥也在里面，更止住脚步，同十八阿哥告退一声，抽身往后闪人，十八阿哥是个伶俐人，知道我避讳，只一笑摆手，便自进去看好戏。

这个时辰，康熙业早安置了，他派来看视策凌情况的几个侍卫正由鄂伦岱领着出来去跟康熙回话，还有送他们的人，四下点着明亮的松油立地火炬。到处闹烘烘的，我嫌吵得慌，绕到帐后背人稍暗处捡块靠石干净地儿抱膝坐下，在这里仍可听到策凌帐内隐隐传来的笑语声，满语、蒙语都有，偏少了汉语，我听不出什么名堂，只默默抬首仰视星空。

隔了一会儿功夫，身后传来一阵脚步声，我起先不在意，后来听出是朝我这方向来的，就扭首望了一下，来的却是十三阿哥。

此处光线不强，愈显得他一双眼睛比天上的星光更亮。

我才要请安，他已一抬手，笑道：“我跟你一样，被策凌赶出来了。”说着，一掀外袍，在我身侧就地坐下。

为防人看见说闲话，我改坐为跪，膝行半步，又拉开一些距离，方笑道：“额附赶十三阿哥出来，就不怕十八阿哥揪他胡子？”

十三阿哥却笑道：“他倒想，但人家策凌就剩那么点宝贝胡子根儿，看得比命还重，哪肯给他碰？十四阿哥帮着老十八，正在里头跟他混闹呢。”

我还真没见过策凌没胡子的样子，想想有趣，又问：“他胡子全给烧光了？”

“没全光，”十三阿哥一面说一面又笑，“到底他是带兵打仗的人，最有经验的，火枪一爆，他立时撤手护住要害，万幸他身上伤倒不重，就是好好一部大胡子根根或给烧焦或被烫卷、长短不一地刺楞在那里，先儿鄂伦岱过来一看，笑得跌脚，说他可不是活脱子像宫里的那个蕃邦蛮子画师郎世宁？明儿皇上见着一定会被他逗乐。”

我听他描述得有味，心里痒痒，恨不得立即扑进去看个现行。

十三阿哥说完就看着我，我亦一时想不到话说，面面相视了一回，不觉有些尴尬。

帐那边又起了人声，我挂念着十八阿哥几时出来，遂咽口唾沫，干涩道：“外头凉，我去叫人给十八阿哥送披风来。”

话音未落，十三阿哥却一下拖住我手，我手腕被他攥住，反射性地抖了一抖，心头狂跳不止。

我低着头，耳边只听十三阿哥道：“你几时跟十四阿哥学的枪法？——你还记得和他之间的事，对不对？”

我讶然抬眼看他，我听到嘴里发出的声音，可那完全不像我的，“什么？”

“你的动作，今天下午我看得很仔细，你装枪、射击的手法和十四阿哥根本就是一个模子里倒出来的！每个手势，每个眼神，完全一致，就连装引药前预先把铅弹含在嘴里的习惯也一样！”

我听得傻掉，十三阿哥细审我面色，半晌才放平语气道：“那年你十四岁生日之前，央我教你枪法，我不肯教，并不是因为四阿哥不准你学，而是真的太危险。我知道你的性子一向是想做什么便做什么，但我没料到，你竟然真的去找十四阿哥教你？他也居然真的收了你这个徒弟……今日他甚至为了你不惜使出一枪压双弹的法子，原是他怕你输了没面子，就想蒙混让别人认为你俩并列。”

他顿一顿，又道：“你听我一句话，火枪不是你该玩的，皇阿玛已许了回京后让十四阿哥亲教十八阿哥枪法。我看现在十八阿哥也离不开你，皇阿玛又夸你胆大心细，很能照应到十八阿哥，到时必要派你在旁护持。你万万记着不要再动心思学十四阿哥的一枪压双弹，策凌就是眼前例子，他若不是今儿见十四阿哥露了这一手，晚上自个儿跑到营后靶场偷练，也不会闹到现在这田地。好在没出大事，皇阿玛又对他宽容，就惊了驾也不见得如何责他，你却不同，你跟十四阿哥学枪的事四阿哥迟早会知晓，他——小莹子，你怎么了？”

我眼前剧黑，身子一晃，亏十三阿哥伸手扶住才没栽倒在地：四阿哥不是迟早会知道，他极可能是已经知道了！

满清以骑射得天下，虽沿明制在考武举时有比试火枪射击一项，但有资格的多是满、蒙八旗贵族子弟，哪怕火器营也不招汉军旗下兵士，民间更不许私藏火器，违者斩无赦。年玉莹虽是官至从一品振威将军白石的女儿，到底也还是汉人，十四阿哥肯教她枪法，可想而知当初二人关系是何等亲密？连十三阿哥知道后都有如此反应，更别说四阿哥了，极有可能就是那段时间她和十三阿哥闹僵，同十四阿哥亲近，还不顾四阿哥禁令，私自跟十四阿哥学了枪法，结果惹恼四阿哥，对她下了重手——正合上年玉莹十四岁生日的时间段——这种事十三阿哥未必知根知底，但要说可行的解释，也就只有这个还讲得通些。

不过应该怎么搞清楚呢？

难不成我还要跑到十四跟前问：您跟年玉莹过去发展到啥地步了？您十八摸全练习了没？

万一到时候十四阿哥回一句“俺们搞一搞不就清楚了”，那我真的是死蟹一只，权且死给他看了。

“小莹子？”

十三阿哥关切地叫了我一声，我回过神来，忙撑身退开站起，那边十八阿哥的声音远远传来：“小莹子呢？小莹子？”

我不及再说什么，对着十三阿哥抿珉唇，便飞快地跑去。

策凌这场意外受伤，十八阿哥笑过之后，又生忧愁：策凌爱他那部大胡子比女人爱头发还要厉害，如今他胡子残了，就好比要叫个尼姑出来唱歌跳舞，现在他的意思是要取消跟我的合唱了。

而这次和硕纯悫公主本是同额附一起出避暑山庄往木兰来，但路上公主略感不适，就留在行宫调养，前日来人报，说已无碍了，八月初二又是八阿哥生日，公主必在这天赶到的。公主一到，我更安全，策凌总不会当着他老婆的面和我对唱吧？

如此想来，合唱取消几乎是铁定的了，我自然是一百个高兴，十八阿哥只管盘算明天怎样撺掇康熙为他出头，压一压策凌。而我，却做了一夜好梦。

正日子这天，方公公领着人给十八阿哥换了一套大红衣裳，我起得绝早，先出去帮着申嬷嬷和宫女们清点安放其他阿哥及蒙古王公们送来的生日礼物，回头见十八阿哥出来，不禁眼前一亮，他可真是小正太的楷模，一张小脸粉嘟嘟的，天生微翘眼角，不语带笑，看了就想捏捏。

十八阿哥是小阿哥，在这里过生日也不比京城好铺排场，但康熙宠他，八岁不过是个散生日，竟令人将自己主帐布置了出来专门给他庆生，皇营上下哪个敢不给面子？

早晨，以方公公为首的太监们头戴缨帽，足履官靴，长袍系带，外罩纱褂，同着差妇簇拥的十八阿哥到了康熙主帐，向康熙、早到的诸位长阿哥们，及蒙古王公中结有姻亲关系的长辈一一磕头行礼，接下来随扈大臣、侍卫、御医、“有脸面的”太监等再依次上前行礼。

非宗室人等备办的寿礼都要放在一个用黄纸糊好的长方形方盘内，周围贴上红色的剪纸，图案为椭圆形寿字。

满人过生日寿礼并不贵重，只图个喜气，不过是烧猪、烧鸭、寿桃、寿面等等。这些实物之上，又分别贴上大小不等的红色长、圆寿字剪纸，由“呈进”礼物的人抬到寿星十八阿哥面前请安致贺，叫做“孝敬”，但十八阿哥收下后须回敬较实物价值稍高的银两，名曰“赏钱”，发了赏钱，“孝敬”者需忙叩头谢赏。

我就侍立在十八阿哥身后，他一一受礼完毕，而我看人磕头看至眼睛抽筋。

一过中午，贺客盈帐，熙熙攘攘，笑声彼绝此起，又在营外有搭台建场看了骑马、摔跤、射箭表演，一派喜气洋洋，热闹非凡。

如在京城，这天必要演戏的，名曰“寿咏霓裳”，但围猎总不可能还把宫里畅音阁的御乐戏子带出来。好在这些蒙古王公们出行都喜欢带歌舞伎，其属下不分男兵女仆，均好唱善奏，也不愁没有节目，早就将夜间“唱晚灯儿”的项目都演练预备下了，唯独策凌原本跟我商议合演的对唱是要做压轴的，此时却意外耽搁了。对唱一事，策凌为主，我为辅，他不能出场，我一个小八腊子做压轴未免叫人笑话。

但八阿哥于这些上头素来有心，还不等十八阿哥跟康熙说，昨儿就连夜抽派调度人手演试新曲，重排了节目表，一早呈上御览，圣心甚悦，十八阿哥亦无从计较。

我去了一桩心事，格外高兴，加倍细意伺候，难得一天下来，不觉乏累。

而和硕纯悫公主的车队在路上出了点小问题，到晚间快开饭前才和亲去接引她的十三阿哥一同返回。

入席时，众人很是把策凌夫妻取笑了一番。

策凌今天鼻子以下裹满了半张脸的白纱布，康熙一见他就被逗得不行，别人也还罢了，唯独不准他退，要他陪完整天。偏偏策凌为了胡子快点长好，还得正襟危坐地端在那里，除了跟康熙回话，头都不轻易晃一下。他这副模样引得大家狂笑，尤其十四阿哥和十八阿哥，昨晚闹他还不过瘾，一个在席间猛说笑话儿，一个得空就掀起策凌嘴上的纱布挟菜给他吃，策凌碰见这两个冤家也真是前世孽缘，只便宜我看现成的把戏罢了。

饭后因地制宜，在各帐围绕中清空出好大一片场子，只留了歌台舞池，其余地方搭满六人一席的方桌，上摆精致的干、鲜、冷、素诸色，可边赏歌舞，边饮酒。

因在宫外，康熙特令不拘任何形迹，由是满座觥筹，推杯畅饮，谈笑风生，极其随便。

场中又点起数堆篝火，歌者固然极尽炫艺，舞者更时至身边，邀人起舞，不分男女，均可参与其间，别具风流。

一时灯火交织，欲与星月争辉，又兼秋风送爽，虽是塞外，亦有天上人间之感，人人兴致高涨。

蒙古人跳舞多有甩臂击鼓、跪蹲请安、拧身跺足、横摆漫步等动作，精神气质豪迈，尤其伊克昭盟鄂托克旗出的节目——男子单人表演筷子舞。舞者原地双手握一把筷子，随着腿部韧性屈伸、身体的左右晃摆，快速抖动双肩，两臂松驰流畅地用筷子敲打手、肩、腰、腿等各个部位，继而绕圈行进或直线进退，舞姿洒脱利落，击筷动作灵巧多变，至高潮时，边舞边呼号助兴，与宫中礼乐迥然相异，令十八阿哥看得目不转睛，大为高兴。

“筷子舞”完了之后，歌者又高唱祝酒歌一圈，众人豪饮了一回，颇为大乐。

忽然主席桌前的舞池中单独上来一名丽装女子，奇在其双瓯分顶，顶上燃灯碗，而她步态曼妙，丝毫不见累赘，更口噙汀竹，与池外琵琶、胡琴、筝演奏相呼，击节堪听。

舞女初还矜舞态，渐随音乐，在原地或跪或坐或立，由手及腕及臂及肩如灵蛇般忽张忽挑忽拉忽揉，且以腰为轴时而前俯、时而后仰而灯碗却不落地，旋复只如风滚雪、摇绛卉，能使人惊，与前人筷子舞相比极显其婉艳妩媚。

十八阿哥大喜，竟然自位上站起拍手叫好，该舞女得了彩头，忽双手各托燃灯，边快步绕场奔走，边作流星般盘绕灯碗。只见其灯焰飘忽摇曳，舞姿轻盈流畅，满目流霞，美不胜收。最后她一折腰下地，焰彩尤颤而不灭，就在此时乐声戛然而止，然余音袅袅，仿若未散，一时令四座观者如痴如醉，鼓掌叫好声不止。

康熙目视十八阿哥，笑着轻一挥手，李德全忙从小太监手里接过一贴有“寿”字盛满小金钱的玉箩绕到桌前跪下，将其高举在十八阿哥面前。十八阿哥本就坐在康熙身边，他双手合拢抓了满把小金钱，康熙亲手插入他腋下，抱高他身子，好让他广散赏钱。

十八阿哥也争气，一撒出去，无一枚金钱落出场外，就如下了场金雨般，滚在地上，叮咚作响，一众歌者舞伎伏地三呼万岁二呼千秋，人声鼎沸，喜闹煞人。

康熙开心地大笑，放十八阿哥归座，我蹲身给十八阿哥整理桌下衣角，以免被靴子踩脏，只听康熙道：“十八阿哥喜欢看这舞，回京后朕叫人照样学来，明年你过生日还演给你看。”

十八阿哥响亮地回道：“谢皇阿玛！可是，儿子还想看小莹子唱歌。”

附近坐的都是阿哥、王公，多半听到了十八阿哥的声音，顿时静了一静，纷纷把目光向我们这边投过来。

我做梦也想不到十八阿哥在这个时候卖我，讪讪起身，迎上康熙打量我的眼神，“朕的确没看到你孝敬十八阿哥的寿礼，那么你是以歌代礼了？你还会唱蒙古歌？”

我赶紧半跪答道：“回皇上，策凌额附原说过要和奴才对唱一曲，以贺十八阿哥千秋，但额附受伤，所以才迫不得已取消此节。”

策凌就坐在隔桌，见说忙离座打手向康熙告个罪，“奴才无能，扫了十八阿哥的兴，请皇上责罚。”

康熙大笑，虚手一抬，“起来，起来，十八阿哥小孩子家，就朕这些阿哥中小时候像他这般调皮的也不多见，这些天十八阿哥紧和你混着玩儿已经累了你，朕再不为这个怪你，你尽管喝你的酒去罢!”

策凌嗜酒，兴之所至，连脸上的白纱布也自己扯去，露出搞笑的曲卷残胡，想是刚才急切，忘了再把纱布蒙好才来面圣回话，给康熙这么一说，众皆大笑。他反正被笑了一天，嘻嘻而起，正要回位，他座旁的和硕纯悫公主忽然起身款款走来，与他并肩而立，向康熙福了一福，道：“回皇阿玛，女儿自前年出嫁，久未承欢皇阿玛膝下，今日是十八弟的生日，见皇阿玛高兴，女儿心里也像抹了蜜一般，女儿愿代额附出演对歌，权博皇阿玛、诸阿哥兄弟一笑。”

康熙果然开怀笑道：“哦？朕的十格格不过离了朕两年，竟然出落得愈加大方了！好！你服侍着和硕纯悫公主一同去准备一下，朕等着大饱眼福、耳福!”

御旨都下了，苦命的我只好作受宠若惊状依言跟着和硕纯悫公主退场换装。

皇家办宴，细节方面都是周全，虽然和硕纯悫公主献歌并非计划之内，但一应崭新的舞装都是多备齐全。

对唱当然是一男一女，康熙光顾着高兴了，也没想想其实我也是个女的，不过千错万错皇上不会错，只好“委屈”我继续穿男装扮男人。

我是作为文艺特长生招进大学的，同寝室的女孩子情况都和我差不多，其中一个就是内蒙古来的，最擅跳蒙古舞，当初我虽然不留心，但个中门道也算略知一二。

蒙古人每逢集会欢庆都穿蒙古袍，男袍宽大，女袍紧身，蒙古人又认为像乳汁一样洁白的颜色，最为圣洁；而蓝色象征着永恒、坚贞和忠诚，是代表蒙古族的色彩；红色是像火和太阳一样能给人温暖、光明和愉快；因此男子多喜欢穿蓝色、棕色，女子则喜欢穿红、粉、绿、天蓝色。于是我很快便选了一件蓝袍，扎起腰带，穿上天青色的布靴。

而和硕纯悫公主刚刚在使女服侍下换了贵妇装，去了琳琅璀璨的头饰及垂面珠帘，调了一件大红的，穿靴头和靴面上有用金丝线镶蒙古民族特色图案花纹的同色布靴，使女帮她扎好腰带，又将袍襟向下拉展，更显出其娇美的身段。

纯悫凤眼白肤，气质偏静，但被大红色这么一衬，平添许多容光，我在旁看了，只觉她比原来还美，很有英姿勃发之感。

纯悫装扮完毕，见我看她，冲我笑了一笑。她走到我身前，亲自指挥一名使女给我把袍子仔细往上提了一提，放得松些，又把特制用来装饰佩戴的蒙古刀、火镰和烟荷包挂在我腰带上，再将我头发好好地笼进帽子里。然后她退后一步，上下端详了我一阵，向旁边人笑道："草原上最俊俏的少年也不过如此罢?"

那些使女都是蒙古带来的，说的不是汉语，一个个笑容满面，齐声应合了一阵。纯悫又道："小莹子原来跟额附说好对唱的是哪首歌?"

我汗，策凌根本就没正经跟我合练过哪一曲，纯悫看出我的犹豫，不禁笑道："额附性情不羁，每多即兴发挥，你也闹不清了是吗?"她沉吟一下，"那也无妨，我们就唱额附平日最爱的那一首好了。"

在避暑山庄澄光室住着时，我饱受策凌荼毒，知道他的保留曲目不多，因问："是哪一首?"

纯悫道："十五的月亮升上天空那首。"

我心里一松，挑了个最简单的，看来纯悫充其量是个票友，肯定比跟策凌对歌轻松，马上干脆道："好。"

我们相视一笑，于是纯悫坐下，我站着，分头开一开嗓子，不多时八阿哥派人来提醒：外面正在表演的安达舞就快完了，很快该轮我们上场。

纯悫又检查了一遍，带了我要跟在那人一起出帐，十八阿哥忽带着方谙达一掀帘跑进来，喜滋滋地叫道："小莹子，我等急了，快点!"

我转过身，他一见我模样，喜得拉了我的手不放，"唱什么歌?唱什么歌?"

纯悫站在一旁且笑，我故作神秘道："十八阿哥快回皇上身边入座，一会儿准保就知道了。"

十八阿哥眼珠骨碌碌一转，拖我到一旁，按我坐在长凳上，站我身前笑道："你把眼睛闭起来，我有好东西给你。"

他一进来，我就看到他左手背在身后，不知藏了何物，今儿是他生日，我也不跟他强，乖乖扬着脸闭了眼睛。半晌只听几声轻笑，我唇上微痒了两下，十八阿哥便道：“好了，睁开眼睛吧。”

我没想到这么快，倒吓了一跳，他不会这么老土，送我个 kiss 吧？因此我一睁开眼，先朝他身后的纯悫瞧了瞧，没看出什么异样来，再看十八阿哥，他却冲我大大咧了个嘴，露出一口白牙，就带着方谙达一阵风似的跑出帐子去了。

——他到底送了我什么？

我满腔疑惑，但外面安达舞表演早已结束，催场的掌声起了几回，不好再耽搁了，纯悫带笑过来，“小莹子，该我们上场了。”

我答应一声，忙着站起，将腰带提一提，又扶一扶帽子，作了个深呼吸，大踏步地跟着引场人走出去。

横竖四阿哥不在，还怕谁吃了我不成？

没有想到我一出场，等着我的竟是这样一个局面：

一站入场中，不管我的头往哪个方向转，对上的均是笑到抽筋的脸，就好像我脸上装了一把激光发射枪，发射的全是笑光，中者必伤。

而第一个开始笑的就是小坏蛋十八阿哥了，康熙是没笑出声，不过他上来只对着我用力瞧了两眼，就一直低着头拨弄笑趴在他怀里的十八阿哥的头顶，但看康熙不断抖动的肩头和他身后偷偷捂嘴的李德全，也就知道是怎么回事了。

碰到这种怪事，我当然要看其他人的反应了，哗，前后左右天下大同：奇哉怪哉，我衣服穿得很好啊，帽子也没掉，最可恶的是十三阿哥和十四阿哥两人，一个椅子都快笑翻了，一个拍桌笑到擦眼泪。而策凌因为纯悫也要出场的缘故，特意跑回营去取他随身的那把马头琴，现在还没过来。

一个人唱，N个人笑，这种情况下，叫我怎么开唱？

最终还是十八阿哥招手叫我过去，我走到最前场，在他桌前跪下。康熙叫李德全擎一面手掌大小的西洋镜来，我双手接镜一照，只见镜中人的唇上被描了一左一右两道短短的黑色八字胡，和真正的男人比起来，我原本最多只是娘娘腔而已，现在却因此使得整张脸变 Man 了，且又带着滑稽的气质。

我本来猜到几分，心里不是不生气的，但陡然这么打眼一看，也差点失笑，气归气，确实还是蛮好笑。

十八阿哥起身隔桌靠过来，递给我一支黑色炭笔，说：“送给你的。”

康熙和阿哥、王公等都看着我的表现，我不急不忙地接下笔，磕个头，“谢十八阿哥赏。”

李德全要上来取回镜子，而我在他手伸到之前就略直起上身，半侧过面，自己左手展镜对上光，右手执稳炭笔把唇上的两道胡子分别一勾，加长成纤细两撇，复以右手小指将两撇胡子尾部分别描出精巧对称的上翘回旋涡卷形。

线条一流畅，霎时有了韵律，平添洛可可式的细腻柔美感，年玉莹的容貌气质本来带有兵气，介于可柔可刚之间，如此一来，两相结合，成功地化解了小胡子的突兀，反而另显异秀清俊，一张脸看上去为之一新，又是一番天地。

我“化妆”完毕，把掌镜反面放在桌上，流眸十八阿哥，他已然双肘平撑在桌上，看得合不拢嘴。

我向十八阿哥一颔首，就地朝康熙叩了个头，“奴才这就献丑了。”

康熙命我起了，我回身缓缓走下舞场。唱歌也好，舞蹈也罢，大凡当众演出，表现力固然得有，但是否能拿出掌控全场的气势、使观者集中精神才是重中之重。要不是十八阿哥这么一闹，我原本倒还真没把握能达到现在这个效果。

策凌夹着马头琴匆匆而来，径自往东面场边乐师那队打头坐下。

我的脸转向他时，他明显愣了一下，我并不停留，抬左腕对他比了一个圆月的手势，便转身对着北面的康熙主位。

很快辽阔低沉的马头琴声响起，我听准节拍，脚尖向前一动，右手划起，放声唱道：“十五的月亮升上了天空哪——为什么旁边没有云彩——我等待着美丽的姑娘呀——你为什么还不到来——哟嗬——”

策凌的马头琴巴特拉得真不是盖的，尤其下面就是和硕纯悫公主出场，悠扬动听的琴声中激流暗涌，亦进一步感染到我，我随琴音连做几个硬腕跳步从场子这头对角线穿到后场，顺势单膝半跪，舒手迎出一身红色蒙古袍服的纯悫。

“如果没有天上的雨水呀——海棠花儿不会自己开——只要哥哥你耐心地等待哟——你心上的人儿就会跑过来——哟嗬——”纯悫唱的是我教的

词，她一开腔，便让我吃了一惊，她的声色不是很高，但极有穿透力，且能收放自如。

又是一个马头琴间奏，我和纯悫在舞步中对上目光，发现其真是一个眼睛会说话的女人，她并不瞧场外的策凌，始终只看着我，好像我真的就是那个在蒙古包外苦苦等着她的阿哥，十分入戏。

周围众人不知几时拍手给我们合起拍子，我一个马步交替旋到康熙场前，换了蒙语重复唱段：

莎拉闻滔泥撒了那
啊嘎拉给勒逮（DEI）给笛答呦
啊哈掳嫩达嘎污揪灰忧因
逮（DEI）吼
矮了柴哄喽沟拆嘛赶
温内塞（SEI）鲁都达沟
矮临起拎污逮（DEI）移溜昏尤因
逮（DEI）嗬
…………

在座的蒙古王公、太吉轰然叫好，纯悫眼光一亮，面上一层红霞飞起，黑色的发辫随她婀娜的身姿极好看地扬起、落下，却换了满语高唱起来。策凌的马头琴跟着我们唱和，一时粗犷豪放、浩瀚深沉，一时又圆润婉转、如歌如泣。

我从不知道这般简单的乐器和对唱，就可撩拨起我胸中的波澜。

自来到古代，从未试过如此放松自己，我的内心充满防备，却又无法抵御伤害。而现在歌声仿佛打开了另一扇窗，令我看到一个只有月亮、云彩、阿哥、阿妹、雨水、海棠的世界。全身心地投入到歌声里，只要唱下去就好了，不用想现实中的任何羁绊。

一曲敖包相会结束，纯悫亲执我手一起走到康熙位前下拜，周围的喝彩声潮涌般将我们淹没。

我起身环首四顾，全场有三分之一的人已从自己位上立起，其中包括十二阿哥、十三阿哥和十四阿哥，而十八阿哥干脆就是站在了椅子上。

十四阿哥对上我的目光，忽然一边拍掌，一边跺脚用满语呼出一个简短的单词，策凌也用蒙语叫了一声，一时不分满人蒙人，都跺脚响应，各处蔓延开来，震耳欲聋。

我能听懂的满语、蒙语只限几首歌的歌词而已，其他再简单的词于我也是茫然，因瞅了纯悫一眼，她看着我笑道："他们说，只唱一首不行，还要再来一曲。"

哦，那就是现代看演唱会叫"安可"返场的意思了。我明白是明白了，可毫无准备，唱什么是好？

策凌持马头琴走下场，在我们身后停住。纯悫和我先后偏头瞧向他——是我的错觉？他的眼睛在灯火月光下似泛出隐约的银蓝色，让我想起在巴音布鲁克草原上见过的天鹅湖。

万众瞩目下，他只旁若无人地注视着他的妻子纯悫，我头一次发现没有大胡子的他有着比大多数蒙古男人要柔和的面孔。我不用回头看纯悫，也知道她会是什么表情。

蒙古台吉与清朝公主，我一直以为这不过是一桩政治婚姻，但现在，我所看到的远比这更美。

不知不觉间，全场已安静下来，没有一丝多余的人声，我目不转睛地盯着策凌的手拉动琴弓的第一下动作。

和弦在连绵的群山与平原之间，如同微寒的轻风徐徐吹过，开首便异常清冽肃然，但其中蕴藏着淡淡的愁绪，有种欲说还休的悲情。

纯悫以一个极优雅的手势抬起我下颌，绕着我缓步走了小半圈，而她的手指前端始终不离我颈脸交界处的柔肤。

我肩以下不动，唯随她动作一点点拨转着脸，眼光过处，她身后的重重人影于我渐渐模糊，只有她红唇中吐出的蒙语音节，如吟如叹，似一种美丽的哀愁，像波纹般从我内心深处漾起。

在十五的月亮夜晚
陶醉在马头琴的悠扬旋律中
心中想念着亲爱的他
于是我唱起了这首月亮之歌

——我听得懂她念的是什么，因为这一段蒙语独白，我曾听策凌一个人念过很多遍。可我不知道由她念起来，会惊艳到这个程度。

策凌琴音一变，我听出他所奏的是蒙古流传最广的演唱形式“好来宝”，其唱词均是触景生情的即兴演奏。纯悫绕着我旋动身子，跟我跳贴身舞？公主你找对人了。

我忽将身一倾，并不触碰到纯悫的肢体，与她只差一线，堪堪贴面擦过，横移半步做了一个柔背跳，小颤膝后腿半蹲，身略低些展手向她顶上夜空，扬声高唱：

我在仰望、月亮之上
有多少梦想、在自由地飞翔
昨天遗忘啊、风干了忧伤
我要和你重逢、在那苍茫的路上
生命已被指引、潮落潮涨
有你的远方、就是向往
…………

纯悫在歌声中与我四目交接，掩不住的惊艳之色。

然而在她回唱之前，有人走得太急，“咕咚”踢翻了椅子，闯进场来，那是一把真正的男声：

我等待我想象
我的心儿早已脱僵
马蹄声起、马蹄声落
OHYa、OHYa
看见的看不见的、瞬间的恒远的
青草长啊、大雪飘
OHYa、OHYa
…………

策凌把马头琴玩耍似的，左手双泛音拨弦，右手连顿弓、飞弓不断，配合曲调掀起场内场外又一高潮。

这次轰动却大多了。不过我说胡子哥，十四阿哥亲自出马唱歌而已，你很有面子吗？值得兴奋成这样？你吃准他调戏我来了就没人调戏你老婆了是吧？

十四阿哥之所以会弄翻椅子，是因为坐他旁边的十三阿哥扯了他一把，才搞得他一踉跄，可恨十三阿哥不够辣手，温柔地扯扯小袖子算什么？调情啊？桌上现摆着那么大的酒碗多好使呀，直接敲后脑勺才是正解！要换了四阿哥在，恐怕就要乱殴了。

不过我也的确佩服十四阿哥在失去平衡、撞青了一小块前额的情况下还能迅速地调整姿势，现编了词儿，做着"半脚尖跟步骑马跳"出来，竟然又虚勒缰绳摇步绕着我转了一圈，我很怀疑他有没有看到我穿的是男装蒙古袍啊？我唇上还有两撇小飞胡子呢！

趁着节拍又起，我豪迈地横移半脚尖弓步跳开，扯嗓唱道："谁在呼唤、情深意长——"

十四阿哥在中间合音，"谁在呼唤！"

吓得我差点吞了声腔，"让我的××像白云在飘荡——"

十四阿哥继续合音，"飘荡！飘荡！"

我硬着头皮唱下去，"东边牧马、西边放羊——"我顿过半个节拍，十四阿哥没音气儿，才续唱，"一晃晃的情歌就唱到了天亮——"

十四阿哥忽合，"亮！"

我狂做半脚尖弓步跳往前躲开他，"在日月沧桑后、你在谁身旁——用清亮的眼光、让黑夜绚烂——！"

飙完结束极高音后，我只道你小子毕竟是个男的，这下不见得还能发出"海豚音"跟腔吧？心里一松，一抬眼，却不偏不倚地对上前座康熙的目光，吃了一惊，因我穿的布靴稍大，本有些松动，这一忙，脚下一绊，险险当面跌倒。

幸亏十四阿哥自后上来，借着他的旋步在我肩头一按一带，我顺势扭过腰来，虽无水袖，却不自觉肩、肘、腕同时用力将袍袖平着翻过，滑出小半截皓腕，改前摔为反身下腰后仰。

这可比平时翻水袖向上挑难多了，挑袖轻逸，而平着翻看起来动作不大，绝对比单用手腕往上翻要吃劲，外人看起来是柔的，可劲儿都在里面呢。

露在外面的劲儿好练，含在内里的劲儿不好找，要多下些功夫，若非年玉莹本身的柔韧性奇佳，我当年苦练的腰腿、水袖和“蹻工”功夫能带得起多少？

只怕仓猝间这“卧鱼”身段一出，我就自动全身关节一半以上骨折，香逝去也。

然而我忘记了爱新觉罗家十四郎天生一条水蛇腰，居然能不着痕迹地跟我俯下，捞我起身、转了一圈，同时暗暗调稳我的重心，倒像我们商量好的配合动作，想也知道好看，可惜我穿的是男装，不然还不把在场的大男人中男人小男人们杀倒一片……估计现在已经杀倒了一片，不过就是冷汗黑线满天飞一大把的那种。

但这些还在可忍受的范围，最可怕的是十四阿哥竟然在此过程中还能保持跟着策凌的间奏继续唱：

我等待我想象
我的心儿早已脱僵
马蹄声起、马蹄声落
OHYa、OHYa
看见的看不见的、瞬间的恒远的
青草长啊、大雪飘
OHYa、OHYa
…………

眼看十八阿哥快跳过桌子来行凶了，我忙赶着十四阿哥一停，又亮音唱起蒙语：“阿啦湾～～拓内～～萨奶～～哈～～啊～～辛的奶～～呵～～阿了嘟来～～那～～阿～呜的～喏威～～喏音那吼～～哦～～”

这段蒙语十八阿哥最爱听，经常威逼利诱策凌给他表演，我耳朵早听出茧来了，闭着眼睛也能唱，套进这个节奏倒也合适，何况连康熙也有蒙古血统，多拍蒙古人的马屁不会错。

果然一唱见效，十八阿哥貌似被搔到痒处，略略冷静。

我才定下心，十四阿哥突腾空翻了个跟头，满场跑起，口中唱道：

马头琴悠扬、马奶酒穿肠
我的爱情奔跑在呼伦贝尔草原上
你的善良、我不能抵抗
你的美丽、将我的心紧紧捆绑
你的笑容、让我找到了最后信仰
你是美丽的月亮、让星光黯淡
…………

他唱一遍不够，蒙语一遍，满语又是一遍。他的音色浑厚、旷远，高音部略显沙哑，和他的外表形成反差，却有奇异的魅力。策凌亦极力配合，琴音的掌控对他而言游刃有余，层次丰富而不失细腻，这种“音画”般的音乐，我还是头一次听到。

草原的奶茶、帐篷上的炊烟、放牧的阿爸阿妈、蓝蓝天空中飞翔的雄鹰、不停向前奔跑的烈马、蒙古族的醇酒、马背上生死相依的爱恋的人……仿佛都在这样的声乐中浮现眼前，是真正如草原般宽宏的自由。

最终这一首四分之三皇家组合的“好来宝”，在几乎是全场重复数遍的大合唱“我等待我想象、我的心儿早已脱僵、马蹄声起马蹄声落——”中意犹未尽地收尾。

说也奇怪，听多了这段，我忽然有了新的感觉。特别是当十四阿哥最后一个跟头翻回我身前，我看到他像个大孩子似的开心大笑、挥手谢场的一刹那，只觉从头顶到足尖过电似的麻了一遍。

也正因此，当他转过头来将亮晶晶的眸子与我对视时，我已忘了如何避开。在这一刻，面对这肆无忌惮的注视，我无法拒绝。

我连着献唱了两首歌，大给十八阿哥长脸，领了康熙赐酒，连服装都未及换，便被一帮蒙古男女拖下场大跳高乐布堪舞，即篝火舞。

一名蒙古帅小伙领唱，大家相互拉手成横排或圆形，绕着篝火顺太阳运行的方向转动，随之载歌载舞，歌声中并夹有“育呼尔”的呼号声，逐步将气氛推向高潮。

跳到酣畅淋漓处，众人拥我上去把小寿星十八阿哥邀入。

十八阿哥颇有人来疯的潜质，很快学会擦地拖步、跺踏步、跑跳步几种基本步法，他动律爽朗，踢腿抬头间，晃头噘嘴，憨态可掬，看得康熙哈哈大笑，顺带把十四阿哥、策凌等全赶入场共舞，人人玩到汗流浃背。

待篝火燃尽，火堆上便形成了一个焦炭焚红的火塘，众人再把点燃篝火的木头敲碎。有包头打扮的精壮汉子光着脚，豪饮数杯酒便闪身跃入余火之中，表演“下火海”的节目。无数火星缤纷四溅，掌声四起，看意思是要通宵达旦地狂欢。

马奶酒虽然醇厚清香，喝多了也会上头。

点篝火处向来近水，而晚风渐重，和硕纯悫公主畏凉，策凌又是新伤，纯悫换回贵装后略坐了坐看完高乐布堪舞，康熙就命他们夫妻先行回转内营，我趁便跟十八阿哥告了假，自掩身往水边处走去。

这时一些上了年纪的蒙古王公贵戚也已由康熙令去，不使熬夜，留下的多是年轻人，一路只见夜色笼罩下不少行者如斗折蛇行，形态似济公醉步。这只是身醉，再略远处的树阴下、草浪后有散落成对的男女依偎暗语，那叫做心醉。

我低头尽拣人少处行去，也不分上游下游，总算被我找到一处清静依水的地儿，有了在万树园密林溪边的教训，我不摘帽亦不解袖，只伏在水边捞水把脸洗净。

天上一弯月牙儿，淡淡柔柔地将光披洒下来，但也总有照不到的地方。河水有节奏地流动，在忽明忽暗中偶有亮色闪动，俨如一匹飘舞的长绸。

如果有河神，那么他是不是正静静地望着我，就像我望着走到我身前的十四阿哥一样？

昨晚是十三阿哥，今夜是十四阿哥，不晓得第三次会不会轮到八阿哥来取我小命。

我知道他今天喝了很多酒，因此当他一伸手要触我面颊时，我便后退半步，一敲腰间配挂的蒙古刀道：“你看这是什么？”这刀鞘上虽装饰了不少华丽花哨玩艺儿，里面装的可是真家伙。

“可不可以给我摸一下？”十四阿哥嬉皮笑脸地斜眼瞥了一下，他的手却不是摸上刀，正经冲着我的小腰来了。

我深吸口气，拔刀，才碰到刀柄，他一把按在我的手上，“你说过你喜欢我！”

我跺脚，“鬼才说过！”

他耍赖，“好，你不会说，你会笑，你笑了就表明是爱我！”

我失笑。

“好，果真是爱我！”他的唇猛地堵上来，火焰般的舌在我唇齿间滑动，来势汹汹，热力难挡。

我只觉天旋地转，十四阿哥忽然放开我，“我等着你，你敢不来的话，就死定了！”

——什么？

我莫名地瞪着他，回想起这句是他当初第一次强吻我后说的话。

他一手揽住我后颈，略一低腰，将他的额头紧紧地贴上来，我甚至可以感到他微微抖动的眼睫，“你这个死丫头，我在镜湖等了你一整天，淋了一晚的倾盆大雨你知不知道？冻死我了！要不是四阿哥把你关在他府里，我就要杀了你！”

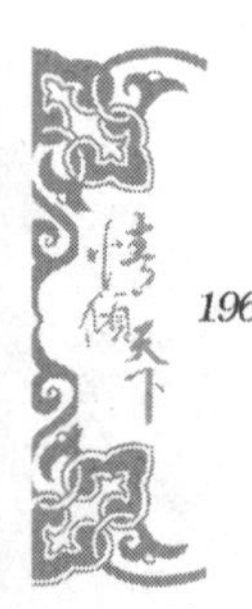

我诧异无比地看着眼前这个在月光下的美得如同野兽一般的家伙：那时我刚住进四贝勒府，根本很少想到他，我一直以为他是随便说着玩的，竟然却真的去等我？镜湖又是什么地方？

我用力地扳松他的手，直面着他，刚刚还在强吼大叫的他，竟然眼睛一下转向旁边而不看我这个“死丫头”，他掩饰得够迅速，但我还是一眼就洞穿了他的心。

这次我真的笑了，我笑的开心程度和他脸红的程度成正比，我笑得背脊都开始颤动。

他开始还绷着脸做出生气的样子，但很快就恶狠狠地咕哝着，“你敢嘲笑我？我就、我要——”想到妙处，他自己也禁不住笑起来。

我知道此时万一有谁闯过来看到我和十四阿哥这样面对面而笑，一定会以为我们全疯了，但我还是止不住，他也是。

“瞧，我说的没错！你不会说，你会笑，你笑就是……”

他俯身吻下时，那种和四阿哥有几分相似的神气，让我脑中掠过四阿哥对我扬手大叫“三天不打上房揭瓦”的模样，于是我一偏脸，低首避过。

他的唇擦过我闭合的眼帘，停了一下，双手抱一抱我，“你在发抖？”

他的呼吸拂动我的发稍，才发现他不知何时将我的帽子摘了捏在手里。

这个人，怎么老爱抢我的帽子，第一次这样，现在又如此。

我伸手去夺帽子，他不给。

我急了，用劲去抢，他作势要把帽子抛进河里，我一跳脚，把他头上的帽子打下手来，也咬牙要抛。

他笑道："你扔，你扔，等下皇阿玛要问，你看我怎么回！"

好女不敌无赖，一阵风过来，我掩口打个喷嚏，"还我，我冷！"

他先拿回自己的帽子戴好，才故意一把揉乱我的发，将一顶蒙古帽歪扣我头上。

我塞完发，整好帽子，十四阿哥扬首看看月牙儿在夜空中的位置，我偷偷瞧向他侧面，被他忽转过头来逮个正着。

他一双眼睛润润的，上等黑玉似的瞳孔里湿气更重，叫我移不开目光，不自觉冒出一句话，"舒舒觉罗氏她……好吗？"

他有点意外，但很快咧嘴一笑，"你指哪方面'好'吗？"

我崩溃，我指的当然不是"那"方面，但他摆明了就等我问"那"方面。

我也不晓得我为何会问到舒舒觉罗氏，现在可好，转移他注意力不成，更见尴尬，无奈何"哦"了一声，"嗯，那她应该很好……啊嚏！……"

十四阿哥抓住我的破绽，穷追猛打道："我还没说，你怎么就知道她好？"他凑近我，暧昧地笑了一笑，"或者，你的意思是说我'好'，对吗？"

天际一层浮云悄无声息地笼住月牙。

月黑。

风高。

杀人夜。

十四阿哥的手再往下挪一寸，我就要杀人了。

"啊——"我一声尖叫，引出月牙儿从云后探出脸来，窥视地下的我们。

推搡间，我一眼瞄到十四阿哥腰下撑起的帐篷，实没料到此时此地他会陡然兽性大发，惊至语无伦次："你起来、起来你……起来、起来、起来……"

他还不起来，我真的要豁出去提丹田之气高唱神勇进行曲！震死他！

然而在我使出绝招之前，我们所处的石后忽然由远及近传来不止一人的零碎脚步声，更有十八阿哥奶声奶气地道："八阿哥，怎么还不见小莹子？"

十四阿哥猛地撑起身。

我脑中一片混乱，完全听不清八阿哥嗡咙嗡咙答些什么，只知道他们一转过大石，我们马上就暴露了。

所谓死道友不死贫道，我本来着恼，此刻力仍未消，趁十四阿哥疏神，双手狠狠一抵，把他倒推入河里。

没用脚踹他，我已经算得上好人了。

十四阿哥临入水的一刹那，长手一够，将我一同拖下。

扑通一声，水花四溅。一股透彻凉意传遍我身体发肤，想必十四阿哥也一样，一入水，他就松开了我的手。我跟他分散了。

潜入水下，一切变得很安静，人声、风声变得那么遥远，水下视线不够清晰，似有一道白影滑过，小鱼儿放肆地对我卖弄风情，啄着我露在外面的肌肤，微痒。

我一蹬足，双手张开，平转过身，游向岸边，只划了两下功夫，脚便踩到河床的淤泥。

我切开水面，从混浊的河水中"哗啦"站起。外界的声音向我蜂涌而至。

我看到十八阿哥、八阿哥、方公公、还有康熙的侍卫内大臣鄂伦岱带着七八名举着火把的御前侍卫已经绕过大石，站在岸上。

十八阿哥似要向我跑来，被方公公自后牢牢抱住，八阿哥正冲我的方向喊着什么，我摆头左右察看，心脏急剧乱跳，他说的话我一个字也听不明：十四阿哥呢？为什么还没出现？

我深吸一口气，放松身体，正要再度潜入水里，忽然十四阿哥冲出水面，站在我面前，摇着头发上的水珠。

他差点吓死我了。

一阵微风掀起了河水，有一点儿寂静，但也不完全是，因为他手里抱着一条鱼，一条不断扑腾的大鱼。

他大大地咧开嘴，露出白白的牙齿，"我抓到大鱼了！老十八！你来看！十四哥抓了条大鱼给你！”

十八阿哥欢呼雀跃，十四阿哥走上几步让他过来看，谁知那鱼一扭身，从十四阿哥手里滑出去落回了水里，尾巴一甩，溅了十四阿哥一身一脸。

十四阿哥一手抹净脸，喃喃地笑骂着还要去追，一侧身同我对上，人整个僵住了。

月光在水面倒映成粼粼波光，水光不停地映在他的眼上，现出一折折的阴影。

我忽然有一点心悸，同时又感到一阵阵的荡漾：他刚刚撑过帐篷，一下子全身浸了秋天的凉河水，不会留下后遗症吧？

我涉水，上岸。

鄂伦岱早已命人在岸边干地架起火堆，十八阿哥扑上来抓了我的手摇道：“小莹子，科尔沁紥萨克老郡王在皇阿玛跟前夸你的歌词编得好，皇阿玛说回头要赏你，你想要什么？”

我一时没反应过来，十八阿哥笑道：“皇阿玛若要赏你，你一定帮我求他把那枝罗刹国的新式火枪赐给我好不好？”

我随口漫应着十八阿哥，一旁的八阿哥忽道：“老十四是下水抓鱼，小年你怎么也掉河里去了？”

我想起刚刚把十四阿哥推到水里的糗事，哪里敢乱回答。我小心翼翼地偷瞄了十四阿哥一眼，赫然见着他站在火堆旁，已经脱光了上衣，虽被八阿哥挡了一半，但从我这里，还是可以看到他背部紧绷着的极有线条感的肌肉，有一名侍卫正帮他擦身，而他听见刚才的问话，正侧了脸冲我直笑。

他那个笑，怎么看都不怀好意，八阿哥又目不转睛地盯着我，我讪讪的，不知道现在装死来不来得及啊？

十八阿哥仰头看看我，又扭首看看十四阿哥，眨一眨眼睛，抢道：“我知道！小莹子肯定是见十四阿哥跳进河里半天没有上岸，以为他跟我上次在御花园一样溺水了，才去救援的！刚才我在岸上看到小莹子找不到十四阿哥，急得都快哭鼻子了！”

十四阿哥用满语跟八阿哥说了一句什么，八阿哥因一笑置之，其他人则暗暗挤眉弄眼，而十八阿哥的表情比哪个都无邪。

“小年，你过来！”十四阿哥招手道，“烤烤火，这么湿淋淋的可怎么走回去?”

我先还不敢动，十八阿哥硬拉着我走近火堆边坐下，他坐着，我半跪着。

穿着湿衣服烤火只会把寒气逼进体内，极容易得关节炎，还不如自然风干的好，我也不知十四阿哥是借机报仇还是怎样。到底十八阿哥年纪小，坐不住，很快就带着方谙达到旁边捡石子儿玩，我不一会儿就前胸烤得发烫、后背冷得发抖，只得咬着牙关硬熬。

八阿哥随身多带了一件天青色的披风，交十四阿哥围上，十八阿哥跟他笑谈了一回，一转身，见到我的模样，惊道：“咦？你怎么穿着湿衣服烤火？赶紧脱掉——”他一个箭步跳到我跟前，我顾不得掩饰，忙往后缩了一缩。

开玩笑，我怕唱歌出汗，除了裤子，蒙古袍里面只穿了件小衣而已，脱脱脱，脱他个大头鬼？

我的帽子刚才掉进河里被冲走了，现出盘起的发髻，如何还扮得男装，十四阿哥见我一退，也知自己孟浪了，便笑道：“你至少也把头发松了烘烘干，这样捂着明早准得头疼。”

然而我还未及抬手，他已一打手解开我束发的巾帻。

他的手指轻轻地插入我发根，慢慢抖散我满头仍带着湿意的青丝，我甚至能感到自己的发是怎样当着他近在咫尺的脸一点一点披落下来的。

他只顾看着我，却不晓得自己身上的披风不巧松开了。

我垂下眼，内心深处不断哀鸣：你露点了，十四阿哥，你露两点了……

“年医生？”我刚刚下床梳洗完毕，申嬷嬷忽掀帷而入，“十四阿哥到了。”

我取过床头的小帽戴好，“十八阿哥呢？”

申嬷嬷解释道：“十八阿哥一清早就跟十三阿哥出去，年医生睡得沉，小主子不准我们叫醒你。”

正说着，我已听见方公公在外面跟十四阿哥的答话声，不由奇怪：方公公是十八阿哥的贴身太监，怎么没一起出门？

因前几天驻地刚下过一场雨浸了一些水，大部队又准备着要拔营往北部围场迁移。十八阿哥帐内摆设少了三分之二，略显空旷，十四阿哥正坐在东首桌旁的椅上，见我出来，仰脸朝我笑了一笑，起身走过来，一晃眼功夫，已在我身前立定，不由分说一手贴上我额头试了试，“怎么满脸通红的？到底还是受寒了？”

我看到他便想起昨儿夜里回来后做的一个春梦，嗫嚅半日，只道：“奴才无恙，劳十四爷费心，奴才惶恐。”

宫廷常用句型一百句我已经能翻来覆去地用，十四阿哥却不爱听，放下手，语气冷了一冷，“老十八跟十三阿哥上哪儿疯去了？我找了一圈都没找着，你一定知道，赶紧带我去。”

我瞄瞄方公公和申嬷嬷，两个都缩着脖子，既然找不见，十八阿哥一定是引着十三阿哥到上次他、策凌与我一同

发现的那个小峡谷去了。别人不说，方公公却是知道的，如何噤若寒蝉？他没腿吗？不会带十四阿哥去？

罢了，罢了，自打十八阿哥御花园溺水事件发生，身边换了这一批服侍人，个个都长了三只眼，这次出京一路瞧我越来越受重用，早就立下不成文的规矩：背黑锅他们不上，送死我来。

十四阿哥板起脸来，不比四阿哥好到哪儿去，谁敢问他找十八阿哥干嘛。策凌和纯悫小别重聚，总不见得还去麻烦人家，得，还是由我来跑这一趟吧。

“嗻！”我打手应了，十四阿哥正叫人取马，营中忽人乱马嘶，吵成一锅粥似的，我隐隐听得有人在叫“十八阿哥出事了！”，也有人喊的是“十三阿哥”，我同十四阿哥对视一眼，先后冲出帐去。

才出帐门，我迎面就撞上有人牵过马来，也不管是谁的，抢过马鞭子，翻身上马，直接驱马出营。十四阿哥动手比我只快不慢，紧后策骑跟上。

小峡谷位于哈朗圭围场东南角，雄、险、奇、秀，处处是景，唯道路嫌窄，马队进入围猎不便，所以多次巡猎均绕过此处，亦无哨卫驻扎。此处是策凌有次陪十八阿哥小解时意外发现的，平时练习射箭我同着来过几回，甚知趋避。

十四阿哥骑术上佳，我领着他一路狂奔，眼看绕过崖角就到，人未近前，先闻熊声咆哮。

我心中大大一沉，预感竟然成真：前次策凌曾在岩崖裂缝处发现了野兽居住过的“地仓”，他从洞口堆积起的土堆和折断的树枝痕迹判断出其是棕熊。

因冬季食物匮乏，棕熊多是大雪时节开始蹲仓蛰伏，到第二年四月方才出仓。现在刚入八月，棕熊虽不及蛰伏结束刚出仓时残暴，可万一碰上，也不是好惹的，策凌一经发现，便告诫十八阿哥和我不可再踏足峡谷一步。

当时我看十八阿哥就答应得勉强，现在可好，终于闹出事来了——他一准是拖着十三阿哥帮他猎熊来了，但以十三阿哥的心智怎可能被他一个小孩子蒙骗？莫非……

虽然我老爸是战争电影爱好者，什么《野战排》、《拯救大兵瑞恩》、《红色警戒》等等我跟着看了不少，现代的影音技术，只要有好的 Hi－Fi 器材，还原战争血腥场面不是难事。我本身又是夜半恐怖片狂人，自认心理素质比一般人要强得多，谁知看到眼前的景象，第一个感觉便是我要疯掉了。

先前我所骑的马已经被熊吼吓翻，好在是受过训练的战马，亏得十四阿哥帮我控住马缰，否则早被掀下马，摔成重伤。我急卸下马鞍上的佩刀弓箭，冲到地点定睛一看，眼前所见只比我想象的还糟糕百倍。

十三阿哥带的侍卫倒了约有四五人，横七竖八、血肉模糊地躺在地上，真死了的还好，受了重伤的就声嘶力竭地惨嚎，不知道精神错乱没有。

剩下的三个侍卫，身上都已鲜血淋漓，正护着十三阿哥及十八阿哥在一只魁梧强壮、身高可比 NBA 大中锋、像座小山似的棕熊的疯狂攻击下且战且退——若非十三阿哥够骠勇，我看他们逃不出十步！

而我最关心的十八阿哥背对着我，看不清状况，只见到他手里握着一枝沾满血的羽箭，步伐倒还稳健。

搏斗得这样激烈，箭矢根本无准头可言，这样大只熊，除非毒箭，不然就算射中也难有效果，只怕更激其凶性。

若拿刀劈，我跳起来或许能砍到熊的大腿，不过前提是它的熊掌没有先拍扁我的脑袋。

哪有人猎熊不带五只以上的猎犬群的，否则以卵击石怎么行？

“这头棕熊是护仔的母熊，特别凶狠，你留着把刀就行了，身上别带累赘，任何情况下，都紧跟着我，明白吗？”十四阿哥在我身旁一面低头装枪，一面急促地叮嘱道。

我不晓得他几时连火枪和大号弹药也带了出来，大喜过望，依言抛了弓箭，抽刀在手，十四阿哥瞥了我一眼，“拿好刀，护着自己就行了，别乱舞，不要等下划到我，大家都死定了！”

我退后几步，给十四阿哥让出瞄准位置。

此处山高谷深，棕熊发出的怒吼声在山谷间激荡，震人心魄。我真担心巨吼声会否影响到十四阿哥的判断，我见过他的枪法，对他极有信心。但机会只得一次，这一枪不中，后援再不及时赶到，咱们几个就真的要来个同年同月同日死了。

十三阿哥混战中仍眼观六路，相信他已看到我和十四阿哥出现在谷口，奇怪的是他却迟迟不向我们这边退来。

“傻子!”十四阿哥放枪喃喃骂道，“他见到你在这里，不肯把熊引过来!”

虽然十四阿哥口上不说，我也知道十三阿哥不过来还有防着他的意思。这种紧急状况下，若有个走火误伤的，谁也怪不到谁，十三阿哥已经派人回营向康熙求援，只要还能撑住，就断不肯冒这个险。不过他却忘了今儿康熙带着大阿哥同蒙古王公们在布扈图围场专场围猎，连火器营也带去了，一时半刻还赶不过来。大营里只八阿哥他们在，真有私心，来了也是无用，就策凌或可指望，却不知为何至今不见其动静。

十三阿哥现在或可支持，但这样拖下去迟早得见血，何况十八阿哥气力不如大人，无法耐久。这两个阿哥，任何一人有一点闪失，我不认为康熙会比棕熊更温柔，因卷袖束好裤管，弃大刀，取两把雪亮的匕首分别插入靴筒，大喝一声“照顾好我七舅姥爷”，就直接跃下高地，掩身就朝十三阿哥一群人奔去。

我猜十四阿哥的脸色一定青了，但我的脸色应该也好不到哪去。这是什么他妈的世界，昨晚还在做春梦，一觉醒来却要奔向一只熊。

很冒险，很疯狂，但有的时候，不豁出去，也没别的路好走。

将十八阿哥一把揽在怀里，我觉得上天太厚待我了，他没有受伤，脸上的血是别人溅上的，只是他掉了一只鞋，脚掌被地面的荆棘划伤，有了几道血口子。

而十三阿哥，很难描述他见着我时是何等神情，总之有一点很明显：他的小宇宙二次爆发了。

我亲眼看到他对棕熊来了个腾空二段踢，就是助跑、腾空、左脚蹬击其腹部，之后转体、右脚踹击其胸部、落地，站稳身形后还又不带喘气、直接给熊臂深切了一刀。额滴神啊，我对十三阿哥的景仰之情简直有如滔滔长江之水、连绵不绝!

他这一发威，手下的三名侍卫也被激起神勇，几轮抢攻下，把棕熊连连逼退。

电光石火间，我眼光瞥到十四阿哥已经在那边的高地找好掩体，于是一边抱着十八阿哥小心移动，一边喊道：“十四阿哥有枪!”

十三阿哥大声喝道：“皇上的火器营已经到了，往谷口退！留出熊的后脑和肋部，作射击位置!”

被一头熊追在屁股后面，还要不时地跨过高高低低的障碍，我充分体会到什么叫刘翔的气势，然而我跟康熙学到的猎熊铁血法则之一是绝不能把后背暴露给对手，因此跑得甭提多别扭了。

跑到十四阿哥的埋伏处之前，十三阿哥的三名侍卫已经又牺牲了两人：一个是活活被棕熊扯脱半边臂膀，大出血惨叫跌倒，被棕熊一舔、一坐弄死；另一个却是为了保护我抱着的十八阿哥被棕熊一掌拍中天灵盖、眼珠子激飞半里而亡。

就在我终于脚下一绊，不支向后摔倒的同时，听到了一声清脆的枪响。我把伏在我身上的十八阿哥的小脑袋牢牢地按在自己胸前，不许他看到这血腥“阿鼻”的场面。

十四阿哥呼喝一声，抛枪从高地跳下，擎刀与十三阿哥合力围斗几乎被轰掉半边脸的母棕熊，而仅余的那名侍卫则护在我和十八阿哥身旁。

我的腰被突起的地石搁到，十八阿哥又不轻，两下重量一夹击，痛得半死，挣扎着爬起身来，才觉手脚都在发抖，一颗心随时会从胸腔里跳出来，赶紧咽回去。

十八阿哥手中的血箭早丢了，他胆子倒大，搂着我的脖子，眼珠子滴溜溜地转得飞快，“小莹子，皇阿玛的火器营在哪？怎么只见十四阿哥一人帮忙？”

我苦笑，还未及答话，十八阿哥的脸色忽地变了，对着我身后张张嘴，硬是说不出话来。

我的耳朵被刚才的一枪震到，还在嗡嗡作响，听不出身后有何动静，忽然想起十四阿哥说这是只护仔的母棕熊，心里骤地一紧：它的仔呢？

最后那名侍卫原本在观察十三阿哥和十四阿哥的战况，此时突然转过身来，猛地跳起，举刀向我身后斩下。

我抱紧十八阿哥顺势往前一冲，打了个滚，回身面对，目光所及，果然是一只头宽顶圆、颈下有月牙形白斑、前脚比后脚长的棕色仔熊。

棕熊是熊科最大的动物，这只仔熊虽然没它妈那么肥，目测一百五十公斤是少不了的。

那名侍卫已是强弩之末，一击不中，被仔熊狠狠地一掌劈倒，它张嘴猛啃，连衣带皮肉地扯下一大块，在男子凄冽的惨叫声中，母棕熊和仔熊先后长吼呼应。

十三阿哥和十四阿哥都意识到我们这边突发危险，但母熊不顾一切地嚎叫着向他们疯狂扑击，两人不得脱身。

一时间，十三阿哥大叫：“小莹子，别乱跑!”而十四阿哥则把辫子盘顶，咬牙同他暴风骤雨般猛砍母熊，只求速战速决。

熊瞎子视力不好，但嗅觉、听觉俱佳，就算不动，我和十八阿哥所处的方位也瞒不过它，何况这只仔熊已经被激怒，它一扑，我就得跟阎罗王报道去。

救十八阿哥是道理，为十八阿哥丧命就没有搞头了。听两个阿哥那边的战况，横竖没法来救。我忽然想起熊最怕声响，靠人不如靠己，当下铁了心，放稳呼吸，一面庄严肃穆地与仔熊对视，一面悄悄地把十八阿哥掩在身后，紧接着气运丹田，嘴一张：

Che bella cosa na jurnata'e sole
n'aria serena doppo na tempesta
Pe' Il'aria fresca pare già na festa
Che bella cosa na jurnata'e sole

Ma n'atu sole
cchiù bello，oje ne'
'o sole mio
sta'nfronte a te
'o sole
'o sole mio
sta'nfronte a
sta'nfronte a te

Quanno fa notte e'o sole se ne scenne
me vene quase'na malincunia
sotto'a fenesta toia restarria
quanno fa notte e'o sole se ne scenne

我在现代的前男友最崇拜失明男高音歌唱家安德烈·波切利，一曲《啊，我的太阳》学唱得惟妙惟肖，艳惊四座，杀人无数。我耳濡目染，没他十成功力，也有七成，人称尖叫女王，震碎自家玻璃不赔钱。年玉莹的声带我是有数的，偶尔飙飙高音没有任何问题。

果然仔熊愣在当场，只不过鼻息间臭气呼呼，喷得我快要缺氧窒息。

在如此恶劣的条件下高唱《我的太阳》，要称史上第一，我是当之无愧。

但我到底不是万能机器人，况且昨晚还入水受了凉，我算计着嗓子极限快到，背手连摆，暗示十八阿哥慢慢后退。我"蹭"地抽出靴筒中两把亮闪闪的匕首，看准仔熊前脚一扒、跃起之势，用狠劲甩出右手匕首。

我瞄准的是仔熊的一对眼珠，击中的却是它尖嘴上的鼻子，仔熊暴怒痛吼，几乎人立起来，一爪拔下插入鼻中的匕首，血迸不止。而就在差不多时间，那边母熊也发出了最后的哀鸣，十八阿哥极力大叫道："十三阿哥杀了熊！十四阿哥来了——小莹子快跑！"

来不及了，我左手匕首换做右手，步法蕴劲，一侧腰抖腕，全力将最后一样武器飞刺向仔熊的后颈弱处，但是仔熊猛地一甩头，避开匕首，怒吼着向我扑上。

我跑不动了，下意识地闭紧双眼，耳边只听得"砰"的一声巨响，仔熊"啊呜"大嚎一声，一阵扑通震响，最终安静下来。

"喂，你没事吧？"十四阿哥冲上来拉住我，扳着我的头前后左右检查。

"我有事……头昏……"我睁开眼，一眼见着地下仔熊被轰掉大半个头颅的血淋淋的尸体，差点就要吐了。我晃悠悠地避开十四阿哥的手，不用去找十八阿哥，他已经一下扑到我怀里，抱着我，手指一旁的高地叫道："小莹子你看，是皇阿玛！"

我随之环视了一圈，岂止高地，四周或高或低的峭壁上黑鸦鸦地都布满了全副武装的人，其他皇阿哥们，蒙古王公、太吉们、武将侍卫们全到了——这些人早干什么吃去了？拍黑社会电影啊？警察永远是最后一个到场？

在场的所有人中，最显眼的还是骑着御马的康熙，他手中的长枪兀自冒着青烟，就像天神一般威风凛凛，而他策马过来，略略低脸俯视我的那个样子，Oh my god! My sun!

此时此刻，只有一句话能表达我此刻激动的心情：你是电，你是光，你是唯一的神话，You are my super star!

距离我第一次在御花园见到康熙，已经有大半年了，我有种奇妙的感觉：我和康熙的一切联系皆因十八阿哥而起。

而康熙至今对我而言，仍是最琢磨不透的人，他的眼睛，似世上最深的海。我意识到自己注视了他太久、已经超过了被允许的范围时，赶紧垂下了头。

四周很静，只有风声猎猎作响，没有人敢抢在康熙之前说话，除了十八阿哥，"小莹子，你刚才对熊唱的是什么？你一唱，熊就不动了，真厉害！你会念咒吗？"

我叩首答道："回皇上，回十八阿哥，奴才不会念咒，奴才只是在唱拜熊歌。"

十八阿哥奇道："拜熊歌？"

我的冷汗涔涔而下，降音唱了一遍：

熊爷爷，熊奶奶
对不起，不是我们要请你
是乌鸦老贼要吃你
…………

这种词套在《我的太阳》的调子里唱出来，杀伤力可想而知，听者无不发笑。

十八阿哥捧肚道："这词儿和你刚才唱的不太像啊？"

可怜我早饭还没吃呢，实在黔驴技穷，心力交瘁，又叩了个首以拖延时间，正想着"格记死透"了，十八阿哥忽然自问自答道："哦！我知道了！你之所以唱歌都跑调了、词也记不明白了，一定是因为害怕对不对？"

一点不夸张的说，我现在真的很怕很怕，没给熊揍死，眼看就要被十八阿哥玩死了，这小肉包子脸怎么如此亢奋？老盯着我采访干嘛？万一赶明儿不管谁猎熊都拉我去唱个歌先，那我还不如直接拿根绳子上吊干净。

十八阿哥才说到这里，康熙当真下马朝我走近一步。

“小莹子!”十八阿哥上来一把搂住我的脖子，贴耳说给我一人听，“你不用怕！我会很快长大，我保护你！我也能像十三阿哥一样只用拳头就捶死一只大老虎!”

我倒是第一次听说十三阿哥打死过一只老虎，好极了，他若是武松转世，那么边个是林冲大哥？边个又是潘金莲？

十八阿哥的身子忽重了一重，我及时抱住他，侧光下，他脸上漾着昏暖的光晕，微嘟着唇，十足一名小小的安琪儿。

这年纪的小孩子，说睡就睡，也是常事，何况他也真是累极了，十四阿哥欠身从我手里接过他，亲自抱送过随驾御医那边给他包裹脚伤。

我手上一松，这才觉出膝盖跪得发麻，康熙的黄缎面靴子就在我眼前，似乎没有移动过位置，而他的声音缥缈得就像从天上传过来一样，“十三阿哥，把你挖出的熊胆赏给小年。”

我足足用了三个晚上才勉强将——那些人把熊皮剥下来，把熊的五脏挂在树上，让乌鸦啄、让寒风吹的恐怖景象驱出噩梦。但我依然一睁眼就浮现十三阿哥取一碗水来，剖开金黄色熊胆，令点滴入水，成一条线在水中运转如飞，再持碗喂我喝下的情景。

貌似当时在场的很多人还很羡慕我有此“殊荣”，因为据说第一碗熊胆汁只有皇上才可以喝。

我的确太荣幸了，快荣幸“死”了。

有生之年，我不会再碰荤腥，哪怕因此每天早上起来犯低血糖的毛病也在所不惜。

事实上，熊战后的第二天清晨，康熙的主力队伍就拔营往北开去，晕车、睡眠缺乏加上营养不足，没几天我就又瘦了一把，然而雪上加霜的是，十八阿哥比我先病倒了。

八月初八，大队开至永安拜昂阿地方行宫，十八阿哥突发“大嘴巴病”。猎熊之后，他连着几日夜惊症发作严重，这一段路程都是康熙亲自带着他一同起居。而我是有名的晕车狂人，为防冲突圣驾，十八阿哥身边伺候的人只剩方公公，反正康熙那边人才济济，不缺人手。

一到行宫，我还未及安顿停当，康熙身边的副总管太监邢年便来传我，且只传了我一人。

我之前已听闻十八阿哥生病，总料他跟着康熙，不至病重到如何，及见了面，竟被他唬了一跳：好模好样的小肉包子脸变成了被打肿脸的胖子。

要不是那么多御医和方公公都在旁边跪着，我还真不敢认这就是十八阿哥。

我到场时，御医们应该刚刚复诊汇报过，康熙坐在卧榻边的环椅上皱着眉一言不发，脸色极是难看。又见大阿哥、八阿哥、十二阿哥、十三阿哥、十四阿哥都侍立在康熙身侧，也一个个愁眉不展。我心里打个咯噔，刚跟在邢年身后打千请了圣安，还没给阿哥们见礼，本在榻上闭目而卧的十八阿哥忽然踢一踢腿，嘴里含糊道："小莹子……"

康熙对我点一点头，榻前御医们分列让开通路，我小心地走上前去，看得更加分明。

什么"大嘴巴病"，十八阿哥得的就是"痄腮"。记得在现代我小时候不肯听话吃饭，我妈就拿这个吓我，说什么隔壁家小孩就是吃饭不听话得了"痄腮"，结果想吃饭也吃不了、只能喝粥。隔壁家的小孩病重的模样我也是看见的，深怕如此，很是揣揣了一阵子，后来长大才知道这跟吃饭乖不乖根本没关系，没想到来了古代，竟然碰巧撞上。

看来十八阿哥发病总有两三天了，两侧耳下均已出现以耳垂为中心的肿块，向前、后、下发展，边缘不清，状如梨形，典型腮腺炎的初期症状。估计他是真的不能咀嚼饭菜了，且面额发红，最起码尚在低烧当中。

"小莹子……老虎……"倒难为他在这种条件下还能可怜巴巴地说话，见他念念不忘打老虎，我一时鼻子酸了酸。

因他明显是在梦呓，我也不敢碰他，身才一动，要给康熙回话，十八阿哥忽然伸手攥住我搭在卧榻边沿的右手的食指。他的眼睛被肿脸挤得只剩下两道细缝，光彩大不如前，但他眼皮子掀开我是看到了，忙止住动作，垂首注视他。

"不、不准走……"十八阿哥没办法侧脸看我，只能望着头顶的天花板说话，但他的手抓我抓得很紧，可见意识还是清楚的。

我顺势在榻边跪下，轻声说："小莹子在这里。"

十八阿哥似没听清，仍喃喃道："不准走……"

康熙起身过来，抚着十八阿哥的额首，爱怜地道："朕命小莹子伺候十八阿哥，一步也不准离开你。”说着，他转脸沉沉地瞧了我一眼，我抽不出手，只靠榻认真叩了个响头，以便十八阿哥听到。

御医们的诊断结果是：十八阿哥这次发病是由于风温邪毒从口鼻侵入人体后，传至足少阳胆经，使经络不通，气血运行受阻所致。又由恶寒发热、头痛、轻微咳嗽、舌苔薄白等症推断出热毒蕴结较轻，并未内陷心肝，尚属温毒在表。

这类病症最紧要是卧床静养，除内服药剂外，每日还需人用如意金黄散以水调匀，在其肿胀部位按时外敷三次，好减少局部疼痛，帮助消肿，且使相应的手法按揉风府、太阳、曲池穴各一遍，提拿肩井穴五次，清肺经三百次，刺激宜轻不宜重，以便速愈。

今次跟十八阿哥出京，虽说是他随行医士，但我这点分量谁都有数，诊脉看病没我的份，做小保姆、按摩女郎则舍我其谁，而这几样我也的确学得卖力，亦能现学现用。

小护士年同志服侍了两天三夜下来，十八阿哥腮腺肿胀已渐有消退的迹象，发烧热度也不那么厉害，张口进食比之前亦利落许多。

而这种病起病较急，一旦开始好转，就大致无碍的了。

御医们固然额手相庆，康熙也甚欢喜。为了十八阿哥的病势，大队人马已经在此行宫耽误了几日，便于八月十一继续行围，除了一干必要御医外，又特地留下十二阿哥、十三阿哥在行宫照应。

十八阿哥的病要注意通风，保持空气流通，三秋凉气尚微，室中当户，酌疏密之中，以帘作里，蓝色轻纱作面，夹层制幕而垂。若当晴暖，则钩帘卷幕，日光掩映，葱翠照入几榻间，所谓“翠帘凝晚得”也，可以养天和，可以清心目。

每日清早，御医晨检完毕，因十八阿哥静养之院室不许一般宫人出入，我往往自己亲手洞开窗户，扫除一遍，以驱室内一晚积闷郁蒸药气，

我常时用木屑微润以水，以黏拌尘灰，不使飞扬，这还是住随园时养成的习惯，费力多些，不过倍加洁净，扫完也不用再拿抹布擦地。

十八阿哥仍要卧床，但精神已好了许多，又开始作怪起来。

我有时扫地扫到外面院子里，只一离开他视线范围，他就蹬脚“呜呜”乱响，哼哼唧唧地非吵到我跑回去看他不可，但看了他，又没事，他连话

都懒得说，只比划出剪刀手要我笑一个给他看而已。

因他一贯嫌药苦，不肯老实喝，我一直是叫人熬同样的两份药，我和他一人一碗，我先喝光给他看碗底，他才愿意喝。

而我第一次在他喝完药后主动对他比了个剪刀手笑赞他勇敢之后，他就迷上了这个动作，并且是迷到变态的地步，从此我又多一项任务，呜呼，作茧自缚，唯此也。

十二阿哥一般会在午后来看十八阿哥，院中虽然阳光照灼，但另有剪松枝带叶作棚，他端坐其中，展卷朗朗而读，时觉香自风来，亦是妙哉。

他跑到这里来读书是读给十八阿哥听，想必出自康熙授意，也亏他每日这么一来，让我有机会靠在窗下撑手作听书状以行瞌睡之实。

而十三阿哥又和十二阿哥不同，他一天到晚不知道在行宫忙什么，来的时间从来不固定，但抓我偷懒是一抓一个准儿。甚至有一次我在偏室换衣服也被他撞见，还好当时才脱了一件，他不道歉不说，居然还怪我没把门关好。我大人有大量，看他是阿哥就不跟他计较罢咧，等十八阿哥病好了，我迟早撺掇他偷看十三阿哥洗澡才解恨。

眼看十八阿哥病势趋缓，我这一向劳累过度，又不沾荤腥，不免常有眼黑头晕之感。这日早上刚起身，就咕咚栽了一跤，吓得十八阿哥拍床叫人，把十二阿哥、十三阿哥一起惊动方休。

我磕得不巧，额头肿了一方，连唇角也被咬破，御医检查了一下，好歹没有脑震荡，给我贴上膏药完事。

十二阿哥和十三阿哥商议了一下，我原是连日在十八阿哥病室内搭地铺贴身照顾，现在就暂时搬入后院东厢房休养，仍调回方公公伺候。

我口上不说，其实已经真正撑不住，满心打算饱饱睡足两天，将之前熬通宵欠下的账统统补回来。

谁知我才窝在东厢房过了一夜，十八阿哥那边又起风波。

小太监是凌晨拍门把我叫醒的，我睡眼惺忪地急披衣光脚下床，只听得“十八阿哥不好了”几个字，脑子便嗡的一声炸开来。束结停当奔到正屋，四周灯火通明，方公公带着几个小太监均趴在十八阿哥榻下磕头高呼“小主子”。十八阿哥曲腿在榻上滚来滚去，一张小脸疼得变了形，有一声没一声地叫：“小莹子！小莹子——”

我一个箭步抢上去，抱他在怀里，先安抚了两句，忙转头问方公公道：“御医呢？怎么还没来？”

不料方公公愣了一愣道：“小主子刚才梦中疼醒，一直在叫年医生，还没顾得上请其他御医……”

从上次猎熊事件到“大嘴巴病发”，方公公因为照看十八阿哥“不当”，康熙十一日行围前当众给了他重话，要不是他平日服侍十八阿哥有些经验，只怕当场就拿下押回京城再作论处。他很是没脸了好一阵子，现在竟又小心得过头，十八阿哥发急症到这地步，只叫我一人有何用？

按说方公公是宫里待了有年的太监，也是有品级的，地位在我之上，我素日也敬他面子，如今见他如此不经事，带头乱了方寸，不禁又气又恨，也没空计较，只点了三个面相伶俐的小太监指挥道：“你，去请御医，哎，记住头一个要紧请杨御医过来！你，你，分别去十二阿哥和十三阿哥那边通知到，你两个算好时间，最好把他们请到一起进门，勿要分了前后早晚！”

方公公这才省悟过来，也要跟了去请御医。

——他一走，这里仅留下些小太监，万一十八阿哥再有什么状况，等人来了，我一张嘴怎么说得清？因叫住他，要他上来帮忙扶住十八阿哥，我则预检引起十八阿哥急痛的根源。

我诊脉不行，但眼力敏锐，十八阿哥的症候不像受冷发抖，他这一向低烧仍然未退，此时面红唇青，而他两侧耳垂下的漫肿虽然瞧上去跟昨日差不多，但局部皮肤绷得发亮，轻触之，坚韧而有弹性，一碰他就呼痛，大是一反这几日常态。

出去的小太监没把门带好，有暗风侵入，我从地上拾起他蹬掉的小薄被，刚欲给他盖上，忽见他面带痛苦，一手捂着下腹部紧紧不放，心中一凛，想起杨御医一次谈及的此病可能并发症候。我一时顾不得许多，扳开他的小手，松开腰带，小心地把他裤头拉下一些，只见一侧阴囊皮肤显著水肿，里部透红，而他又说下腹疼痛，十有八九便是并发睾丸炎了。

杨御医跟我交待到这个注意事项时，曾用了一个文绉绉的词来代替，好像是“前阴门”之类的。他是孙之鼎的学生，也看过西洋传来的彩色人体解剖图，手那么一比划，我也知道他指的是什么，只是这类症候照我想来多并发在青春期男子身上，十八阿哥到底还小，我也没把这放在心上，

不料越不上心，越易撞上。

当下急出一身冷汗，却也无奈何，只得把十八阿哥的手控好，不许他乱抓乱摸，加重病情。因他嚷口渴，一面又让方公公把长备的温白水倒一盏来，亲手把他喝下。

此时日已出而窗未明，我拉被环抱十八阿哥坐在床头，恍惚之间，我竟不知道出京这一路是他依赖我呢？还是我依赖他？

以杨御医为首的五六名御医先后赶到，他们前脚到，十二阿哥和十三阿哥也同时进门。而十八阿哥又突发了一场呕吐，脸烧得更加通红，望之心颤，这么多人围绕着一个孩子打转，忙乎到近午，才略安顿下来，可他腮部的漫肿似乎不减反扩。

御医们诊断清楚，跟两位阿哥说十八阿哥剧烈发热发抖，舌质红、苔黄、小腹肿胀疼痛、小便短少、腮肿扩散等症都是邪毒内陷厥阴脉络迹象。

其他杂七杂八的他们还说了一通，我在一旁听下来，有明白的，也有不明白的，总之结果一个：大大不妙。

若说别症，或可留待观察，但这次十八阿哥发病在三阴交会，且突发高热、睾丸肿痛、伴剧烈触压痛，病变极剧，到了下午要紧处已经有上皮显著充血，搞不好会影响十八阿哥日后生育子嗣。因事关重大，十二阿哥和十三阿哥紧急密商，当日便给正在森济图哈达地方行围的康熙发了份飞鹰传书。

康熙虽在外继续行围，但他时刻惦念着十八阿哥，每日都和驻守行宫的两位年长阿哥有几番传书往来，以了解情况，因此一听闻十八阿哥病情加重的消息，居然连夜匆匆赶回，于八月十九日晨御驾到达永安拜昂阿行宫。与他同行的还有大阿哥、八阿哥、十四阿哥，而九阿哥同十阿哥留后与一众觉罗、廷臣、蒙古王公等大队人马一道返回。

康熙一入行宫，便直扑十八阿哥养病静院，说也奇怪，他一踏进室内，偏巧红日满窗，仿佛永昼，令人精神一振。

十八阿哥两腮肿胀扩散得并不快，但比起康熙十一日离开时仍要大些。康熙一见之下，不禁忧心如焚，焦急万分，亲自上来从我手里接抱过刚吃了药、正昏沉欲睡的十八阿哥，就坐在榻上听杨御医汇报病况。

我和方公公跪在一旁地下，康熙有时倒还问我几句情况，对方公公则是理都不理，其他时间就都在跟几位年长的阿哥用满语对话。

就这么问来答去，不觉到了巳时，该给十八阿哥下身换敷新药了。

一名小太监捧上托盘，上置净手用的银水盆、药膏及软布，另一名小太监在十八阿哥身边榻上支起一件高仅及肘的小炕屏，挡住其腰部以下。

因十八阿哥发热出汗，容易冲淡药性，一日一夜间他已换足五次药，而每次只要碰到他下身痛处，必要哭叫挣扎，大蹬其腿。若非有我在前头多少还能抱稳他，不知要大费周章多少倍。

康熙要看杨御医如何给十八阿哥换药，别的阿哥还罢，十二阿哥和十三阿哥是亲眼见过现场直播的，均把带有几分同情的目光暗投向杨御医。

杨御医第一次敷药就被十八阿哥甩硬枕砸了头，那个惨啊，就差满地找牙了。单众御医中只他是小儿科方面的“专家”，他尚且搞不定，别的御医哪个敢领这吃力不讨好的苦差事?

现在十八阿哥抱在康熙怀里，也没谁大脑秀逗了上去跟康熙说“小心十八阿哥乱扭啊您呐”，一时杨御医执药膏的手都在微微发颤。其原因很简单：地球人都知道，这要是当着康熙的面被十八阿哥一脚踹下床去了，绝对影响仕途，叫妈也没用。

谁知这时十八阿哥正好醒来，才对康熙楚楚可怜地眨了眨眼睛，一偏头，又瞧见站了满地的阿哥兄弟，特别是一迎上手持药膏“凶器”绕到榻后要解开他裤腰带的杨御医。这还了得，他马上“呜呜啊啊”地哼起来，并且用仇恨的目光注视着杨御医的手，要不是碍着康熙，我怀疑他就要拖着病体扑上去咬了。

此等状况下，杨御医不得不把求助的眼神投向我。但他的眼神做得太明显，连康熙也把目光移到我脸上，打量不止。

十八阿哥就更损了，小手拍床含糊道：“阿玛……我不要他……我要小莹子……”

我崩溃。

——我该把求助的眼神投向十三阿哥、还是十四阿哥?

然而康熙金口一开，“杨本田，你把药给小年。”

我二次崩溃。

开什么玩笑，我还没嫁人呢，众目睽睽下亲手给十八阿哥的生殖器官抹药?

十八阿哥虽只是小孩，但到底是皇家子孙，他的“那个”好歹也是“龙根”吧？总不见得被我白摸？看来十八阿哥不用费心打老虎了，敢情康熙见他病得凄惨，就打算直接把我赏给他做跟前人了，不然怎会公开叫我做这种事？

十三阿哥咳了一声，脚步一动，似要说话，偏偏杨御医好死不死地抢道：“年医生……我在京时常听孙院使夸你心灵手巧，能触类旁通，十八阿哥又一向看重你，皇上圣明，由你服侍，再好不过……你害羞什么？大家不都是男、男人……”

杨本田这个人是个老实人，可惜就是太老实，除本行外，人情世故都拎不清。真不晓得孙之鼎当初收他为徒是不是看中他傻，他平时就是闷棍也打不出个屁来的一个人，没想到逼急了还有这么一番话，可惜不通得很。

不过说起来我也的确算康熙御指给孙之鼎的小徒弟，这些时日相处下来，杨本田亦曾当真一本正经地叫过我几次“小师弟”，若非如此，我只道他存心忽悠我呢。

我抬起头来，只见大阿哥早转过脸去对着窗外，十四阿哥半垂着首，看不清面上的表情。站在他身边的八阿哥眼光轮流在他和我身上打转，至于十三阿哥则对着杨本田弹眼落睛，大有以眼杀人之势，而十二阿哥已经陷入半痴呆状态。其实，就算杨本田不知道我是女的，这些阿哥哪个听了他的话不觉好笑，只因十八阿哥病重，没人敢放肆罢了。

在方公公的指挥下，小太监已换了水，捧过银水盆到我面前。我看一眼十八阿哥，他腰间那块始终不肯除下的白玉老虎玉牌跃入我眼帘。我暗叹口气，孽债啊孽债，想当初当着四阿哥的面，口对口人工呼吸我也给十八阿哥做过了——不管怎么说，这次只是用手而已。

我卷起两只袖管，净个手，擦干，坐在榻尾，让小太监帮我除下鞋，这才正式上榻。跪坐在炕屏后，我从杨本田手里接过药罐，旋开盖子，放在膝边备取。

十八阿哥上过几次药，已有点经验，见我打开裹在他下身的几层干净薄布——为防压痛，从昨日起御医就不给他穿裤子了，反正换完药之后的手续跟包上“嘘嘘乐”差不多——就主动把双腿打开。

看到十八阿哥在我面前表现得如此之乖，我听到了杨本田心碎的声音。

我努力告诉自己眼前所见的是一只白白的小雀儿，仅仅是头上长了个大红包而已，还是很可爱的。

“十八阿哥，奴才要先把上次的余药洗净，可能有些清凉，但不会疼……好，现在要上药了，请十八阿哥放缓呼吸，好，很好，奴才已预先将药膏在掌心搓热，揉上来也许会有一点刺痛，但感觉到痛是好事，说明药力被吸收进去，越是这样越能好得快些……唔，这时虽难忍受些，不过奴才会动作很快，一下就过去……好了，十八阿哥最担心的已经过去，奴才不能保证后面一点不痛，但是最容易引起疼痛的地方已经上好药，接下来……”

替十八阿哥包好最后一块布，我才擦手抬眼看他。

不知道是我刚才的那些话起了作用，还是有康熙掠阵的好处，整个过程中他始终忍着一声未吭。

他的脸上亮晶晶的都是汗，眼睛半闭半张，康熙正爱惜地亲自拿黄绢给他拭汗。

我帮他上药时发现他经过这几次用药，阴囊表面的出血斑点面积已有所减退，期间更仿佛在我掌中小硬了一下，看来那么多鹿血没白喝，何况他有康熙这么一个攻德无量的老爹的优秀基因打底，区区睾丸炎应该不会打垮他吧？

小太监撤去炕屏，我下得榻来，坦然接受众人目光的洗礼。

只要站得不是太远，小小炕屏，压根遮不了什么，顶多挡得了邪风侵体而已。这些阿哥的眼光一个赛一个毒，刚才一场“十八摸”早被他们看了个彻底，不然也不会有人是这种很High的表情了。

看吧，看吧，搞不好这两天你们还有的是机会看。

康熙似乎对我的“忠心”和“好手艺”颇为满意，十八阿哥睡下后，他带了众阿哥和几名重臣回主殿议事，竟也叫我跟着。

他办的第一件事就是向留守京师的皇子们发出紧急手谕，他口述，由侍值南书房、“抱书珥笔”的宠臣张廷玉手写，“降旨三阿哥、四阿哥等，十八阿哥两腮肿胀又有加重，甚属可虑。是以差人去叫大夫孙治亭、齐家昭前来。今此谕到后，立即降马尔干之妻、刘妈妈、外科大夫妈妈赫希等三人派来，同时差遣精明干练之人，作为伊等随从，一律乘驿，挑选好车良马，日夜兼程，从速赶来。朕亦派人，从此处往迎。为此急速缮写降旨。……八月戊辰未时发”此外，又补充道，“在手谕的封皮上加写，著降此谕火速乘驿交付诚郡王、四贝勒，不得延误分秒!”

张廷玉送出手谕，康熙就开始用满语和阿哥们说话，语气时转严厉，阿哥们大都垂头不语。我虽听不懂，估摸着可是这几日又出了什么事?忽然想起刚才康熙只提到三阿哥诚郡王和四阿哥，却没有太子的份，隐隐觉得不妥，但也讲不清是什么，只望他们说得快点，不要累我在这里老跪老跪的，这样下去我迟早得膝关节炎。

心里七上八下的正在想着，康熙忽然转头叫我。

我膝行一步，“嗻!”

康熙沉吟一下，缓缓道：“小莹子，你与十八阿哥朝夕相处，他的病情你最清楚。照你看，十八阿哥这次有几成的机会痊愈?”

关于十八阿哥的病情，康熙已经和一众御医商讨过多次，此时把我叫来这里单独发问，不知是何意思?

我想了想，答道：“回皇上，奴才相信十八阿哥会度过这一关的。”

康熙道：“你相信?”

“奴才相信。”

“好。”康熙来回走了几步，站定吐口长气，“你曾救过朕的十八阿哥两次，朕信你。”

我心内暗自叹息，白发人送黑发人之痛，自古几人能承受?康熙爱子如命，这一次，他却把爱子的命系在我身上。

我大胆仰起头，同康熙的眼神对上，“只要有皇上在，十八阿哥一定可以平安无事!皇上舍不得十八阿哥，十八阿哥也舍不得皇上。”

康熙凝视我半晌，我一动不动，连眼睛也不眨一下，于是康熙侧首吩咐十三阿哥，“今晚把十八阿哥移到朕所居的庭院养病，朕要亲自照料。还有，不用安排方宏达及其他太监等，着小莹子一人跟着十八阿哥移居服侍即可。”

从八月十九日清晨康熙返回行宫，到八月二十二日，统共三天两夜，他果真不分昼夜，将十八阿哥抱在怀中，精心照料，天下最仁爱妪育的母亲也不过如此。虽然十八阿哥已病入膏肓，甚至有一次突发高烧，整晚不退，连认人都不会了，万般无奈之下，他仍竭尽全力，争分夺秒地挽救十八阿哥的生命。

其实即便是统治天下的皇帝，碰到这种生死离别之事，真正由得他做主的又有几分？

但康熙抱着十八阿哥的态度，就是偏偏要说：我要跟你在一起。

这样的坚持本身，就有一种荒凉的感动。

我不记得我究竟是怎样跟着康熙一起撑下来的，我只知当我看到十八阿哥睁开眼低低叫了康熙一声“皇阿玛”，接着又吃力地转过头来，慢慢伸出剪刀手对着跪在床边的我晃了一晃时，我的眼泪比任何人都要先流下来。

二十二日近暮，太子和四阿哥领着御医孙治亭、齐家昭及马尔干之妻、刘妈妈、外科大夫妈妈赫希等太医院儿科精锐大夫风尘仆仆地赶到永安拜昂阿行宫。

他们到达时分，我刚刚接替康熙上床抱过十八阿哥——十八阿哥是典型的越病越会撒娇的那一型，康熙又极宠她，这几日来，他竟是无抱不欢，无抱不能入睡。

好在十八阿哥养病的床榻并非里间

康熙御睡的龙床，不然十八阿哥要我抱就只能另请高明了，我恐怕他要“起先帝于地下”才行。

饶是如此，太子和四阿哥一进屋，两人一眼看到我倚着锁子锦的靠背、合衣横卧在床上，一面同正在一旁由李德全伺候着更换外衫的康熙说话，一面是十八阿哥公然将头枕在我小腹上交手而眠的情景，均是明显吓了一跳，停在门口，驻足不前。

而跟在他们身后的孙治亭、齐家昭等只一抬头，早呼啦啦地在槛外跪了一片。

康熙之前虽接过通报，知道他们到了，但似乎也没料到众人直接就“闯”了进来。因是太子打头，他只瞟了李德全一眼，并未说什么，比手势令两位阿哥和大夫们静悄悄地进来，赐了座，就有太监分批奉上茶来。

我不久前哭过，眼睛还有点肿，见到太子还没什么，但四阿哥入座前对我只一打量，我就有点讪讪的。康熙先嘱我不要起身惊动十八阿哥，他自己则过去和太子、四阿哥、御医用满语说话。

十八阿哥的病，原是睡不沉的，不多会儿，自悠悠醒转，他熬过高烧这一关，又有精心护理，虽仍虚弱，精神已见好些，两腮的肿胀也消下去了一周，是以康熙心绪颇佳。

一时其他阿哥和杨御医等一众人等也到了，大家聚拢床前，我略坐直些，在康熙示意下，依然把十八阿哥抱在怀里，让他们会诊了一番。

如此会诊，是每日必有的，其他阿哥司空见惯，太子和四阿哥却是头一回。孙治亭解开十八阿哥胯下包裹的白布检查时，十八阿哥朦胧中只当又要上药，揽住我咕哝道：“疼……”

我轻抚着他好几天未剃、已经长出一层青茬的头顶软语道：“不会的，给孙大夫看一下，很快就会好了，乖，别动……”

十八阿哥果然很乖，我反手捧着他的脸，不放过他面上任何一个细微的神情。

这一场病，他比刚开始时不知要坚强了多少，一想到他只不过是个八岁的孩子，就要吃这么多苦，我就一阵心疼。哪怕他一点轻微纠眉，我都感同身受，所谓大难不死，必有后福，都走到这个地步了，我想他不会真的这么薄命吧？

御医们会诊下来，结果竟是出奇的好，均言十八阿哥病情已有好转，恭喜万岁。

经过这些天的日夜陪伴，我早看出作为万乘之君的康熙已将十八阿哥病情好转与否视为他的精神、乃至生命支柱。爱子之心，人皆有之，但皇儿众多的康熙对一普通稚子的感情如此深厚，实不多见，果然他为之幸喜异常，正巧三阿哥的奏折送到，他亲笔朱批，“现今阿哥已有好转，想是断无大妨了。尔等可放宽心。朕一年迈之人，也仿佛获得新生一般。”

康熙写完，读给众人听了一遍，无不欢欣。

而张廷玉才要将朱批奏折捧出发还京城，康熙又突然违反常规，没有将封套封口，更拿回奏折，复用朱批在封皮上写道：“这是喜信！若照常封固，尔等拆阅，太耽搁时间，所以没有封上。”

为方便康熙照料十八阿哥时处理一些必要公务，十八阿哥病榻紧旁原支有香楠几案笔砚，他坐在榻边书写，我在后面看得最清楚。在皇子们面前一向持重的康熙帝，此刻因娇儿病情好转而欣喜若狂，甚至将他本人一再强调的谕旨奏报规定也抛之脑后了。

想不到康熙也会有至情至性的一面，不知道为什么，看见他如此欢喜，我连日不眠不休的辛劳不知觉间也一扫而光。

晚风起了，我怕十八阿哥着凉，扯过小被给他披上，刚掖好被角，康熙忽然回了下头，我一下记起我现在的状况是近乎和他“平起平坐”了，大大不敬，心里一慌，向后一缩。谁知他却毫不在意似的，莫名地冲我绽放了一个笑颜，目光很快滑过我，又久久地落在安静睡过去的十八阿哥的小脸上。

这三天两夜，太子和四阿哥是日夜兼程督队从北京赶来，一样未曾合眼，又陪在康熙这边忙了一天，戌时留下随御用过晚膳，康熙便打发他们各回本殿休息。

在我伺候十八阿哥移居康熙所住庭院的第六天时，也就是八月二十四，康熙帝下令回銮。

由于十八阿哥尚未痊愈，全部随扈人马只能缓缓而行，一日不得超过二十里，直到八月二十八才走到回京必经的森济图哈达驻地。

病途寂寞，康熙虽然一路上对十八阿哥精心照料之情不减当初，但总可外头还有那么多阿哥、廷臣、王公，种种繁杂事务，总不可能二十四小时陪着十八阿哥寸步不离。眼见着十八阿哥的腮肿是一天一天消退下去，这些日子来，康熙已将我视为除他自己外照顾十八阿哥的最得力之人。不仅御医所呈药方、制剂必要我过目完整或商议榷切后才准使用，连一应饮食器具用度，都任则驱使。是以我每日陪伴十八阿哥或喂药按摩，或读书解闷，或笑语殷殷，“关”在帐内成一统，亦无甚不便之处。

只是有一桩，十八阿哥畏寒、发热、头痛等症仍在，且时而有继发性呕吐。到底在外诸多不便，只有回到京城，他才能得到更彻底有效的根治，在此之前，只有靠孙治亭带来的贵重南药“春砂仁”暂时压下呕吐发作。

唐宋以来，历代药书皆记有砂仁的用途，它种植于南方深山湿润之处，因产量极低，唯以孙治亭所带这种春城蟠龙金花坑出产的最佳。最妙的是砂仁可制成蜜饯或砂仁糖，其肉肥圆，气味芬烈，尾端有一小粒封底，被列为进御贡品，有调醒脾胃、行气调中之效，也易为十八阿哥接受。

缠绵病榻二十余日，十八阿哥能进饮食尽是流质或半流质，难免体虚嘴馋，好容易逮到这样的可口良药，爱吃得不行。

我怕他多食反生积滞，便自己想法子将春砂仁的剩余花、叶、茎、根配合御用霍山黄芽茶叶，制成春砂仁茶，每日晚间临睡前给他喝一盅，既有助调理，第二日早上醒来且会满口芬芳。

因一晚康熙提早回营，抱起十八阿哥时闻到他口中芳香，问知是我所制的春砂仁茶，也试喝了一口，竟就此爱上，令我教会内侍太监，定为常制御茶，每年呈上。

我虽遵言教会内侍取材烘培加工之法，但连日康熙和十八阿哥所喝的春砂仁茶仍由我亲手炮制，以求原味。

本来每日用过午膳，不管有再多事，康熙必定亲自照料十八阿哥午歇，而我则相应在未时有一个时辰可以“自由”活动，松泛筋骨。不过我一般也不往外跑，要么待在帐内整理医药记录，要么同着小太监挑拣花茶，只每隔两天利用这个时间到后营水地洗洗头发，这是我唯一的享受了，露天洗澡是万万不敢的，顶多擦身而已。

我洗头所在由康熙派定，处于水道上游，极为洁净，另指有两名小内侍伺从。我脱帽解发洗头，他们就在后面把风，以防万一有外人闯入。事实上此处在康熙主帐后不远，属于内营的内营，寻常人等绝难到此，安全问题并不用我操心。而我的头发较为厚密，在风中吹干要费不少时间，但只要来前禀过康熙，有时晚回去些他也不会说我，反而叫我小心不可帽捂湿发导致寒侵。

森济图哈达驻地靠近山区，这里的天空是通透的蓝，深到骨子里的清澈；云是细腻的白，仿佛只在肩头，抬一下胳膊便能信手拈来；山又是深不可测的藏青，高耸入云，混着纯色的白，层次分明。

看着这样的塞外风景，我油然想起策凌和纯悫夫妇。十八阿哥过完八岁生日的第二天，也就是那次猎熊遇险后，纯悫经御医验出有孕。康熙为此不但免了策凌未及时赶到救十八阿哥之罪，更赏了几多奴仆贡物，令其中止扈从围猎，着意护送纯悫回途，并至今连十八阿哥几次病重反复的消息也严令封锁，不使他二人知道，以免影响未出世的皇外孙。

及当日策凌教十八阿哥骑射时和他开玩笑说“想将来比我厉害，十八阿哥就要先养起一部比我好看的大胡子”的话，我居然有点遥远的感觉。依稀记得十八阿哥回了他一句很好笑的话，可话就在记忆的灰雾里飘浮，我却怎么也想不起来究竟是什么。这种明明知道、可就是抓不住的滋味让我怀疑我是不是这些天劳累过度，提早脑衰了？

我正绞尽脑汁地回忆，身后忽传来一个怪腔怪调的声音，“哟，这不是十八阿哥的新宠小莹子吗？怎么不在里面伺候，跑外头来了？”

这种惯用鼻音的说话方式，除了十阿哥，不作第二人想，而从地上透过的影子判断，来者至少在三人以上。

我一面暗骂自己大意，一面迅速束结半湿的长发，扣上帽子，起身回过，一看清朝 F4 都到齐了，忙打手给八阿哥、九阿哥、十阿哥、十四阿哥一一行了礼。

跟我出来的小太监叫小禄子，原本跟着十二阿哥，因我平时走不开，但总有些事要人跑腿，康熙身边的使唤人又都忙得很，十二阿哥便把他荐了来专门给我差使。康熙见他算得踏实忠厚，做事也上心，颇为嘉许，还为此夸了十二阿哥一次。我才站起，暗暗一个眼色过去，小禄子就上来抢着给四位阿哥恭恭敬敬地请了安，又向我道：“年医生，未时将近，该回了。”

十阿哥一听骂道：“年医生？你这狗奴才眼睛瞎了？刚才没看到她洗头？她是个女的！女人能做医生？”眼珠子一转，踏上一步，不怀好意地拦在我身前，带笑道：“你上次歌唱得不错，我问你，你会乐器吗？”

这话问得既不合时又不合宜，我一愣，实在不解其意，答也不是，不答也不是，略一踌躇，十阿哥忽暧昧地贴近我，“比如说……吹箫，你会

吗?”他的语气很神秘,“刺水闻箫玉女吹,借问君心能几醉?看不出你小小年纪,在器乐上却颇有造诣,这是你自己学的,还是有高人教你的?”

其实他说完不用哈哈大笑,我也从他的话里听出了他的恶意的侮辱。

就算我还不懂,只要转一下头,八阿哥、九阿哥看我的眼神也能说明一切。

然而真正让我心中仿佛被戳了一刀似的,是十四阿哥的表情——那是什么意思?他也跟十阿哥他们一样把我想做那种人?

无法抑制的愤慨让我的手剧烈颤抖,我别过眼,尽量不与十阿哥对视,以免给他可以发挥的把柄。

可是我万万没想到,我会在这种不可能的场合看到四阿哥、还有十三阿哥的身影。

他们出现得这样突然,我不觉微微张嘴,却抽紧了喉咙,发不出任何声音,有一刹那的功夫,我意识到我失去了最后的掩饰的机会。

他们几时到的?

他们听到了多少?又看到了多少?

十三阿哥看起来是直接走向我,但是他突然以一个不可能的角度虚晃了一下,绕向十阿哥,狠狠抡出一拳,打掉了他的笑脸。

十阿哥身子猛地一偏,“呸”地一声往地上吐了口带血的唾沫,正要还手,却被八阿哥和九阿哥上去一左一右抱臂死死夹住不放。

而十三阿哥接下去的一脚也没能踹中十阿哥,因为十四阿哥插进来跟他对了一脚,两个人同时大震,退后一步。

“老十三!住手!”四阿哥突然极快地挡在十三阿哥身前,向十四阿哥喝道,“老十四,你难道想惊动皇阿玛?”

十四阿哥却不听,脚一站稳,也不分清眼前是四阿哥还是十三阿哥,又是一拳扑上去。

四阿哥冷冷地盯着十四阿哥,竟不躲不闪,也没抬手防护意思。十三阿哥欲待推开四阿哥迎上去,急切间又哪里来得及。

只有我正好站在距他们的中线位置,我脚下一错,毫不费力便抢入四阿哥和十四阿哥之间。

十四阿哥的眼光同我撞上的一瞬,变拳为掌,一把扣住我肩头,将我推甩过一边。我失去平衡,一下摔倒在地,水道边卵石杂乱,当场划破手掌，连双膝也是一阵火辣辣的痛楚。

但这一耽误，十三阿哥已经驾住十四阿哥，四阿哥过来亲手扶起我。

四阿哥来了这些天，因始终在康熙眼皮子底下，我总是有意无意地避着他，即使现在避无可避，我也只垂着眼，压下沸腾情绪，轻道："奴才谢四阿哥。"并不与他正眼接触。

四阿哥一言不发地翻起我掌心，看了看伤口，不由分说地撕下自己的衣角替我包扎。

这时八阿哥已过去拉开十四阿哥和十三阿哥，十四阿哥转过头，第一眼就看向我的手和脚，他的眼神中闪烁着片刻异芒，若非我留意观察，绝发现不了他嘴角那一下轻微的抽动，我不太确定那代表什么，可以算是……心痛？

可是当十四阿哥又一次和我对视上，他的眼神就很快飘离开去，我再捕捉不到他的一丝情绪。

而十阿哥就像见到怪物似的瞪着四阿哥和我："四阿哥你疯迷了？一个奴才，值得你亲自——"

四阿哥头也不抬，仔细地完成最后一道手续，这才放开我，打横走过一步，先不动声色地缓缓扫视众人一周，才指一指我道："不错，我们是主子，她是奴才。不管她为了我们的亲弟弟十八阿哥是如何以一介弱质之躯，昼夜不歇、拼力抢救、共渡生死，奴才就是奴才，这是她应尽的本分——但是十阿哥，像小莹子这样的奴才，你见过几个？"

十阿哥厚唇一翻，再翻，却终究没有发出话来。

一片静寂落下。

四阿哥微微侧过首来，用透着一丝凉意的温柔表情注视着我，清清楚楚地道："……我，只见过一个。"

——只见过一个。

我默默地念着这话，忽然觉察到现场气氛安静过了头。空气中有丝丝独特的香郁芬烈的味道浮动，这是阳春砂仁的味道，我身上本来也有，但洗过头，就很淡了，整座大营只康熙的主帐内会弥漫这种气味。

我慢慢地转过身，面对身后的康熙及大阿哥、李德全等人。

我的膝盖疼得厉害，没有办法下跪，但是不得不跪。

然而康熙一出手，托住我的肘部，我只略曲得一曲身而已。

康熙简短道："抬起头来。"

我依言站直，抬头接受他的审视。

康熙的目光极亮，但声音很平静，"朕和人说过，你除了一双眼睛长得像你娘之外，其他都是和白石一个模子刻出来的。将门出虎女，若非如此，也不会偏偏只有你的手里连救过朕的十八阿哥两次，一次十八阿哥溺水后已经没了呼吸，御医束手无策，只有你誓不放弃，终于抢回他性命，力挽狂澜于既倒；一次是峡谷遇熊，你力单形薄，却能以身涉险，刀刺其鼻，成功拖延时间，破绝境造生路。到了这次十八阿哥重病，朕焦虑心痛之余，亦借此机会观察你多日，很为白石和婉霜有女若你而骄傲。朕知你，就是天下皆知。你父又是死于王事，多年来，朕一直遗憾……"

他说到这里忽奇异地顿了一顿，让人觉得他的"遗憾"后面似乎还有下文，但他很快跳过，接下去道，"十一月谒昭陵，朕身边尚缺一名一等侍卫。当年太皇太后将定南王孔友德之女孔四格格收养宫中，曾将其破格晋为一等侍卫宿卫先帝昭陵。朕如今也依例为之，自今日起，朕就抬你旗籍入正黄旗下，封为玉格格，衔一等侍卫，领正三品俸禄，许御前带刀行走，听朕差遣，非经启奏，任何人等不得调用。"

满人有"隔旗如隔山"之说，皇帝虽为八旗之主，但如关外征战时，只正黄旗、镶黄旗、正白旗这上三旗是由皇帝亲自统帅，位高势尊，与下五旗大有区分。而上三旗中又以两黄旗最为精锐，正黄旗则是重中之重，因此康熙至今未让任何皇子代领正黄旗旗主之位，现在他抬我入正黄旗，也就是说，我不再是四阿哥门下的奴才了?!

我迅速做出反应，"玉莹谢皇上恩典!"四阿哥从自己衣衫上撕下的帮我包扎伤处的布条正紧紧裹在我手掌上。在热河山庄，十阿哥弄伤我那次，十四阿哥、十三阿哥都曾帮我包扎过，而这次，换作了四阿哥。

在四阿哥眼里，秀女也好，医女也好，都算不得我的保护伞，他要动我，随时可以，事实上他的行动也的确让我生活在没有安全感的世界里。

现在总算解脱了，从今往后，我只直接听命于康熙，再没有人可以随心所欲地欺负我。可是为什么、为什么我第一个冲动是想要回头看看四阿哥？从几时开始，我变得这样地在意他的一个眼神一个动作？

一众随驾侍卫、臣子、太监跪倒，齐声祝贺，"恭喜玉格格！玉格格吉祥!"

而太子就在此时带人赶到，见了康熙，气喘吁吁地做个揖，“皇父原来在此，儿臣不知，空在帐内等了好久。”

康熙脸上原有一丝笑意，此时敛去，扫了太子一眼，淡淡道：“哦，朕还有你不知道的事吗？”

太子一凛，“儿臣……”

康熙却不理他，越过我，向其他阿哥道：“朕召你们来见朕，原不拘一人来，还是众人齐来，但从什么时候起，见到朕之前，你们几个还要拣僻静处先开个小会碰头商议一下？”

一句话，解开了我心里的疑团，怪不得会在这里碰到F4，我有在这里洗头的习惯本来是康熙特准，少有人知，八阿哥他们跑到这里碰到我也不见得不惊讶。至于四阿哥和十三阿哥，看他们过来的方向却是正道，但是无意中撞见我和十阿哥起纠纷，还是怎样，就不好说了。

康熙先给太子碰了个钉子，又说出这样的话来，哪个不惊，一时几个皇阿哥都跪下了，均道：“儿臣不敢。”只有太子笔挺挺地杵在大阿哥身边，似甚不服气。

“张庭玉！吴什！”

“臣在！”

“奴才在！”

康熙看也不看太子，在令人胆寒的沉默中，继续说道：“朕命南书房张廷玉伴讲、侍卫吴什等传谕随从诸大臣：近日闻诸阿哥常挞辱诸大臣、侍卫，又每寻衅端横加苦毒于诸王贝勒等。国家惟有一主，诸阿哥擅辱大小官员，伤国家大体，此风断不可长。伊等不遵国宪，横作威势，致令臣仆无以自存，是欲分朕威柄以恣其行事出。岂知大权所在，何得分毫假人？即如裕亲王、弗亲王，皆朕亲兄弟也，于朕之大臣，侍卫中曾敢笞责何人耶？纵臣仆有获罪者，朕亦断不轻宥，然从未有轻听人言横加寥辱之理。嗣后诸阿哥如仍不改前辙，许被挞之人面请其见挞之故，稍有冤抑等情即赴朕前叩告，朕且欣然听理，断不罪其人也。至于尔等有所闻见，亦应据实上陈[①]。”

我眼尖，看到太子开始暴青筋了，不过还没说话，正巧所有臣子都打袖跪倒，“嗻！”我赶忙强撑跟着跪了一遍。

---

① 引自《清史稿》

希望以后我的腿跪瘸了，康熙不要打发我去浣衣局洗衣服、或者洗马桶什么的，我是中华人民共和国五星红旗下长大的独生子女，做不来家务。

这些天康熙的样子的确时有不爽，但我一直和十八阿哥待在一处，外面的事情只听过一些，不太了解，这回亲眼见他发作，总算知道什么叫天威难测。

而我现在也是一等侍卫了，却刚刚知道做侍卫原来还有被诸阿哥经常挞辱的待遇。所谓挞辱，当然不是扇耳光或者被推一跤这么简单的。呜呼，我突然觉得我很危险啊，康熙在这关口升我的官，难道是看中了我容易招虐却怎么也虐不死的体质？

我已经有点后悔了，前一秒不知身何所在，下一秒就被卷进了看不见的大事件里，就像黑乎乎的天，看不见摸不到。

可是开弓没有回头箭，回不了头了，我只能做下去。明天，后天，都不要出来洗头了，十足危险。

康熙一变脸，整个天气也晴转多云转局部有雨。

当天下午森济图哈达这块地儿就成了“局部”。

草原雨最是麻烦，到处都是泥土，走也走不了，风又大，把外帐吹得和内帐叠到一起，声响极闹。好在水是不会那么容易进到帐篷里来的，不过这种雨说来就来，实在难以预料。连下两天雨，中间有一阵，我当雨停了，出帐松快松快，谁知一晃眼功夫，远处空中坠着的团团阴云又出现、杀来了。风迎面呼啸，脚下大片的青草渐渐被云影吞没，不等我深吸一口咸湿的空气，一条闪电直劈入地，耳中夹伴着低沉悠远的雷声，豆大的雨滴就已经劈头盖脸地砸下来，只好又躲回帐内。

十八阿哥却很喜欢雨，因为雨过天晴的草原分外美丽，更会经常出现彩虹，或大或小，或浓或淡地横于天际，运气够好，还可以看到“双虹”。

不知道是他有福气还是什么，这天一早起身，用完早点不久，就听帐外有人高呼“雨停了！出彩虹了！”我掀帐一看，还真的出现了两道半圆型彩虹，一条清晰宏长，另一条颜色浅些的挂在上面，一为“虹”，一为“霓”，色彩排列正好相反，而天空一碧如洗，相互映衬，更加妙不可言。

康熙很欢喜，认为这是吉兆，亲自抱了十八阿哥出帐观彩虹。

十八阿哥穿好戴好，为怕受风，身上还额外裹着白狐裘衣，毛球儿似的偎在康熙怀里，他腮帮子的肿也已经消得七七八八，只露出巴掌大的脸来，极可爱。

这一场雨，小溪里的水已涨满，草甸上绿草、各种绚丽缤纷的野花竞相绽放，有的洁白如雪，有的白中带粉，含苞欲放的花骨朵，涨得鼓鼓的，好像马上就要裂开，每片叶子都是墨绿色的，像是用油擦过，闪着光，叶脉清晰可见。那些小花漫山遍野，悄悄藏在草丛中，在不经意间，跃入眼帘，花朵虽小，可每一朵都那么骄傲地仰着笑脸，尽情肆意地开着，不论多广袤的草原，也因它们而丰富。

康熙抱着十八阿哥拂石坐来衫袖香，指虹呢喃语不休。李德全那几个大太监不知哪里翻出一堆风筝，什么软翅蝴蝶、花蓝"拍子"、双喜字、瘦沙燕、鲇鱼、蜈蚣等等。他们叫会放风筝的小太监们扯着线满场迎风而跑，比谁飞得高，逗得十八阿哥一双眼珠子看看这个，瞧瞧那个，应接不暇，脸上笑出了一层红晕。

一时除太子外，几位阿哥都给康熙请安来了，看见这一幕，亦会凑趣，也不忙走，均围在康熙和十八阿哥身边唧唧咕咕，大说满语。

这满语对我而言就像唐僧的紧箍咒似的，听多了头疼，何况我刚由不入流的小黄鹂升为正三品一等侍卫，如何应对还未搞清楚。何况这些阿哥哪个是善男信女，惹不起，躲得起，正好康熙叫我用策凌教的法子编个花冠来看看，我便借着找小黄花的机会溜达开去。

用草原上的野花编花冠，要那种黄灿灿的金莲花最佳，只是现在过了时节，不太好找。这一片长的都是高草，舒展挺拔，直过人腰，随便拣块地儿躺下去，见不着人。我哼着小曲儿，很快就摘完花草编了个大花冠，兴高采烈地拿回去给十八阿哥。

康熙和阿哥们不知说到什么趣事，正相视大笑，我闪进人圈，对着十八阿哥比了比，才发现这个花冠做得太大。十八阿哥一丝也不介意，咯咯笑着，伸一对小肉掌接过花冠，又示意我把头低下来，亲手把花冠给我套上。我手上原被花刺割破，悄悄儿将手背到身后，康熙只顾低头看着十八阿哥，似不留意，紧挨着他身边的八阿哥却目光闪动了一下。

因十八阿哥拍手赞好看，我笑道："这会子风紧力大，奴才把风筝放了，给十八阿哥的病根儿都带了去可好？"

康熙不愿十八阿哥多说话伤神，见说只代他含笑点点头，我得了准信，走过去找准最大最红的那只蝙蝠风筝。从小太监手里接过顶线，我抽出康熙所赐的镶珠母贝、削铁如泥的短柄西洋刀，随着风筝的势将线一铰一松，只听一阵豁刺刺响，登时线断，那风筝飘飘摇摇，只管往后退了去。一时只有鸡蛋大小，展眼只剩了一点黑星，再展眼便不见了。

这时其他大小风筝也都放了，众人皆仰面说：“有趣。”

天空中的彩虹已渐消退清淡，片刻的欢愉总是容易逝去，但曾经见过，总赛过没有。

我垂首收刀入鞘，忽然之间，好像没有任何前奏，就是一片马蹄疾响直奔而来，紧接着一阵喧嚣，似有人大叫：“小心!”

我抬头，刚看清一马当先的马背上那人是太子，就什么反应也来不及做，只觉身子被人一带、一轻，便在一片嘈杂惊呼声中跌跌撞撞地倒在一侧的草地上，眼前的世界整个颠过来，又覆过去。

好容易翻滚停下，我先看到金黄灿灿碎了一地的花环，然后压在我身上的那人支起手，捧正我的脸，低声而急切地唤道：“玉莹？玉莹?”

我想说点什么，但是一张口，脑壳就痛得不行。

“睁开眼，看看我，你看看我……我是四阿哥……”有什么模糊了我的视线，但我还是看到那人的手上沾濡了触目惊心的血迹，记忆里，我似曾见过这么多的血，我不害怕，只是我想不起来究竟是何时何地见过?

我全身都在发热，唯独心口一块是冰凉空洞的，就好像被什么人挖去了一样。

我喘息着，而眼皮无可奈何地沉重起来——十八阿哥、我还想再看一眼十八阿哥。

可是，四阿哥又是谁?

玉莹是谁?

我是谁……

“玉格格？玉格格……”

“妈……好吵……关、关电视……”

“玉格格！玉格格？你听得到赫希嬷嬷说话吗?”

什么嬷嬷格格的，好吵!

我摸索着要拿床头的遥控器关电视，一伸手捞了个空，整个人像荡了一荡似的，骤然睁眼，醒来。

四周闹烘烘地挤着人，我连一张脸孔还未看清，就听人乱七八糟地跑来跑去，叫来叫去，“玉格格醒了！快禀告皇上！”

那些脚步就像直接踏在我的头上，我反手盖额闭眼呻吟了一声，刚刚我做梦梦到我像一条蛇一样走路，还从现代回到了古代，那么现在到底是在做梦还是……？

“小莹子。”有人过来在我身边坐下，轻轻拉开我的手，周围的一切随着他的说话而安静下来。

我缓缓地睁开眼，看到一张跟他的声音一样温柔的脸庞，“十三阿哥？”

十三阿哥喜道：“你醒了！你总算醒了！”他扭过头去瞧立在他身后的那人，我目光随之移动，在那人面上停了一停，猛然抽手翻身坐起，却大大眩晕，差点一头栽倒，迅速地在床沿上按了一把，不顾一切地缩身后退。

当四阿哥和一张床同时出现在我所处的环境里，绝对不是什么好事。何况他现在的脸色要多难看有多难看，那眼睛简直就跟燃着两团鬼火一样，快要盯穿我。

神啊，你太不厚道了！就算不让我死，也至少给我个失忆的机会吧？还要在古代再活一遍，我生不如死！生不如死！

我要疯了，可十三阿哥比我更激动。

他屈膝上床扯住我，嘴里说了一大通话，我忙乱地想要挣脱他，忽然听到“十八阿哥”几个字，怔了一怔，因仔细听他到底在说什么：“……皇阿玛今日寅时已命降谕随扈诸大臣：自十八阿哥患病以来，上冀其痊愈，昼夜疗治，今又变症，谅已无济……”

十八阿哥的病情再度恶化，而且病势凶猛异常，生命垂危，已无法救治？

我别转眼，看到床头一名嬷嬷正在低头抹泪，我想起她就是康熙从京城召来的外科大夫妈妈赫希，她不在十八阿哥处伺候，跑我这里来干吗？

“现在是什么日子？什么时辰？”我一开口，声音涩哑，自己也吓了一跳，十三阿哥接过小太监递上的一盏药茶送给我润嗓，“九月初二，卯时。”

也就是说，我已经昏迷了至少两天，而康熙一个时辰前刚刚降谕说十八阿哥不治？

开什么玩笑？十八阿哥的病不是都快好了？怎么现在说不治就不治？

但是后帐内这些人的表情又让我无从怀疑，十三阿哥也不可能这么咒自己的亲弟弟。

我不自觉泼翻了手中的茶，淅沥一地，十三阿哥全不理会，只扳住我肩膀，直视我的眼睛，“小莹子，老十八快不成了，你醒一醒，不要这个样子，好好随我去见他最后一面。”

我瞧瞧他，又瞅瞅四阿哥，一阵突如其来的战栗击穿了我，“不会的，十八阿哥不会有事。我、我要去看看——”

在十八阿哥身上花了那么多心血的我，即使将圣谕摆在我面前，我也无论如何不能相信这么荒谬的事!

赫希嬷嬷取过衣鞋给我，我匆匆穿戴好，连帽子也不及拿，四阿哥、十三阿哥便带着我向前头康熙的宿帐疾步奔走而去。

头痛、胸闷、气短、脚步虚浮，一切就好像高原反应缠上身来，但至少我还能够站着——站着看到被康熙搂在怀里的十八阿哥。

我只朝十八阿哥脸上看了一眼，就知道他快不行了。

我陪伴他日日夜夜，他什么样子我都见过，但从来没有像现在这样，只看了一眼，就让我心中充满黑暗的恐惧。

当西边的太阳快要落山，由于日落时的光线反射，天空会短时间发亮，最后会迅速地进入黑暗。

当香油灯里的油即将燃尽时，也会突然一亮，然后熄灭。

我宁愿看到一个奄奄一息的十八阿哥，也不愿意看到现在这个“容光焕发”的他。

“小莹子，你来了?”

十八阿哥对我抬了抬手，还算镇定的康熙示意我上榻挨着他们坐下。

我不想十八阿哥看出我的难过，寻思着要说些什么才好，“奴才……”

十八阿哥忽然好像很轻快地举起剪刀手在我眼前一晃，清晰道：“vic-to-ry，我拼得对不对?”

这个单词我不知教了他几遍，他总是耍赖，不肯好好学，要么就故意发出怪音来气我玩儿，我没想到我的教学成果第一次在康熙面前展示竟是这样一个局面。

十八阿哥以那一种希翼的眼神看着我，我很明白他是像以前一样要我笑给他看，但是我要怎么才能做到？

我闭了闭眼，在眼帘遮暗的内壁掩饰下，我极力抗拒着自心底传来的彻骨寒冷，尽管我的胃翻腾得像在狂风中飘荡的风筝，我还是控制住了我颤抖的手。

我从十八阿哥腰带上解下他那块老虎玉牌，把它交握在我的手心和十八阿哥小小手掌的中间，然后慢慢悬移出榻上方。

十八阿哥是只有一点点握力而已，我的手无来由地一松，老虎玉牌几乎是在瞬时滑落下地，“啪”的一声，玉牌碎成齑粉。

我很清楚玉碎的声音是可以如此清洌、激扬、决绝，我也领教过那干脆的无法手握的一响，是如何像尖利的玻璃，碎在人的心头。但这一次，我眼也不眨地看着玉碎的全过程，那些碎片，还有晶莹的光芒，深深炽痛我，唯有如此，才能让我残存一丝清明。

——紫禁城东墙下太医院待诊处，十八阿哥晃一晃小脑袋，笑眯眯地望着我，“小莹子，皇阿玛说要把你赏给我了！皇阿玛说了，明年八月出塞围猎我要是打到一只大老虎，就把你赏给我！……重阳节怎可不配茱萸囊，我赐你的！可以避灾！”

——太子毓庆宫练武房，十八阿哥眨巴着眼睛，指着我的补服道：“皇阿玛，这是几品的补服？为何儿臣在宫里没见人穿过？”

——康熙的乾清宫冬暖阁奔出个着正黄旗服色铠甲盔帽的小子来，一推额前的遮眉，双手叉腰挺肚分脚而立，得意道：“小莹子，你看我英武吗？”

——还是东暖阁，十八阿哥脆声道：“小莹子在太医院那么久了，一定学到很多本事，能治烧伤吗？”

——热河山庄环碧岛澄光室，只穿睡衣的十八阿哥把手中的那支荷花递给我，“你昨儿请假休息，没跟我去玩，十三阿哥从瑶池西王母那儿讨来了一株荷花送我，我现在赏给你！”

——双松书房，十八阿哥刚带了人举步欲行，又转过头来朝我招招手，响亮道：“小莹子，你也去！瞧我打猎！”

——万树园猎鹿场，十八阿哥将手中尚盛着小半碗鹿血的青花釉里红碗向我递来，神气道：“赏你喝！”

——和十四阿哥比完火枪当晚，十八阿哥翻身坐起，对我展开小臂膀，咕哝道：“小莹子？我刚梦到你打枪走火了！”

——篝火唱晚灯儿会上，十八阿哥响亮地道：“谢皇阿玛！可是，儿子还想看小莹子唱歌。”

——十八阿哥眼珠骨碌碌地一转，拖我到一旁，按我坐在长凳上，站在我身前笑道：“你把眼睛闭起来，我有好东西给你。”

——猎熊险境中，十八阿哥极力大叫：“十三阿哥杀了熊！十四阿哥来了！小莹子快跑！”

——“小莹子！”十八阿哥一把上来搂住我脖子，贴耳说给我一人听，“你不用怕！等我很快长大，我保护你！我也能像十三阿哥一样只用拳头就捶死一只大老虎！”

——凌晨被方公公叫醒，十八阿哥曲腿在榻上滚来滚去，一张小脸痛得变了形，有一声没一声地叫：“小莹子！小莹子！”

——换药时，十八阿哥小手拍床含糊道：“阿玛……我不要他……我要小莹子……”

——十八阿哥咯咯地笑着，伸一对小肉掌接过花冠，又示意我把头低下来，亲手把金灿灿的花冠给我套上。

我抬起头，注视着十八阿哥的眼睛，就像我第一次看到他时一样，我可以看到我的脸映在他瞳孔里，从未见过的清澈透明眼瞳，眼眶内的蓝色是仿佛正在拉开的澄澈天幕。

我是个没什么用的人，可是，十八阿哥，你叫我在你身边，我一定会伴你左右，你再给我一次机会，我不会再贪睡，不会再昏迷，分分秒秒我都要看着你的容颜，直到你痊愈。

十八阿哥挤出一个微笑，“老虎……打碎了……”

他的眉毛弯弯，眼睛弯弯，这一刹那，就好像所有的病魔都在他面前黯然失色。

我拼尽余生，向他回以一笑。

整个人群沉寂了片刻，他的呼吸一点一点弱了下去。然后他的目光越过我肩头，久久凝在固定的一点上。

要等上一会儿，我才知道究竟发生了什么。

孙治亭上来验了十八阿哥的脉搏、心跳，跪地“咚”地给康熙重重地磕了个头，高呼：“十八阿哥宾天，万岁爷节哀！”

帐内所有的阿哥、诸王、大臣、侍卫及太监、嬷嬷、宫女，全体翻身跪倒，泪呼："十八阿哥宾天，皇上保重龙体!"

康熙迟迟无语。

十八阿哥的眼睛还没合上，孙治亭大着胆子起来，要将手蒙上十八阿哥的脸，康熙陡然大喝道："滚开!"他就像最护犊的野兽一样瞪着孙治亭，孙治亭吓得仰后一跌跌倒，又赶忙爬起来连珠价磕头。一众御医、包括向日服侍十八阿哥的人等一起跟着磕头，连周围的哭声也被这磕头声压下去。侍卫忙着把这些人驾了出去，虽然乱了一通，但平静下来后，悲伤反而来得更彻底。像死一样的寂静笼罩下来，除了康熙沉重的呼吸，没有人敢做出任何移动，发出任何声音。

不知过了多久，八阿哥头一个起身，苍白着脸色走过来，在榻前站定，沉痛道："请皇阿玛节哀，见到皇阿玛这样，儿子们实在有如万箭穿心……"

一时连太子在内，众阿哥们都默默地噙泪垂首聚拢过来，但谁也不先出手触碰由康熙紧紧搂在怀里的十八阿哥。

只有我一直待在原处没有动弹，我是离康熙和十八阿哥最近的人。

我看着康熙，一夜之间，他像多走过十年。

——"十八阿哥宾天"。

以天为证，这几个字胜过世上最快的利刃，已在一瞬间将我的身体四分五裂。

我也很奇怪我怎么还能伸手到十八阿哥脸上，抹过他的眉眼，替他合上双目。

他的眼帘睫毛在我掌心下温润滑过，隐约地颤动。

我再也抑制不住，泪水夺眶而出。

帐门被风吹卷半面，远方红日已然跃出地平线。

天地清明。

无憎无怖。

老虎……打碎了……

大梦谁先觉，平生我自知。

谢谢你，给我一刹那，对你宠爱；给我一辈子，送你离开。

十八阿哥薨逝的邸报于九月初二当天发往京城报闻。

胤祄终于夭亡，这对于年已五十五岁的康熙皇帝，无疑是一个极为沉重的打击。

因在塞外，十八阿哥的一应寿衣、寿棺都无法置办，其他如安排和尚、道士和喇嘛念经等各方面执掌就更难。八阿哥在京时掌的是礼部，太子又管着内务府的头头，他们两个联手操办，忙得焦头烂额，总算勉强收拾起摊子。

也许是和十八阿哥年纪相差二十多岁的缘故，这一向以来，太子对幼弟胤祄之病，面上从来都是淡淡的，到他死了，也并不比别人多洒一滴眼泪。他虽领命操办后事，只管有一搭没一搭，顾头不顾尾，光拣轻便讨巧的活儿，却连督促十八阿哥生前随身伺候的太监或仆妇们，为其洗脸、洗手、洗脚，剃头留后、穿衣殓服这等最基本的小事都出了纰漏：十八阿哥应该足穿朝靴，底绘莲花，太子忘了叫人给绘上莲花，若非十三阿哥发现提醒，被康熙见到，还不知该找哪个替罪羊掉脑袋。

是以不论大小事宜，但凡康熙问起首尾，倒七桩有六桩是八阿哥经手操持的。八阿哥遇事还给太子留着体面，亦不居功，但康熙多么明眼人，尽管悲痛，心里就跟明镜似的，对太子的态度是一日不如一日，别人都看出几分眉目，唯独太子一丝不察，进出如常。

上次太子惊马，四阿哥和我一个伤到手、一个伤到头。那日我昏迷前所见那么多血就是从他手上流出，但不知用了什么灵药，看不出他行动有多大不便，而我虽然没有什么外伤，却也时感头痛，

自十八阿哥走后，我不哭则已，一哭就得背过气去，往往惹得康熙也是老泪纵横。别的王公大臣进灵帐吊丧也哭，但没有谁能如我和康熙这般悲痛。的确，他们有谁尝过眼睁睁地看着自己亲手从死亡线拉回的宝贝突然间就坠入无底深渊的滋味?

同生过、却恨不能同死的心情就这样奇妙地通过这件事把我和康熙联系在了一起。

在某些方面，我甚至觉得他对我产生了一定程度的依赖：他要求我时刻留在他的视线内，我不能背着他一个人哭泣，压抑也好，发泄也好，我的所有的激动或者不激动，他统统要看到。

而这一切又反过来促成我心灵上的对他的贴近，我开始学会在他面前放松自己，我不再像从前那样时时提防他的审视，我不再惧怕他身上那份洞悉人心的力量。

我乐意被他看透，似乎唯有如此，才能填补空气中无处不在的十八阿哥形状的空洞。

我自己的悲伤缠绕着我，幸好有他的悲伤缓解着我。

作为康熙身边新晋的一等侍卫，作为众人尊称的“玉格格”，我迅速地沉默下去。即使是侍立在康熙身后看着他和众阿哥们一起用膳的时候——由于康熙的悲痛，他总是尽可能把阿哥们集合起来和他待在一起——我也没有多少吭气的机会，他们彼此间说的都是满语，我就像一个安静的气泡漂浮在喧闹的海面上。

康熙需要什么，他眼睛一动，我就知道走过去替他取，这样的直觉让李德全也退避三舍。

而康熙无条件地宽容我一切经心不经心的举动已经是一个公开的秘密，他看着我从这个世界慢慢地撤退出来的过程，可是有时候，他会突然指着什么说：“玉莹，这个拿去给十八阿哥。”

不管这样的话一天会重复几次，我每次都会不假思索地答：“嗻。”

然后众阿哥都放下筷子，惊骇地看着我，因为他们不敢这样看康熙。

但我总能够直接从谈话的地方走开，仿佛没有任何话值得我留下来倾

听，只有沉默是最好的休眠，保护我度过没有眼泪的干燥的季节。

我很奇怪关于死亡的记忆为什么能保留得那么长久，并且不断盘旋，我没有办法镇静地面对回忆，我能做的只是尽量地克制自己多一点、再多一点。我为此类作战异常清醒地耗损着自己的精力，以至于当我在失去十八阿哥的两天一夜后终于能一个人安静地在康熙后帐的小床上躺下，当我无限惊恐地看到帐篷原本叠合完好的布幅上缓慢地现出一条裂缝，当我与裂缝后突然露出的一双眼睛对视上，我极其迅速地发出了一声尖锐的叫喊，我慌乱地退后，抓住手边一切能抓住的东西，再抛出、打碎。

越来越多的人拥进后帐，但谁也无法靠近我，直到我突然间落进康熙的怀抱。

“不要慌，不要怕，告诉朕，你看到了什么？”

康熙的声音鼓舞着我回头，向出现裂缝的地方看了一眼，可是它还在那儿！

它还在！

我浑然忘了规矩，只簌簌发着抖，将手死死地揪在康熙襟前，偎缩进这世上唯一安全的康熙的怀里，“皇上……皇上……”

而此时康熙也看到了那道裂缝，他用手臂拥着我，我的面颊靠着他的心脏，他的手指伸到了我的嘴角，听任我微细的脉搏在他指下疯狂地跳动。

半柱香之内，康熙令吴什等侍卫召集来众皇阿哥。

子时末，诸阿哥在康熙殿后帐中聚齐，看到那道裂缝均是目瞪口呆，尤其大阿哥肩负着保卫康熙的责任，当即下跪请罪，一时其他阿哥也都跟着跪下。唯独太子姗姗来迟，虽也跪了，但始终昂着头，面上挂着一丝冷笑。

除我之外，康熙只留下有限的贴身亲近侍卫，后帐内静如古井，康熙的目光在阿哥们脸上来回巡睃良久，才缓缓地侧脸看向跪在另一侧的我，“朕知你看到了，现在朕准你指认，你只管大胆地说。”

“皇阿玛！”太子在一众阿哥愕然扬首之际率先站起身，暴跳如雷，“您这是怀疑儿子们？”

康熙挥手令跟着紧张起来要保护他的侍卫退下，眼神微讽，“朕现在只要看一个人，听一个人说话，就已足够。”

太子愣了一愣，随即回过身，纵到我身前，粗暴地拉起我，拖我一同到康熙面前，一指指着我叫嚷道："皇阿玛为了十八阿哥之死移爱年玉莹，又封格格又封侍卫，外头早已议论纷纷，儿子以为皇阿玛是伤心太过，总会过去，可如今竟然偏听偏信，只凭她一句话就要定儿子们的罪？裂缝是真，焉知不是她自己划的嫁祸于人？"他一顿，又狠狠道，"或者应该好好拷打，瞧仔细她到底是受了什么人的指使？"

一语既出，激起千重浪，帐内人无一不动容，十阿哥跳起身面红耳赤地冲太子叫了一通满语，太子放开我，转身同他对吵。

一脸怒容的十三阿哥刚要动，被紧挨着他的四阿哥一把拉住。

最前面的大阿哥死盯着太子不放，面色惊人的煞白。

八阿哥忙着劝开太子和十阿哥，拉了这个，拉不住那个，九阿哥不得已加入帮忙，却越帮越忙。

十二阿哥一贯性情平淡冲和，见了这个阵仗却也目光漂移，六神无主。

而十四阿哥直挺挺地跪着，视线始终不曾离开康熙，偶尔眼角余光扫到我，也是一瞥而过。

我无声地喘口气，理好衣角，不理一切纷杂，只安然向康熙福了一福，"回皇上，玉莹适才所见并非别人，而是十八阿哥。"

满人流俗相传，人死后三天，要登望乡台，遥望家乡，或真的会亲临作第二次诀别，因此要在人死去的第三天晚上，在门外焚烧一次纸扎的车马和轿子等烧活，叫做"接三"。

十八阿哥于九月初二凌晨过世，他的接三仪式原定在九月初四亥时进行，现在刚过子时，一早一晚，相差十个时辰。不过接三之说，原不是那么精确，十八阿哥又素来和我要好，若来看我，也是应当，是以我这么一说，场内立时安静下来。

康熙端坐原处不动，凝视我半晌，淡淡地道："是吗。"

他的语气本身没有什么波动，却像海边渗进了咸味的空气，不管被呼啸的海风吹得多远，最后还是会蔓延在我的心脏里。若无伤口，便无事，但若有伤痕未愈，就会引起一阵剧烈的抽痛。

我垂首又回了一遍，"是，玉莹所见是十八阿哥。"

太子一步蹿过来，挡在我身前，"你怎么不早说？"

我的眼光越过太子，看向康熙，他马上意识到他不该背对着康熙，急侧过身来。

我这才又朝太子行了一礼，以恭敬的语气道："太子有话要说，玉莹不敢抢话。"

十阿哥听至此处，忽硬生生地打断，斜睨我道："好，我就算你真的看到十八阿哥！裂缝又怎么说？难道也是十八阿哥用刀割的？"

他这一句话正问到点子上，一时众人目光投来，看我表现。

我扬一扬眉，反问："刀？"

八阿哥闻言一滞，我却看到太子眼棱突地一跳。

而康熙沉沉道："不是刀，是匕首。"

吴什双手一托，捧来一面朱漆盘，我上去揭开盘上盖袱，现出底下一柄形如剑而不及剑长、寒光浸浸的匕首。而匕首柄上同样有明黄色缎缠绕一圈，却是旧缎。

康熙又开口，"太子置朕召唤不顾，姗姗来迟，可是为了找这件物事？朕当年在南苑海子将此匕首赐给太子，记得还有个鲨鱼皮的套子一并赐下，太子又带来未？"

太子瞠目，待要抓取该匕首，我眼疾手快，将匕首握入自己手里，吴什则迅速踏前一步，挡住太子，其他侍卫哗啦一下半扇形散开，成对太子合围之势，有如防范大敌。

我退回康熙身边，康熙忽笑道："匕首给他，给他，怕什么？朕要好好看着这个孝顺儿子是怎样来对付朕！破帐！逼宫！吓倒朕，朕的皇帝就该让给他做！"

太子扑通一声跪下，瞪着眼、嘴唇发抖着想要说什么，却像全身血液都被抽干，失了气力。

其他的阿哥也惊呆了，互视一眼，齐又跪下，康熙一抬手，阻止他们道："大阿哥，传朕口谕，将太子胤礽即行拘执，其党羽格尔芬、阿尔吉善、二格、苏尔特、哈什大、萨尔邦阿、杜默臣、阿进泰、苏赫陈及倪雅汉等一并拿下！今日拔营，务必酉时前到达布尔哈苏台行宫！"

从永安拜昂阿到布尔哈苏台行宫，沿途修有大道，路宽二十尺，逾山涉谷，逢河架桥，以前修路时投到道路两傍的土则堆成一英尺高的规整的土墙，立有标柱，标示里程。最奢侈的是为了预备康熙回程，道路两侧一早接连不断地挂上了绣龙的挂帐，将道路保护得很好，晴天就如同打谷场一般光滑，十分好走。

康熙带着有我在内的一队人马，走在最前面，后方是带着随从的后妃们的金轿，再隔一段距离，是各王侯，最后是官员们，接着官阶，顺次相随。无数的骑马随从殿后，此外还要加上帐篷、寝具、食具等等随同，还有数不清的车辆、骆驼、骡、马等大队跟在最后面①。

我听大阿哥跟康熙禀报说事已办完，除了康熙所指名者，还有某某、某某某或在场密聚或有嫌疑，因统统关押，等待发落，且人数不少，不由一愣：以大阿哥的能力，这么短时间内可以将太子势力一网打尽，似有未逮。再联想康熙先前发落太子时的神色，难说不是胸有成算，那么在帐殿夜警发生前，康熙就已经着手防范、乃至部署了？

在帐殿夜警这件事上，我始终有一个关节没有想通。

当时裂缝后的眼睛我虽感熟悉，却不敢确认那人到底是不是太子？

如果是太子，他又何必来后帐偷窥？

十八阿哥走后，康熙就没有合过眼，到后帐睡的可能性更小，太子不可能不知道，这么做不是很荒谬吗？

但那人被我发现后，仓皇逃离现场时所遗留的匕首的确是太子的贴身之物，昨天晚膳我还见他佩在腰间。

太子身为皇储，国之根本，与众阿哥又不同，他跟前护卫之严密丝毫不亚于康熙。若说有人特意盗了太子的匕首再来康熙帐殿偷窥栽赃，等于要冒两次险，变数更大，除非希曼再世，否则未尝不算 Mission Impossible。

但如果说连皇储在位的太子也存了轼父篡位的心，其他阿哥的心思之可怕还堪深想么？

从我这里可以看得到康熙的侧面，他戴着小毛熏貂缎台冠，身穿貂皮黄面褂，嘴唇始终抿得很紧，骑在马上，腰杆也挺得很直，虎毒不食子，子错揭了龙鳞，又待如何？

申时三刻，大队人马居然真的准时在酉时前全部到达布尔哈苏台行宫。

进入行宫前，康熙例命喇嘛念咒祝福，驱除邪气。

---

① 引自《鞑靼行记》 作者：南怀仁

除各部整顿外，八阿哥还负责安置十八阿哥的灵柩，这是头等大事，足足又用了一个时辰多才铺陈完毕。

戌时，康熙召诸王大臣、侍卫及文武官员等齐集行宫正殿前，命皇太子出而跪地，当众垂泪训其罪行曰：“今观胤礽不法祖德，不遵朕训，惟肆虐众，暴戾淫乱，难出诸口，朕包容二十年矣。胤礽其恶愈张，僇辱在廷诸王贝勒官员，专擅威权，鸠聚党羽，窥伺朕躬，起居动作，无不探听，平郡王呐尔素、贝勒海善、公普奇俱被伊殴打，人臣官员以至兵丁鲜不遭其荼毒。诸臣中有言及伊之行事者，伊即仇视其人，横加鞭笞。”

“朕出巡各地，未曾一事扰民，胤礽同伊属下人恣行乖戾，无所不至，令朕赧于启齿。又遣使邀截外藩人贡之人，将进御马匹任意攫取，以至蒙古俱不心服。种种恶端，不可枚举。”

“今更滋甚，有将朕诸子不遗噍类之势。”

“更可异者，伊每夜逼近布城，裂缝向内窃视。从前索额图助伊潜谋大事，朕悉知其情，将索额图处死。今胤礽欲为索额图复仇，结成党羽，令朕未卜今日被鸩，明日遇害，昼夜戒慎不宁。似此之人，岂可付以祖宗弘业！”

“朕即位以来，诸事节俭，身御敝褥，足用布袜，胤礽所用，一切远过于朕，伊犹以为不足，恣取国帑，干预政事，必致败坏我国家，戕贼我万民而后已。若以此不孝不仁之人为君，其如祖业何[①]?”

我侍立在侧，一路细听下来，唯独“遣使邀截外藩人贡之人，将进御马匹任意攫取”及“今更滋甚，有将朕诸子不遗噍类之势”这两条最为触心。

若非太子当日截取蒙古人进贡御马试骑，惹起蒙古人公愤，就不会惊马，不会把我撞至昏迷，不会害得十八阿哥骤然吃吓，加重病情，终告不治，

而说至此处，康熙忽然痛哭扑地，地上平铺金砖，阴凉伤气，如何经得?

一众大臣慌得扎手扎脚，上前扶起。

康熙又言：“太祖、太宗、世祖之缔造勤劳，与朕治乎之天下，断不可

---

① 引自《清史稿》

以付此人。俟回京昭告于天地宗庙，将胤礽废斥。”

当即又雷厉风行，命将胤礽即行拘执，其党羽索额图之子格尔芬、阿尔吉善及二格、苏尔特、哈什大、萨尔邦阿六人俱行正法，杜默臣、阿进泰、苏赫陈、倪雅汉四人充发盛京。

诸位阿哥陪太子跪在殿前，听得康熙这一番训斥，个个泪如雨下，唯有太子容色不变，尽管他的眼睛并没有一刻离开康熙，但他只以那一种残酷的沉默来回应康熙的所有指责，也不为他的属下申辩一句。

众臣见康熙悲痛若斯，无不流涕叩首奏曰：“谕旨所言皇太子诸事，一一皆确实，臣等实无异辞可以陈奏。”

康熙看着大阿哥带下双手被缚的二阿哥，忽又在他们将要退出场之前朗声道：“朕前命直郡王大阿哥胤禔善护朕躬，并无欲立胤禔为皇太子之意——胤禔秉性躁急愚顽，岂可立为皇太子。”

大阿哥好似略微停了一停，却没有回头，径自领着二阿哥去了。

吴什和李德全一左一右搀扶康熙回殿，康熙已属不支，令我代他出守今晚亥时为十八阿哥接三的仪式。

竖引魂杆，烧“倒头纸”、“倒头车”、“倒头轿”、念“往生咒”、传“灯焰口”等一整套仪式下来，别人是似哭似喊、有声无泪，我是灵魂被抽尽，残留着躯干，从此与未了愿同存亡，地老天荒。

将近黎明，我才踏出十八阿哥灵床所在的寝殿，因身上只有一件金黄色缺襟马褂行装，忘了将康熙赐我的大银貂风领及白狐里子鹤氅穿过来，迎风一凛，偏首捂嘴掩了咳嗽，身上忽的一重，一件玄狐皮大氅落下来。

我有些神思恍惚，下意识以为是十三阿哥，脱口而出道：“你——”忽一抬眼，看清是四阿哥，忙忙止住。

四阿哥不以为意，替我围好大氅，“你瘦了不少。”然后他走开，坐在廊下，他的侧面颇有几分像康熙，孤意在眉，绝情在睫，明明凛然而然，不容人亲近，恍然间却有迷惘、疏离、孤独、落寞等等情绪倾泻蔓延。

这个时辰，连八阿哥也已交了事，到康熙那里报到去了，我只当四阿哥同其他阿哥一样，都去了康熙处，没想到他还留着。

陡逢太子被废这等大事，布尔哈苏台行宫上下表面平静，实则暗潮汹涌，各有各的打算钻营，而诸皇子中，四阿哥是相对而言表现得最波澜不惊的一个。

我想我应该找点话说，但我实在太疲倦，只站在那里，等他开口。

果然他问我的第一个问题是："你真的相信你在裂缝后见到的是十八阿哥?"

我静静地与他对视了好久，才道："请四阿哥不要问我这样聪明的问题，我向来甘心做个快乐的笨人。"

四阿哥一哂，"你快乐吗?"

我想了一想，答道："春有娇花夏有月，秋有凉风冬有雪，若是心中无闲事，便是人间好时节。"

四阿哥一顿，道："这句话……"

我接道："是听你说的。"

那时四阿哥安排我住入四贝勒府书房怡性斋所在跨院东间，准我书房行走，期间他偶得闲暇和人谈佛论经，我听到印象最深的就是这句。

显然他也想起来，因望住我微微一笑。

我心里一下难受起来，默默垂首。

四阿哥忽然上来紧紧拥住我，我挣一挣，"别。"

但他不放，手臂越收越紧，好像要把我嵌入他的身体，"谁都知道你本来是我府里出来的人，如今皇阿玛怜你疼你重你，别人都眼红我……可我只想要以前那种一抬头就能看到你的平常日子。"

我隔了一会儿，才挣脱出他的怀抱，失去温度，有点寒冷，但我要的就是这个。

我一字一句地说给他听，"真的到某一时刻，你发现你每天一抬头就能看见我，一天天，一月月，一年年，你会发现我不过如此，四阿哥，我无心做你的'不过如此'。"

四阿哥沉思片刻，看着我的眼睛道："你不是不过如此，你会是我的侧福晋——"他执起我一只手，轻吻在我的手心。

我的手上还浅浅留有几天前被十四阿哥推倒时弄出的数道伤痕，他的嘴唇柔软、温热，缓缓摩挲移动之处，让我起了一阵战栗。

他微微低着头，眼角却扬起看我，这一眼，碧海晴天夜夜心。

"我说过你是我的，我不会对你放手。弱水三千，只有你是我的专宠，无人可以取代。"他接下来两句话，令我哑然失笑，我忘了，他脑子里不可能有什么男女平等，他的观念就是“你似丝萝不能独生，必须依托于我这棵参天大树”，可是要让四阿哥明白他所说的“专宠”就是我指的“不过如此”，该是一个多么浩大的工程？

十八阿哥的接三仪式过后，康熙很快命八阿哥先行护送十八阿哥灵柩返京，九阿哥、十二阿哥同行打点。

九月初七，康熙又一次命张庭玉、吴什、鄂伦岱等传谕诸大臣侍卫官兵人等：“朕以胤礽凶戾，势不得已，始行废斥，断不辗转搜求，旁及多人。若将从前奔走之入必欲尽行究处，即朕宫中宦侍将无一入得免者。今事内干连人等，应正法者已经正法，应充发者已经充发，事皆清结，余众不更推求。嗣后虽有人首告，朕亦不问，毋复疑俱。至于皇三子胤祉，曾召来行在有所质问。伊平日与胤礽相睦，但未曾怂恿为恶，且屡谏止，胤礽不听。其同党杜默臣等四人因无大恶，故充发盛京。”

同日，命八阿哥胤禩为署内务府总管事。

似这般讳暗不明，满朝震动的情况下，此令一出，人尽皆知康熙对八阿哥非同一般的信任与器重，八阿哥将成为下一位皇储似乎已是有眉眼的事。

最突出的便是十阿哥自打知道这个消息，出来进去愈发趾高气扬、走路带风，也不顾康熙由于心情阴翳，已经连续七天七夜不思寝食，孰不知他这样的狂喜之态看在康熙眼里，更添厌烦而已。

相形而言，其他阿哥就要谨慎得多，自从康熙废了太子，又当众斥责大阿哥“秉性躁急愚顽”，这些皇子基本上是人人自危，既不能表现太过，也不能无所表现。

因为过于伤心，康熙得了轻微的中风，右手不能写字，每日只能用左手批答奏章。

一般在亥时末，康熙一天的工作完成，便令我替他按揉捏拿，左右肩关节、肘关节、腕关节、指关节由上而下做完一套，约摸半个时辰左右。之后，正好服当天最后一剂药，而康熙或闭目养神，或召一位或几位阿哥来说话解闷。

四阿哥说我瘦了，我看这些阿哥才真的是瘦了一圈，劳心劳力且不说，只看康熙不思寝食，其他人就连正常的饮食也要克制，说难听点，就算是表面功夫也得做下去。

讲到底，康熙精心培育二阿哥四十余年，如今说废就废，就是他自己也不能完全接受，情绪极不稳定亦是人之常情。此外我还听说大阿哥负责看守的二阿哥倒是化悲愤为食欲，大吃大喝，索求无度，大阿哥亦遵康熙之命满足他在这些方面的一应要求。

初九这日，康熙传来领侍卫内大臣，满大学士、前锋统领、护军统领、副都统、护军参领、侍卫、满侍郎、学士、起居注官等，当面涕泣不已，未语泪先流，谓曰："朕历览书史，时深警戒，从不令外间妇女出入宫掖，也从不令姣好少年随从左右，守身至洁，毫无暇玷。今皇太子所行若此，朕实不胜愤懑。至今七日未曾安寝。"

诸臣皆呜咽，奏请"颐养圣躬"，只是跪在靠后位置的有不止一人在听到"姣好少年"几个字时抬眼偷瞧了瞧我。

和康熙的侍卫比容貌，我自然算得是姣好，但如今康熙身边有个人气急升的哈哈珠子、身兼一等侍卫的玉格格也早就传开了。这些人大概是只曾闻名不曾见面，一时半刻还对不上号，却也不想一想，康熙说话，哪里会让他们抓着漏洞。

只不过我到现在才确认二阿哥原来还是双性恋，而康熙早就知道了，这个……应该不会是遗传吧？

这边众人正自伤心，十三阿哥忽然从外头进来，向康熙禀了一番话。

原来我们现在停车投宿的地方离长城不远，却发现有包括传教士在内的前行部队已无命行军越过了长城，且理由是他们认为今晚康熙也会在长城内停留。

康熙听罢，勃然大怒，立即下达御旨，要所有传教士、照管官员等全都回来。凡是已经过了长城城门、名字被守兵记录在案的，要将名单马上报送回来，严惩不怠，并且所有官兵不允许有任何行李拉回来。

十三阿哥领命而去，康熙也无心再谈，遣散众臣，倚几支额，合目不语，偶尔重重地叹息一声，连李德全在内，谁也不敢上去劝。

因我身子还没有好透，康熙平常并不叫我在他跟前久站，但今日他却像忘了这一茬。直到近晚膳时他才缓缓地睁开双眼，见到我站在榻侧，愣了一愣，道："霜儿你……"

他只说了名字，就忽然停口。

我明明知道他在看我，心头不禁一阵狂跳，却只当什么也没听见。隔了半晌也不见他再发话，想他应又睡了，怯怯地抬眼一看，见其目光并未移开，我慌忙又垂下眼去，他这才交待李德全传膳。

晚膳时，李德全递上盛绿头牌的朱盘，康熙这几日都是看也不看即命撤下，今日却翻了尹常在的牌子。

虽然康熙今晚不批奏折，我也直到戌时末才有时间出去——康熙新赏了一匹御马给我，我基本上每天都要拨出一个时辰溜马熟悉。

十三阿哥办事效率颇高，这会儿已把过了长城的官兵召回了十之八九，除了两个被任命照看欧洲人的官员因尽力召回了属下的士兵而被康熙赦免，名单上的其他人都被罚了一年的俸银。因不能带回行李，有许多返回的人只得睡在没有垫子的地上，还有直接露天而眠的，我出营尚能择路绕开他们，但回来时人就更多，不得不下马而行。

这时的天气，到了早晨往往滴水成冰，甚至连土地都会冻住，十三阿哥正在指挥手下给他们尽可能分发草垫，众人无不感激涕零。我见了却是一惊，刚在观望，忽见四阿哥走出来，到十三阿哥身边，二人说了些什么，我便要走，十三阿哥凑巧转过首来看到我，兴冲冲地朝我招了招手儿。

自从大阿哥受了康熙斥责后，有很多原本属于大阿哥的差事都转到了十三阿哥身上。这几日他忙得脚不沾地，我本不大有机会见他，现见他召我，倒不好装作不见的，把手中的马缰交给迎上来的小太监，过去给四阿哥、十三阿哥请了安。

十三阿哥随意地跟我说了几句闲话，四阿哥在一旁看着，忽道："怎么你一副心神恍惚的样子?"

我心里还装着之前康熙唤我"霜儿"的事情，但这种事康熙身边的人是没一个敢传话出来的，我自己也不好说，此刻四阿哥问，我只得苦笑一笑，避重就轻道："玉莹是在想，皇上既然命十三阿哥给他们分发铺盖，为何不让他们进现成的营帐?"

四阿哥瞧一眼十三阿哥，十三阿哥低咳一下，压声道："不是皇上的意思，是我的意思——不过他们以为此乃圣意。"

居然被我猜对了，据我连日观察，康熙要么不动怒罚人，一罚就是不留余地。十三阿哥这么做虽是善举，但终究违背了康熙的意思，不知可有妨碍？

十三阿哥看出我的疑惑，解释道："我是不愿他们冻得生病，不然明日起程，拖拖沓沓的，不好上路，就算皇阿玛知道，也不会责怪我。"

这个理由，他只能拿来说服自己，说服不了我，也说服不了四阿哥。十三阿哥与我们不同，这些时日他很少在康熙跟前，不知道他最近暴躁得有些古怪，何况他如今最忌有人瞒他。

四阿哥又问我："皇上那头查出究竟是谁下令这些前行部队越过长城的了吗？"

我奇道："皇上没查，没问，十三阿哥难道不知晓？"

十三阿哥同四阿哥对视一眼，摇首道："我不知晓。"

我便不作声了，十三阿哥忽道："小莹子，我帐里有好吃的——"

他叽哩咕噜地说了个名字，我没听懂是哪国语言，"我本来想叫人给你送去，既然碰到，你就顺路上我那儿拿吧？"又朝四阿哥笑道，"四阿哥你也来吧？我准备了好几份。"

我在康熙那里，什么好吃的看不到、吃不到？十三阿哥自然也知道这个，他这么说，不过是想大家再一起多走一程路罢了。何况大晚上的，这两个阿哥我随便跟哪个单独走都可能不便，但两个人都在，反而安全，便爽快地应了，同着他们往十三阿哥大帐所在的东营走去。

四阿哥和十三阿哥各自把他们的亲卫支得远远的，和我漫步走着。

丝丝晚风拂过脸庞，有点凉，他们之间偶尔用满语交谈几句，话也不多，我只管低头看脚下的路，偶尔把地上的石子踢得东倒西歪。

十三阿哥想起一事，从怀里掏出件什么物事塞入我掌心，"这个给你。"

我摊手注目一瞧，溜溜圆一粒小石头，在暗处竟能发出孔雀蓝似的荧光，十分可爱，耳边只听十三阿哥接道："早上我和四阿哥在外面习猎，无意中拾的，想起你从小喜欢玩石头，我就带回来送你。"

我笑着收起，"玉莹谢十三阿哥赏。"

话音刚落，不知怎的我手忽地一滑，小石头一记落地，弹了几弹，沿着一侧斜坡草地滚下去。所幸暗处见光，我循踪追下去，四阿哥在身后道："慢点，仔细跌着。"

我大大咧咧地一挥手，"等我一下，马上回来！"

我扑下去一手罩住小石头，才发现人已到了坡底，将小石头翻来覆去地看了一回，不曾发现瑕疵，这才放心，回身要上坡。突然，听到身侧草丛中好似有什么响动，先以为是野兽，再一听又像是喘息声——我骇得毛骨悚然，刚要扬声叫人，只见草丛一阵大动，竟然奔出个披头散发的女子来。

正巧天际重云散去，月白风清令我一眼看清该女子有身影投在地上；第二眼，又看到她身后的十阿哥一面系着裤腰带一面骂骂咧咧地追出。那女子满脸惊惧，扑住我就不肯撒手，满口叫道："侍卫大人救命！侍卫大人救命！"

我听她口音古怪，仔细朝她面上一观，只见她泪眼婆娑，脉脉可怜，却是在十八阿哥八岁生日晚宴上献演灯碗舞的那名蒙古族软骨丽姬琴格乐日。当晚她就被某蒙古王公送给八阿哥作侍婢，但十阿哥自舞场一见，就对她垂涎万分，是以八阿哥只留她在外围使唤，连这次回京也没带走，摆明给人可乘之机。如今遇此情景，两下一对照，我哪里会不知道发生什么事情。

琴格乐日见我身穿御前一等侍卫服色，也不管我和十阿哥到底哪个官大，只当我是最后一根救命稻草，一把鼻涕一把眼泪地揪得我快要断气不说，还语无伦次一通："十阿哥，我已经有了心上人，就是、就是这位侍卫大人……你放我走吧！放过我吧！"

十阿哥一愣，继而笑得前仰后合，指着我道："她！她？"

我没空跟他计较，一门心思扳开琴格乐日的手指，缓过一口气，刚吐出一个字："我……"

"是他，就是他！"琴格乐日满面泪痕地冲十阿哥吼完，一掉头，双手狠狠地固定住我的脸，作势要吻上我的唇。

这……这也太大胆、太奔放了吧？竟然对我施以法兰西热吻？

岂有此理！怎么不分男女，每次都是我当强受——被强迫做小受？

然而在我动手教训她之前，琴格乐日忽地放开我，贴耳迅速道："对不起！"说着，把我往十阿哥处重重一推，自己转身夺路往坡上逃去。

我猝不及防下，差点被十阿哥抱个满怀，恶心得要命，脚下一歪，跌在路边。十阿哥也不追人，只歪头瞅着我嘿嘿直笑，拎了拎自己裤带，又要伸手来抓我，忽有所觉，一抬头，愣在当场。

我半坐在地上掉过头，刚好瞧见琴格乐日一头扑在刚刚下坡来的四阿哥怀里，不禁大怒。

“日！”我叫她名字，她惶然转首瞧我，我笑一笑，对上她视线，更大声道，“其实我也喜欢你很久了——快点回去洗洗，等着晚上我来找你！”

四阿哥推开琴格乐日，她踉跄一步，露出不可思议的神气瞠视着我。

我脖子酸痛，自抬手揉捏一下，撑手站起，尚未立稳，琴格乐日忽然破啼而笑，飞快地跑下坡来。她紧紧地勾住我的脖颈，在我侧颊印上香吻一枚，又用蒙语说了一句什么，才放开我，还不忘深情地望着我先倒退了两步，再一回身，绕过十三阿哥和四阿哥跑走。

我确定她不会再回头，举手背擦干颊上的湿濡，问十三阿哥道：“她刚才说了什么？”

“她说：她会等着你。”十三阿哥过来轻拍一下我的头，把我松动了的帽子扣牢。

我只当旁边下巴快掉到地上的十阿哥是透明人，打岔道：“今天晚上‘太阳’多好啊！——十三阿哥，你不说有萤火虫看？带我去啊。”

十三阿哥二话不说，一手勾了我臂弯，连拖带拉地把我带上山坡。

他的脚步太快，我要一门心思地跟紧他才能保持速度，停下后，我骤然想起，“咦，四阿哥呢？”

十三阿哥道：“等会儿，四阿哥在跟十阿哥算账呢。”

我奇道：“什么帐？”

十三阿哥看着我，“上次在热河的账。”

过了小半个时辰，四阿哥果然一个人朝我们走来，十三阿哥忽一转身，闪进一边的芦苇丛里。

四阿哥走近了，开口第一句话便是：“上次老十四在树林里对你说过什么？”

我闭牢嘴巴，四阿哥用指背轻轻挑起我的下巴，追问：“说不说？”

我瞧瞧他脸色，“没什么……我都不记得了。”

他满脸怒色地收缩瞳孔，“为何不告诉我老十对你所做的事？”

我忽然结巴起来，“没什么，反正十阿哥的头也快被我打破了，你知道，我一向威武、那个不能屈……总之、总之你知道我很讨厌那种事……

总之、总之我不会让别人碰我……”

我一下意识到自己都说了些什么，脸上一烫，恨不得把刚才的话都抓过来吃掉，绝望中还想弥补：“那个、那个‘别人’也包括你……”

“我是知道你威武不能屈，但我怎么从来不知道你很讨厌‘那件事’?”

“是……是啊……你最讨厌……”我仍在嘴硬，可声音在他如此近距离的逼视下，压得很低很低，反而有种腻得化不开的感觉，违背我初衷。

他没有改变姿势，却缓缓说出让我面热心跳的话：“我很想你，你呢?”

我抿紧嘴，艰难地咽口唾沫，完了，他不是说真的吧?

“喂！小萤子！你看——你看萤火虫——”十三阿哥的声音从那头遥遥传来，我一面心道，什么萤火虫啊，我随口说说的嘛，一面下意识地掉过头去看，谁知这一看，就失了声、丢了魂。

只见十三阿哥所过之处，苇草间的萤火虫儿全飘忽不定地飞上天去，数不清的一粒粒小亮光如绿色火焰一般闪烁着，在空中漫舞，在草间流窜。

再一抬头，才发现自己已处在一片“星空”之下，那种美丽的萤光和流线在头顶画出条浅绿的光带，似流动的柔和的星光，仿佛伸手可及，却谁也不忍触动。

而站在我身前的四阿哥，他眼中闪耀的光芒，胜过千盏万盏的萤光。

趁着高草遮掩、十三阿哥未走近之际，四阿哥忽地探下头来。我极度震惊，只因今日才知他的吻可以如此温柔：幽幽落入耳跟，蔓过后颈，发鬓厮缠，锁骨敏感，又寻回嘴唇。他舌尖放肆，每处贪恋，都引我气息急促，却不容半点反抗。

“我要你……”他的野性低音听起来有点恍若“我爱你”，仿佛有股电流刺透我全身，酥痒难当。

然而我不吭一声，我恨他这般温暖亲和，缠绵缭绕，既不偏激，也不手软，徒惹人痴心妄想。

我要的是一生一世人，他却只能给我一晌贪欢醉，好似年少时贪欢，前世里流光。

我最清楚他这一双眼睛冷起来会多么伤人，谁要爱上他?

第二日大队过了长城，又隔一天，康熙派去审查二阿哥的大学士忽然回禀，称“近观其行事，与人大有不同，其昼多沉睡，夜半方食，饮酒数十巨觥不醉，每对越神明，则惊惧不能成礼。遇阴雨雷电，则畏沮不知所措。居处失常，语言颠倒，竟类狂易之疾，似有鬼物凭之者。”

康熙将此谕公予众人，然而鬼物一说，到底也没查出个究竟，人心惶惶而已。

进京前日，康熙换了轿中有椅的御銮，先往行宫畅春园去。

畅春园是康熙在明代武清侯李伟于此地造的清华园旧址上所改建，地处西郊山区海淀镇北丹陵一带，占地广阔，又在玉泉山和瓮山诸泉下游，水源丰富，风景宜人，只是由北面入园要经过一大片平原。

这天天气十分古怪，上半天出奇的热，到了下午，却又起风，不消几时，万里晴空变得乌云密布。

我骑的马不知为何格外焦躁，极难控制。而我身上亦觉寒热不定，一颗心无端突突地跳，好似生病模样。

十三阿哥和四阿哥都在队伍最前面，十四阿哥过来缓马跟在康熙御銮旁说了一回话，扭头瞧见我，从后绕过来与我并行，低声问：“如何脸色这样苍白，你身子要不要紧？”

自从我上次在森济图哈达驻地河边

洗头，几位阿哥起了冲突，之后又发生了不少事情，这些时日十四阿哥没怎么跟我说过话。即使照面，我给他请安，他也淡淡的，今天却不知怎么对我关怀备至，着实让我有些莫名，微咳了一下，道："谢十四阿哥关心，玉莹不要紧……"

话未说完，十四阿哥忽在马上将身一侧，直接探手试我额头的温度，我被他突如其来的举动惊了一惊，未及避开。

他的手挡住我视线，待他放下，我才看到前头四阿哥仿佛回头朝我们方向望了一望，但也没看真切，讪讪地垂首理了理马缰，只听十四阿哥在旁道："你总是穿得这么少，迟早要受寒——"他的声音戛然而止，我惊讶地抬头看他，却见周围所有人都仰首聚目于远方天空下那道朝我们奔袭而来的漏斗形气柱。

康熙命御銮停下，整个队伍亦随之中止前进。

遥遥望见十三阿哥派出去的侍卫飞快地策马奔来，下地跟十三阿哥说了什么，十三阿哥和四阿哥便一起赶回康熙御銮前以满语向其报告。

康熙走下御銮，一面手搭凉棚仔细观察前方，一面同样以满语和他们一问一答。他语气时急时缓，听不出好坏，但整个扈从队伍军纪严明，鸦雀无声，没有一个人一匹马乱走乱动。

我抬头看天，发现天上的积雨云已经宽达数十里，不消说，由远及近来的必是龙卷风无疑。越近越看清其只有一个长而狭小的漏斗形，而它倒圆锥状的底端并没有接触到地面，可见其垂直风速不算强，可是扑面而来的风浪还是让人有点窒息。

十四阿哥下马向康熙走去，我揉揉眼睛，跟着下马，脚才站稳，忽然风势大盛，龙卷风加速朝此处旋绕冲来。慌乱中，不知哪个反应最快，只大呼一声："护驾！"一时磬呤哐啷一阵乱响，所有甲胄侍卫除各有看守不能离位外，十之五六都抢到最前面，硬生生地以人身筑起数层防御墙。

——这不是送死吗？

我看傻了眼，倒忘了自身的安危。只见四阿哥和十三阿哥一左一右地护着康熙退回御銮。十四阿哥紧跟其后，偏头一眼看见我还愣在原处，跺跺脚，又冲过来拉我。

事发太快，我简直觉得在做梦一般。我在现代活了二十四年，除了看电影，从没见过龙卷风，这才到古代一年，就中标了。我被十四阿哥一把扯住往回拖，感觉上仍是云里雾里，无意中回首朝龙卷风一看，却赫然惊见其漩涡中居然隐有——隐有奇异的幻景！

那是我既熟悉又陌生的景象：庞大的市区、宽广的马路、鳞次栉比的高楼、川流不息的车流、滚滚如蚁的人潮……

我认不出那究竟是哪个城市，但该死的，我知道那是我该去的地方，而它正离我越来越近！

“干什么？快走！”十四阿哥在我耳边大吼，而我只顾盯着旋涡确认了一遍又一遍！

不是幻觉！

不可能是幻觉！

这不是普通的龙卷风！

这一定不是普通的龙卷风！

我忘了头疼，忘了一切的一切，只听到内心有个声音在狂叫：搏一搏！搏一搏！

我听从了它。

我使出吃奶的力气挣脱十四阿哥，回身跑向龙卷风来处，在场的侍卫都认得我，也没有人料到我会逆向而行，个个惊得目瞪口呆。即使十四阿哥在身后大叫“拦住她”也无济于事。我看也不看挡路者是谁，以当日猎熊的气势拨开他们，冲破人墙，终于成功地一人站在最最前方。

紧接着的下一刻，龙卷风迎面汹涌而至，地面层上，气流不断地从各个方向流入旋转区，在云底上辐合，而直径大概只是真正龙卷风直径的十分之一的漏斗云旋涡离我还差一点。

我被逼得眨了眨眼睛，当我睁开眼，一股铺天盖地的强大气息从天顶压下，我欣喜若狂地看到一道隐约有边际的“门”，我屏住呼吸向它伸出手去，然而我才抬起右手，它就模糊了……难道是我看错了，自投死路么？

可是，除了放手一搏，我别无选择。

身后像是另一个世界传来了呼唤：“玉莹——”

真奇怪，我回头看到四阿哥时，时间彷佛停顿，其它人渐渐淡出，一切都不像是真的。

我等他再来拉我，可他只是站在我面前，让我自己做决定。

我默然无语，手心冰冷，帽子被吹落刮走，大风无情地扬起我的长发，却遮不住我的眼睛。

我不记得他对我说过多少遍“我不会放你走”，然而这次，他是用他的眼睛跟我说。

原来一个人的眼睛再冷，并不代表他不会受伤。

我受过伤害，我认得出那是什么。

本该彼此怜惜，却用苟且偿还，只因彼此心结，作成劫数。

沧海桑田，那些尊卑、人伦、情谊统统碎裂开去。

天地不仁，那些悲苦经营、良苦用心全然一击刺穿。

一刹可有一世，这男子，想要了我的一世，而我，也想要他的。我的右手虚空中划个半圆，慢慢垂下。

绝大风力凶猛压下，却在我快窒息的最后时刻变了方向，直窜入天空，在遥远天际剧烈交织缠绕，氤氲变成五色云彩。

天空如纯金色界，五色云西来相渲，张开一张锦毯，千变万化，绚烂无比。

云三色为御，御驾亲征的御。

云五色为卿，卿云出，王者生。

昂阿额顿！

昂阿额顿！

昂阿额顿——

排山倒海的欢呼声自人群中响起，而所有人都面朝着我。

我向前走去。

当我走过四阿哥身边，他很快地用汉语解释给我听，“风神，他们说你是我族萨满教崇敬的天空之女，风神转世。”

我只停顿了一下，就直直地走向康熙。

康熙站在御銮前，他看着我，我跪在他脚下。

几位皇阿哥上来并排下跪，“神佑大清，福泽万年！”

所有在场的不分身份贵贱地位高低的每一个人都向康熙跪下磕头，“万岁万岁万万岁！”

康熙仰首看那满天五色云彩，他高高在上，但是他不知道他的儿子中谁才是下一个九五至尊。

而我知道。

众人久久地伫立，有种预感从我头顶不可知的高处，直抵我的内心。

宁愿滞留在此处。

宁愿叫时间中止。

诚心耐心甘心，不分曾经苦与甘。

明天疏与亲，不管是否果与因。

畅春园面积虽仅及避暑山庄三分之一左右，但花草鸟兽毫不逊色，园中一步一景，幽静秀丽，国色天香，康熙在澹宁居住下，一切安顿停当已近戌时。

康熙今日有些倦怠，用过晚膳后孙治亭等御医来给他叩脉会诊，我便利用这个时间出去遛马。

我听说东岸山岭全是山枫、婆罗树，万树红霞，人世罕睹，正是当季，有心过去瞧瞧。谁知明明看着方向，才转过一道潺潺河流，就迷了路，因记得是从西南面过来，又掉头往回驱马缓行，然而记忆中要先看到无逸斋，再往前走才是澹宁居，走了半日仍觉不对，没见到什么人，散养的塞外种弓角盘羊却碰到几回。

我一路瞧瞧玩玩，又看到一条清溪，遂沿溪而下，来到一处狭长地带，往绿林尽处一望，一角墙宇，朱红隐现，若有梵宇，走近一观才知是个十分幽静的小园，门匾上书“紫碧山房”四字。里面一座小楼，两丛菉竹，猗猗青翠，光影浮动，因风碎响。

我下得马来，在门前探望片刻，并不见有人出入，亦无烛火，只觉暗香浮动，不知从何而来。若说此处是康熙那些常在、答应们的下榻处，断不至如此安静。好奇心起，试往里走，待深入院中，这才发现小楼前尚有一湖，明波如镜，全湖数层白花万蕾全舒，花大如斗，亭亭静植，妙香微送，一轮寒月正照波心，端的是清景难绘。

绕湖慢慢走了半圈，忽听门外一声轻微马嘶，我立时警觉，转身拔刀，来人却一手按住我的刀柄。

我的手正在刀柄上，来人就抓住我的手，“是我。”

我看看他，奇而怪之，“四阿哥从哪里来？”

四阿哥答："从来处来。"

我抽身躲开，"那么我就往去处去。"

四阿哥一笑，回手拉住我，牢牢自后环抱。

他的声音近在我的耳畔，"我去看望了二阿哥回来，就见你一个人骑着马七绕八绕，在后面跟了你一路，到底你还是上这儿来了——你刚才在门口张望什么？这里一切都是按你的心意布置，难道你不记得么？"

读大学时，每次宿舍楼评选卫生寝室，我都是拖后腿的落后分子，天怒人怨鬼见愁，现在四阿哥居然说如此美景皆是按我的心意设计？

天大的误会啊。

不过，"紫碧山房"这个名字的确有点耳熟，我极力搜索记忆中四阿哥有没有在我面前提过，"这里是……"

四阿哥缓缓道："不错，就是这里。去年正月，我跟三阿哥他们向皇阿玛奏请于畅春园附近建房，皇阿玛就将畅春园西南的这一块土地赐给我，并定名"圆明"，房子画样经皇父阅看后，定于明年十月再正式动工兴建。画样共分五区，当时你就在我身边一同阅览，你还说建成后你要住在后湖东侧福海的蓬岛瑶台，可先期陪我来踏址时却又瞧上最靠近畅春园的这银池碧水之地。因此处原有旧楼，我特地为你将其预先整修建设，目前紫碧山房的工程尚只完成一半，但是我带你来过好几次，你记不记得？"

"还有，"他的手紧了紧，"这里也是我们欢好过的地方……"

"欢好"这个词，我要想一下，才反应过来是怎么写的。

四阿哥的手开始不老实起来，我威胁道："昂阿额顿——要刮风了哦，刮大风！"

他扳过我的脸，狠狠吻到我缺氧，才道："皇阿玛早就用望远镜观测出龙卷风的风向最后一定会逆转，只是没人会像你这般冒险以身试法。就算你是风神，我的皇阿玛乃是天神，你还是要听我的！"

我很想问他当时有没有看到旋涡里面的景象，但再一想，即使那景象是真的，他估计也认不出那是什么，问了也白问，因有气无力道："那你干嘛跟着我？"

四阿哥静了一静。

我也静了一静。

他幽幽地说："你不明白么？"

我坚持，“不明白。”

他问我，“如果你真的被风卷到天涯海角，我到哪里去找第二个你？”

我看着他，忍不住笑了一笑，“那就不要找！”

他一把扯下腰间的佩刀，随手抛过一边，打横抱起我，走向小楼。

我吓了一跳，赶紧双手圈住他脖子，以保持平衡。他猛地一脚踹开门，我身子往他怀里一缩，他不知怎么只用脚后跟勾了两下就把两扇门自内关上，一直进到楼上内室，才将手一松，放我下地。

我往后退一步，留意到这间内室银壁云栋，罗帏琼帐，宝幔珠缨于珠光宝气之中却别有雍穆清雅之致，不见得真是全盘按年玉莹这小女孩意思而置，四阿哥必有费过心的。

四下打量间，四阿哥已经除了外袍，只着中衣，正坐在椅上褪靴，挑眼见我呆站着，脚一翘，“愣着干嘛？”

我又好气又好笑，“虽然你今天陪我吹了吹风，但我可不会因为这个就……”

“那你为何不拒绝我抱你？”

他站起身，走过来堵住我的嘴，然后摘了我的帽子，解开我发带，衣衫半褪下来，我有点冷，但他的手到哪里，哪里又烫了起来。

他揽抱着我的纤腰，放我仰卧，当他扶着我的小腿曲起时，我微微地仰起头来，带着一些无法回避的恐惧注视他。

我很想要叫停，我拒绝知道我怎么会在这里，之前发生的好像都沉入云里雾里，只有即将发生的一刻方是真实。

与以前不同的是，这次他并没有逼迫我，一切仿佛顺其自然，可我紧张得要命，我越想自控、越不想他看出我紧张，结果就越乱。

四阿哥看出我的乱，我不答话，他就俯下身来吻我的脸，他第一次要吻我的唇，我侧了侧脸避开，而他不放弃，第二次寻过来，我便没有躲。

他吻我良久，直到我回吻，慢慢的，我的手臂环抱着他了，于是他双手轻扶我的膝盖，低头看了一看，身子下沉，他的探索而引起的炙热、灼烧一分一分传递给我，起初他的动作很慢，却也正因为此，令我不得不数次紧咬牙关挺着。而他并没有丝毫停下的意思，我刚才的迟疑反而强化了他的渴望，他向我的身体探索得越来越深，力度也逐渐加强，几近狂暴，仅仅是在我的状态和他的状态协调的时候，才有所停顿。而我对他这样子

激烈的活动无所适从，唯有收缩急颤，亢奋娇吟。

在他短暂退出我的身体的间隙，我咬咬唇角，抓紧机会挣扎着撑坐起来，他一手从背后绕过，握住我右胸，一手搂着膝弯，将我圈抱在怀里，“兰麝细香闻喘息，此时还恨薄情无？”

他的拇指在我身上轻揉慢捻，而炽热的气息硬硬地顶进，来回摩擦，我挺腰欲躲，无奈身子被他控住，逃不开去，只好求道：“不要……”

他也不强我，放我转过身来，握住我腰肢向上一提，放我跨坐在他腿上，两手下面一分，我整个人向后仰了仰，却仍牢牢地困在他膝上，他的龙吟越发激昂，我更加恐慌，“轻一点……”

话犹未尽，四阿哥已把住我的腰，放纵他的凶猛蹿入我体内。我低叫一声，无论如何撑住不肯坐下去，又担心激起他的狂性，悄悄看了他一眼，却被他捕捉到，他伸指在我胸前嫣红上一弹，唇畔挂着一抹笑意，“你可以自己来，随你驱驰。”

我僵在他怀抱里，一动也动不得，他等了一会儿，朝我面上看看，“你不来，我可来了？”

我料四阿哥要么不来，一来就是重的，但没有想到他会毫不停顿，令他的火热悉数而入。我不得不跪在他怀里，只觉被挑在半空，经过短暂的麻木，难以形容的刺激感觉席卷而来，我的手撑在他肩膀上，终于忍不住哭出了声。

他随即将我重重放下，我嘴中发不出一个完整的音节，不多时，身下一紧，似有细细热流喷出。

四阿哥粗喘一声，进意益锐，我哭得越发厉害，求他饶我，他只是不听。

空气中嗅得出暧昧味道，我知自己已经湿泞泛滥，十分淫糜。

脊背、小腹、酥腿，他染指处、勾勒处，处处骚动。他触点厮磨，令我不自觉逸出声来。

“说！你愿意……”他命令，他主宰，我极力掩饰，我咬紧上唇，我不肯放纵。

而他杀得更急，这般毒火焚身，歇斯底里，我一时片刻放浪，轻叫：“我愿意……”

“大声点！”

“我愿意……”

以一种抽噎和震颤为标志，我被淹没了。

这是我头一次跟他一起攀上最顶峰。

四阿哥覆盖在我的身体上，我们的光滑肌肤渗出了汗珠。

他的呼吸慢慢变得正常了，我看到他的眼睛变得清澈。

他一点儿一点儿离开我，而我仍在亢奋中，我困难地半侧过身，把脸埋入肘弯。

他抚摸着我的头发，我半个后背贴着他的胸膛，我能感觉到他伸过手臂拥抱我的时候，他胳膊上的肌肉的运动。

他吻我赤裸的肩头，“为什么哭？不舒服吗？”

“不是……就是想哭……”我过了一会儿才回答他。

他的手贴紧了我的面颊，因为那儿碎雨纷纷。

然后我坐起身，回头看他。

他的手随着我的动作一路下滑，在雪白小腹小小肚脐停住。

才经触碰，我薄唇轻启，舌尖妩媚，在他的喉结下面的浅窝里，在他的耳垂上，去尝试他的气息。

室内灯色幽暗，光影略有层叠。

他的呼吸急促了，乃是因我轻吻幽幽落入耳根，蔓过后颈。

我指尖贪婪游走，发鬓厮缠，锁骨敏感。

他力图让他的声音显示出漫不经心，平平常常，但他的声音有一点沙哑，“你不怕明天骑不了马……”

这是一个不需要答案的问题，他不由分说扑上来，将我牢牢按进锦缎云褥，我向他敞开我自己，缠上他身体，教他狂乱且又怜惜。

我抵死迎向他，用慵声曼吟破除他的术。

某天时地，他下在我身上的咒，我一并送还给他。

因为我执意不肯让四阿哥送我，他便教了我回澹宁居的最便捷小路该怎么走。我子时离开紫碧山房，回了澹宁居本想神不知鬼不觉地溜回我的居处，不料天不遂人愿，穿过西角门时碰上另一名一等侍卫左安。

即使同是一等侍卫，视康熙待遇也分三六九等，左安不算上，不算下，刚刚好不上不下。

左安最好认的就是一张不大不小的方形白脸，可惜只是单纯的皮肤白，五官硬件遭到了上帝的遗弃。像他这种人，哪怕天天顶着太阳走，最多是晒成粉红猪肉色，变黑对他而言是奢侈。

其实我刚拐过弯，老远就看到他，谁知他正伸脖子伸脑地朝我过来的这个方向张望，害我来不及绕路。好在我一程来早已打好腹稿万一撞见人该如何应答，索性大模大样地迎上去。一打招呼才知原来他晚上吃错了东西，苦于正巧轮到他站岗，不能走开，好不容易盼到有人过来，央我替他代班片刻，他去去就来。

这左安跟吴什有点亲戚关系，虽因相貌问题不是很受康熙待见，但他练得一手好刀法，又基于吴什的地位，平日众人亦尽管跟他打哈哈，很是过得去的。

我暗暗打量他眉间神色和捂肚模样，倒不似作伪，便笑应了，嘱他快去快回。

他喜极颜色，还反过来求我不要将今晚之事说出去，不论如何，眼下我肯代他的班，他擅离职守就成事实，说出

去可大可小。

我见他如此，自然更不担心他会把这时辰看到我的事说给人听，就满口允了，他这才兔子似的夹着腿沿墙根下蹦去。

站岗这种事我做得不多，不过也不是一点经验没有，何况能派给左安的活都不会有太大的挑战性。要紧的岗位轮不到他手，不要紧的岗位又往往风口不好，比较辛苦，像西角门这位置就正正好，前面假山，后背侧殿，抬头望明月，低头数蚂蚁，也不怕有人偷窥。

我立正、稍息、又立正、又稍息，捱了差不多快小半个时辰，却迟迟不见左安归来。以他的智力，不至于摔到茅坑里那么悲哀，不过我就最怕他被按时巡逻的侍卫发现。

砍人，我不行，说谎，他不行。

前面那么多关卡我都悄悄避过了，到了这时再被顺藤摸瓜查出我的夜归，这才叫阴沟里翻船呢。

可是奇怪的事情还是发生了，我等了绝对超过一个时辰，别说左安，就连预计会巡逻到此的侍卫队也没瞧见一个人影儿。但左安不回来，我又不能走开，万一留个空岗给人查出来了，他肯定得吃不了兜着走，到时为了减轻责任，保不定会把我供出来。

唉，我心里瓦凉瓦凉的：刚刚跟四阿哥大战三百回合回来，腿还是酸的，难道下半夜就要在这里傻子站岗了？

又苦苦坚持了十二分之一个时辰后，我终于泄气蹲在沙地上，以手指划圈圈，圈圈完了之后是叉叉，总之圈圈你个叉叉，再叉叉你个圈圈，玩腻了，足尖抹平重来。

不知过了多久，身后忽有个声音念道：“世间安得双全法，不负如來不负——什么？”

我一笔一划写完最后一个字，自我感觉最近的繁体字造诣大涨，顺口接道：“不负如來不负卿！”话才出口，我便僵住了，这个声音，天天伴随，要紧关头，我却没有认出来！

我本来半跪地上，此刻慢慢转回身，不用抬头，一看衣角也就认出来，饶是有了心理准备，还是惊了一惊，才要重重一个头磕下去，却被康熙右手一够，捏起我下巴，令我避无可避地直视他。

这个动作，我记得康熙曾经对我做过一次，但依稀又有不同。

最不同的一点在于，上一次十八阿哥还在，而这一次，除了小心退后的随侍太监李德全，只有康熙，和我。

我也知道在我看不见的地方，肯定隐藏有保护康熙安全的侍卫，可是在康熙的眼光笼罩下，我没有余力去发现他们。

“未得朕的允许，三更半夜出现在此地，你想要朕问问你的居心?”

我想开口说话，但是嘴角一动，康熙的手指好像就要滑入，我犹疑一下，“皇上……”

他的手指改变方向，停在我的嘴唇上面，又戏弄地微微摆动，好象是要描出我的唇形。

我被迫微微扬起头承受，脑海里却浮起之前的另一个人、另一双手，不觉有一瞬间的失神。

“曾虑多情损梵行，入山又恐别倾城。世间安得双全法，不负如来不负卿。——诗是好诗，但做诗的人不提也罢，你倒是说说，你这个‘卿’字怎么写得那么难看?”

我第一个反应是大大惊吓，这首出自六世达赖仓央嘉措之手的情诗是我从电视里看来的，可康熙的口气如何这般古怪？算起来六世达赖正是三百年前的人，难道他们认识?

而我第二个反应是苦笑，因为我终于能找回力气回话：“玉莹还有写得更难看的字，皇上没有见过。”

“好。”康熙成功地被我转移话题，“你写一个给朕看看。”

我一口气提指写了三个：艸！芔！茻！康熙看了，但笑不语。

我精神一松，正在暗自动脑子猜想他怎会突然出现于此，还失常地出手调戏我，忽听他道：“你还没有回答朕的第一个问题。”

我幽怨道：“长夜漫漫，无心睡眠……”

康熙打断我，“你老实说，今晚你回过房没有?”

我老实道：“回了。”

“回了?”

“紫碧山房。”

康熙一笑，“你倒还真的老实。”

那是，敢在康熙面前不老实，以后就算想在别人面前老实也没机会了——被咔嚓了。

我屏息等他再问，他却到此为止。

一个寂静落在康熙和我之间。有一点儿冷。

然后他做个手势，示意我起身，带着我蜿蜒走上假山。

此时云净天空，夜月清辉，矮松奇树从假山缝隙里伸出，更有藤蔓四垂，鼻端时闻异香。

看着满园花露溟濛，秋烟杳霭，康熙的语气很平静，“朕刚刚去看了二阿哥。他跟朕要一个人。”他转身看着我，“当日帐殿夜警，你的恐惧，不是假装，你所看到的真是十八阿哥？”

我早料到他会问这个，想好应对，方道：“不是……但玉莹确实没有看清那人是谁。”

“你怕什么？”

“因为，”我咽口唾沫，“因为当时玉莹刚在床前换过衣裳，而玉莹看到那条裂缝时，它就是已经被划开了的。”

康熙对此并不感到意外，他只停了一停，便很快道：“回京后，朕会命大阿哥和四阿哥一起看守二阿哥，你也去。当初你离开十八阿哥身边一次，十八阿哥的病情就加重一次，这一次，朕不希望再看到同样的情况。”

我细细玩味他话中的意思，悚然警醒，“玉莹谨遵圣命。”

康熙续道：“二阿哥如今疯魔了，但你不用怕他。朕会一直在你左右。”

我点点头。康熙无声地叹口气，负手望月不语，半晌之后，方缓缓道：“朕这么多皇子中，只有十八阿哥最最像极二阿哥小时候的模样，朕每每对着他，就仿佛回到了当年岁月，今次若不是朕执意把十八阿哥带在身边，他也许不会这么早就……”

我小心跨前一步，扬手指着头顶深碧的苍穹道：“若向月亮投石子就可以改变过去发生的事，玉莹会不惜一切代价打碎它。”

康熙顺着我的手指方向，眸光闪动，“虽然十八阿哥没能活过来，但在朕的心中，你就是大清第一女御医。”

我顿了一顿，答道：“是。”

我明白康熙这句话，然而简单发出一个音节，我的鼻端已微微发酸。十八阿哥对康熙来说也许只是二阿哥的替代品，可对我而言，他却是唯一一个不是因为年玉莹的过去而爱我的人，一个有着琉璃一样纯净明澈眼神的孩子，曾经那样看着我、依赖我，又离开我，直至永远。

康熙的声音再一次响起，“从十八阿哥薨逝那天你当着朕的面打碎了老虎玉牌开始，朕就有了一个决定。你心里想的什么朕都知道。明年六月你就该满十七岁了，到时朕会给你一次机会，不过你要记住，你只有一次机会。”

我慌忙跪下，心头怦怦乱跳，今晚康熙既然问到紫碧山房，我想当然以为他知道四阿哥和我的事，可是既然如此，他直接把我指给四阿哥不就完了，何来“机会”一说？

虽说满人不甚计较这些，也不至于这么开放吧？

到时就算真给我选，除了四阿哥，我还能跟谁？除非——

除非我选继续留在康熙身边，那就不管哪个阿哥也没有话说！

一想通这个关节，我眼前便好像豁然开朗起来。

为什么不可以？

就跟在康熙身边做一辈子侍卫好了，普天之下还有比皇上身边更安全的地方吗？人家美国总统遇刺也就那点概率，现在这古代社会，大不了我勤劳点练好枪法，即使冒出什么武林高手、绿林好汉行凶，碰上我都得歇菜。此外我还能领俸银自己养活自己，有什么不好？总赛过做人家小老婆！

我越想这越是一件很有前途的工作，正表面平静，内心激动间，假山下忽跑上来一人，正是吴什，他望了我一眼，脸色煞白地单膝跪在一边，向康熙禀道：“启禀皇上，左安死了。”

康熙面色一凛，“怎么死的？谁第一个发现的？”

吴什磕头道：“是奴才第一个发现。当时奴才正要送孙御医回去，在西南山墙下看见左安背对我们歪坐地上，奴才以为他是开小差睡觉，正要斥责，上去一推才知已死。孙御医初步检验之下，并无一丝外伤，推测是中毒症状，具体什么毒还有待进一步检查，但可知他大概死于子时三刻左右。皇禁重地，左安死得离奇，非同小可，奴才已将他背回北院自己房中，逢人只说他突发昏病，别的一点未提。现仍留孙御医在尸首旁看守，该当如何处置，求万岁爷示下。”

说到此处，吴什声渐凄然。

康熙又问：“左安身为一等侍卫，既然不是中了有毒暗器，那么就是饮食出现了问题！除了他，还有发现其他人中毒吗？”

吴什摇头，“今日奴才连着两餐都是和左安一起进食，并无异样，只除了——”

他不知何故迟疑一下，又转目瞧了我一眼，康熙喝道：“说！”

吴什拼命磕了个头，道：“奴才该死，在左安来守西角门之前，奴才把皇上赏赐的哪玛米糕给他吃了！他当时吃完一边出门一边就说肚痛，奴才虽然听到，却没有留意！”

他这话没有说全，但已足够明显，至少我听懂了：因我最近没什么胃口吃饭，有次康熙赏我哪玛米糕，我极喜欢，康熙便每晚夜宵都命人做了送给我。想来是我今晚出去太久，而哪玛米糕有样特性，只要放了超过半个时辰就失去风味。这样说来，应是康熙将它转赏给吴什，偏偏吴什又给了左安，结果阴错阳差下，左安便做了替死鬼。

康熙沉声道：“你那里哪玛米糕还有未动过的吗?”

吴什几乎老泪纵横，“全吃完了。皇上赏赐，不可暴殄天物。是奴才叫他吃完的！奴才该死！”

康熙一摆手，冷冷道：“该死的不是你！吴什——”

“嗻！”

“朕着你领孙治亭秘查，限十个时辰内验出左安所中何毒！此外左安之死须严守机密！风声但有走漏，朕唯你是问！”

“嗻！”

吴什脚不点地的去了。

他一走，我便跪下，“皇上……”

康熙似看穿我心中所想，直截了当道：“这些时日朕把你放在身边，便是信得过你。你好好记着朕的话，代朕看好二阿哥即可。不要忘了你是昂阿额顿，谁要动你，没那么容易！”

我听得冷汗直冒，昏头昏脑地应着，跟在康熙身后走下假山。

二阿哥被拘，四阿哥不可能做案，那么，是谁欲在康熙眼皮子底下欲置我于死地?

我一路走，一路看着康熙的背影，忽然想起历史上康熙只活到康熙六十一年而已，现在是康熙四十七年，离大限还有十四年时间，我要跟着康熙一辈子，可能吗?

这一十四年间，九王夺嫡，而十四年后，雍正继位之谜亦是清初一大悬案，从这一刻开始，我便要被卷入这谜一样的大事件里去了！

1.《王府生活实录》金寄水

因见近年来，社会上出现了不少以清朝（特别是晚清）宫廷、贵族为题材的小说和其他文艺作品，其中固然不乏佳作，但无庸讳言，有的或多或少掺进了一些水分，尤其是对王公贵族们的一些日常生活、习俗、称谓、服饰、器皿等方面的描叙，则往往出自“想当然”，故有时似是而非，有时格格不入，既无据，也失真，为识者所笑，以致造成以讹传讹。为了尽可能地反映这部分人的当时习尚，把这类人家的生活礼俗实况扼要予以介绍，作为民俗史料的一个侧面，供社会读者和有关同志研究参考之用。基于此点，我们才着手工作的。

编写这本东西，还有一个目的，即近年来出版或发表的有关著述中，举凡涉及到清朝贵族生活习俗者，率多描绘清王朝被推翻之前的故事，而记述辛亥革命以后，迄至“小朝廷”结束，即公元 1911 – 1924 年间的实况者绝少。其实，对当时的贵族们来讲，这十几年是

个特殊阶段，鼎已革，而“小朝廷”犹在，诸王府亦未完全解体，一切力图率由旧章，实属史无前例。由于清王朝已丧失了对我国的统治权，事实上已不可能再同往昔一样，无非苟延残喘而已。但对当事者来说，却毫无“舆图换稿”之感，依旧昏昏然地醉生梦死，踵事增华。本书重点记述的就是这一阶段，特别是公元1919－1924年间的王府生活，余生也晚，只能如此。此区区之劳，也可算是对这一期间的有关资料添了一点砖瓦。

本书既名《实录》，其内容非正纪实，且应作笔者身历目睹的第一手材料。至于有的掌故虽属事实，但由于笔者未曾亲见，则宁付阙如，未敢妄叙，如“王府跳神”。又，笔者囿于生活环境，只能对睿亲王府一邸之事记述较详；在编写过程中，由周沙尘兄援据有关王府的资料，作了些相应的穿插和补充，甚为得当

编写本书的意图已如上所述，但由于我们识见不多，瑕疵难免，统希专家和读者指正。

金寄水

公元1987年5月于北京野石斋

2. **电影青蛇主题曲：流光飞舞**
   词曲：黄沾
   编：雷颂德
   唱：陈淑桦

3. **歌曲：月亮之上**
   歌手：凤凰传奇
   专辑：月亮之上

敬请期待

情倾天下

第二部［夺情篇］

流光飞舞一曲倾情，老虎玉牌刻骨铭心。谁最终登上王座，谁又将情倾天下？

面对决绝强势的四阿哥、皮里阳秋的八阿哥、放旷不羁的十三阿哥、大器傲然的十四阿哥……年玉莹要与谁同生共死？与谁曾经拥有？与谁蓦然回首？与谁惊心痛楚？

图书在版编目（CIP）数据

情倾天下/明珠著．—西安：陕西师范大学出版社，2007.6
ISBN 978-7-5613-3892-6

Ⅰ．情…　Ⅱ．明…　Ⅲ．言情小说—中国—当代
Ⅳ．I247.5

中国版本图书馆 CIP 数据核字（2007）第 073558 号

图书代号： SK7N0471

情倾天下

作　　者： 明　珠
责任编辑： 周　宏
特约编辑： 困于 1984
封面设计： 熊　琼
版式设计： 李　洁
出版发行： 陕西师范大学出版社
（西安市陕西师大 120 信箱　邮编：710062）
印　　刷： 京都六环印刷厂
开　　本： 710×1000　1/16
印　　张： 17
字　　数： 190 千字
版　　次： 2007 年 7 月第 1 版
印　　次： 2007 年 7 月第 1 次印刷
ISBN 978-7-5613-3892-6
定　　价： 20.00 元